Jürgen Nowak

Volles Glück voraus!

Roman

1. Auflage, November 2019

www.enno-verlag.de

Satz und Layout: ic1, Berlin
Coverzeichnung: Peter Dittrich

Druck und Bindung: GGP Media GmbH, Pößneck

ISBN 978-3-9819104-2-1

Volles Glück voraus! ist eine neu aufgelegte, vom Autor überarbeitete Fassung des Romans »Jodl der Kletterer«, der 2017 unter dem Pseudonym N. O. Mennescio im Enno Verlag erschienen ist. (ISBN 978-3-9819104-0-7.)

Träumereien

Beim Klettern am Fels abgestürzt bin ich zwei Mal. Knapp dem Tode entkommen. Es hat mich geschockt, aber nicht entmutigt.

Jetzt bin ich gestolpert. Es war ein Sturz ohne erkennbare Verletzungen, weder Schürfwunden noch blaue Flecke, nichts gebrochen. Hat trotzdem verdammt wehgetan. Schwer zu sagen, ob ich mich jemals davon erholen werde.

Ich bin gefallen, ja, herausgefallen aus meiner Welt. Zu einer Zeit, als ringsum Fanfaren zum Aufbruch bliesen und Zuversicht aufwuchs wie Unkraut. Wer redet da über Schmerzen?

Die Hände, die sich mir entgegenstreckten, konnten nicht helfen. Meine Kollegen haben Sätze gesagt wie: »Halt die Ohren steif, Alter!« Sie hatten Hoffnung. Für sich. Der Jubel vom 9. November lag noch über dem Land, die Schallwellen gedämpft durch aufkommenden Nebel.

Sie umarmten mich, wünschten mir Glück – und ich ihnen auch. Ich war überzeugt, sie würden es bald ebenso brauchen.

Entlassen wurde ich kurz vor Weihnachten. Drei Wochen später hätten wir meinen Fünfzigsten begossen. Mit fünf Kästen Radeberger, Minimum.

Mit einem stummen Nicken akzeptierte ich die Abfindung, drei Monatsgehälter immerhin, und ging. Vorbei an unserer Brigadewandzeitung, von der nur noch die rote Bespannung der Tafel übrig war. Schon zu Beginn der Herbststürme hatte das Honecker-Bild eines Morgens zerschmettert am Boden gelegen. Ein Transparent hing noch, hoch oben über der Klimakammer, es war wohl übersehen worden. Auch ich hatte es bislang nicht wahrgenommen; es war das Schicksal der vielen Losungen überall, von niemandem beachtet zu werden.

Merkwürdig, dass die markigen Worte mir jetzt, Wochen nach ihrem Verfallsdatum, ins Auge stachen: »Unser Weg war, ist und bleibt richtig!«, höhnte es von oben auf mich herab.

In unserem Kombinat, das von Berlin aus geführt wurde, hatten nach dem Fall der Mauer neue Leute das Sagen. Wie es hieß, waren sie aus politischen Gründen ins hintere Glied geraten. Wir in Dresden wussten davon nichts, kannten sie nicht, fanden aber in Ordnung, dass unverbrauchte Köpfe für frischen Wind sorgen wollten. Ihre Referenz: Sie waren nicht in der Partei gewesen. Höchstens in einer der Blockparteien.

Eine ihrer ersten Weisungen haben wir zwar mit Gelächter quittiert, aber natürlich befolgt. Sie betraf den Briefverkehr. Untersagt wurde die Anrede »Liebe Genossinnen und Genossen!« (nicht mehr statthaft selbst unter Genossen, sofern es noch welche gab); fortan sollte »Sehr geehrte Damen und Herren!« verwendet werden, und statt »Mit sozialistischem Gruß!« hatten wir freundlich zu grüßen oder »Hochachtungsvoll«.

Die Erneuerer zeigten sich entschlossen, den Betrieb zu trimmen, sie begannen ihn zu reinigen von belasteten, störenden und überflüssigen Kadern, davon gab es genug. Erklärtes Ziel: die volkseigene Maid ein wenig gefälliger herzurichten, das hieß zu verschlanken für den bürgerlichen Bräutigam, der aus dem Westen erwartet wurde.

Ihre Idee, auf Teile der Forschung im Dresdner Werk zu verzichten, durfte man kurzsichtig nennen, nicht nur weil es uns betraf. Wir haben nicht allzu viel geforscht, das stimmt. Aber immer gekämpft. Um höchste Produktivität zum Beispiel: Aus jedem Gramm Material, aus jeder Minute Arbeitszeit den höchsten Nutzeffekt! Um die Übererfüllung der Pläne haben wir gerungen und – als das nicht klappte – um das Aufholen der Planrückstände. Und natürlich um Weltspitzenerzeugnisse. Wir kannten weder die Welt noch deren Spitze, führten sie aber ständig im Munde. Immerhin ist Solides herausgekommen, Großes eher nicht. Aber unsere Elektromotoren waren nicht schlecht. Wurden in alle Welt verkauft.

Wir wollten weiterkämpfen. Ein Schreiben mit unseren Vorstellungen für die Zukunft hatten wir nach Berlin geschickt und »hochachtungsvoll« unterschrieben, aber das erhoffte Signal zum Neustart blieb aus.

Stattdessen nahm mich mein Abteilungsleiter beiseite. »Sei mir nicht böse, Martin«, sagte er. »Wir waren immer eine prima Truppe. Und jetzt das! Weißt du, wie hart das für mich ist?« Seine Leidensmiene verriet mir, was kommen würde, ich staunte nur, dass ihm mein Schicksal so naheging.

»Widerspruch ist zwecklos, haben sie erklärt und mir strikte Weisung erteilt. Was soll ich machen – irgendwo muss ich ja anfangen. Bei dir – klar, schlimm ist es für jeden, aber du fällst wenigstens nicht ins Bodenlose. Du hast dein Haus, musst keine Miete zahlen, und deine Isolde hat einen sicheren Job, das ist bei den meisten nicht so. Was meinst du? – O nee, mir ist ganz schlecht.«

Ich habe mich nicht lange gesträubt, wollte es dem armen Kerl nicht noch schwerer machen. Mein Chef war ein Schlappschwanz. Er hatte sich das leichteste Opfer ausgesucht, mich, Martin Menne, den Mann, der noch nie die Hörner ausgefahren hat. Kein einziges Mal hat er mich im Kampfmodus erlebt, im Gegensatz zu anderen, die ihm bei jeder Kleinigkeit dumm gekommen waren. Sollte ich jetzt einen von denen rausdrängen? Ein Hauen und Stechen anzetteln wegen ein paar Wochen? Auflehnung liegt mir nicht.

Beim Zusammenpacken meiner Siebensachen fiel mir ein Zeitungsausschnitt in die Hände, den ich im Schubfach verwahrt hatte. In einem unbeobachteten Moment heftete ich die Verse dem Direktor an die Tür. Was konnte mir noch passieren?

Wie rasend schnell das Leben doch verfliegt!
Du blickst zurück, die Stimmung leicht gedämpft:
Nicht jeder, der gekämpft hat, hat gesiegt.
Nicht jeder, der gesiegt hat, hat gekämpft.

Ende Mai, nachdem unsere Brigade, nein, unser Team komplett abgewickelt war, haben wir uns noch einmal getroffen, zu einer Dampferfahrt nach Bad Schandau. Alle waren gekommen, die meisten mit Ehepartnern, wie es sich für ein sozialistisches Kollektiv gehörte. Und es ging entspannt zu, vergessen waren das Gerangel der letzten Wochen und der plötzlich ausgebrochene Diensteifer, der seltsam komisch gewirkt hatte bei einigen, die sich vordem durch angenehme Lässigkeit und ein maßvolles Arbeitstempo ausgezeichnet hatten.

Lediglich Karin hatte gefehlt. Meine Karin. Ob sie mich nicht sehen wollte mit Isolde am Arm? Frauen können mit unklaren Verhältnissen schlecht umgehen.

»Ich habe keine Familie, mich hält hier nichts«, hatte sie gesagt – und fort war sie. Als wäre ich nichts. Ab in den Westen, keine vier Wochen nach dem Fall der Mauer. Wollte sie mich zu einer Entscheidung zwingen? Von Zeit zu Zeit lässt sie mich telefonisch wissen, sie befände sich wohl. Sehr wohl sogar und in erreichbarer Ferne. Ich kann das Ausrufezeichen hören, das sie hinter solche Sätze hämmert.

Der Ausflug auf der Elbe würde unser letztes Treffen sein, das wussten alle. Unsere Wege hatten sich getrennt. Das Bedürfnis jedoch, sich auszutauschen, von Tipps zu profitieren, eventuell Beziehungen zu nutzen wie früher, es war uns in Fleisch und Blut übergegangen. Die Marktwirtschaft eröffnete neue Möglichkeiten, aber wo? Die meisten waren verunsichert, viele noch auf der Suche.

Einzig Hans-Jochen, der als LDPD-Mitglied von der FDP übernommen worden war, bewegte sich anscheinend sicher und selbstbewusst auf den Pfaden seiner neuen Partei und brachte den Begriff Freiheitlich-demokratische Grundordnung locker über die Zunge, als Insider benutzte er auch die Abkürzung FDGO, er war schon immer ein kleiner Wichtigtuer.

Dieter hatte ein Ingenieurbüro aufgemacht, werkelte noch allein, konnte sich aber nach der Startphase eine Erweiterung vorstellen, was einige aufmerken ließ. Rolf war bei Siemens untergekommen, Bernd und Georg prahlten ein bisschen mit ihrem neuen Job im Westen, andere fahndeten verzweifelt nach einem Betrieb in Dresden, der eine Zukunft haben könnte.

Am meisten bewunderten wir Christian für den kühnen Schritt, auf sein Ingenieurdiplom zu pfeifen und zusammen mit seiner Frau ein Reisecenter zu eröffnen. Noch war die D-Mark nicht eingeführt, der Ansturm indes gewaltig. Die glänzenden Prospekte, die er mitgebracht hatte, gingen von Hand zu Hand, kaum einer außer mir hatte noch einen Blick für die Felsen der Sächsischen Schweiz, an denen unser Schaufelraddampfer vorbeistampfte. Selten habe ich Isolde so inbrünstig seufzen gehört: Venedig! Paris! Andalusien! Schau an, die Genossin Menne!, staunte ich. Solche Sehnsüchte hatte sie nie erkennen lassen.

Natürlich konnte auch ich der Standardfrage meiner Kollegen nicht entkommen: »Na, und du, Martin?« Ich druckste ein wenig herum: noch alles offen, bin nicht der Schnellste, wisst ihr ja. Damit ließen sie sich abwimmeln, so kannten sie mich. Hochpeinlich wäre gewesen, mit der Wahrheit herauszurücken. Selbst Isolde verkniff sich eine Andeutung. »Er lungert den ganzen Tag auf der Couch herum«, warf sie ein. Ich war ihr dankbar für diesen Satz.

Hätte ich offenbaren sollen, dass ich nach fünfundzwanzig Arbeitsjahren zu der Einsicht gelangt war, den falschen Beruf ergriffen zu haben? Dass ich in jungen Jahren nicht vom Diplomingenieur, sondern vom Dichter Martin Menne geträumt hatte? Nein, zuzugeben, jetzt am Schreibtisch zu sitzen und über ein Buch nachzudenken – das wäre zu viel gewesen für die Kollegen, sie hätten sich an den Kopf gefasst: Komisch war er ja schon immer, der Martin, aber jetzt dreht er durch.

Ja, es hat mich überwältigt. Wie ein Zwang ist es über mich gekommen, das Schreiben, wie ein Fieberwahn. Hier sitze ich, ich kann nicht anders! Ich strebe nicht ins Rampenlicht, möchte mich nicht hervortun, das war nie meine Art. Aber diese Angst! Hinter dir: nicht viel, vor dir: noch weniger. Es wird die Spur von deinen Erdentagen wohl in Äonen untergehn. Scheiße, denkst du. Die Zeit wird allmählich knapp … Muss nicht noch was kommen, verdammt?

Als Junge hab ich in jeder freien Minute gelesen, Karl May, aber auch anderes. Mein Vater hatte mir ein Lessing-Lesebuch gekauft. Ein bisschen früh für mein Alter, ich verstand, wenn überhaupt, nur die Hälfte, immerhin dies: Gotthold Ephraim, 211 Jahre vor mir geboren und noch immer berühmt, fast wie Goethe und Schiller, das war die Oberklasse. Dort lag die Messlatte. – Entschuldigung, ein bisschen Größenwahn ist ja wohl normal in diesem Alter.

Ich besuchte nicht die Fürstenschule St. Afra, nur die Schiller-Schule in Wachwitz, aber was das Pastorensöhnchen aus Kamenz, Bezirk Dresden, geschafft hatte, müsste doch einem kernigen Arbeiterjungen aus Dresden allemal möglich sein. Arbeiterjungen standen hoch im Kurs, Arbeitermädchen natürlich auch, und ich wollte den Gedanken nicht abweisen, dass mit mir ein Vertreter der künftigen Elite heranwuchs. Fräulein Olbrich, die Klassenlehrerin, hatte schon mehrfach meine Aufsätze gelobt, Inhalt: eins, Ausdruck: eins, Rechtschreibung: eins.

Ich war in der neunten Klasse, als die Zeitung ein Gedicht von Martin Menne, 15 Jahre, abdruckte. Ein sauber gereimtes Frühlingsgedicht, in dem alles blühte, die Osterglocken wie das ganze Land, von Kap Arkona bis zum Fichtelberg, denn neben der wärmenden Sonne beförderten auch der Frieden, der Sozialismus und die große Sowjetunion das beglückende Sprießen. Ich hatte frühzeitig einen Nerv dafür, was bei den Zeitungsleuten ankam.

Natürlich war ich zu schüchtern, Dichter als Berufswunsch anzugeben. Es war ein stilles Sehnen, ein sehr stilles. Auch gegenüber meinen Eltern habe ich es verheimlicht. Offen zu bekennen, an die Seite von Lessing oder wenigstens erst mal von Johannes R. Becher und Max Zimmering treten zu wollen, schien mir vermessen. Zimmering hatte fast jede Woche ein Gedicht in der Zeitung, immer hochaktuell. Alles, was geschah, gerann ihm zu Versen. Das Leben – ein Gedicht.

Ich damals: blass, unscheinbar. Ach, was war das Jungchen bescheiden! Alle fanden meine Verklemmtheit rührend, sie kam jedenfalls besser rüber als vorlaute Selbstgewissheit. Hätte jemand meine verstiegenen Fantasien gekannt und in die Welt trompetet, ich wäre wahrscheinlich in der Hitze meiner Schamwellen verglüht.

Nach dem Abitur wagte ich nicht einmal das Studienfach Germanistik zu belegen, es roch verdächtig nach schriftstellerischen Ambitionen. Das Ergebnis: Wie mein Vater es wünschte, habe ich was Technisches studiert. Das muss man sich vergegenwärtigen: Allein pubertäre Hemmungen bringen dich auf die falsche Bahn, für Jahrzehnte, wenn nicht für immer! Du unterdrückst deine geheimen Wünsche, folgst nicht deiner Bestimmung, sondern den Plänen der Alten. Sie übertragen ihre Träume auf dich. Haben keine Ahnung, was in dir vorgeht, aber glauben zu wissen, was das Beste für dich ist. So kann es gehen. Das Leben spielt mit uns. Es spielt uns mit.

Einmal auf der Schiene, gibt es kein Entrinnen, die Weichen sind gestellt, unaufhaltsam zieht es dich hinein in den großen Irrsinn, der sich Leben nennt, du hängst fest im Getriebe, das Rädchen Martin im großen Räderwerk, es dreht sich und dreht sich und dreht sich, muss sich drehen, denn du hast irgendwann Familie, bist in der Mühle, wirst gedreht, durchgedreht, am Ende ausgespuckt. Ja, ausgespuckt, so kam ich mir vor.

Es war die Nacht nach meinem fünfzigsten Geburtstag. Ich wurde wach, lange bevor der Wecker klingelte. Warum klingelte er überhaupt? Ich musste nicht mehr früh raus. Trübsinnig lag ich im Bett und sann über mein Scheitern nach.

Plötzlich regte sich der Trotz. Ich war ganz unten, sicherlich, aber das war nicht der Platz, der mir zukam. Ich durfte mich nicht hängenlassen, wollte wieder hoch. Die ominöse zweite Luft fiel mir ein, die ausgepumpten Radsportlern auf wundersame Weise die Berge hinaufhilft. Mit der zweiten Luft in ein zweites Leben, das wär's, dachte ich.

Der alte Traum stieg auf wie eine Seifenblase. Sie platzte nicht, nein, sie schillerte und glitzerte und flog langsam, aber unaufhaltsam in den Himmel. Ihr flirrender Glanz brachte etwas Helles in mein Dasein, beleuchtete eine Spur. Unverhofft sah ich einen Weg vor mir: Schreiben! Jetzt oder nie!

Ich fantasierte mich in höhere Sphären. Sie umhüllten mich wohlig, nahmen mir die Erdenschwere, hoben mich auf ins Elysische. Selig sank ich zurück in den Schlaf, ohne den Übergang zu bemerken.

Der Wecker riss mich brutal aus den Träumen. Ich drehte mich auf die andere Seite, wollte noch nichts wissen von der Welt. Doch unweigerlich kroch mir in den Schädel, was mich erwartete. Der öde Alltag begann zu rumoren. Isolde in der Küche. Ich hatte das Bild vor Augen, wie sie in Pantoffeln und Morgenmantel zur Kaffeemaschine schlurfte. Ekelhaft laut, das Gerät.

Noch schlimmer dann die Stille beim Frühstück. Das Kauen, das Schlürfen, ab und zu klirrte ein Löffel in der Tasse. Ich nahm sie kaum wahr, die sorgende Gemahlin, bemerkte nur den Kaffeefleck auf ihrem Nachthemd.

»Kalt geworden draußen.«

»Und windig. Richtig eklig.«

Wer steht da gerne auf? Du fragst dich: Ist das dein Leben, geht das so weiter bis ans Ende deiner Tage?

Die meisten erwischt die Krise früher, mich traf es ziemlich spät. Ich war schon immer etwas langsam.

Den Jammer schreibend zu dimmen schien mir ein Ausweg.

Geschubst haben mich auch äußere Faktoren. Wir hatten gerade eine Revolution gehabt. Das hebt. Wir sind das Volk! Unvergesslich. Man hat uns dafür gefeiert. Vor allem für das Friedliche. Demos nur nach Feierabend. Vorbildlich. Gewalt mag keine Regierung leiden. Friedliche Revolution, das muss man sich auf der Zunge zergehen lassen.

Auf einmal hielt sich jeder gewöhnliche Arsch für außergewöhnlich. Lauter Helden. Ich auch ein bisschen. Obwohl ich nicht so beteiligt war. Ich meine: aktiv beteiligt. Gedanklich schon.

Auf jeden Fall steckst du dir den Siegeslorbeer ans Revers und denkst: Ab sofort wirst du ein anderer sein! Niemals mehr lässt du dich kommandieren, von niemandem! Alles fängt von vorn an, alles muss auf den Prüfstand, alles.

Ich will, nein, ich muss darüber schreiben. Mich auf dem Papier herantasten an mich selbst, meine Lebensgeschichte festhalten. Es geht um die Spur von meinen Erdentagen.

Als Isolde davon Wind bekam, reagierte sie überspannt wie immer. Halb tot hat sie sich gelacht. »Eine Autobiografie?« Ihr schriller Aufschrei klingt mir noch in den Ohren. »Eine Autobiografie! Selbst ein lumpiger Lebenslauf setzt ja wohl voraus, dass man lebt!« Ha, ha.

Man sieht es ihr nicht an: Hinter der netten Fassade müssen sich Kavernen verbergen, die sich im Laufe der Jahre mit Gift und Galle gefüllt haben. Parallel dazu begann sich bei mir unter der Oberfläche das Magma zu stauen. Ich war ein schlummernder Vulkan. Sie hat es nie gespürt, dieses Brodeln in meinem Inneren.

Was ich nicht erwartet hatte: wie schwer mir das Schreiben fallen würde. Zeitweise bereitet es mir geradezu Qualen. Das Erinnern bedeutet ja auch ein Abtauchen in Untiefen. Ich hatte gedacht, ich könnte die glühende Masse kontrolliert ans Licht bringen, aber es fließt nicht. Die meisten Seiten habe ich dem Papierkorb übergeben. Zu flach gegraben, nicht zum Kern vorgestoßen.

Über Wochen versiegte die Tinte ganz und gar – und mit ihr der Lebensmut. Apathisch lag ich in meiner schwarzen Höhle, unfähig, den Griffel zu halten, geschweige denn einen vernünftigen Satz zu Papier zu bringen. Langsam komme ich raus aus dem Loch, mühe mich ab, weiß aber immer noch nicht, wie ich meine Geschichte angehen soll.

Am besten gar nicht.

Wie? Was? Hat da einer was gesagt? Träume ich? Wer spricht da?

Unwichtig. Ein Wohlmeinender.

Ich kann dich nicht sehen.

Du musst mich nicht sehen, nur auf mich hören.
Wer bist du?
Das dritte Auge.
Polyphem?
Nenn mich einfach Hannibal.
Oh, Hannibal! Womöglich Hannibal Lecter? Mensch, das wär's doch: Lektor Hannibal – ein Verrückter!
Vom Ressort Betreutes Schreiben.
Bezahlt von der Pflegeversicherung?
Nee, ehrenamtlich. Zuständig für die schweren Fälle: Jungautoren ab 50 aufwärts.
Das kann keiner bezahlen.
So ist es.
Und wieso soll ich nicht anfangen, Hanni? Ich darf dich doch Hanni nennen?
Lass dein Magma stecken! Eine Eruption kurz vor der Rente, was soll das?
Dieses Jahr 1990 ist mein Schicksalsjahr, ich fühle es. Werde ich neu ins Leben starten – oder muss ich es zu Ende bringen?
Ist das eine Frage?
Ich habe mich noch nicht entschieden.
Spiel mir kein Drama vor! Du bist nicht der Typ, der freiwillig von der Bühne abtritt. Du bist wie alle.
Was soll das heißen?
Die Leute unterschätzen dich, stimmt's? Du willst es ihnen zeigen, hab ich recht?
Unsinn!
Du möchtest etwas hinterlassen, was dich vor dem Vergessen bewahrt.
Quatsch.
Wozu hast du dich an die Schreibmaschine gesetzt?
Es ist nur für meine Kinder …
So lügen sie alle.
Ich möchte meinem Leben …
… im Nachhinein einen Sinn geben? Vergiss es! Interessiert keine Sau.
Jedes Leben ist einmalig, heißt es. Ist unwiederholbar.
Ja, eben: unwiederholbar. Pech gehabt, mein Lieber.
Wir haben in der Schule auswendig gelernt, hör zu, ich zitiere: Das Wertvollste, was der Mensch besitzt, ist das Leben; es wird ihm nur ein

einziges Mal gegeben, und nutzen soll er es so, dass er sterbend sagen kann: Mein ganzes Leben, meine ganze Kraft habe ich dem Erhabensten auf der Welt, dem Kampf um die Befreiung der Menschheit, gewidmet.
Du wolltest die Menschheit befreien?
Na ja, die Menschheit …
Das Wertvollste, was du besitzt, hingeben für ideologischen Schmonzes?
Du gehst mir auf die Nerven! Ich werde mir mein Leben von dir nicht kaputtreden lassen.
Recht so! Das schaffst du alleine.
Was willst du? Bist du ein Geist?
Ich bin ein Teil von jener Kraft, die stets das Gute will ...
Sozialist?
... und stets das Gute schafft.
Sozialist also nicht. – Was dann, Hannibal?
Du wirst es sehen. Fang endlich an! Deinen Text, bitte, ich bin gespannt.

Am Mönch

Ein Sonntagmorgen im August. Langsam wurde er wach, widerstrebend, er wollte es hinauszögern, sich zurückfallen lassen in den Schlaf, aber immer deutlicher hörte er die Blätter flüstern, in der Ferne gluckste ein Grünspecht Notrufe in die Schlucht, flüchtend vor nichts als seiner Angst.

Martin spürte milde Morgensonne auf dem Gesicht. War wieder in der Welt. Die Augen öffnete er nicht, blieb noch eine Weile in seinem nächtlichen Kokon.

Im Dämmern hatte er einen Überhang bezwungen, den Scharfrichter, an dem er zuletzt gescheitert war. Diesmal konnte ihn der Fels nicht abweisen, rechts entdeckte er einen schmalen Riss, in dem er seine Hand verkeilte, ruhig zog er sich nach oben, der linke Fuß ertastete einen winzigen Grat, drei Zentimeter Auflage, mehr nicht, er stellte die Zehen steif, eisenhart, als wären sie fest im Fuß verschraubt, über siebzig Kilo mussten sie jetzt tragen, kein Pappenstiel, aber auch kein Problem, oft trainiert auf Treppenstufen, den Körper hochgedrückt, bis zwei Finger eine Mulde fanden, ziehen, ziehen, dann ein Spalt für den rechten Fuß – geschafft. Auf den drei Metern bis zum nächsten Sicherungsring gab es gute Griffe, sichere Tritte, ein Kinderspiel ...

Wie eine Spinne klebte er an der Wand. Der Spinnfaden, den er hinter sich herzog, war ein Hanfseil, eingefädelt in eine Schlinge, die er am letzten Ring befestigt hatte.

Die verschwiemelte Phase zwischen Träumen und Wachen war seine beste Zeit, da spürte er – unscharf zwar, aber lebhaft – das Kraftvolle, das Außergewöhnliche, das in ihm steckte. Manchmal wünschte er, er könnte mit Abstand auf sich blicken. Mit den Augen des Himmels, der Sonne oder – in Gottes Namen – auch des HERRN. Ein Fleisch gewordenes, von göttlichem Odem behauchtes Stück Lehm sähe er, doch was für eins! Generationen haben daran gearbeitet, und siehe, es war wohlgeraten: ein bemerkenswertes Exemplar, wie es der Schöpfer nicht besser hätte träumen können.

Dass er sich abhob von der grauen Masse, daran zweifelte er nicht. Gleichwohl war er immer unauffällig geblieben, in der Klasse, der Kompanie und jetzt auch im Seminar an der Hochschule. Er wusste, dass er sie alle in die Tasche stecken konnte, die Erikas, Jürgens und Kläuse, jene Typen, die sich mit ihrem Strebertum in den Vordergrund geschoben hatten. Er schaute herab auf ihr Gerangel um die besten Noten, an dem er sich nie beteiligt hatte, nie beteiligen würde.

Hier draußen indes suchte er den Kampf, in den Felsschluchten der Sächsischen Schweiz trafen sie aufeinander, der kleine Martin und die große Natur, hier stellte er sich der Gefahr. Ein schwieriger Überhang? Ha, das wollen wir sehen!

Er fühlte sich stärker denn je in seinem Schlafsack, bereit für das Abenteuer am Mönch, dem markanten Felsen über dem Amselsee. Ein 21-jähriger Frischling im Alleingang. Keine Heldentat, aber eine ordentliche Leistung. Martin freute sich auf den Gipfel, und der Berg, daran zweifelte er nicht, freute sich auf ihn. Er und der Fels – was gab es Schöneres? Genussvoll schlürfte er die vom Stein gekühlte Luft, frisch und rein, wunderbar!

Moment mal! Du willst doch eine Art Autobiografie schreiben. Warum sagst du dann nicht »ich«? Sondern redest über »ihn«, den Martin?
Ich gehöre nicht zu diesen Ich-ich-ich-Sagern, um die sich alles drehen muss. So wichtig nehme ich mich nicht.
Sehr überzeugend. Den Helden im Buch spielen wollen, aber natürlich ganz bescheiden, irgendwo im Hintergrund. Steh zu dir, Mann, sag: ich!
Nein, ich will mich nicht auf ein Podest stellen, möchte mich nicht identifizieren mit mir, sondern mich suchen, quasi neu entdecken. Dafür brauche ich Martin, das heißt den Abstand. Mich beobachten, mich erkennen kann ich nur aus der Distanz.
Schwurbel, schwurbel. Für die Distanz würde ich schon sorgen.
Ein verlockendes Angebot, weiß Gott.
Du wechselst also zum Ich?
Nein.
Auch noch bockig?
Neben vielen sinnlosen Losungen in der DDR gab es eine, die ich gut fand. Sie forderte uns auf, den Weg »Vom Ich zum Wir« zu gehen.
Na dann aber konsequent! Ab sofort kein »ich« mehr, nur noch »wir«: Wir lieben dich, stammelten wir, während wir uns auf sie stürzten, fiebrig suchten unsere Hände ihre Brüste, endlich öffnete sie ihre Schenkel für unsere Schwänze ...
Leck mich.
Leck uns, bitte!

Ohne hinzuschauen fingerte Martin nach seinem Rucksack, schob ihn unter den Nacken. Die Sonnenwärme voll im Gesicht, streckte er sich, machte sich lang und länger, spannte die Muskeln an, bekam starke Rückmeldung von Beinen und Armen, Bauch und Rücken. Kraft strömte ein.

Es war Zeit, den Stöpsel zu ziehen. Langsam wich die Luft aus der Matratze. Martin wartete, bis ihm der Fels sanft in den Hintern trat, dann richtete er sich auf, blinzelte ins Gegenlicht.

Vor ihm lag die Schlucht. Graue, vom Regen der Jahrtausende rundgewaschene Sandsteinfelsen lauschten dem aufgeregten Wispern der Bäume, deren Urgroßeltern sie schon gekannt haben. Die Sonne leckte an wabernden, vom kaum spürbaren Lufthauch zerteilten Nebelfetzen. Ein Spiel gemächlich wechselnder Bilder ohne jeden Laut. Nirgendwo ein Geräusch, das auf Menschen schließen ließ. Nur die Natur und er. Martin atmete tief und gleichmäßig, pumpte sich voll mit Sauerstoff. Einen Moment war er versucht zu glauben, er bräuchte nur die Arme auszubreiten und könnte engelsgleich über den Wipfeln zu seinem Felsen schweben. Keine üble Vorstellung, aber in Wahrheit wollte er es so leicht nicht haben.

Eine knappe halbe Stunde Fußweg stand ihm bevor, ein angenehmes einsames Wandern durch dämmerigen Wald bis zum Mönch, auf Pfaden, die nur die Kletterer kannten. Für den Aufstieg zum Gipfel hatte er sich den Südweg vorgenommen, im Alleingang nicht zu unterschätzen. Natürlich hätte er auch den leichteren Südostweg klettern können, aber sein Ehrgeiz verlangte mehr.

Zuvor war Morgentoilette angesagt. Er feuchtete sein Taschentuch mit Margonwasser an und wischte sich übers Gesicht. Prickelnd frisch, so pries der Hersteller sein Mineralwasser an, und Martin war völlig einverstanden mit diesem Slogan.

Er wühlte das Frühstück aus dem Rucksack, letzte Stärkung vor der Tour. Es störte ihn kaum, dass Margonwasser nicht die ideale Ergänzung zu Mutters Leberwurstbroten war. Vornan stand die Sättigung. Ein Feinschmecker war er nicht.

Er kaute und schaute. Dieser Ausblick! Ein wunderbarer Ort. Er hatte lange gesucht, bis er den Schlafplatz unter dem überhängenden Fels gefunden hatte. Er gehörte ihm allein. Noch nie hatte er Spuren von anderen Bergsteigern gefunden. Für eine Boofe, wie sie ihre Übernachtungsplätze im Freien nannten, war der Spalt zu unbequem, bot zu wenig Raum, bei Regen wahrscheinlich nicht einmal Schutz vor dem abtropfenden Wasser.

Hier konnte gerade mal einer schlafen. Unmöglich, aufzustehen und sich zu strecken, schon im Sitzen berührten seine Haare den Fels. Auf seinem Kopf, bildete er sich ein, lastete das gewaltige Massiv. Er saß da wie Atlas, der das Himmelsgewölbe stemmt. Ein Titan.

Außergewöhnliche Gedanken drängten sich auf, der fantastische Ausblick legte sie nahe. Ein Platz zum Sterben, dachte Martin, ein bisschen früh für sein Alter. Er stellte sich vor: In seiner letzten Stunde mit dem letzten Blick dieses Panorama erfassen! Allein in der unberührten Natur. Verglimmen im Licht der aufgehenden Sonne. Ein Mensch geht, und ein neuer Tag kommt. Die Symbolik gefiel ihm.

Anders wäre es in einer Boofe mit Westausrichtung. Sie würde eine andere Stimmung vermitteln, Endzeit: Die Sonne geht unter, er geht unter, die Welt geht unter. Quatsch! Was juckte es die Natur, wenn er den Abgang machte?

Vor kurzem hatte er einen Artikel über Eskimos gelesen, die man neuerdings Inuit nennen sollte. Bei denen sei es Tradition, alte Menschen zum Sterben ins Freie zu bringen. Sanfter Tod durch Erfrieren, an einem Lieblingsplatz, mit Blick auf den Sonnenaufgang vielleicht.

Ihm ging durch den Kopf, was in dem Beitrag nicht erörtert worden war: Werden die Alten in warme Sachen gehüllt, bevor man sie aussetzt, oder zieht man ihnen praktischerweise gleich das letzte Hemd an? Werden sie neben dem Iglu abgestellt oder trägt man sie weit weg, damit ihr Wimmern nicht den Abendfrieden stört? Was, wenn ein Eisbär kommt? Sitzen die Todeskandidaten auf einem Stuhl, oder bahrt man sie im Liegen auf, damit die gefrostete Leiche leichter bestattet werden kann? Werden sie überhaupt begraben? Im ewigen Eis konserviert? Oder sind die Eskimos die Erfinder der Seebestattung?

Wichtiger war ihm eine andere Frage: Wer bestimmt, wann die Zeit zum Sterben gekommen ist? Wirst du im Einvernehmen vor die Tür gesetzt? Oder bist du der Willkür der Nachkommenden ausgeliefert? Dem Missbrauch stünden Tür und Tor des Iglus offen. Du bist vielleicht, wie Opas so sind: nutzlos, knurrig, rechthaberisch. Mit einem Wort: kaum auszuhalten. Und die Jungen müssen dich durchfüttern. – Müssen sie? Ist doch nur logisch, dass sie irgendwann darüber nachzudenken beginnen.

Nein, niemals durfte er in die Lage geraten, anderen Menschen ausgeliefert zu sein, von ihnen gedemütigt, gar zum Teufel gewünscht zu werden. Gemocht wollte er werden, mit allen auskommen, ein friedfertiger Bruder sein, den niemand vor die Tür setzte wie einen alten Eskimo.

Wer keinem was wegnimmt, nicht um sich beißt, niemanden verdrängt, lieber in der hinteren Reihe bleibt, der taugt nicht zum Feindbild, den lässt man in Ruhe, dachte er.

Wie schnell Hass aufkeimen kann, hatte er nur allzu oft erlebt: Ein Wortwechsel seiner Eltern um trivialste Dinge artete plötzlich aus, wurde kalt und giftig. Erst verhärteten die Positionen, dann die Streitenden. Keiner lenkte ein, beschämende, ja unerträgliche Szenen spielten sich ab, meist ist er davongerannt.

Konnte man nicht ohne Feindseligkeiten durchs Leben kommen?

Hallo!
Hör auf, mit den Fingern zu schnipsen, Hanni, was soll das?
Entschuldige, wenn ich dich unterbreche: Würde ich streichen.
Was? Wieso streichen?
Ich bitte dich! Aus Angst vor Eskimos und Eisbären allem Streit aus dem Wege gehen, das große Eiapopeia suchen – möchtest du, dass man dich für einen Schwachkopf hält?
Ich bin von Natur aus ein durch und durch toleranter Mensch.
Ja, leider. Man könnte auch Waschlappen sagen. – Sei's drum, ich würde es dem Leser nicht aufs Butterbrot schmieren: Hey, ich bin sanft, verständnisvoll, gutmütig, mit mir kannst du dich wunderbar langweilen.
Ich halte es mit der Redlichkeit beim Schreiben.
Ach Gottchen, Redlichkeit! Die Menschen jiepern nicht nach der Wahrheit, sondern nach Legenden. Der Leser will action! Warum soll er lesen, was ihm ein schwächlicher, konfliktscheuer Autor über einen schwächlichen, konfliktscheuen Menschen erzählt? Öde!
Es gibt bestimmt Leute, die den Bericht eines ehrlichen Typs zu schätzen wissen.
Deine Naivität schreit zum Himmel. Ehrlichkeit! Seit wann geht es um Ehrlichkeit?

Als er am Mönch den Rucksack absetzte, war er sich seiner Sache sicher. Er schmiegte seine Wange an den kühlen Stein, streichelte ihn zur Begrüßung mit ausgebreiteten Armen. Er war sein Freund, das sollte der Fels wissen. Entschlossen griff er das Seil – und ließ sein Vorhaben, über den Südweg aufzusteigen, fallen. Eine Eingebung sagte ihm, es könnte nicht schaden, zum Aufwärmen erst mal den Alten Weg zu gehen, der geringere Schwierigkeiten aufwies.

Zügig stieg er in den Riss ein, kam gut voran. Schon bald stand er neben dem blechernen Mönch, der mannshohe Wetterfahne auf dem Gipfel, und blickte zufrieden ins Tal. Auf dem Amselsee waren die ersten Ruderboote unterwegs, von der Felsenburg Neurathen winkten ihm Wanderer zu, er grüßte zurück, indem er den Mönch einmal um die eigene Achse drehte. Dann seilte er sich rasch ab. Ein Vergnügen, dem er sich gern hingab. Er stieß sich vom Fels ab und schwebte in großen Sprüngen nach unten. Er musste nur aufpassen, dass ihm das Seil nicht die Haut verbrannte, wenn es zu schnell durch die Hände glitt.

Kaum festen Boden unter den Füßen, nahm er ohne Zögern die kniffligere Tour in Angriff, den Südweg, in der Rangfolge der Schwierigkeiten als VI eingestuft. Das schreckte ihn nicht, und tatsächlich hatte er unterwegs keine Probleme, wechselte locker vom Riss zur Verschneidung, lediglich vor dem letzten Stück, einer unübersichtlichen Wand, opferte er eine Knotenschlinge, öffnete den Karabinerhaken und fädelte das Seil ein, so viel Sicherheit musste sein. Unaufgeregt durchstieg er auch die letzten Meter, wo gute Griffe Mangelware waren. Oben angekommen, zog er das Gipfelbuch aus der Blechkassette, um die Chronik der Bezwinger fortzuschreiben.

Auf wie vielen Kletterfelsen hatte er sich schon verewigt? Nun also der Mönch.

Am Vortag, las er, waren gleich drei Seilschaften aufgestiegen, alle auf einer Route mit der Schwierigkeit VII a oder VII b. Das würde er irgendwann auch schaffen. Vorerst konnte er eintragen: Martin Menne, Dresden, Südostweg (III) und Südweg (VI). Datum: 13. August 1961.

Ein wunderschöner Tag. Den konnte er nie vergessen: 13. August 1961, der Tag, an dem er zweimal den Mönch bezwang.

Du bist leicht auszurechnen. Ich hätte darauf wetten können, dass du versuchen würdest, die Welt mit deinen Kletterkünsten zu beeindrucken. Womit auch sonst?

Ich will niemanden beeindrucken.

Ist es dir nicht peinlich, dich als freier Geist und Gipfelstürmer aufzuspielen? Du warst doch ein armes Würstchen damals, gehemmt und ohne jeden Mumm.

Du redest wie meine Frau! Isolde hat auch nie begriffen, wie wichtig die Berge für mich waren. Ich bin gewachsen an schwierigen Routen, die Gemeinschaft der Bergkameraden hat mich stark gemacht für den Alltag.

Sag ich doch: Es war eine Flucht. Das wirkliche Leben war dir zu anstrengend. In deinem Märchenland hinter den sieben Bergen konntest du allem aus dem Wege gehen.

Im Gegenteil, ich habe die Bewährung gesucht, die Auseinandersetzung mit der Natur, mit dem Fels. Es gibt keine größere Herausforderung.
Höchstens die Auseinandersetzung mit Menschen. Aber richtig: Das war nie deine Welt.
Tu mir einen Gefallen und quatsch mich nicht voll. Ich will schreiben.
Ja, zieh dich zurück in deine traurige Poetenkammer. Wirst krank davon und kränker.
Mach keine Panik! Nach der Schreiberei suche ich mir einen anständigen Job.
Viel Glück!
Wenn nicht in Dresden, dann dort, wo Karin jetzt ist. Weißt du, wie sie von ihrem Personalchef begrüßt wurde? Er freue sich riesig, dass sie gekommen sei, eine Ingenieurin aus dem Osten, hat er gesagt, in seiner Firma wimmele es von Portugiesen und anderen Ausländern, aber jetzt nach dem Fall der Mauer werde man umschichten; den Landsleuten aus Mitteldeutschland zu helfen sei für ihn völkische Pflicht.
Na, großartig! Tausche billige Portugiesen gegen billige Ossis. Und dazu Nazi-Floskeln. Das stört dich nicht?
Hauptsache Arbeit.
Ich glaube, du musst deinen Spruch aktualisieren: Das Wertvollste, was der Mensch besitzt, ist die Arbeit. Sie wird ihm mal gegeben, mal genommen, und arbeiten soll er so, dass er sterbend sagen kann: Mein ganzes Leben, meine ganze Kraft, habe ich dem Wichtigsten auf der Welt, dem Wohlergehen der Arbeitgeber, der Geldanhäufung bei Aktionären gewidmet.

Aufbruch

August 1990. Sie treten eine Fahrt an, die keiner von ihnen gewollt hat. Nicht zu diesem Zeitpunkt. Und nicht in dieser Verfassung. Hunderte Kilometer werden sie zusammen im Auto sitzen. Beide kennen das Ziel – und wissen doch nicht, wohin die Reise geht. Sie sprechen nicht darüber.

Seit Wochen haben sie kaum ein Wort gewechselt.

Schwer zu sagen, wann Isolde die Kontrolle verloren hat über das Drama. Sie selbst hatte es in Szene gesetzt. Eine kleine Provokation würde es sein, hatte sie gedacht, ein Spaß. Dass sich der Kummer mit ihrem schwermütigen Mann nicht in Heiterkeit auflösen würde, hätte sie wissen können. Erwin, der klassisch gebildete Latein-Kollege, hatte das Bonmot oft genug zum Besten gegeben: Aus einem traurigen Arsch kommt kein fröhlicher Furz. Hörte sich lustig an, aber lachen konnte Isolde nicht.

Das Spiel ist ihr entglitten, Fäden, die sie glaubte in der Hand zu halten, haben sich schicksalhaft verknotet. Unverhofft fand sie sich in einem makabren Stück wieder, in einer Komödie der absurden Art. Ihre Rolle: die übertölpelte dumme Trine. Sie stellte sich vor, wie das Volk vor der Bühne sich kringelt, wie Kinder kreischen, kichern, begeistert mit den Füßen trampeln. Auf ihr herumtrampeln.

Zugegeben, ihr Vorstoß war eher perfide als witzig gewesen. Aber Martin hatte es nicht anders verdient. Isoldes Unmut brauchte ein Ventil, sie war seiner Apathie überdrüssig, konnte das ewige Schweigen kaum ertragen. Krank oder nicht krank, sie musste etwas unternehmen. Zusammen mit dem Abendbrot, zwei mit Wurst und Käse belegten Scheiben Brot, die sie ihm wie immer wortlos auf den Stuhl neben seinem Matratzenlager stellte, kredenzte sie ihm einen Umschlag. Ihn zierten kräftige, mit Buntstiften hervorgehobene Signalwörter: Reisefreiheit! Westgeld!! Alpen!!! Zum Fünfzigsten, nachträglich!

Ihm einen Gutschein für eine solche Reise anzubieten, von der er in besseren Zeiten geträumt hatte, war niederträchtig schon deswegen, weil sie undurchführbar war mit einem Mann in seinem Zustand.

Sie hatte nicht geahnt, wie zynisch er ihren Zynismus kontern würde.

Es ist kurz nach vier. Der graue Schimmer scheint noch zu schwach, um die Nacht aufzubrechen, aber die Erde wird sich weiterdrehen. Die Sonne soll scheinen, haben die Meteorologen bestimmt, ein angenehmer Sommertag ist angekündigt. Sie können starten. Wer sich ans Steuer setzt, müssen sie nicht aushandeln. Früher war er der Mann am Gaspedal, derjenige, der die Richtung vorgab, zumindest im Auto. Seitdem ihn beim Sitzen beißende Schmerzen malträtieren, wenn er länger in derselben Position verharrt, haben sie die Rollen getauscht.

Auf der Autobahn klappt er den Sitz zurück, Schlummerstellung. Isolde weiß, was sie erwartet: Das eintönige Tuckern des Motors erleichtert ihm die Flucht aus der Zeit. Er schließt die Augen, entschwindet in seine Welt, in die kein Licht fällt und – man weiß es nicht genau – oft auch kein Laut dringt. Seine Stummheit hat alle Türen zu ihm verschlossen. Geblieben von ihm ist ein somnambuler Schatten, der auf einem unsichtbaren Drahtseil balanciert und nur deshalb nicht abstürzt, weil keiner ihn beim Namen ruft. Geister spricht man nicht an. Sein Name gleitet allmählich ins Vergessen.

Isolde hatte die Hoffnung aufgegeben. Von ihm kam seit Wochen nichts, keine Frage, kein Kommentar, keinerlei Anteilnahme. Es war sinnlos, ihm Geschichten aus der Schule zu erzählen oder Abenteuer aus der Kaufhalle. Den ganzen Tag hing er in seiner Boofe ab. So nannte er das fensterlose Kämmerchen auf halber Treppe, den winzigen Rückzugsort, der gerade mal Platz für die Schaumstoffmatratze und einen Stuhl bot. Der Oberboden, in dem er Seile, Schlingen, Karabinerhaken verwahrte, senkte die Decke ab, sodass er seine Höhle nur mit hängendem Kopf betreten konnte. Ein kümmerliches Verlies. Schlug Isolde ihm vor, das schöne Wetter zu nutzen und draußen im Garten ein Buch zu lesen, bequem im Liegestuhl, drehte er sich wie ein bockiges Kind zur Wand. Lesen! Welche Zumutung! Er wollte leiden, so schien es ihr.

Seine Krankheit hatte ihre Gefühle lädiert. Manchmal dachte sie, gerade jetzt müsste sie besonders fürsorglich mit ihm umgehen, brachte es aber nicht fertig und erschrak über sich selbst, ihren barschen Ton. Morgens und abends stellte sie ihm das Essen hin, auch mal eine Schüssel Pudding. Gesten des Dankes blieben aus. Niemals aß er in ihrer Gegenwart, leerte die Gefäße aber meistens bis zum Grund und brachte sie zum Abwasch in die Küche, die einzige Tat, zu der sich aufraffen konnte, allerdings nur, wenn weder Isolde noch Jonas in der Nähe waren.

Es war kein Leben. Mit schmerzenden Hüftgelenken, die ihn beim Klettern quälten, hatte seine Verdrießlichkeit begonnen. Das Griesgrämige wuchs sich aus. Als sein Kletterfreund Perry ihn an einem sonnigen Maientag vor zwei Jahren nach Hause brachte, war er nur noch ein Häufchen

Elend: abgestürzt am Fels, die Hüfte kaputt, das Gehen beschwerlich. Operieren lassen wollte er sich aber nicht. Und als Arbeitsloser versackte er vollends in Dämmer und Trübsinn.

Anfangs, als sie ihm erstmals den Besuch eines Psychiaters nahelegte, hatte er noch den Mumm, sich aufzuregen. Sein Ausbruch war die letzte mannhafte Reaktion, an die sie sich erinnerte: »Du selber gehörst auf die Couch!«, hatte er geschnaubt. »Wenn hier jemand einen Meisendoktor braucht, dann du!«

Isolde hatte sich nicht beherrschen können, sie war in hysterisches Gelächter verfallen, was ihn sicherlich darin bestärkte, dass ihre Psyche dringend einer Behandlung bedurfte.

Martin wusste nichts von ihrem Psychiater. Doktor Wolfgang Liesegang indes kannte Martins Zustand recht gut, wenngleich nur aus der Ferne. Isolde hatte dem Vorsitzenden des Elternaktivs oft genug ihr Leid geklagt und fassungslos vom seltsamen Verhalten ihres Mannes berichtet. Für den Arzt war daran nichts ungewöhnlich. Dass der Patient sich vehement weigerte, einen »Gehirnklempner« aufzusuchen, sich gesünder wähnte als alle um ihn herum, gehörte zum typischen Bild der Krankheit.

Es war der Tipp des Arztes, dem Kranken etwas Schönes, lange Ersehntes in Aussicht zu stellen. In Martins Fall böte sich sein alter Traum an: eine Reise in die Alpen. Für Isolde, die Martins elende Verfassung vor Augen hatte, ein irrwitziger Gedanke, der therapeutische Ansatz beim besten Willen nicht erkennbar. Aber Wolfgang Liesegang bestritt ihren Verdacht, einen üblen Scherz im Sinn zu haben.

Wem soll geholfen werden?, hatte der Doktor gefragt. Ihm? Dir? Oder euch beiden? Angeblich erforderte jede Antwort eine andere Medikation. Isolde hatte sich nicht eindeutig festlegen können, wollte am liebsten eine Lösung für alle und alles. Dr. Liesegang stellte ihr Rezepte für den wahrscheinlichsten Fortgang seiner Erkrankung und den höchsten Grad ihrer Erschöpfung aus, verbunden mit einer Vielzahl verwirrender und bald schon vergessener Anweisungen. Hinzu kamen dunkle Andeutungen, die sie nicht klüger machten.

Die Fahrt in die Alpen sei ein Experiment, hatte er gemurmelt. Manche rutschten tiefer in die Krise, sie versuchten es immer wieder. Andere fänden mit einem Ziel vor den Augen heraus aus dem dunklen Stollen. Sie müsse auf alles gefasst sein.

Isolde hatte mit vielem gerechnet, aber nicht mit jenen gespenstischen Aktivitäten, die dieser dämliche Reise-Gutschein bei Martin auslöste. Ohne ein Wort zu sprechen, geisterte der kranke Mann durch die Zimmer, erst unendlich langsam, müde und tastend, dann zunehmend freier und zielgerichteter. Mehrere Tage brachte er damit zu, Fächer und Schränke leerzuräumen und seine Sachen auf dem Fußboden auszubreiten, das Schlafzimmer bot einen verheerenden Anblick. Isolde sagte nichts, es hatte keinen Sinn, er hätte mit Stummheit geantwortet, mit einem Blick aus toten Augen, abwesend, abweisend.

Weiß der Teufel, wo Martin die Schulkreide gefunden hatte. Er malte plötzlich Figuren auf die Dielen und maß ihnen Kleider an. Nun hat er völlig den Verstand verloren, dachte sie. Die schemenhaften Umrisse der Gestalten legte er vom Fuß bis zum Kragen mit Sachen aus. Die einen vornehmlich mit Unterwäsche (Socken, Unterhosen, Unterhemden, sogar einen Brustbeutel hängte er um den nicht vorhandenen Hals), die anderen mit Schuhen, Hosen, Oberhemden, Pullover, Jacke. Fehlte nur noch die Krawatte. Aber er besaß keine mehr, in seinem Naturburschenwahn hatte er vor Jahren alle Schlipse in den Müll geworfen – und es genossen, die gelackten Dresdner Spießer in der Oper mit offenem Kragen herauszufordern, ohne den schweißtreibenden, einer überholten Konvention zugehörigen Halsabschnürer. Isolde vermutete, dass er sich an Berlin orientierte. Dort war die Krawatte schon länger auf dem Rückzug, selbst in der Staatsoper.

Einen einzigen Schlips allerdings, den hässlichsten von allen, hatte er behalten, aus einem praktischen Grund. Er trug ihn lose geknotet um den Hals, wenn er nackt zu Isolde ins Bett stieg. Drohte sie zu laut zu werden und die Kinder nebenan aufzuwecken, stopfte er ihr den Binder in den Mund, er war handlicher als ein Kopfkissen. Lang ist es her.

In den letzten Tagen hatte Isolde mehrfach durch einen Türspalt gelugt und entgeistert zusehen müssen, wie ihr armer Irrer immer aufs Neue seine Sachen hin- und herschob, graue gegen grüne Socken, weiße Feinrippunterhosen gegen schwarze Slips tauschte, unentwegt Hemden und Hosen und Pullover neu kombinierte. Tage dauerte das, sie war fassungslos. Noch nie hatte er sich für Kleidung interessiert, schon gar nicht für ihre farbliche Abstimmung. Jetzt, in seiner geistigen Umnachtung, stieg ein ästhetischer Sinn aus der Versenkung, der freilich, soweit Isolde erkennen konnte, unbedingt der Verfeinerung bedurfte. Er bevorzugte augenscheinlich die schwarzen Sachen. So war er zuletzt ins Theater gegangen, er hielt das für elegant. Schwarz von oben bis unten. Für die Reise in die Berge völlig unpassend.

Die schlimmste Beobachtung jedoch war: Kletterrucksack und Koffer füllten sich. Die Alpentour schien plötzlich kein Spaß mehr zu sein.

Eines Tages fuhr er sogar den verstaubten Trabant aus der Garage, putzte daran herum, prüfte Kerzen und Keilriemen, inspizierte Bremsen, Vergaser, Unterboden. Ihn so zielgerichtet werkeln zu sehen, verunsicherte Isolde. Als er gar seinen größten Schatz hervorkramte, die nagelneue Auspuffanlage, bekam sie es mit der Angst zu tun. Er schien es ernst zu meinen. Und tatsächlich: Er montierte sie unter das Auto. Dann trat er, Öl und Fett an den Händen, auf seine Frau zu und sprach das erste Wort seit Langem: »Fertig!« Und grinste!

In ihrer Not hatte sie Wolfgang Liesegang angerufen. Unglaubliches passiere, Martin habe schon den Koffer gepackt – was sie denn jetzt tun solle, um Himmels willen? Fahren, hatte er geantwortet. Er nehme an, nach der Reise werde manches klarer sein.

Was sollte das heißen? Musste sie deswegen ein Psychowrack durch die Welt kutschieren? Wenn sie etwas hasste, dann war es Wolfgangs medizinisches Gebrabbel, eher vage Andeutung als klare Diagnose.

Der dösende Beifahrer nervt Isolde. Wird sein gleichmäßiges Atmen geräuschvoll, das Schnarchen lästig, räuspert sie sich vernehmlich oder hustet laut. Hilft auch das nicht, bohrt sie ihm den Ellenbogen in die Seite, bis ein erschrockener Röchler die Zumutung beendet.

Über zwei Stunden sind sie unterwegs, jetzt schon auf westdeutschem Territorium, jenseits der Grenze, die so lange unüberwindbar schien. Ohne es zu bemerken, haben sie die Frontlinie zwischen Ost und West durchbrochen. Nichts davon ist geblieben, nicht mal ein Strich über die Straße, wohl aber ein seltsames Gefühl: Sie befinden sich auf fremdem Gebiet, in unbekanntem Land. Es sieht dem bekannten freilich sehr ähnlich. Feindesland? Heimatland? Sie müssen umlernen.

Isolde versucht einen Kleintransporter zu überholen. Als der Fahrer bemerkt, welche Schmach droht, tritt er aufs Gaspedal, wahrscheinlich bis zum Anschlag, und enteilt. Duell gewonnen. Triumphierend winkt er zurück zum PS-schwachen Trabant.

»Blödmann«, knurrt Isolde.

»Ich bitte dich«, sagt Martin mit geschlossenen Augen, »es sind unsere Brüder und Schwestern.«

Isolde erschrickt. Was war das? Spricht er wieder? Taucht er auf aus der Nacht?

Sie schwenkt in die rechte Spur zurück.

»Geht's dir gut?«, fragt sie.

Martin, verdutzt, dass von ihm Kommunikation erwartet wird, zuckt mit den Schultern und dreht an den Knöpfen des Autoradios. Die Nachrichten entheben ihn einer Antwort.

Der Anschluss der DDR ist perfekt. Am 12. September wird in Moskau ein abschließendes Dokument über die Regelung der äußeren Aspekte der deutschen Einigung paraphiert, teilten der sowjetische Außenminister Schewardnadse und sein deutscher Kollege Genscher nach Abschluss ihrer Moskauer Gespräche mit.

Mit der Anmeldung von 303 000 Autos im Monat Juli registrierte das Kraftfahrt-Bundesamt in Flensburg eine explosionsartige Zunahme bei der Zulassung von fabrikneuen Kraftfahrzeugen.

Rund zehn Millionen Mark betrugen die Kosten für die Umstellung der 22 500 Münzfernsprecher in der DDR auf D-Mark. Die Zahl der »Öffentlichen« soll bis 1997 auf rund 85 000 anwachsen und damit internationales Spitzenniveau erreichen.

Bundesjustizminister Hans Engelhard (FDP) hat Mieter und Bauherren in der DDR beruhigt: »Niemand muss Angst haben, aus Wohnung, Haus oder vom Grundstück vertrieben zu werden. Nutzungsrecht geht vor Eigentumsrecht«, sagte er in einem Interview der »Dresdner Morgenpost«. Zu den ungeklärten Eigentumsfragen stellte er fest: »Wer redlich Eigentum erworben hat, dem wird nichts weggenommen.«

»Sind sie nicht nett, die Sieger?«, sagt Martin. Isolde hat keine Antwort. Sie kann sich nur wundern über seine Auferstehung.

Nach kurzer Besinnung lässt er sich erneut vernehmen: »Hier sind wir frei«, sagt er. »Frei, hörst du! In einem freien Land! Du darfst zweihundert fahren.«

»Sehr lustig!«, gibt sie zurück.

Die Ironie irritiert sie. Wochen und Monate schien sie verschüttet unter lastender Schwermut. Plötzlich reißt das dunkle Gewölk auf, ein heller Sonnenstrahl bricht sich Bahn. Als wäre alles in Ordnung, alles wie früher. Ist der alte Martin zurück? Kann er sich wieder lustig machen über sich selbst, Schwäche mit Worten ummünzen in Überlegenheit? (Eine andere Frage wird noch nicht zugelassen. Eingeschlossen im Gefängnis des Unterbewussten lauert sie hinter der Zellentür: Wird – Gott bewahre! – auch sein Sexus wieder erwachen?)

Sie ist versucht, in seinem Gesicht nach Zeichen zu suchen, traut sich aber nicht, den Blick vom Heck des vorausfahrenden Lkw zu lösen. Wie ein Raubvogel hält sie den Kopf nach vorn gestreckt, ihre Hände klammern das Lenkrad. Sie braucht keine Rückenlehne, ihr Oberkörper hängt verkrampft über dem Steuer. Und das in der Fahrspur für die Lahmen!, denkt Martin. Ihre übergroße Vorsicht signalisiert immerhin, dass sie noch eine Weile leben will. Wie, das steht auf einem anderen Blatt.

In den fränkischen Bergen ist der Trabant ohne Chance, mit der technisch überlegenen Konkurrenz kann er nicht mithalten. Zu Hause ist das anders, da gelingen dem kleinen Zweitakter mit Hilfe der Gesetze erstaunliche Überholmanöver. Die vorgeschriebene Höchstgeschwindigkeit, genauer: die Angst vor der Polizei lähmt die dicken Karossen der Transitreisenden aus dem Westen. Auf dem Weg von und nach Westberlin schleichen sie über die Autobahn, bleiben manchmal sogar unter hundert, wollen ihre wertvollen Westmark nicht irgendeinem mürrischen Vopo in den Rachen werfen. Eine gute Gelegenheit für Martin, mit hundertfünf, in günstigem Gelände auch mit hundertzehn an den bundesdeutschen Schissern vorbeizuziehen.

Wird bald vorbei sein, dann gilt auch zu Hause: Freie Fahrt für freie Bürger.

Beim Psychiater

Guck nicht so gelangweilt, Hanni! Jedes Leben ist es wert, für die Nachwelt aufgehoben zu werden, sagt man. In jedem Menschen steckt der Stoff für einen Roman.
Gewebt aus Ödnis, Dummheit und Spucke. Wer will das lesen?
Meine Kinder sollen aus erster Hand erfahren …
... was für ein toller Kerl du warst.
Spar dir die Ironie! Ich möchte, dass sie mich und meine Zeit verstehen.
Super. Ist dir selber nie gelungen. – Aber bitte, versuch es! Für den Nachruhm zu arbeiten ist ebenso dumm wie zwecklos. Dumm das Arbeiten, zwecklos der Nachruhm. Die Denkmäler Goethe oder Einstein mögen noch eine Weile stehen – aber was haben die beiden davon? Sie sind tot. Die Herren Benz und Daimler ebenso. An Watt und Ohm erinnert sich kaum noch ein Mensch.
Immerhin sind ihre Namen Maßeinheiten geworden, auf ewig verbunden mit Leistung und Widerstand.
Beides bei dir Fehlanzeige.
Wie bei dir.
Die Tücken einer Autobiografie sind dir hoffentlich bewusst?
Ich werde nichts verschweigen, nichts beschönigen.
Natürlich nicht. Ich werde mir erlauben, dich daran zu erinnern. – Ginge es nach mir, dürfte überhaupt keine Autobiografie erscheinen, ohne dass eine Gegendarstellung veröffentlicht würde, verfasst vom Umfeld des Selbstdarstellers. Deine gefährlichste Kritikerin, vermute ich, wäre deine Frau?
Isolde? Nein, mein härtester Widersacher war immer ich selber.
Aufregend. Ich mach dir einen Vorschlag. Wir ergänzen deinen Sermon durch ein paar Storys, die deine Frau ihrem Psychiater zum Besten gibt.
Woher willst du wissen, was sie ihm erzählt?
Keine dummen Fragen, bitte! Literatur lebt von überraschenden Wendungen.
Sie hat überhaupt keinen Psychiater!
Dann bekommt sie jetzt einen. In Büchern ist alles möglich: So wie du den Schriftsteller spielst, schicke ich deine Frau in die Sprechstunde.
Und ich erfahre, was sich dort abspielt?
Natürlich nicht. Ärztliche Schweigepflicht. Ich schreib's auf, nicht für dich, nur für deine Kinder.

Isolde hält Psychiater für Scharlatane, die gelangweilten Hausfrauen einreden, ihre Problemchen verlangten nach therapeutischen Sitzungen ohne Ende. Niemals würde sie so einen Vogel aufsuchen.
Vielleicht tut sie es deinetwegen.
Quatsch.
Sie macht sich Sorgen um dein Gemüt.
So, so. Denkst du oder weißt du?
Ich denke, ich weiß mehr über sie als du.

»Oh, Isolde! Was verschafft mir die Ehre? Hat Igor schon wieder was angestellt?«

Dr. Wolfgang Liesegang schwant nichts Gutes. Der letzte Besuch der Klassenlehrerin seines Sohnes lag Monate zurück. Es war eine Begegnung der besonderen Art. Seitdem schien es, als sei der Vorsitzende des Elternaktivs Luft für Isolde Menne; sie hatte ihn nicht mehr angerufen, auch nicht zur Elternversammlung geladen, kurz vor dem Abitur normalerweise ein Pflichttermin. Aber was war noch normal in diesen Zeiten?

Isolde hat Glück, ihn noch in der Praxis anzutreffen, die Sprechstunde ist lange vorbei. Der Arzt führt sie durch das Wartezimmer. Es ist noch das gleiche, stellt sie fest, neu sind lediglich ein paar Bilder an der Wand, gezeichnete Arztwitze, gemalt von einem Karikaturisten, einem seiner Patienten. Sieht ein bisschen billig aus, denkt sie. Vor einem gerahmten, auf roten Karton aufgezogenen Zeitungsausschnitt bleibt er stehen, stolz, als habe er den Text selbst verfasst:

> *In den psychiatrischen Anstalten der DDR saßen natürlich auch wirklich Verrückte. Sie hielten sich für Napoleon, Adenauer oder Mitterrand. Oder sogar für den Kaiser von China. Aber nicht einer von ihnen hielt sich für Ulbricht, Honecker oder Mielke. So verrückt waren sie nun auch wieder nicht.*

Isolde lächelt. Ein Mutausbruch, wie er jetzt allenthalben zu beobachten ist. Das hätte er mal früher aufhängen sollen, vor der Wende! Leicht gesagt, es wäre in der DDR niemals gedruckt, vielleicht nicht einmal gedacht worden.

Im Sprechzimmer weist er ihr wieder den Stuhl vor dem Schreibtisch zu. Sofort lebt die Erinnerung auf, auch bei ihm.

»Mich plagt das schlechte Gewissen, wenn ich an deinen Besuch im vorigen Jahr denke. Ich habe mich unmöglich benommen, es tut mir leid, Isolde.«

»Mir nicht.« Frech lächelt sie seine Bedenken weg.

Hat sie etwa eine Wiederholung im Sinn? Verunsichert wechselt der Arzt das Thema: »Warte, ich glaube, ich ahne den Grund deines Kommens.«

»Ich bin gespannt.«

»Igor hat mir erzählt, dass dein Jonas auch Pharmazie studieren will. Und jetzt möchtest du von mir hören, ob das eine Zukunft hat. Die Apotheken im Osten sind längst privatisiert, wenn sie die Hochschule verlassen, der große Kuchen wird verteilt sein.«

»Das ist Jonas' Sache, nicht meine. Auf mich hört er schon lange nicht mehr.«

»Jetzt musst du mir helfen. Was führt dich zu mir?«

»Vielleicht das Naheliegende: psychische Probleme.«

Der Doktor runzelt die Stirn: »Psychische Probleme?«

Er klingt erstaunt, als sei seine Praxis dafür der falsche Ort. Was er meint: Isolde ist nicht die Frau, bei der er einen psychischen Knacks erwartet hätte.

Sie ist wegen Martin gekommen, will seinen Rat, wie man einen Menschen erreicht, der sich abkapselt, der unterzugehen droht. Ist er überhaupt zu retten? In Zeiten, da jeder sehen muss, wo er bleibt, erweist er sich als schwach, kämpft nicht, lässt sich vom ersten Sturm knicken.

Wolfgang Liesegang hingegen – er hat es wohl geschafft, die Poliklinik liegt hinter ihm, er ist nun niedergelassener Arzt, Existenz gesichert. Isolde sieht einen Mann, der selbstbewusst (wenn nicht selbstgefällig) hinter seinem Schreibtisch thront.

Welch Unterschied zu ihrer letzten Visite! Damals musste er sich ihrer Vorhaltungen erwehren. Sie denkt gern daran zurück, eine wohlige Stimmung greift Platz.

Unversehens reitet sie der Teufel: »Mein Wunsch ist es, von dir einfach mal wie eine gewöhnliche Patientin behandelt zu werden«, erklärt sie. »Auf der berühmten Couch zu liegen und in die eigenen Abgründe zu tauchen, das stelle ich mir spannend vor.«

Sie glaubt nicht, dass er in der Lage ist, ihr auf den Grund der Seele zu blicken; im Ernstfall hat sie noch jedem Mann etwas vorflunkern können.

Liesegang vermutet, dass sie anderes im Sinn hat als ein Psycho-Spielchen. »Nur um das klarzustellen: Du bist nicht gekommen, weil du mit dem Ende der DDR nicht fertig wirst? Weil dich Ängste plagen, was die Zukunft betrifft?«, fragt er.

Sie muss nicht antworten, lächelnd schaut sie ihm in die braunen Augen: Sehe ich aus, als hätte ich Angst?

»Könnte ja sein, dass du dir was vorzuwerfen hast. Mitgemacht haben wir doch alle irgendwie, mehr oder weniger. Meist mit gutem Gewissen. Jedenfalls am Anfang ...« Sie schließt die Augen. Fühlt sich nicht angesprochen. Für einen Moment blitzt der Gedanke auf, der Doktor selber könnte eine Leiche im Keller haben. Vielleicht sollte sie die Untersuchung übernehmen ...

Liesegang hat sich viel anhören müssen in letzter Zeit. Er weiß, wie er Brücken über Abgründe bauen kann: »Natürlich hast du keinem geschadet.«

Isolde schüttelt den Kopf: »Ich bin einfach nur neugierig, wie einer wie du mit schwierigen Fällen umgeht.«

»Du bist ein schwieriger Fall?«

Die sogenannte Couch ist eine Liege und so gut wie unbenutzt, ein Utensil, das zur Einrichtung gehört, obwohl es keiner braucht. Die Anamnese, die Isolde im Sinn hat, scheint ihn dennoch zu reizen. Aus einem Schrank kramt er ein schlecht gebügeltes, leidlich weißes Laken hervor, das er über die Beichtstatt breitet, sucht eine Weile nach einem Kissen und einer Nackenrolle. Man sieht, zu seinen täglichen Verrichtungen gehören diese Handgriffe nicht. Schließlich bittet er Isolde mit ausladender, fast feierlicher Geste auf das Lager. Das gefällt ihr. Lockerheit mahnt er an, rät ihr, ein paar Blusenknöpfe zu öffnen und die Gürtelschlaufe zu lösen.

Isolde bezweifelt, dass weniger körperliche Einengung ihren Redefluss befördern werde, kommt aber seinem Wunsch gern nach. Sie ist bereit, sich dem Mystischen hinzugeben. Er sitzt am Kopfende hinter ihr, sie kann ihn nicht sehen, weiß nicht, ob er einen Schreibblock auf den Knien hält. Er riecht ein bisschen nach Schweiß, nicht unangenehm, wahrscheinlich unvermeidlich nach der langen Sprechstunde.

Über der Couch entdeckt sie einen Spiralnebel, in pastellenen Tönen an die Decke gemalt. Die hellen, von wabernden Schwaden durchzogenen Farben am Rand werden zum Zentrum hin immer dunkler, sie münden in einem tiefschwarzen Loch. Über den Sinngehalt der Malerei nachzudenken bleibt ihr keine Zeit.

»Ich schlage vor, wir lassen den Kinderkram weg«, sagt er, »die Sehnsucht nach dem im Krieg gefallenen Vater, dass Mutter die kleine Schwester vorgezogen hat, auch den pubertären Mumpitz. Also ohne Umschweife: Was bedrückt dich heute?«

»Eigentlich nichts.«

Die Stille, die eintritt, lässt sie vermuten, dass der Doktor mit ihrer Antwort nicht zufrieden ist. Schnell schiebt sie nach: »Höchstens mein Mann. Er ist im Moment in einer kritischen Verfassung.«

»Gut, darüber reden wir gleich. Erzähl mir, wie du ihn kennengelernt hast.«

Oha, Vorsicht! Warum will er das wissen?, fragt sich Isolde. Was hat das mit Martins heutigem Zustand zu tun?

Wie auch immer – sie lässt sich auf das Spiel ein, kramt in ihren Erinnerungen.

Er war mir auf dem Bahnhof in Leipzig aufgefallen. Ein kantiges, sehr männliches Gesicht, breite Schultern, stoppliges kurzes Haar, Bürste genannt, war damals Mode, ein sportlicher Typ, und vor allem ein angemessen großer Kerl, das kam nicht allzu häufig vor. Für mich musste ein Mann mindestens einsfünfundachtzig sein, damit ich mit hohen Absätzen nicht plötzlich einen an meiner Seite hatte, dem ich auf den Kopf spucken konnte.

Eine billige Reisetasche in der Hand, schlenderte er den Bahnsteig entlang, musterte die lange Reihe der Wartenden. Ein Tiger auf der Jagd, musste ich denken. Er hatte mich bemerkt, ich spürte es. Als sich unsere Blicke trafen, wich er schnell aus. Offenbar war er schüchtern, ich fand das sympathisch. Von den allzu selbstgewissen Kerlen hatte ich die Nase voll.

Als die Einfahrt des Zuges angekündigt wurde, stellte er seine Tasche ab, nur wenige Schritte von mir entfernt. Zufall? Ich schaute zu ihm hin, er wandte sich ab, fühlte sich wohl ertappt. Freundliche braune Augen hatte er.

Nein, nicht schon wieder!, mahnte eine innere Stimme. Gerade war ich ausgezogen. Mein Koffer, könnte er ihn inspizieren, würde ihn zu dem Schluss verleiten, ich sei ein liederliches Weib. Wild lag alles durcheinander, Cremedosen, Zahnbürsten, Flacons, Lippenstifte, planlos hineingeworfen, zerknittert die Blusen und Röcke, staubige Schuhe inmitten der Dessous. Besinnungslos hatte ich meine Sachen zusammengerafft und in den Koffer geknüllt. Es war aus. Mein Kommilitone, Liebhaber und starker Arm in Stunden studentischer Verzagtheit, hatte sich als treuloses Schwein erwiesen.

Ich hatte eine Ahnung gehabt, als Frau fühlt man so was. Vierzehn Monate waren wir zusammen, hatten uns erst im letzten Studienjahr gefunden, galten aber bald als Traumpaar, Latsch und Bommel, wie man sagte, unzertrennlich. In der Tat habe ich damals allen Verlockungen widerstanden. Freunde wetteten schon, was zuerst kommen würde, die Hochzeit oder das Kind.

Es kam etwas anderes. An der Hochschule abgeschirmt und stets unter meiner Kontrolle, warf ihn im Freiland die erste Sturmbö um. Die Anfechtung war rotblond und fett, unfassbar! Ich musste kein Wort sagen. Als ich in der Tür stand, klaubte sie ihre Klamotten zusammen und verschwand.

Sie aus seiner Wohnung zu vertreiben war leicht, unmöglich hingegen, sie aus dem Kopf zu kriegen. Seine Entschuldigung, seine Erklärungsversuche erreichten mich nicht, ich hielt mir die Ohren zu. Mir war, als sei ich um ein Jahr meines Lebens betrogen worden. Streichen, das Kapitel, befahl ich mir, vergessen den Kerl! Ich verlangte Unmögliches, das wusste ich, und ärgerte mich, dass ich den Schalter nicht einfach umlegen konnte. Er war geblieben, der blöde Schmerz.

Und nun, verletzt auf der Flucht, lief mir dieser Mensch über den Weg! Kein dominanter Pascha, so schien es. Ich drehte mich nach ihm um. Diesmal hielt er meinem Blick stand, gute zwei Sekunden, schätzte ich, mit ernstem Gesicht. Ich lächelte, aber nur innerlich. Abenteuerlust kitzelte mich. Einen Versuch wäre er wert, dachte ich. Mir fiel ein, was meine flotte Studienfreundin Jutta immer gesagt hatte, wenn eine ihrer Liebschaften in die Brüche gegangen war: Nicht Trübsal blasen! Gegen Männer helfen nur Männer!

Als der Zug in den Bahnhof rollte, raffte ich allen Mut zusammen, ging zu ihm hin und fragte, ob er mir vielleicht beim Einsteigen mit dem schweren Koffer behilflich sein könnte. Ich hatte so etwas noch nie gemacht, entsprechend verkrampft wird mein Lächeln ausgefallen sein. Ich erwartete nicht viel. Mich die nächsten zwei Stunden bis Dresden ein bisschen abzulenken, dafür schien mir der Junge gut zu sein.

Der arme Kerl war vollkommen perplex und außerstande, auch nur ein einziges Wort zu sagen. Er nickte nur, nahm meinen Koffer und folgte mir. Nachdem er mein Gepäck in die Ablage gewuchtet hatte, stand er einen Moment unschlüssig im Abteil, als wisse er nicht, ob er nun gehen sollte oder nicht. Ich deutete auf die Sitzbank und setzte mich ihm gegenüber. Er war noch unsicherer, als ich vermutet hatte. Vor Aufregung traten ihm Schweißperlen auf die Stirn. Rührend. Er schaute mich nicht an, sondern suchte die Gesichter der anderen Fahrgäste ab, wonach, konnte ich nur vermuten. Wahrscheinlich fürchtete er, sie würden seine prekäre Situation erkennen.

Um ihm aus seiner Verlegenheit zu helfen, spielte ich Normalität. Gemeinsam eingestiegen, gemeinsam Platz genommen, wir waren ein Paar, jedenfalls für die Mitreisenden. Also fragte ich ihn so gleichmütig, wie es mir möglich war:

»Wollen wir auf den Gang gehen, eine rauchen?«

Ergeben trottete er hinter mir her. Ich hätte mir die Zigarette auch drin anzünden können, zufällig waren wir in einem Raucherabteil gelandet, vielleicht hatte ich es unbewusst angesteuert.

»Müssen ja nicht alle hören, was wir reden«, flüsterte ich ihm zu. So konnte er sich als Teil einer Verschwörung fühlen, deren Sinn ihm, aber auch mir noch verborgen war.

Das Angebot, eine mitzurauchen, lehnte er kopfschüttelnd ab, sein Gesicht ließ keinen Zweifel: Widerwärtig, die Qualmerei! Trotzdem nahm er mir, wie er es wahrscheinlich bei eleganten Herren im Film gesehen hatte, die Streichhölzer aus der Hand und gab mir Feuer. Ich nutzte die Gelegenheit und ergriff seine Hand, als müsste ich ihm helfen, das brennende Holz behutsam zum Ziel zu führen. Tatsächlich zitterte er ein wenig. Er hatte schöne Hände, registrierte ich, lange, schmale Finger.

Ihm wurde heiß, der Schweiß begann zu rinnen. Mit einem kurzen Ruck öffnete ich das Schiebefenster einen Spalt, damit er sein Gesicht in den Fahrtwind halten konnte.

»Studieren Sie in Leipzig?«, fragte ich.

»Nein, ich habe einen Schulfreund besucht.«

O verdammt! Er hatte eine tiefe, dunkle Stimme, und ich war anfällig für diesen sonoren Sound.

»Gestern waren wir in der Kongresshalle zu einem Jazzkonzert. Rolf Kühn, Klarinette, falls Ihnen der Name was sagt.«

»Den kenne ich vom Jazzfestival in Dresden. Günter Hörig und die Dresdner Tanzsinfoniker, falls Ihnen die was sagen.«

»Schon mal gehört, ja.«

»Und wie hat's Ihnen gefallen?«

»Sehr gut.« Mehr fiel ihm nicht ein. »Ich war zum ersten Mal beim Jazz.«

»Sie sind Student, stimmt's?«

»Ja, in Kürze drittes Studienjahr, Elektrotechnik an der TH Dresden.«

»Elektrotechnik? Das trifft sich gut, bei mir muss eine Glühbirne ausgewechselt werden. – Nein, Unsinn! Blöder Witz.«

Ich musste aufpassen. Das klang ja wie eine Einladung. Beherrsch dich, Isolde! Für solche Scherze schien er nicht gemacht.

»Stammen Sie aus Dresden?«, fragte ich.

Er nickte.

»Und wohnen noch bei Ihren Eltern?«

Er nickte wieder. War ihm offensichtlich unangenehm.

Schnell eine Fangfrage hinterher: »Erwartet Sie jemand am Bahnhof?«

»Nee«, antwortete er brav.

Ein bisschen unbedarft, der Junge. Eingeschüchtert kam er mir vor. Waren meine Fragen zu aufdringlich? Ich musste ihn auflockern.

»Finden Sie die Siezerei nicht auch komisch? Ich schlage vor, wir sagen Du, einverstanden?« Ohne seine Antwort abzuwarten, stellte ich mich vor: »Ich heiße Isolde. Leider. Kann nichts dafür.«

»Schöner Name«, log er. »Ich bin Martin. Da stecken Max und Martha drin, so heißen meine Eltern.«

»Martin gefällt mir«, sagte ich und sah ihn groß an. Er sollte mitkriegen, dass meine Bemerkung nicht nur seinem Namen galt. Einen Martin hatte ich noch nicht in meiner Sammlung.

Er reagierte nicht. Begriffsstutzig oder verklemmt. Oder beides.

Sein Interesse lahmte, so schien es mir, das Gespräch drohte zu verebben. Folglich musste ich seinen Part übernehmen und mich mit Fragen bedrängen, die zu stellen er sich nicht traute.

»Du bist bestimmt neugierig, was ich so treibe, hab ich recht?«

Hatte er genickt? Egal, ich machte einfach weiter. »Mein Leben in Kurzfassung: Geboren und aufgewachsen in Wilthen, Oberlausitz, kennst du vielleicht, da wo die Goldkrone und der Edel gebrannt werden. Bis zum Abitur jeden Tag von Wilthen mit der Bahn nach Bautzen zur Oberschule, dann, weil mir nichts Besseres einfiel, Pädagogische Hochschule Potsdam, in diesem Sommer fertig geworden, noch vier Wochen, dann geht's los, rate mal, wo? – In Dresden, komisch, was? Lehrerin für Biologie und Chemie, 'ne kleine Wohnung haben sie mir schon besorgt, bisschen primitiv, Hinterhof, halb in der Erde vergraben, Souterrain nennt sich das, klingt vornehmer. Aber ich will nicht meckern.«

Er hörte sich alles an, nicht uninteressiert, wie es schien, hakte aber nicht nach, ging auch mit keiner Frage dazwischen, nach meinen Hobbys zum Beispiel oder warum in meiner Erzählung kein Mann vorkam. So kühn war er nicht. Diskret, dieser Martin, grundsolide bis zur Langweiligkeit. Meine Neugier begann zu schwächeln.

Das änderte sich, als ich ihn fragte, was er in seiner Freizeit so treibt. Er war zu träge im Kopf oder zu ehrlich, um mir etwas Tolles vorzuflunkern, Musik, Theater, Tanzen vielleicht. Stattdessen war ihm nichts anderes eingefallen als die Wahrheit.

»Klettern in der Sächsischen Schweiz!«, raunte er mir zu, als verriete er mir ein streng gehütetes Geheimnis.

Na, danke! Kalte, graue Felsen bot er mir an, welch Lustgewinn! Mein Kommentar fiel entsprechend aus. »Oh toll, klettern!«, sagte ich. »Das würde ich auch gern!«

Ein unbedachter dummer Spruch – mit verblüffender Wirkung.

»Wie bitte? Hab ich richtig gehört?« Er lebte auf. Hatte die Ironie nicht verstanden. »Ein Mädchen, das klettern möchte, ist mir noch nie begegnet. Ich dachte immer, Klettern ist eine Sache für Männer. Aber warum nicht?!«

Fortan kam ich kaum noch zu Wort. Er war kaum zu bremsen, überhäufte mich mit Namen von Felsen, die für den Anfang gut geeignet wären, leicht zu besteigen, schwärmte von einsamen Gipfeln in den Schrammsteinen, von reizvollen Wegen im Bielatal, auch im Rathener Gebiet ...

Er hatte ja doch Feuer, der Mann. Mit einem Mal sah er mich mit anderen Augen an. Bis dahin hatte er, wie alle Männer, heimlich nach meinen Brüsten geschielt, das störte mich wenig, der Busen war meine schwache Stelle nicht, nun aber vermaß er mich unverhohlen von oben bis unten, gab halblaut die Ergebnisse bekannt: gute Hebel, die Griffhöhe ordentlich, Gewicht im Notfall beherrschbar, Muskulatur vermutlich mäßig, aber ausbaufähig. Er prüfte mich auf meine Tauglichkeit am Fels! Scheute sich nicht, meine Oberarme zu packen, um dem Bizeps auf den Zahn zu fühlen, wie er sagte.

Es machte ihm offensichtlich Spaß, und, ehrlich gesagt, mir auch. Er wurde immer lockerer, fing an Witze zu machen, bald plauderten wir über dies und das, nicht nur über das Bergsteigen. Mensch Martin, staunte ich, du bist ja doch eine Option!

Mir war klar, ließe ich mich von ihm ins Kletterseil einbinden, hätte ich ihn an der Leine. Wollte ich das?

Der Zug näherte sich Dresden. Noch immer standen wir im Gang und quasselten. Ich wusste, bald würden sich unsere Wege trennen. Aber einiges war noch zu bereden. Denn ich hatte einen Plan gefasst, einen verwegenen Plan. Den musste ich an den Mann bringen. Wie mein aufgedrehter Kletter-Martin reagieren würde, war schwer abzusehen.

Ich holte weit aus, erklärte ihm, dass ich nicht in Dresden-Neustadt aussteigen würde, sondern bis Bautzen durchfahre. Ich müsste meine Mutter besuchen, das hätte ich versprochen.

»So ein Problem kennst du nicht. Du kommst jeden Tag brav nach Hause zu Mutti. – Gefällt dir das eigentlich? Willst du nicht langsam mal ausziehen?«

»Wie denn? Ein Dresdner hat keinen Anspruch auf eine Studentenbude.«

»Du kannst ja behutsam anfangen, erst mal nur eine Nacht wegbleiben und sehen, wie Mama es verdaut.«

Verdattert starrte er mich an. Sicherlich hatte er mich falsch verstanden, ich konnte aber nicht viel erklären, es ging alles sehr schnell, der Zug war schon kurz vor dem Bahnhof, höchste Zeit für mich, nun ebenfalls in die Zielgerade einzubiegen.

»Ich hätte da eine Idee«, sagte ich. »Du könntest mir meinen schweren Koffer abnehmen und zu mir in die Wohnung tragen, für den Abstecher zu meiner Mutter habe ich alles Nötige in der Reisetasche. – Alaunstraße, kennst du vielleicht, keine Viertelstunde zu Fuß. Würdest du das tun für mich?«

»Aber meine Eltern ...« Es ging ihm offensichtlich zu schnell. Der Zug bremste, die Leute drängten auf den Gang.

»Pass auf«, sagte ich, »hier der Hausschlüssel – klar? Im Innenhof das linke Quergebäude. Links, klar? Souterrain, da gehen vier Stufen hinunter. Das ist der Wohnungsschlüssel. Du kannst dort schlafen. Im Kühlschrank findest du genug. Spätestens morgen Mittag bin ich zurück und befreie dich. Ich lade dich zum Essen ein, danach kriegst du den Laufpass zu Mutti.«

Zu überrascht, um Widerstand zu leisten, zerrte er meinen Koffer aus dem Gepäcknetz, vergaß fast seine eigene Tasche. Ich schob ihn, die Hände auf seinen knochigen Hüften, vor mir her zur Tür. Er war der Letzte, der ausstieg. Zuvor zog ich ihn an mich, umarmte ihn fest, ein angenehmes Gefühl, warm, er hatte nur ein dünnes Hemd, ich mein Sommerkleidchen an. Dann löste ich mich und drückte ihm einen flüchtigen Kuss auf die Lippen.

Er lächelte. Hatte sich also durchgerungen. »Danke«, flüsterte ich. »Ich freue mich. Das Bett ist frisch bezogen. Unterm Kopfkissen findest du mein Negligé, leg's beiseite, es passt dir sowieso nicht.«

Martin stellte das Gepäck auf den Bahnsteig und winkte, bis mein Zug hinter einer Kurve verschwand. Ich sah noch, wie er sich mit den Fingern, den schönen langen Fingern, über die Lippen strich, offenbar dem Kuss nachspürte. Gewiss, ich hatte ihn überrumpelt, war aber sicher, er würde es nicht bereuen. Ein lieber Kerl, gut zu führen, dachte ich.

»Genug für heute! Erste Sitzung beendet«, sagt der Doktor.

Was soll das? Isolde ist ernüchtert. Das nannte sich Psychologie? Wozu sollte so etwas gut sein? Von ihm war gar nichts gekommen, keine Frage, auch keine Berührung, nicht mal seine Hand auf ihrem Arm oder ein sanftes Streicheln über Stirn und Wangen. Sie hatte sich mit anderen Erwartungen auf die Couch gelegt.

Jetzt ahnt sie: Es war falsch, die Patientin zu spielen. Bestimmt hat ihm sein Berufsethos dazwischengefunkt, jener ärztliche Anstand, der bei ihrem ersten Besuch so vollkommen deaktiviert gewesen ist.

Vor einem Jahr war sie allerdings auch nicht als Psycho-Patientin, sondern als kernige Klassenlehrerin der 11 B 1 erschienen, die mit Vater Liesegang, dem Vorsitzenden des Elternaktivs, ein Hühnchen zu rupfen hatte. Es war sein Wunsch gewesen, die Probleme seines Sohnes nicht in großer Runde mit anderen Eltern zu erörtern, sondern in diskreter Sitzung in seiner Praxis.

Sie hatte vor seinem Schreibtisch gesessen, er dahinter. Isolde war ohne Umschweife zur Sache gekommen, hatte die Klagen der Staatsbürgerkunde-Lehrerin wiederholt, dass sein Sohn Igor immer öfter den Unterricht störe und die Kollegin zu provozieren versuche, zum Beispiel mit der Volkskammerwahl, dass er Fragen stelle, die eindeutig auf Hetztiraden westlicher Radiosender beruhten. Sogar das Wort Wahlfälschung habe er nachgeplappert.

Der Doktor reagierte nicht mit hilflosen Erklärungen, er sagte gar nichts, kam um den Tisch herum und baute sich vor ihr auf, ganz lässig, den Hintern an die Schreibtischplatte gelehnt. Isolde musste zu ihm aufblicken und sah erstaunt, wie ungeniert er sie taxierte, ihr in den Ausschnitt und auf die Schenkel starrte, die sich unter dem dünnen Kleid abzeichneten. Sie war verwirrt und geschmeichelt zugleich, es passierte nicht oft, dass eine fast fünfzigjährige, ein wenig rundliche Frau von Männern derart interessiert gemustert wurde. Er war verwitwet, das wusste sie.

Isolde senkte den Blick und erschrak: Vor ihrer Nase war Bewegung! Entgeistert schaute sie wieder nach oben. Sein Nicken ließ keinen Zweifel. Wie unter magischem Zwang knöpfte sie seine Hose auf ...

Sie kam erst auf dem Schreibtisch wieder zu sich, als er von ihr abließ. Nicht dass ihr die schnelle Nummer besonderen Spaß gemacht hätte, aber wie er so ganz ohne Worte, ohne jedes Balztänzchen, so selbstverständlich und geschäftsmäßig ... So ein freches Schwein aber auch! Es hatte ihr imponiert.

In der Schule hatte sie ihrer Kollegin versichert, Igors Vater, der als Witwer offensichtlich überlastet sei, wolle sich künftig mehr kümmern und alles tun, um seinen Sohn zu einem ordentlichen Staatsbürger zu erziehen, er werde darauf achten, dass keine Westsender mehr gehört werden.

Geb's Gott, hatte die Stabü-Lehrerin geantwortet.

»Nächster Termin: wann immer du willst, dreißig Minuten nach Ende der Sprechstunde, ruf mich an!« Immerhin zieht er sie an sich und gibt ihr einen Kuss. Als sei ihm zum Schluss noch eingefallen, was er vergessen hatte.

Isolde fühlt sich schäbig. Über Martin haben sie gar nicht gesprochen. Sie versteht nicht, wie sie vergessen konnte, weshalb sie gekommen war, und noch weniger wüsste sie zu sagen, ob sie jemals wieder einem Spiralnebel und einem Schwarzen Loch an der Decke Storys aus ihrem Leben erzählen möchte.

Unterwegs 1

An der Raststätte Frankenwald verlässt Isolde die Autobahn. Zu früh, aber Martin versteht ihre Ängstlichkeit. Sie hat sich angewöhnt, rechtzeitig Benzin nachzufüllen. Der Trabant ist kein Reichweitengigant, zu Hause muss man immer überlegen, ob er es bis zur nächsten Tankstelle schafft. Isolde wird einige Zeit brauchen, um gelassener zu werden. Martin weiß, dass im Westen die Tankstellen dichter gesät sind; er hat den Reservekanister, den ständigen Begleiter für den Notfall, mutig zu Hause gelassen. Die Eigenmächtigkeit zu beichten wagt er nicht. Isolde ist schon nervös genug.

Der Liter Benzin kostet 1,199 DM. Mit den blödsinnigen, wahrscheinlich von Psychologen und Marktforschern ersonnenen Preisen umzugehen haben sie in den letzten Wochen gelernt. Aber Martin mag die Trickserei nicht. Laut und vernehmlich ruft er Isolde den aufgerundeten Preis zu: »Einszwanzig!« Mag der Ossi die merkwürdigen Mechanismen des neuen Systems auch noch nicht begriffen haben – für dumm verkaufen lässt er sich nicht.

Er benimmt sich, stellt Isolde fest, als hätte es die letzten Wochen nicht gegeben. Wie unberechenbar die Psyche ist! Eine wundersame Genesung? Hat Wolfgang Liesegang das geahnt, hat er es gar gewollt?

Staunend verfolgt sie, wie Martin herumwirtschaftet. Mit geübten Griffen öffnet er die Motorhaube, steckt den Peilstab in den Tank, um den Benzinstand zu ermitteln, sieht sich bestätigt und gibt das auch bekannt: Mindestens achtzig Kilometer wären noch drin gewesen, dann erst hätte der stotternde Motor das Signal gegeben, den Benzinhahn flugs auf Reserve umzulegen.

Gemisch für Zweitakter wie zu Hause gibt es an keiner Säule. Martin hat vorgesorgt. Im Kofferraum sind zehn Liter Öl verstaut, noch für DDR-Mark gekauft. Einen guten Viertelliter kippt er in den Tank und mischt mit scharfem Strahl den Sprit zu. Er dosiert genau, stottert sich zum Schluss behutsam vorwärts, bis die Anzeige exakt 15 Mark ausweist. Die Westmark im Portemonnaie ist noch zu neu, um sie zu verplempern. Ohnehin neigt er nicht dazu, mit Trinkgeld um sich zu werfen.

Zu dieser frühen Stunde ist das Restaurant nur mäßig besetzt. Es überspannt alle Fahrspuren der Autobahn. Spektakulär, findet Isolde. Sie übertreibt immer. Schon der Fahrstuhl mit dem Ausblick auf das beschauliche Tal hat sie entzückt. Gern würde sie sich an einen Tisch setzen und bei einem heißen Kaffee die Autos beobachten, die so schnell heranjagen, dass man nicht mal die Kennzeichen entziffern kann.

Martin mahnt zur Weiterfahrt, auf sie warte noch ein weiter Weg. Außerdem sei es hier bestimmt teuer. Wozu haben sie alles mit? Frühstück in zwei Stunden. Oder früher. Versprochen. Er ist nicht knickrig, keineswegs. Er kann es nur nicht leiden, unnötig Geld auszugeben. Und auch noch den Zeitplan durcheinanderzubringen!

Isa und Gerti

Willst du wissen, Hanni, wie ich in die Ehe gestolpert bin? Ich hab's aufgeschrieben.
Mein Interesse hält sich in Grenzen.
Es war kurios. Ich habe meine Frau im Zug kennengelernt, zwischen Leipzig und Dresden. Wir haben die ganze Fahrt über gequatscht. In Dresden bin ich ausgestiegen, sie ist weitergefahren.
Aber du hattest ihre Adresse.
Und ihren Koffer.
Oho! Hört sich gut an.

Sie hatte ihn geküsst, zart und dennoch wärmer als Gerti, die ihm das heiße Küssen beigebracht hatte, in einer eher technisch orientierten Lehrstunde für Anfänger. Mit Isolde gab es keinen Vorstoß der Zunge auf fremdes Territorium, kein umkämpftes Eindringen wie damals bei Gerti. Es war schöner.

Isolde und Gerti, das war wie Hochgebirge und Mittelgebirge, nicht zu vergleichen. Er hatte Gerti, die Frau eines Kletterfreundes, gleich bei seiner ersten Tour mit der Sportvereinigung Vorwärts, Sektion Bergsteigen, kennengelernt. Er trug damals das sogenannte Ehrenkleid der Nationalen Volksarmee, aber natürlich nicht in den Bergen. Zum Klettern durften sie in Zivil raus. Aus diesem Grund (und weil die Bergsteiger öfter mal dem trostlosen Kasernenwochenende entfliehen konnten) war er dem Verein beigetreten.

Gerti wartete mit einem Picknickkorb am Fuße eines Felsens auf die Rückkehr der Seilschaft, ebenso wie Martin, der als Neuling für den schwierigen Weg nicht zugelassen worden war. Sie war fast doppelt so alt wie er, Mitte dreißig, schätzte er, eine dunkle, glutäugige Frau mit auffallend vollen Lippen. (Er dachte wirklich: glutäugig; das Wort schien ihm das einzig passende.) Sie fütterte ihn mit Keksen und Mitgefühl. Der arme, auf Exerzierplatz und Sturmbahn gedrillte Volksarmist tat ihr offenkundig leid. Sie überredete ihren Mann, den Jungen auf eine Partie Rommé einzuladen, wenn er das nächste Mal Ausgang bekäme.

Gleich der erste Rommé-Abend brachte Martin aus der Fassung. Er saß ihr beim Kartenspiel gegenüber. Plötzlich spürte er, wie ihr seidenbestrumpfter Fuß unter dem Tisch nach seinen Schenkeln tastete, immer weiter vordrang, ihn sanft massierte. Ihr Mann schien nichts zu bemerken. Martin hatte Mühe, sich zu beherrschen, musste sich einmal sogar ihrem Fuß entziehen, schmerzhaft schön krampfte es sich da unten zusammen, es war zum Aufjaulen. Sie aber lächelte nur still in ihr Blatt, begann es neu zu sortieren, zeigte keinerlei Regung. Sie sah ihn nicht einmal an bei ihren unverfrorenen Attacken. Auch beim Abschied nicht die geringste Vertraulichkeit, wie ihr Mann reichte sie Martin die Hand: Bis zum nächsten Mal.

Das nächste Mal traf er sie allein an, ihr Mann war wer-weiß-wo. Da Rommé zu zweit nicht stattfinden konnte, erklärte er, wieder gehen zu wollen. Eine unbestimmte Ahnung versetzte ihn in Angst. Gerti ließ Flucht nicht zu. Sibyllinisch lächelnd zog sie ihn durch die Tür, nahm ihm die Uniformjacke ab und meinte, er möge es sich am Couchtisch gemütlich machen.

Gemütlich ging nicht, er war zu nervös. Zum Glück schleppte sie ein Fotoalbum an. Abwesend schaute er auf Familienbilder und Fotos ihres Hausfreundes, wie Gerti ihn nannte, der vor kurzem in den Westen abgehauen sei, leider. Ob Martin wisse, was ein Hausfreund sei, fragte sie, und ob er sich vorstellen könne, ihr neuer Hausfreund zu werden.

Ihm dämmerte etwas. Während er noch überlegte, was er antworten sollte, kam schon ihre nächste Frage: ob er überhaupt schon mal eine Frau geküsst habe. Ja, natürlich, log er, bestand aber den Praxistest nicht. Den Unschuldsknaben in die Geheimnisse des Küssens einzuweihen, fachte ihren Ehrgeiz an. Und noch mehr ihre Lust. Martins Begierde galt vor allem dem technischen Know-how, ihre ging offenbar weiter.

»Komm, wir setzen uns rüber aufs Sofa«, flüsterte sie. Sie setzte sich aber nicht, sondern legte sich flach auf den Rücken, hielt die Augen geschlossen und lächelte. Sein sechster Sinn sagte ihm, dass er sich jetzt auf sie legen müsste. Sie duldete es, rührte sich nicht, lächelte nur. Sie waren beide bekleidet, aber die Wärme ihres weichen, nachgiebigen Körpers drang zu ihm durch, er war hocherregt, fühlte ihre festen Schenkel unter sich, die sie leicht geöffnet hatte, sein hartes Teil drückte fest auf ihren Venushügel.

Regungslos lag sie unter ihm, sagte nichts, genoss seine Unbeholfenheit. Ihr anhaltendes Lächeln, ihre sinnliche Vorfreude ermunterte ihn zu einem Übergriff: Zum ersten Mal fasste er einer Frau an die Brust. Sie trug keinen BH, deutlich spürte er die aufragenden Nippel. Selbst jetzt keine Reaktion, weder griff sie nach ihm noch wehrte sie sich, lag einfach da und lächelte.

Es machte ihn verrückt. Ihre Brüste waren klein, füllten gerade seine Hand, sehr fest. Die Knöpfe ihrer Bluse suchend, fiel sein Blick auf seine Uhr.

»Verdammt!« Erschrocken rollte er von ihr. »Schon zwanzig vor zwölf!«

Bis Mitternacht war der Ausgang genehmigt. Kaum noch zu schaffen bis zur Kaserne.

»Entschuldige!«, sagte er. Zum Glück hatte er noch alle Sachen am Leibe, musste sich nur die Jacke überwerfen. Gerti erhob sich unendlich langsam, reichte ihm wortlos Koppel und Mütze und lächelte. Ja, sie lächelte. Es war ein anderes Lächeln. Als würde sie einem verunsicherten Kleinkind, das aus Tapsigkeit Geschirr zerschlagen hat, Nachsicht vorspielen, statt zu schimpfen.

Martin küsste sie flüchtig, nicht wie gerade gelernt, und rannte los, rannte und rannte. Unterwegs schoss es ihm durch den Kopf: Warum bist du nicht geblieben?! Andere Soldaten waren schon öfter morgens unbemerkt über die Mauer geklettert. Er hätte zum Mann werden können! Stattdessen keuchte er durch die Gegend, verfluchte den preußischen Gehorsam, der ihn in Bewegung gesetzt hatte, und wusste doch, dass es vor allem seine Angst war, vor der er davonlief.

Noch nie hatte er sich so elend gefühlt. Das Jüngelchen, dessen Uniform mannhafte Stärke vortäuschte, war erbarmungswürdig schwach, mickrig, zum Kotzen. Aber er konnte nichts rückgängig machen.

Als er schwitzend und schnaufend das Wachhäuschen der Kaserne erreichte, sah er hinter dem Diensthabenden die Uhr, dem Sekundenzeiger fehlten nur wenige Ticks bis Mitternacht. »Kanonier Menne meldet sich vom Ausgang zurück. Keine besonderen Vorkommnisse.« Konnte man so sagen, oder?

Ein paar Wochen später hat er Gerti noch einmal getroffen, wieder in der Runde der Bergsteiger. Er suchte den Blickkontakt, aber es war, als sähe sie durch ihn hindurch. Sie kannte ihn nicht mehr.

Drei Jahre war das her, nun begann ein neues Spiel, ein neues Glück. Martin scheute das große Wort nicht, denn er hatte ein gutes Gefühl. Es ging nicht um irgendein Abenteuer, es ging um Isolde, diese schöne, diese ungewöhnliche Frau, die eine großartige Bergsteigerin zu werden versprach. Nach dem berühmten Louis Trenker würde er sie Luise Trenkerin nennen. In Gedanken war er der Zeit weit voraus, zwei Stunden Bahnfahrt hatten genügt, um ihm eine Ahnung von Zukunft einzuhauchen.

Martin war noch benommen, als er den Neustädter Bahnhof verließ. Wusste nicht, wohin er ging, dachte auch nicht darüber nach. Ihm war, als träumte er. Hatte aber unbestreitbar ihren Koffer in der Hand. Saß nicht in der Straßenbahn nach Wachwitz, sondern stiefelte zum Platz der Einheit. Beseelt und glücksbesoffen – Ausdrücke, für die er sich normalerweise geschämt hätte, bezeichneten exakt seinen Zustand.

Was war passiert? Hatte er gerade ein Mädchen erobert? So kühn wagte er nicht zu formulieren. Aber er hatte sich zur Eroberung angeboten, die Zugbrücke zur Festung heruntergelassen.

Sie war einfach auf ihn zugekommen. So unbefangen ihre Bitte klang, es war ein Schock für ihn, schwerer als der Koffer. Noch galt die Regel, dass der Mann den ersten Schritt tun müsse. Er war, wie seine Mutter ihm ständig einhämmerte, ein ansehnlicher Bursche, groß und stattlich, doch so einen Überfall hatte er noch nicht erlebt. Das einzige, was er an der Hochschule und auch auf der Straße gelegentlich für sich verbuchen konnte, waren schwer zu deutende weibliche Blicke. Vorübergehendes Interesse. Ging vorbei. Brachte nichts.

Er war kein erfahrener Mann, im Gegenteil. Prahlten Freunde mit ihren Amouren, hatte Martin nichts beizusteuern, grinste nur wissend. Von Wissen freilich keine Spur. Zweiundzwanzig und noch Jungfrau! (Der Zwischenfall kürzlich zählte nicht.) Er litt sehr. Trotzdem mied er die Luststätten seiner Altersgenossen, ging lieber in die Berge als in Tanzcafés und Bars. Das Tanzen hasste er geradezu. Wenn seine Mutter ihn bei Familienfesten zum Walzer aufs Parkett schleifte, hing er an ihr wie ein nasser Sack, gebadet im Schweiß der Peinlichkeit.

Die gutbürgerliche Tanzstunde, von seinen Eltern teuer bezahlt und mit Hoffnungen verknüpft, hatte ihm fast körperlichen Schmerz bereitet. Schon beim ersten Einsatz auf dem Tanzboden, links im Saal die Jungs, rechts die Mädchen, versagte er. Das durch sogenannte Manieren kaum gebremste Wettrennen der »jungen Herren« um eine der »hübschen Damen« als Tanzpartnerin sah ihn auf einem hinteren Platz. Linkisch verbeugte er sich vor einer, die übrig geblieben war (»Darf ich bitten?«) und die, wie sich schnell zeigte, mit den Kommandos des Tanzlehrers ebenso wenig anzufangen wusste wie er. Nach der ersten Doppelstunde machte er Schluss. »Eins, zwei, Wechselschritt« galt ihm seitdem als Formel des Schreckens, Auswuchs einer befremdlichen Gier nach schwachsinnigem Vergnügen.

Martin hatte sich auf dem Bahnsteig nicht zufällig in Isoldes Nähe gestellt, er bewunderte schöne Frauen, musterte sie gerne aus sicherer Distanz. Der lange, blonde Pferdeschwanz und ihre Stupsnase gefielen ihm, sie war groß, obendrein animierte ihn ihre – wie ihm schien – perfekte Figur. Wenn sie nicht in seine Richtung blickte, ließ er seine Augen auf ihrem Körper weiden. Mehr wollte er nicht, nur ein wenig eintauchen in ihren Dunstkreis. Schon einen Platz im selben Abteil fürchtete er mehr, als dass er ihn erhoffte. Vergleichbare Situationen kannte er aus der Straßenbahn zur Genüge, sie waren nie zu einem guten Ende gekommen. Immer hatte er wie ein Schwachkopf eine Weile stumm geschmachtet, dann war er oder war sie ausgestiegen, wortlos, folgenlos.

Nie hätte er gewagt, eine wildfremde Frau anzusprechen. Höchstens nachts, im Dämmer des Halbschlafs und mit aufgepumptem Ego, spielte er solche Abenteuer durch. Isolde aber hatte es getan, wirklich und wahrhaftig. Und sie war dabei frei von Hintersinn oder gar schwülen Gedanken, wie er fest glaubte, anders als er in seinen nächtlichen Fantasien.

Dass er keine Freundin hatte, verunsicherte ihn sehr. Oft bedrängte ihn nackte Begierde. Ein Königreich für eine Frau hätte er in solchen Momenten geboten, doch er besaß kein Stück Land, musste folglich ein scharfes Weib herbeiimaginieren oder sich mit Zeitschriftenfotos begnügen. In seinen Fantasien war er unwiderstehlich, tatsächlich aber fürchtete er Frauen, ihre Erfahrung, die er selbstverständlich voraussetzte, und ihr Selbstbewusstsein, das der Erfahrung entsprang. Er fühlte sich ihnen unterlegen.

Im Zug mit Isolde war er lange reserviert geblieben, sein Misstrauen lag auf der Lauer, gemäß dem obersten Grundsatz, den er sich für solche Fälle zurechtgelegt hatte: Niemals den Kopf verlieren! Nicht dem äußeren Schein erliegen, tiefer blicken, hinter der Fassade die Substanz suchen. Falls welche vorhanden ist. Bei seinen Kriterien für die Beurteilung ganz oben auf der Werteskala standen Solidität, ein Mindestmaß an Intelligenz und Ordnungsliebe. Ein angenehmes Äußeres schadete natürlich nicht, und ein paar hausfrauliche Fertigkeiten müsste sie auch mitbringen, wenigstens kochen können wie Mutti. Er war ein bedachtsamer Mensch, wollte sich auf keinen Fall von spontanen Gefühlen oder gar Gelüsten hinreißen lassen.

Was Letzteres betraf, ging bei der Zugfahrt mit Isolde einiges in die Hose. Lange Zeit nahm Martin nur halb zur Kenntnis, was sie erzählte, weil ihn das Rumoren unterhalb des Pimpeks, des sächsisch verniedlichten Bauchnabels, beunruhigte. Sie durfte es nicht bemerken. Peinlich, dieser Aufstand im Hosenstall. Und ein Missverständnis! Es hatte nichts mit ihr zu tun. Würde sie es entdecken, müsste er eine Erklärung abgeben. Schon der Gedanke daran trieb ihm den Schweiß aus allen Poren. Eine Spontanerektion passiere ihm oft, würde er stottern, unabhängig davon, ob ein Mädchen in der Nähe sei oder nicht, es bräuchte dazu keinen Anlass. Klang blöd, wäre aber nicht gelogen. Normalerweise genoss er das Einschießen des Blutes, ein wohliges Gefühl, durch Willenskraft kaum zu verhindern. Und warum auch? Es tat gut, verhieß Leben und – wenn man es zu Ende dachte – Unsterblichkeit: das Weiterleben in Kindern, Enkeln, Urenkeln ...

Zum Glück hatte Martin eine derbe Hose an, die der Expansion Grenzen setzte. Am ehesten konnte Ablenkung helfen. Er schaute aus dem Fenster, abgeerntete Stoppelfelder, endlose Weiden, Bilder von ermüdender Eintönigkeit – bloß er da unten blieb wach. Sie redeten über simple Dinge, ihre künftige Schule, den Direktor, ihre Klasse; sein Interesse erschlaffte – der in der Hose hielt dagegen. Nichts zu machen. Dann aber durchfuhr Martin ein Gedanke buchstäblich bis ins letzte Glied: Ob sie das wohl öfter tat – Männer anquatschen. Sofort ließ der Druck nach. Er konnte sich darüber nicht recht freuen, wunderte sich vielmehr: Wurde er schon eifersüchtig? Es hatte doch noch gar nicht angefangen.

Er täuschte sich, merkte nicht, wie stark der Sog schon war, welch gurgelnder Strudel ihn zu verschlingen drohte. Seine rationalen Bremsen hatten schnell versagt. Schon zwischen Wurzen und Oschatz, als Isolde sich als potenzielle Kletterfreundin offenbart hatte, geriet er auf die schiefe Bahn, das sachliche Abwägen verflüchtigte sich, er rutschte in unkontrolliertes Gebiet. Die Zentrale in seinem Kopf hatte die Vernunft abgeschaltet und den Raum mit einer beglückenden Leere geflutet, in der einzig rosa Wölkchen schwammen, umkränzt von zartbitterer Versuchung.

Er hatte das noch nie erlebt, fühlte nichts als eine duselige Seligkeit, die ihn weich machte, fast zerschmelzen ließ. Ja, das musste Liebe sein, dachte er ohne zu denken, die reine, die schneeweiße Liebe. Er hätte sie an sich drücken mögen, unendlich lange und fest – oder ihr wenigstens eine Zigarette nach der anderen anzünden wollen, damit sie seine Hand mit dem Feuer ergreife und nicht mehr loslasse. Die Flamme des Zündholzes brannte lichterloh.

Lächelte Isolde, und das tat sie oft, bildeten sich auf ihren Wangen kleine Grübchen. Ein Vorgang, den er bestaunte. Von ähnlichen Wundern träumte er manchmal: Er hängt am Fels, die Wand glatt wie ein Kinderpopo, kein Griff, kein Tritt, es geht nicht weiter, ein heftiges Muskelzittern, die gefürchtete »Nähmaschine«, befällt ihn, geboren aus Angst und schwindender Kraft – und plötzlich lächelt der Stein, zeigt einen grinsenden Spalt oder öffnet mit einem Schmatzen eine rettende Mulde für seine suchende Hand. Ein bizarrer Traum. Noch verrückter, dass ihre Grübchen ihn daran erinnerten.

Als Martin hinter dem Platz der Einheit in die Alaunstraße einbog, hätte er abheben können. Er schwebte mehr als er ging, nur die Schwerkraft ihres Koffers hielt ihn am Boden. Ein Abenteurer war er, ein Eroberer auf dem Weg, eine fremde Welt zu erforschen. Nichts konnte ihn stoppen. Er würde alle Widerstände überwinden, Dornenhecken zerteilen, Schranken durchbrechen – er hatte ja die Schlüssel in der Tasche.

Vor der ersten Querstraße traten die Häuserfronten zurück. Wahrscheinlich Fliegerbomben, dachte er, 13. Februar 1945. Zurückgesetzt in einem unscheinbaren Flachbau das Kabarett »Herkuleskeule«. So nahe an ihrer Wohnung, vielleicht eine Chance, leichter an Karten zu kommen.

Dann stand er vor ihrem Haus, die Hausnummer leicht zu merken, sie entsprach seinem Geburtstag. Er querte den Hof, stieg ins Souterrain hinab, schloss die Tür auf und stand in der Küche: sparsam eingerichtet, Kühlschrank, Spüle, ein paar Geschirrschränke, Kochplatz mit drei Flammen, darunter eine Flasche Propangas. Alles wirkte sehr aufgeräumt. Ihren Koffer stellte er neben der Waschmaschine ab. Frauen pflegten nach einer Reise immer alle Sachen zu waschen, ob sie sie getragen hatten oder nicht, das kannte er von seiner Mutter.

Zwei Stufen führten zu einer Tür, dem Eingang ins Wunderland. Zögernd trat er ein, verbotenes Terrain. Er kannte Soldatenstuben, auch möblierte Zimmer von Kommilitonen, aber noch nie war er in den intimen Bereich eines Mädchens vorgedrungen. Er wusste nicht, welche Geheimnisse ihn erwarten würden, unscharf schwebte ihm etwas Frivoles vor. Was mögen junge Frauen im Verborgenen mit sich anstellen, wie ihre Fantasien ausleben. Je weniger man weiß, desto verruchter die Ahnungen.

Als erstes überprüfte er die Lampen. Alle brannten, keine Glühbirne defekt. Komisch. Der Anblick des kleinen, fast vollständig mit Möbeln ausgefüllten Zimmers ernüchterte ihn: Ein klobiger Kleiderschrank und eine alte Buckeltruhe beherrschten die eine Wand, gegenüber ein Sofa mit drei akkurat in der Mitte geknifften Kissen, davor ein Esstisch und zwei Stühle. Einziger Blickfang: ein ramponierter Teddy, der auf dem Kopfkissen ihres Betts thronte. Sie braucht etwas zum Kuscheln, das rührte ihn. Überzeugt, dass dies sein Platz sei, warf er sich in die Federn, streichelte beseligt über die Kissen, küsste den Teddybär, wühlte ihr dünnes Nachthemdchen hervor, vergrub sein Gesicht in dem seidenen Nichts, versuchte ihren Duft zu atmen. Es müffelte ein wenig.

Ich bin beeindruckt. Du besserst dich. Bin diesmal nicht eingeschlafen.
Dein zweifelhaftes Lob ist mir genauso egal wie dein Gemecker.
Die Leser lieben Versager. Die Bauchlandung bei Gerti bringt Punkte, die meisten Leserinnen finden solche unbeholfenen Typen sympathisch.
Darauf kann ich verzichten.
Vielleicht sollten wir dich zum Tollpatsch aufbauen. Hätte den Vorteil, dass wir dicht an der Wahrheit blieben.

Unterwegs 2

Das Auto schnurrt, ein bisschen langsam, aber zuverlässig. Trotzdem gelingt es Martin nicht, sich entspannt dem Fahrgenuss hinzugeben, er liegt auf der Lauer, wie immer. Im Laufe der Zeit hat er ein feines Ohr für die Geräusche des Maschinchens entwickelt. Er weiß: Am Trabi kann jede Minute was kaputtgehen. Nicht dass er Angst hätte vor einer Panne. Mit Sicherheit würde er den Wagen wieder flottbekommen, allein und ohne Hilfe. Zwanzig Jahre mit einem Trabant, das macht jeden zum Mechaniker.

Und es zahlt sich aus, dass er in den zurückliegenden Jahren immer zugegriffen hat, wenn es irgendwo Ersatzteile gab. Solche beglückenden Momente hatte er nicht oft erlebt, obwohl er regelmäßig alle erreichbaren Geschäfte für Kfz-Zubehör abgraste. Im Laufe der Zeit war dennoch einiges zusammengekommen. Er hat alles an Bord, Keilriemen, Lichtmaschine, Vergaser, Zylinderkopfdichtung. Lampen und Sicherungen sowieso. Den Auspuff hat er vorsichtshalber schon zu Hause ausgewechselt; vier Jahre hatten die unförmigen Rohre warm und trocken unterm Ehebett gelegen und auf ihren Einsatz gewartet. Vor- und Nachschalldämpfer waren Martin in die Hände gefallen, noch bevor er überhaupt das Auto hatte. Er stand zufällig in einem ifa-Laden, als Auspuffrohre eintrafen. Goldstaub! Ob man einen Trabant fuhr oder nicht – so ein begehrtes Teil nahm jeder mit, notfalls zum Tauschen gegen andere heiße Ware.

Vor der großen Reise schien es Martin geraten, das gut gehütete Teil einzubauen. Vorsichtshalber. Die Störanfälligkeit des Trabant war ihm so unbegreiflich wie vieles im Land: Wenn schon Sozialismus, warum dann nicht Autos bauen, die gut und gerne zwanzig Jahre durchhalten? Zumal Material knapp war (»Spare mit jedem Gramm!«, hieß die Losung) und die Produktion nicht hinterherkam. Irrsinnig lange Wartezeiten auf ein Auto könnten mit robusten Modellen erheblich verkürzt werden, dachte er. Aber nein, die Karre zerfiel schneller, als die Industrie Ersatzteile liefern konnte. Man orientierte sich an westlicher Massenware, produzierte so billig wie möglich und akzeptierte den raschen Verschleiß, als müsste man den Konsum anheizen.

In den Wochen nach der Währungsunion, zum ersten Mal mit Westgeld in den Händen, war Martin kurz wankelmütig geworden. Was waren die Demonstrationen zur Wendezeit gegen die Ströme von Pilgern, die nun zu den Autohäusern wallfahrten! Hinter blanken Scheiben lockten rassige Modelle mit Chrom und Glanz. Doch die Vernunft gebot ihm Einhalt. Als Ingenieur und Umweltfreund stand er zu seinen Prinzipien. Man wirft wertvolle Ressourcen nicht auf den Müll. Und sein Trabant war so gut wie neu, noch nicht einmal vier Jahre alt.

Fast kam er sich wie ein Dissident vor, trotzig verweigerte er sich dem Trend zum »richtigen« Auto. Er fühlte sich gut dabei. Abgeklärt sah er herab auf das aufgeregte Gewusel in der Nachbarschaft: Wer kaufte das größte, wer ein neues, wer nur ein gebrauchtes? Martins Gefühl, moralisch weit über dem billigen Begehren nach Renommee zu stehen, zwang den zeitweilig aufkeimenden Neid in die Knie. Am Ende würde er wohl der Letzte in Dresden sein, der die Ehre der Zwickauer Autobauer hochhielt. Oder doch nicht?

Selbstvergessen beginnt er sich zu putzen, eine Angewohnheit, die auf seinen Sohn zurückgeht. Jonas hatte sich über den Haarwuchs in Vaters Ohren lustig gemacht. Seitdem ist Martin sensibilisiert für das hässliche Sprießen. Sobald er daran denkt, ertastet er mit Daumen und Zeigefinger die lästigen Haare und reißt sie mit einem Ruck aus. Das gelingt selten beim ersten Versuch, die Prozedur ist schmerzhaft, aber notwendig. Bloß keine Altmännerbüschel in Nase und Ohren!

Isolde kann die Zupferei nicht leiden, eklig findet sie es, vor allem weil er die erbeuteten Härchen nicht im Taschentuch sammelt, sondern einfach fallenlässt. Ihr Gesicht verrät: Am liebsten würde sie anhalten und die Fußmatten ausklopfen! Martin kennt ihren Reinlichkeitsfimmel, verkneift sich aber eine Bemerkung, es gäbe nur Ärger.

Ihm fällt auf, dass er seit der ehemaligen Grenze noch kein einziges Auto gesehen hat, das mit einem Defekt liegengeblieben wäre. Irgendwann wird er sich wohl doch einen Westwagen zulegen.

Trainingsstunde

Deiner Geschichte fehlt der Drive. Es fehlen ein paar Umdrehungen an der Schraube. Schlage vor, wir veredeln Martin zum Dissidenten, und aus Isolde machen wir eine veritable Parteizicke – schon kracht's im Gebälk.
Gräben in den Familien, nicht sehr originell.
Wird von den Medien gern genommen.
Willst du immer nur lesen, was gerade Mode ist?
Habe ich das verlangt? Kunst ist singulär. Nur du bist es nicht. Du musst es werden.
Dissident passt nicht. Das nähme mir kein Mensch ab.
Zur Not täte es auch ein total schräger Martin, skurril, weltfremd, linkisch – die Ansätze sind vorhanden.
Nur weil du dir davon etwas versprichst, werde ich mich nicht zum Trottel machen.
Aber du wirst nichts weglassen.
Natürlich nicht.
Gut, das reicht vielleicht.

Isoldes Bad war winzig. Die Ablagen unter dem Spiegel und in der engen Dusche, vollgestellt mit Kosmetikartikeln, boten keinen Platz für seine Waschtasche. Er benutzte ihre Seife, sie roch sehr gut, schnupperte an einem Fläschchen »Tosca«, wahrscheinlich ein Geschenk von Oma oder Tante aus dem Westen. Bei ihrer Zahnbürste hatte er Hemmungen, obwohl er Isa, wie er sie inzwischen nannte, extrem nahe gekommen war in der Nacht. In seiner ersten Nacht mit ihr. Sex in absentia. An Fantasien fehlte es ihm nicht.

Frühmorgens hatte er die überschießende Kraft in sinnvolle Bahnen zu lenken versucht. Mit dem ersten Dämmerlicht, es war gegen fünf, sperrte er die Fenster auf, ließ ausgiebig frische Luft ein und unterzog sich den üblichen Exerzitien. Zwar fehlte die Reckstange, die ihm zu Hause die letzte Energie aus dem Körper saugte, sein Repertoire an Bodenübungen reichte aber aus, um sich eine Stunde lang zu quälen.

Er tränkte Isas Teppichboden mit seinem Schweiß, markierte sein Revier; hier durfte fortan kein fremder Hund mehr herumschnüffeln. Er dachte schon weiter: Wohnte er hier, flöge zuerst der textile Belag raus; abgestandener Männerschweiß wird nur selten als Aphrodisiakum empfunden.

Auf Krafttraining hatte er immer schon Wert gelegt, vor einem Jahr jedoch das Pensum deutlich erhöht. Schuld daran waren ältere Bergsteiger, die ihn mit der Nase darauf stupsten, wie begrenzt seine Bergwelt seit dem 13. August 1961 war. Darüber hatte er bisher kaum nachgedacht. Er war zufrieden gewesen mit seinen Sandsteinfelsen an der Elbe, kaum anders als ein Zootier, das glücklich in seinem Gehege lebt und den Zaun erst wahrnimmt, wenn ihm andere erzählen, wie toll es draußen ist. Die Sächsische Schweiz mit ihren tausend Gipfeln, gut und schön, sagten die Alten, aber die richtige Schweiz habe noch ein paar mehr, vor allem höhere, und attraktive Routen, legendäre Aufstiege, ein Kletterparadies.

Je mehr sie schwärmten, desto stärker empfand Martin den Verlust. Die wunderbare Welt der Alpen würde ihm verschlossen bleiben, mindestens bis 2005, bis zur Rente. Erst dann, als hinfälliger Greis, tattrig womöglich und mit Rheuma in den Gliedern, bekäme er die Erlaubnis, in den Westen zu reisen.

Die welterfahrenen Haudegen der Kletterszene hatten ihm eine Sehnsucht eingepflanzt, die an ihm nagte. Seitdem klingelte sein Wecker morgens eine Stunde früher, schon um fünf. Die Zeit bis zum Frühstück nutzte er, um zu trainieren, um mehr und immer mehr aus seinem Körper herauszuholen, die letzten Muskel zu mobilisieren, Kraftdepots anzulegen. Mit einem einzigen Ziel: Er wollte mit 65 noch körperlich fit sein, ein Pensionär mit dem Körper eines Athleten. 44 Jahre Arbeit standen ihm bevor, 44 Jahre Training am Boden, an der Sprossenwand, am Reck, 44 Jahre Quälerei, Tag für Tag.

Er traute sich das zu.

Er konnte hart sein gegen sich selbst.

Er würde die Gesetze des Alterns außer Kraft setzen.

Isas Bett war hart, aber nicht deshalb hatte er unruhig geschlafen. Was machte er hier, hatte er sich gefragt, war er verrückt geworden? Oder war diese Frau eine Verrückte? Schickt einen fremden Mann in ihr Bett! Probeschlafen? Das war doch kein spontaner Irrsinn, dahinter steckte ein Plan!, überlegte er. So viel Denkkraft stand ihm inzwischen wieder zu Gebote.

Sie hatte ihn gefangen, raffiniert eingesponnen in ihr Netz. Warum? Hatte er ihr gefallen? Oder wollte sie ihre Macht über Männer erproben, ein Stück Freiwild jagen? Gestern wären ihm solche Zweifel nicht in den Sinn gekommen. Er war betäubt gewesen, benebelt von seinem Glück. Schon immer fand er alle gut, die ihn gut fanden. Und er verhielt sich wie immer:

Ließ die Sache auf sich zulaufen, wählte nicht selber, wartete, dass er gewählt würde.

Jetzt aber musste er seine fünf Sinne zusammennehmen. So oder so, es brauchte wenig Fantasie, um sich auszumalen, was ihn erwartete. Er wollte vorbereitet sein.

Zwar hatte er sich vorgenommen, nicht zu schnüffeln, war aber doch zu ihrem Wäscheschrank geschlichen. Konnte ja keiner sehen. Es roch sehr gut aus den Fächern, nach feinem Parfüm, alles war ordentlich sortiert und auf Kante gelegt, sauberer als er es bei der Armee gelernt hatte.

Was ihm sofort ins Auge sprang, waren die aufgestapelten BH. Vorsichtig nahm er sie heraus. Er war kein Wäschefetischist, seine Neugier richtete sich auch nicht auf die Körbchengröße (recht ansehnlich!), sondern auf die Technik. Schon oft hatte er gehört, wie sich Männer blamiert hatten bei ihren Versuchen, einen BH zu öffnen. Also studierte er die Verschlussmechanismen. Kleine metallene Ösen, leicht zu handhaben, etwas tückischer die Haken aus Plastik, die eingefädelt und dann gedreht werden mussten, und besonders raffiniert: der Verschluss auf der Vorderseite, zwischen den Körbchen. Da hätte er hinten lange fummeln können.

Bisher hatte er in Prüfungen durch gestandene Frauen, es waren nur drei, nicht besonders gut abgeschnitten, war mit ziemlich miserablen Noten nach Hause gegangen. Er mochte nicht daran denken. Zwei Mal, bei Gitti und bei Gerti, war er im letzten Moment davongerannt. Anders, aber nicht viel besser, bei Ingrid.

Ingrid, für Dresdner Studentenwirtinnen eine ziemlich junge Frau, Anfang vierzig vielleicht, hatte ein Zimmer ihrer Wohnung an Leuchtturm vermietet. Der Kommilitone von der Insel Rügen, der seinen Spitznamen der Herkunft, seiner hohen und massiven Statur und dem oft rot aufleuchtenden Gesicht verdankte, war übers Wochenende zu den Eltern gefahren, das wusste Martin, als er an der Tür klingelte. Ingrid öffnete, sie trug einen blau-weiß gestreiften Bademantel, ungewöhnlich, fand er, denn es war schon später Vormittag, ihre dunklen Locken hatten offensichtlich noch keine Bürste gesehen.

Kaum hatte er vorgebracht, dass er Leuchtturm sprechen möchte, bat sie ihn herein. Weil er einen Moment zögerte, griff sie nach seinem Hosenbund und zerrte ihn in den dunklen Flur, der durch ein bunt verglastes Fenster in der Tür spärliches Licht empfing.

»Bist du sein Freund?«

»Wir studieren zusammen.«

»Seine Freunde sind auch meine Freunde.«

Sie stand sehr nah vor ihm, er konnte nicht sehen, dass sich der Gürtel des Bademantels gelöst hatte, spürte es aber sofort, als sie ihn an sich zog. Sie küsste ihn flüchtig und gab ihm die Richtung vor:

»Geh inzwischen ins Zimmer«, sie zeigte auf die Tür, »und mach es dir bequem. Ich bin gleich da.«

Es war das Schlafzimmer, das Bett zerwühlt, sehr breit, ein großer Spiegel an der Wand. Ihm wurde schlagartig klar, dass Leuchtturm ein anstrengendes Leben führte. Der Kommilitone hatte oft von seiner Wirtin erzählt. Geradezu berühmt sei sie bei den Taxifahrern der Stadt, weil sie nie Geld im Portemonnaie habe und den Chauffeur deshalb oben in ihrer Wohnung entschädige. Was sei denn schlimmer, habe sie Leuchtturm gefragt: unter ein Auto zu kommen oder unter einen Kraftfahrer?

Sicherlich waren solche Geschichten der Grund, warum Martin sich in seiner Not an diesem Sonntag auf den Weg zu Leuchtturm gemacht hatte. Das Verruchte hatte ihn gezogen, wie in Trance war er durch die Straßen gelaufen, ziellos scheinbar, bis er plötzlich vor diesem Haus gestanden hatte. Schicksal, könnte man sagen.

Jetzt aber packte ihn die Angst. Das kannte er. Solange er träumte, war alles gut. Begann er zu denken, ging es schief. Warum musste es hier geschehen, das erste Mal?, fragte er sich. Und war Ingrid die Person, an die man sich ein Leben lang erinnern möchte? Die Zweifel kamen zu spät. Ihm war, als rollte er auf einem Fließband unaufhaltsam jenem Ort entgegen, an dem Ingrid das rohe Werkstück Martin packen und mit tausendfach geübten Handgriffen bearbeiten würde.

Von diesem Ort trennten ihn noch zwei Schritte. Diese Erkenntnis war nicht dazu angetan, ihn wieder aufzurichten. Von Gefühlen, die seine Erregung hätten befeuern können, keine Spur. Alle Lust war versackt im Bodenlosen, er wusste, dass er versagen würde.

Noch war Zeit, wegzurennen. Aber er brachte es nicht fertig. Leuchtturm würde davon erfahren. Und mit ihm die ganze Seminargruppe. Er stellte sich das hämische Gelächter vor, wenn Ingrid und Leuchtturm über ihn, den grandiosen Liebhaber, herzögen. Er wäre erledigt. Eine Lachnummer für das ganze Studienjahr.

Also tat er, was zu tun war. Zog sich aus. Bis auf die Unterhose, die letzte Bastion, die schwachen Schutz versprach. Schnell verkroch er sich unter der Bettdecke. Auch Ingrids Wärme, die darin gespeichert war, konnte seine Hoffnungslosigkeit nicht vertreiben.

Als sie ins Zimmer kam, splitternackt wie befürchtet und mit einem Grinsen, das keine Fragen offenließ, stieg seine Not nur noch. Eine Schönheit war sie nicht, sah er, das Gesicht flach und grob geschnitten, Arme und Beine sehr dünn, unverhältnismäßig groß hingegen die Brüste, die jeder ihrer Bewegungen auf irritierende Weise folgten.

Er roch, als sie sich zu ihm legte, dass sie ein kräftiges Parfüm aufgelegt hatte. Eng schmiegte sie sich an ihn – und brach in lautes Gelächter aus. Nichts hätte ihn mehr verwirren können! Ein Geschlechtsakt (oder wie immer man das nennen wollte) war in seinen Augen eine zu ernste Sache, als dass man dabei lachen konnte.

Über den Grund für ihren Anfall musste er nicht lange grübeln. »Süß, der Kleine! Aber mit so einem riesigen Pariser wird das nichts«, gackerte sie und zog ihm geschickt die Unterhose vom Hintern.

Noch nie hatte er sich so entblößt gefühlt.

Ingrid wunderte sich nicht lange über die Angststarre des jungen Mannes, resolut nahm sie sich der Sache an. Nach einer Weile zeigte sich, dass die Gesetze der Physik nicht außer Kraft waren und über Martins Kopf obsiegten: Mechanische Reibung erzeugte Wärme, und Wärme sorgte für Ausdehnung.

Am Ende war er überrascht, wie schnell ein paar unwillkürliche Bewegungen zum Erfolg geführt hatten. Er japste, rollte von ihr, es jubilierte in ihm.

Ingrid wischte ihm den Schweiß aus dem Gesicht. Ihr nüchterner Kommentar holte ihn auf den Boden zurück. »Na siehste, ging doch«, sagte sie. »Ich dachte schon, du hast am 17. 5. Geburtstag.«

»Nee, im Januar«, sagte er.

Wie einfältig das war, wurde ihm erst Stunden später bewusst. Nach langem Grübeln ging ihm auf, dass Ingrid mit dem seltsamen Datum auf einen Gesetzesparagrafen angespielt hatte. Wieso war er nicht gleich darauf gekommen? Nein, ein 175er war er nicht.

Er hat Ingrid nie wieder gesehen. Es hatte wenig Spaß gemacht, war sogar peinlich gewesen, trotzdem fühlte er sich danach stark wie selten. Endlich, mit zweiundzwanzig, war er so weit, er konnte mitreden. Er hatte es geschafft. Auch wenn er, wie er sich in stillen Stunden eingestand, nicht unbedingt Herr des Geschehens gewesen war.

Wiederholte sich jetzt das Spielchen? Alles in ihm wehrte sich gegen den Gedanken, Isolde könnte ein Luder sein wie Ingrid, ein sexgieriges Monster.

Isolde hatte sich für ihn interessiert, war das schlimm? Ihn schnurstracks angesprochen, ungewöhnlich, ja, aber zu verstehen. Ihr Koffer war wirklich schwer. Und außerdem: Wie sonst hätte sie ihn kennenlernen können? Schließlich war er ein stattlicher Bursche (Mutters Worte!).

Nein, ihre blauen Augen waren ohne Arg, die straff nach hinten gekämmten, zum Pferdeschwanz gebundenen blonden Haare gaben ein offenes Gesicht frei, sie hatte nichts zu verbergen, die ganze Frau strahlte Sauberkeit aus, Ehrlichkeit. Dass sie ihn in ihren Bau gelockt, ihm ihr Intimstes geöffnet hatte, sprach eher für Arglosigkeit. Wer Hintergedanken hegt, verrät damit nur seine schmutzigen Fantasien, rügte er sich selbst.

Jedoch, ganz frei von Zweifeln war er nicht. In seiner Brust feuerte es, in seinem Kopf noch mehr. Gedanken schossen hin und her, stießen aneinander, blitzten auf und verglühten. Es war wie vor einer Prüfung in der Schule: Er wusste nichts. Konnte sich nicht konzentrieren. Konnte auch nichts essen. Der Kühlschrank blieb zu.

Er dachte ein Wort, das ihm bei Gerti oder Ingrid niemals eingefallen wäre, ein Wort, das ihm auch jetzt zu groß schien, weil da noch so viel Ungewissheit war. Er dachte: Liebe.

Endlich kam sie. Als die Tür, die das Vorderhaus mit dem Hof verband, knarzend ins Schloss fiel, wusste er, dass sie es war. Augenblicklich brach ihm der Schweiß aus. Isa stieg nicht die Treppe zur Wohnung hinab. Sie trat dicht an das geöffnete Oberlicht heran, das sich Fenster nannte und ihr nur bis zur Hüfte reichte, sodass er lediglich ihre langen Beine zu sehen bekam. Mit verstellter Stimme rief sie: »Komm raus, Einbrecher! Widerstand ist zwecklos!«

Brav trabte er zur Tür, wurde belohnt mit einer Umarmung und einem Kuss, beides eher flüchtig, jedenfalls nicht so intensiv, wie er es sich vorgestellt hatte.

»Lass uns essen gehen, ich habe mächtigen Hunger«, sagte sie. »Und nimm gleich deine Reisetasche mit.«

Er war unfähig, etwas einzuwenden. Ihre Bitte (war es überhaupt eine?) erwischte ihn auf dem falschen Fuß, er hatte an einen anderen Ablauf gedacht. Andererseits war er erleichtert, kramte im Bad seine Utensilien zusammen und stopfte sie, zusammen mit den Schlafsachen, in die Tasche. Keine neue Prüfung! Das beruhigte. Nein, ein lockerer Vogel war Isolde nicht, und leicht zu haben schon gar nicht.

Das Szenario, das er sich vorgestellt hatte, wäre wunderbar und zugleich furchtbar gewesen. Wahrscheinlich hätte es ihm ein ewiges Misstrauen eingepflanzt. Gott sei Dank, »so eine« war sie nicht.

Isolde hakte sich bei ihm ein und gab ein munteres Tempo vor, plauderte aufgekratzt. Im Gleichschritt zogen sie – nein, nicht einer besseren Zukunft – erst mal einem guten Lokal entgegen.

Unterwegs 3

Umsichtig kann man es nicht nennen, wie Isolde Auto fährt, sie hat nur im Blick, was sich unmittelbar vor ihr abspielt. Das weitere Umfeld zu erfassen und optimal zu reagieren gehört nicht zu ihren Stärken. Auf dem Parkplatz nimmt sie die erste sich bietende Parklücke, nicht die ruhigere am Rande, die Martin gewählt hätte.

Führe sie zügiger, könnte man es frech nennen, wie sie den mickrigen Trabant zwischen großräumige Karossen schiebt, so aber wirkt es unsicher und übervorsichtig. Ihr fehlt die Übung. Im Osten geht es meist nicht so eng zu, da ist mehr Platz und ihre Angst weniger augenfällig.

Der Rastplatz ist gut besucht, die meisten der hölzernen Tische und Bänke sind besetzt von Reisenden, die nach der Enge ihrer motorisierten Käfige das weite Areal erobert haben und nun entspannt die Sonne und ihr Frühstück genießen. Unter ihnen viele Familien, Kinder wieseln über den Platz, verscheuchen aufdringliche Spatzen, andere werfen ihnen Krümel zu und freuen sich über die Schlacht am Vogelbüffet.

Martin würde am liebsten im Auto bleiben, aber Isolde hat schon den Fresskorb, wie er ihn nennt, herausgezerrt und marschiert entschlossen auf einen abgelegenen freien Tisch zu. Er zottelt hinterher, es braucht einige Schritte, bis die schmerzenden Knochen in Schwung kommen.

Die Zeiten, da Trabant-Fahrer im Westen mit fröhlichem Beifall begrüßt wurden, sind lange vorbei. Jetzt werden sie von teilnahmslosen bis abschätzigen Blicken verfolgt, so empfindet es Martin. Binnen Monaten hat sich das Wohlwollen für die ostdeutschen Revolutionäre in Nichtgefallen aufgelöst. Vieles ist im Umbruch.

So, wie es ist, muss es nicht bleiben – wer hatte das gesagt? Der letzte Herbst hat bewiesen: Alles kann sich ändern, alles kann man ändern, auch scheinbar Unabänderliches. Das Leben – muss es so weitergehen? Für Martin eine Frage von enormer Sprengkraft, ein kühner, ja ungeheuerlicher Gedanke. Er wagt ihn zu denken: Karin!

Wie Isolde herumwirtschaftet, fällt auf. Es ist ihm unangenehm. Von den sechs Geschirrtüchern, die sie im Korb hat, breitet sie zwei über die Sitzflächen aus, zwei kommen auf den Tisch, die restlichen beiden sind als Servietten für den Schoß gedacht. Peinlich, ganz deutsche Hausfrau, das Gespür fürs Spießige geht ihr ab. Ein Wunder, dass sie den Korb völlig ungeschützt neben sich auf die Bank stellt, denkt Martin. Ihn fällt die Lust an, die Thermoskanne umzustoßen, aus Versehen natürlich, die schützenden Tücher wären für die Katz ...

Er muss an ihr erstes gemeinsames Frühstück in der Alaunstraße denken. Er hatte vom Bäcker knusprige Brötchen geholt und mit gesundem Appetit hineingebissen, dass es nur so krachte. Ihr erschrockenes Gesicht bemerkte er nicht einmal. Erst als sie mit einem Handfeger unter den Tisch kroch und die Krümel zusammenfegte, die er (und nur er!) hatte herunterfallen lassen, wurde er stutzig.

Ihre Frage, ob er nicht etwas gesitteter essen könne, hielt er für einen Witz. »Die paar Krümel? Das ist nicht dein Ernst«, sagte er. Das Lachen verging ihm. Seine Versuche, ihr den Krümeltick auszutreiben, verfingen nicht. Stattdessen lernte er, dank hoher Achtsamkeit und großer Servietten auf den Knien jegliche Verschmutzung des Fußbodens zu vermeiden. Den Genuss beförderte es nicht.

Auf dem Parkplatz wird solche Vorsicht nicht verlangt. Nach dem Frühstück streift Isolde die Krümel von den Plastiktellern und den Deckchen (sie fallen auf den Boden!), bringt das Butterbrotpapier ordnungsgemäß zum Müllbehälter und räumt ihr Körbchen wieder ein. Zum ersten Mal fällt Martin auf, dass sie die Geschirrtücher für den Hintern extra verstaut, wahrscheinlich sollen sie beim nächsten Halt nicht auf dem Tisch landen.

Karin

Immer wieder höre ich dich von einer Karin raunen. Was bedeutet das?
Eine Alternative. Ein Sog. Vor Kurzem zog es mich zu ihr. Obwohl ich wusste, ich treffe sie nicht an.

Da war es wieder! Als Martin sich hinter das Lenkrad setzte, durchzuckte ihn ein brennendes Stechen. Die Hüfte. Das bekannte Übel. Unversehens weitete sich der lokale zum alles umfassenden Schmerz aus. Das heftige Weh hatte ihm Tränen in die Augen getrieben, das allgemeine Elend ließ sie fließen.

Hastig griff er nach einem ehedem weißen Tuch, mit dem er sonst die Windschutzscheibe, nun aber sein Gesicht abwischte. Verfluchte Sentimentalität! Reiß dich zusammen, ermahnte er sich, und konnte doch das Schluchzen nicht unterdrücken.

Aber nicht jetzt, nicht im Auto! Er musste los.

Nach wenigen Minuten, als er in die Pillnitzer Landstraße einbog, hatten ihn die gewohnten Verrichtungen, das Bremsen, Kuppeln, Schalten, wieder auf Normalnull eingepegelt. Auf direktem Wege, parallel zur sommerlich träge dahinfließenden Elbe, steuerte er das Märchenschloss an. Es zog ihn magisch an, obwohl es vor Monaten entzaubert worden war, zurückverwandelt in ein banales, halb verkommenes Mietshaus.

Ihre königliche Hoheit war ausgezogen. Die Kluge, die Schöne, die Verführerische hatte sich abgesetzt. Das angehimmelte Weib war entschwunden. Zurückgeblieben war er, Martin. Man weiß ja, das Gesinde ist austauschbar. Eine Prüfung hatte sie es genannt und Belohnung verheißen, würde er Treue beweisen.

Verfallenes Gemäuer erwartete er vorzufinden, entseelt, von wucherndem Dornengestrüpp umgeben, das zu durchtrennen nicht mehr lohnte. Er musste trotzdem hin, noch einmal jenen Ort schauen, der das Ziel seiner letzten Dienstreisen gewesen war. Die zweitägigen Konferenzen im Berliner Stammwerk des Kombinats, die angeblich hochwichtigen Besprechungen in der Hauptstadt, sie fanden alle hier statt, bei Karin, wenige Kilometer vor den Toren Dresdens.

Auch bei Kletterfahrten in die Sächsische Schweiz hatte er oft in diesem Haus einen Halt eingelegt, manchmal war es zur Endstation geworden. Ein Wochenende mit Seilkameraden abzusagen – ein größeres Opfer konnte er ihr nicht zu Füßen legen. Klettern oder Karin?, lautete die Frage. Am Ende waren es seine Hüftgelenke, die ihm die Entscheidung abnahmen.

Wie von fremder Hand gesteuert, bog der Trabant in die Seitenstraße ein, keine hundert Meter den Berg hinauf, die vertraute Strecke. Martin hielt im Schatten eines Baumes. Er blieb im Auto sitzen. Niemand erwartete ihn. Alles war unverändert, der Rasen geschnitten, kaputtgepflegt bis zur Sterilität, aus offenen Fenstern drang Musik nach draußen. Es war nicht ihre Musik.

Das Glück – hatte es hier gewohnt? Da oben in den drei Dachkämmerchen?

Gemeinsam hatten sie ihr Nest gebaut. Im Betrieb wunderte sich niemand, wenn sie beide am selben Tag Urlaub nahmen. Seine Erklärung, er würde Karin ein bisschen beim Ausbau ihrer Wohnung helfen, war in schallendem Gelächter untergegangen. Kalle hatte gefragt, ob er dieses Vorhaben in das Wettbewerbsprogramm der Brigade aufnehmen sollte, Kapitel »Sozialistisch leben«, Unterpunkt »Aktivitäten zur Festigung des Kollektivs«. Die Kollegen sahen, was los war, Karins Gesicht sprach Bände, und seins wohl auch.

Die Mitwisserschaft störte ihn nicht, er wurde beneidet, das spürte er. Auf Karin konnte er stolz sein. Sie hatte sich durchgesetzt in der Männerrunde, war als Ingenieurin respektiert und als attraktive Frau auch von anderen heimlich verehrt worden. Sooft er sie erblickte, bewunderte er die weichen Bewegungen ihres Körpers, in ihrer Stimme hörte er einen verführerisch-verruchten Unterton, selbst in Dienstbesprechungen.

So normal und selbstverständlich, wie sie sich bewegte, galt sie Martin als Beleg für seine These, dass die wirklichen Klassefrauen nichts von ihrer Großartigkeit ahnen. Im Unterschied zu jenen, die sich für supertoll hielten – die konnte man vergessen.

Martin fiel es schwer, die Augen von Karin zu lassen. Vielleicht ist er deshalb der erste gewesen, der die Veränderung bemerkt hatte. Er nahm wahr, dass sie sich plötzlich verhaltener an Gesprächen beteiligte. Unter ihrem Lächeln, schien ihm, lag Traurigkeit. Einmal, als sie sich unbeobachtet glaubte, hatte sie sich Tränen von den Wangen getupft. Für ihn das Signal zum Handeln.

Kein Zweifel, es ging um einen Mann. Vermutlich um ihren Mann. Solche Fälle waren Martins Spezialität. Er legte seinen Arm um ihre Schultern, was auch ihm guttat, und sagte: »Komm, lass uns in die Kantine gehen. Ich glaube, du brauchst einen Kaffee.«

Mehr war nicht nötig. Er kannte das schon von Doris und Helga – in zwanzig Berufsjahren hatte er einiges mitgemacht. Das Geheimnis hieß: zuhören! Sich einfühlen. Ihre Enttäuschung, den Kummer, die Wut verstehen.

Es kam von Herzen, als er, seine Hand auf ihren Arm, gestand, er werde niemals begreifen, wie man einem Menschen wie ihr derart wehtun könne. Da war nichts geheuchelt. Weich klang seine Stimme. Eine Gefühlswoge überrollte ihn, er kannte das aus vergleichbaren Situationen und staunte dennoch, wie ihn plötzlich Wärme und Zuneigung durchströmten. Von seinem tiefinneren Wunsch, ihr Gutes zu tun, die Wunden wegzustreicheln, redete er nicht. Musste er auch nicht. Sie spürte es, ihre dankbaren Augen verstärkten die Wellen, die durch seinen Körper gingen.

Er hatte ihr fürs erste Hilfe angeboten. Alles andere würde sich finden, dachte er. Er musste ihr Zeit geben, ihre Gefühle zu ordnen, wollte sich nicht aufdrängen. Dahinter steckte keine Strategie, allerdings eine Hoffnung. Die sich tatsächlich erfüllte.

Ihre neue Wohnung war ein Ausbauprojekt. Bei der ersten Besichtigung hatte ihn eine beiläufige Bemerkung Karins, die Wärme von Holz betreffend, in fiebrige Betriebsamkeit versetzt. Der Gedanke, die schrägen Wände ihrer Kemenate mit Holz zu verkleiden, ließ ihn nicht los. Gespundete Bretter waren allerdings Mangelware, wertvoll wie Dekorfliesen oder Autoersatzteile.

Seine Hoffnung: Wilfried, ein Schulfreund, der die Tischlerei seines Vaters weiterführte und ihm schon früher einmal geholfen hatte. Als Martin kam, war der Tischler beim Rasenmähen. Und in heller Wut. »Ein Mistding!«, schimpfte er und trat gegen den armen »Troll«, der vor dem allzu hohen Gras kapitulierte. »Der Motor ist zu schwach.«

Es war nicht der Moment, über Holz zu reden. Martin hatte eine Idee. Schon am nächsten Tag ließ er im Betrieb einen Kraftstrommotor mitgehen, der herrenlos herumstand, ausgemustert wahrscheinlich, setzte ihn auf eine Gehäuseplatte, Schalter, Schneidmesser, Schiebebügel, vier Räder drunter – fertig war der Rasenmäher-Kraftprotz. Der Tischlermeister selig. Und Holz kein Problem.

Martin erinnerte sich an Karins Gesicht, an ihr ungläubiges Staunen, als er mit einem Hänger vorfuhr, beladen mit fabelhaften gespundeten Brettern. So sah Glück aus.

Mehr als alles andere hat er ihre Wärme genossen. Von Karin fühlte er sich verstanden. Stundenlang konnten sie beieinander liegen und über das Leben reden, über die Arbeit, die gemeinsamen Kollegen, konnten lästern, ja, auch über Isolde und wie anstrengend es ist, mit einer Lehrerin verheiratet zu sein.

»In der Familie wie in der Klasse – es gilt, was Frau Menne vom Katheder verkündet.«

»Du darfst dich aber melden und aufsagen, was sie dir beigebracht hat.«

»Aber wehe, du spurst nicht! Setzen! Fünf.«

Sechs Monate war es her, dass ihr Glück ein abruptes Ende fand. Ein halbes Jahr schon ohne Karin. Die verdammte Maueröffnung, dachte er manchmal.

Während er den Motor startete, blickte er noch einmal nach oben. Wer immer jetzt dort wohnte, niemand würde eine so intensive Beziehung zu diesem Dachboden finden wie er, der ihn erst wohnlich hergerichtet hatte.

Ich muss mal unterbrechen. Erst mal Respekt: Eine Geliebte zu erfinden ist nicht verkehrt.

Was heißt erfinden?

Wie auch immer, Fremdgehen ist zwar banal, aber es belebt. Bloß wie du deinen Seitensprung schilderst – da schläft der Leser ein.

Es war kein Seitensprung. Ich habe diese Frau geliebt. Liebe sie noch immer.

Ist ja gut. Liebe ist ein willfähriges Wort, es lässt sich zu vielem benutzen. Aber gestehen wir zu, der Blitz hat eingeschlagen. Dann muss es doch knistern! Stattdessen erzählst du von gespundeten Brettern. Du bist eine Spaßbremse, wirklich.

Bretter hatten damals etwas Erotisches.

Dann male es gefälligst aus! Schwärme uns vor, wie zügig die Feder in die Nut gleitet oder was weiß ich. Bei dir vermisse ich alles, was Liebe ausmacht: verführerische Blicke aus glutvollen Augen, erste Berührungen, die sinnliche Lust entfachen, heiße Küsse voller Verlangen, brünstig gehauchte Geständnisse, rattenscharfe Wollust, das haltlose Versinken in besinnungsloser Geilheit, hungrige Finger auf Brüsten und Schenkeln, anschwellende Geschlechtsteile, gierig ihr Ziel suchend, erregtes, lustvolles Stöhnen, spitze Schreie – alles Fehlanzeige bei dir.

Platter geht's ja wohl nicht.

Mag sein, aber der Mensch kann nicht genug davon bekommen. Erfahrene Schriftsteller wissen, es fördert den Verkauf.

Bin ich der Mann fürs Marketing? Aber gut, ich werd' mich bald mal daran versuchen.

Abgemacht. – Das Vertrösten auf später ist übrigens nicht dumm, es hält vielleicht ein paar Leser bei der Stange.

Unterwegs 4

»Verdammt, ich lieb dich ...« – es scheint unmöglich, diesem Nummer-eins-Hit zu entkommen. Isolde hat das Radio aufgedreht, ein dröhnender Protest gegen das sanfte Entschlummern ihres Beifahrers. Er hätte das Gerät nicht einbauen sollen, denkt Martin. Ein bisschen Unterhaltung hatte er sich versprochen, beim Waschen und Polieren, Balsamieren und Konservieren des guten Stücks. Für die Autobahn war das Radio nicht gedacht, ein Trabant auf Hochtouren lässt Nebengeräusche nur in gehörschädigender Lautstärke zu.

Musik wird störend oft empfunden ..., da ist sich Martin mit Wilhelm Busch einig. Isolde sieht das offenbar anders. Sie summt die Melodie mit und stimmt hingebungsvoll in den Refrain ein:

Verdammt, ich lieb dich – ich lieb dich nicht.
Verdammt, ich brauch dich – ich brauch dich nicht.
Verdammt, ich will dich – ich will dich nicht.
Ich will dich nicht verlier'n.

Was denn nun? Möchte sie mir etwas sagen mit ihrem bescheuerten Gezwitscher?, fragt er sich. Wohl kaum. Ich lieb dich – ich lieb dich nicht, was soll das? Ihre Botschaft, vermutet Martin, ist viel schlichter: Ich bin gut drauf, ich lass mir von einem müde vor sich hin dösenden Muffelkopp nicht den Tag verderben. Aufgesetzt ist sie, ihre gute Laune, wahrscheinlich will sie ihn provozieren. Jetzt bloß keinen Kommentar!

Zum Glück wird das Gedudel von Nachrichten abgelöst. Einen anderen Sender zu suchen, wagt sie nicht. Sie kennt seine Passion für Aktuelles und hat sich damit abgefunden. Seitdem er den ganzen Tag zu Hause sitzt, hört er von früh bis spät die gleichen Meldungen. Krank nennt sie das, wahrscheinlich kommt daher seine Miesepetrigkeit. Sind ja fast immer schlechte Nachrichten. Manchmal, glaubt sie, hört er gar nicht mehr hin, so stoisch lässt er sie über sich ergehen. Zu anderen Zeiten, es sind die besseren, bleibt nichts unkommentiert, dann muss er zu allem seinen Senf dazugeben. »Was über uns hereinbricht!«, stöhnt er. Oder: »Es ist nicht alles Gold.« Gerne auch: »Manche werden sich noch wundern.«

Nach Einschätzung des Deutschen Instituts für Wirtschaftsforschung wird sich der Rückgang der DDR-Wirtschaft weiter fortsetzen. Gravierende Einbußen werden vor allem im verarbeitenden Gewerbe erwartet. Gegenwärtig sind mehr als zehn Prozent der Berufstätigen in der DDR ohne Arbeit. Besonders Frauen seien betroffen, stellte die Ministerin für Arbeit und Soziales, Dr. Regine Hildebrandt, fest.

»Das ist erst der Anfang.«
»Alter Pessimist.«

UdSSR-Präsident Michail Gorbatschow wird seinen Urlaub unterbrechen, um in Moskau unmittelbar an der von ihm und Parlamentspräsident Boris Jelzin beschlossenen Konzeption für den Übergang zur Marktwirtschaft mitzuarbeiten, meldet TASS. Jelzin nahm unterdessen Beratungen mit den Vordenkern der Wirtschaftsreform auf.

»Gott schütze die armen Russen! Die sind ja ökonomisch noch viel weiter zurück als wir Sachsen!«

Ab 1. Oktober müssen Rundfunkhörer und Fernsehzuschauer in der DDR tiefer in die Tasche greifen. Wie die stellvertretende Regierungssprecherin Dr. Angela Merkel auf einer Pressekonferenz in Berlin mitteilte, steigen die Gebühren für Hörfunk von zwei auf vier Mark, für Fernsehen von fünf auf neun Mark und für das Zweite Programm von drei auf sechs Mark.

»Alles wird teurer!«
»Die Löhne steigen auch.«
»Sehr beruhigend für die Arbeitslosen.«

An Diskussionen ist ihm nicht gelegen. Seit dem »Prager Frühling«, als erstmals Differenzen in ihren politischen Ansichten aufgebrochen waren, hat er seine Meinung oft für sich behalten. Wollte er Westsender hören, war er mit seinem Kofferradio in die Werkstatt geflüchtet. Die Kinder durften nicht verunsichert werden, das hatte er eingesehen.

Sicherlich, heute könnte er sich aufspielen und Isolde daran erinnern, wie recht er hatte mit seinen Vorbehalten gegen das System, seiner Verachtung für das Erfolgsgeplärre der Partei, für die hohltönenden Generalsekretäre in Berlin. Aber er empfindet keinen Triumph. Isoldes Glaube an Autoritäten hat schon länger gelitten, mittlerweile ist er vollends zerstört. Zum Glück.

Er wüsste keinen Politiker weit und breit, dem er zujubeln könnte. Als vor der letzten Wahl der Bonner Kanzler in Dresden erschienen war und wie ein Erlöser gefeiert wurde, fand er das beschämend.

Alles wird neu, freuten sich die Leute – und er zweifelte schon wieder.

Der Deserteur

Ich sehe einen Widerspruch in Martin Menne: im Gebirge der kühne Adler, im Beruf die graue Maus. Passt nicht zusammen. Wieso Ehrgeiz ausgerechnet dort, wo er keinen Gewinn bringt.
Weil mir Gewinn, wie du ihn verstehst, nichts bedeutet.
Selbst der spektakulärste Aufstieg im Fels – er nutzt niemandem.
Nur mir. Und bedenke: Er schadet keinem. Niemand hat einen Nachteil davon. Du steigst nach oben, bezwingst alle Klippen, gewinnst den Gipfel – und bist dabei keinem in die Quere gekommen.
Verstehe. Anders als beim Aufstieg im Beruf.
Ein Albtraum. Einmal hätte es mich fast erwischt. Sie wollten mich zum Stellvertreter des Abteilungsleiters machen. Laut Kaderentwicklungsplan mit der Aussicht, irgendwann Chef zu werden. Ehrlich, ich hatte nichts dafür getan. Einigermaßen ordentlich gearbeitet, das schon, die minimalen Ansprüche offenbar maximal erfüllt. Quälen musste ich mich dafür nicht.
Eine Karriere? Um Himmels willen! Du hast die Beförderung natürlich abgelehnt.
Ich bin sofort zum Kurze-Kurt, dem Parteisekretär. Ich war kein Genosse, trotzdem. Hab ihn gefragt, was für unseren Dampfer besser wäre: ein erfahrener Mann im Maschinenraum oder ein unsicherer Kapitän auf der Brücke.
Das hat er dir abgenommen?
Ohne Wenn und Aber. Der Kurt hatte ein Händchen für Leute, er spürte, was für mich passte.
Fortan warst du geschützt gegen Karrieresprünge?
Kann man so sagen. Ich glaube, ich war einigermaßen beliebt bei den Kollegen, weil ich mich nie nach vorn gedrängt habe. Das war gut für das Kollektiv und gut für mich.
Aber der Mensch wächst mit seinen Aufgaben. Hattest du keine Träume?
Nein, der Mensch wächst, wenn er seine Träume stutzt. Das ist die Formel für ein gelingendes Leben. Wer sich zu viel vornimmt, endet unglücklich.
Ich darf also annehmen, dass du glücklich bist.
In dieser Beziehung schon.
Toll. Eine blasse Hülle, die Leben vortäuscht, zufrieden mit sich und der Welt. Das hat man nicht alle Tage. Der ideale Stoff für einen Bestseller.

Dein Sarkasmus trifft mich nicht.

Hast du nicht auch die Internationale mitgesungen? Ein Nichts zu sein, tragt es nicht länger, alles zu werden strömt zuhauf!

Es gab in unserer Familie nur einen überzeugten Sozialisten. Für Visionen zuständig war mein Vater. Der träumte für mich mit.

Ja, ja, die Alten. Die hatten noch Ziele.

Du bist noch Friedensware, hat sein Vater manchmal zu ihm gesagt. Martin begriff nicht, was gemeint war, konnte aber heraushören: Etwas Schlechtes schien es nicht zu sein. Friedensware, lernte er später, war ein Gütezeichen für alles, was vor dem Krieg entstanden war und sich durch Qualität auszeichnete, nicht zu vergleichen mit dem Schund der vierziger und fünfziger Jahre.

In der Tat war er ein grenzwertiges Produkt. Noch in Friedenszeiten gezeugt, geboren aber im Krieg und fünf Jahre aufgewachsen ohne Vater, den die Wehrmacht an die Front abkommandiert hatte. Groß geworden mit Mutters Liebe und kargen Lebensmittelrationen. Milch, die seinen Knochen gutgetan hätte, war knapp.

Martin wundert sich bisweilen, wenn Menschen Schnurren aus ihren ersten Lebensjahren zum Besten geben, so plastisch, als wären sie mit allen Sinnen dabei gewesen. Er war scheinbar nie dabei, ihm fehlt jede Erinnerung an seine frühe Kindheit. Sein Gedächtnis hat sie getilgt, die niedlichen Geschichtchen. Manchmal im Kreis der Freunde hat er den Ausfall zu erklären versucht: Große Geister entsorgen das Banale, sie brauchen Platz für Geniales. Es war ironisch gemeint, wurde aber nicht immer so verstanden.

Das Wenige, das er aus frühen Tagen wachrufen kann, gehört dennoch in diese Kategorie: banal. Beschämend mitunter und wahrscheinlich gerade deshalb unvergessen. Niemals wäre ihm eingefallen, in geselliger Runde auszuplaudern, in welche Zwangslage er an einem seiner ersten Schultage geraten war. Er saß in der Klasse hinten (die letzte Reihe war ihm immer die liebste), und er musste mal. Dringend! Wippte nervös mit den Füßen, hielt es kaum noch aus. Die Lehrerin ging seelenruhig durch die Reihen und kontrollierte, wie ihre Schüler das große A auf die Schiefertafeln kritzelten. Durfte er sie mit dem Pullern belästigen? Pullern war peinlich, das Wort kam ihm nicht über die Lippen. Endlich schrillte die Pausenklingel, er rannte los, erreichte die Toilette, schaffte es aber nicht mehr, den verdammten Hosenstall aufzuknöpfen ...

Brigitte, die blöde Kuh, die als erste den nassen Fleck bemerkt hatte, petzte es natürlich gleich Fräulein Peschmann. Die reagierte milde wie Mama: »Warum hast du denn nichts gesagt, Martin? Du kannst dich doch melden, wenn du austreten musst.« Austreten, richtig! Das Wort war ihm nicht eingefallen. Bloß das blöde Pullern. Fräulein Peschmann ließ ihn den Ranzen packen und schickte ihn nach Hause. Auf dem Heimweg setzte er sich in die Sonne, bis alles getrocknet war; daheim musste niemand was merken.

Für den Kaffeeklatsch besser geeignet waren die Geschichten, die Mutter erinnerte. Sie war eine adrette Person, der das Äußere ihrer Erscheinung deutlich wichtiger war als die Reinlichkeit im Haus. Unter ihrer makellos sauberen Schürze trug sie meist eine blitzblanke gestärkte Bluse, nach jedem Waschen auf der Wiese gebleicht. Nachbarn und Bekannte schauten gern bei Martha vorbei, besonders die Männer, und sie genoss es.

Als Martin drei, vier Jahre alt war, seien sie vor allem seinetwegen gekommen, behauptete sie. Sie wären geradezu entzückt gewesen von den Gesprächen mit dem kleinen Kerl und hätten überall herumerzählt, wie königlich sie sich amüsiert haben über den Naseweis, der ihre Fragen altklug, vor allem aber in ausgesuchtem Hochdeutsch beantwortete, wie es so exzellent niemand in Dresden sprach. (Nur seine Mutter natürlich, die gebürtige Hamburgerin, die augenscheinlich Großes mit ihm vorhatte.)

Die Kinderfotos im Album, alle sechs mal sechs mit gezacktem Rand, sagten ihm nichts. Sie führten ihn vor, den Stolz der Familie zwischen Wickeltisch und Schuleinführung. Martin schaute auf ein fremdes Vollmondgesicht, das mal lachend, mal greinend und oft in possierlicher Aufmachung abgelichtet worden ist. Sein Vater schien jeden Heimaturlaub damit verbracht zu haben, mit der Kamera um seinen Stammhalter herumzutanzen. Und was er nicht alles angestellt hat! Einmal wurde Sohnematz sogar soldatisch verkleidet. Er hatte den Vater später nie nach Sinn und Unsinn dieses Fotos gefragt. Gewiss hätte er auf seine antifaschistische Haltung verwiesen und den Spaß zur Anklage gegen alles Militärische und die Wehrmacht im Besonderen umgedeutet.

Auf dem Bild sah Söhnchen erbarmungswürdig aus. Andere mochten es schreiend komisch finden: Die viel zu große Militärmütze verdeckte Ohren und Augen, die Uniformjacke reichte bis zum Boden, nur die nackten Füße schauten noch hervor. Den Text hatte Vater vermutlich erst druntergeschrieben, als alles vorbei war: »Der Endsieg ist gewiss: das letzte Aufgebot.«

Max Menne war auch im Februar 1945 zu Hause. Ein Bauchschuss hatte ihn erwischt, zum Glück nur ein Querschläger. Martin erinnert sich nicht, ob er damals schon die hässliche Furche im Fleisch präsentierte oder ob das erst viel später geschah, als Vater die Zeit gekommen schien, dem Jungpionier mit der Narbe die Schrecken des Krieges vor Augen zu führen und ihn auf Frieden und Sozialismus einzuschwören. Frieden und Sozialismus galten ihm als Synonyme.

Fünf Jahre war Martin, als die Bomben fielen. Er ist sich nicht sicher: Hatte er die anfliegenden Bomberstaffeln gehört, die brennende Stadt gesehen, den beißenden Geruch in der Nase gehabt, oder hatte seine Fantasie das alles nach den Schilderungen der Erwachsenen in sein Gedächtnis gebrannt? Eigenes Erleben und fremdes Erzählen vermischen sich bei ihm zu einem Erinnerungsbrei, den er nicht zu trennen vermag.

Selbst seine Eltern waren später uneins, ob er die Angriffe der Alliierten verschlafen hatte. Unwahrscheinlich kommt ihm das vor. Sie verbrachten die Nächte im Keller, und den Notausgang, die Tür, die über eine Treppe in den Garten führte, hat er bestimmt nicht benutzen dürfen, trotzdem steht ihm das gespenstische nächtliche Feuerwerk vor Augen.

Seine Stadt sterben zu sehen, ohne jede Gegenwehr, war für seinen Vater ein Signal. Er hatte im Osten erlebt, wie sie Ort für Ort aufgeben mussten, taktischer Rückzug nannte sich das. Manche seiner Kameraden glaubten nach wie vor an die Wunderwaffe des Führers, die das Schicksal wenden würde – er nicht. An die Front zurückzukehren, wie es Max Menne befohlen war, erschien ihm unter diesen Umständen Selbstmord. Der Krieg war verloren, der Untergang Dresdens ein Omen.

Der Tod drohte allerdings auch dem Fahnenflüchtigen. Zwar bezweifelte der Soldat, dass inmitten des Chaos Häscher ausgeschickt würden, um nach ihm zu suchen, doch gab es genug fanatische Nationalsozialisten, die Verdächtige anschwärzten.

Der alte Rentsch gehörte nicht zu ihnen. Der Bauer aus dem Nachbardorf hatte im Krieg zwei Söhne verloren, die den Hof hätten weiterführen sollen, einer von ihnen, Oskar, war der Schulfreund von Max gewesen. Bei Bauer Rentsch Unterschlupf zu suchen, war deshalb keine schlechte Idee. Von ihm hatte man gehört, dass er, nachdem ihm die Nachricht von Oskars Tod überbracht worden war, angetrunken in aller Öffentlichkeit immer wieder »Scheiß-Nazis! Scheiß-Nazis!« gegrölt hatte, sogar den Führer soll er rüde beschimpft haben, was wohl nur ohne Folgen blieb, weil der gutmeinende Bürgermeister dem Alten geistige Verwirrtheit attestierte.

Der Vater weihte niemanden ein, er wollte keine Mitwisser, keinem ein schlechtes Gewissen machen. Als er sich von der Familie verabschiedete, ließ er seine Frau in dem Glauben, er gehe zurück an die Front. Aus Schulzeiten wusste er, wie man auf Schleichwegen unbemerkt von Wachwitz ins Hochland und zum Anwesen Rentsch gelangte. Der Bauer, erzählte Vater später, habe nicht viel gefragt, als er spätabends ans Küchenfenster klopfte. »Komm rein, mein Junge!«, habe er gesagt. Er und seine Frau lebten allein in dem Haus, seitdem Oskar gefallen und die Schwiegertochter mit dem Enkelsohn zu ihren Eltern gezogen war.

»Du erinnerst dich an das Versteck auf dem Heuboden, Max? Du hast es mit Oskar gebaut. – Es existiert noch.«

Es war eine wundersame Wiederbegegnung. Der intensive Duft des Heus, den er schon als Kind geliebt hatte, beschwor vergessene Bilder herauf: wie sein Freund und er in der Scheune mit alten Brettern einen Verschlag gezimmert hatten, der nur durch Belüftungsschlitze im Mauerwerk ein wenig Licht empfing. Von ihrem Ausguck hatten sie das Treiben auf der Dorfstraße verfolgt und mit Katapulten auf die Stare im Kirschbaum geschossen. Er erinnerte sich, wie sie die Elstern, erbarmungslose Nesträuber, zu besseren Vögeln erziehen wollten: Sie setzten deren Nest oben in der Fichte einem massiven Beschuss aus, damit sie einmal am eigenen Leibe spürten, wie es ist, wenn einem Brutpaar das Gelege zerstört wird.

Für den Bau der Katapulte hatte Bauer Rentsch einen besonders festen, besonders elastischen Gummi beigesteuert, verbunden mit der wiederholten Mahnung: Aber nicht auf Menschen schießen! Auf so eine Idee wären sie niemals gekommen. An der Ostfront, erzählte Vater später, sei ihm der Satz manchmal durch den Kopf gegangen. Aber nicht auf Menschen schießen! Absurd.

Nun sollte die Bude aus Kindertagen dem vierzigjährigen Deserteur Zuflucht bieten. Errichtet als Platz für harmlose Abenteuer, hing plötzlich ein Leben an diesem Fleckchen. Das Verlies war vorzüglich getarnt, unter Bergen von Heu begraben, der Zugang kaum zu entdecken. Über eine Klappe im Fußboden und eine Leiter, die wie zufällig an der Wand lehnte, konnte Vater sein Versteck verlassen. Er tat dies nur, wenn die Luft rein war, meistens nachts.

Für die Versorgung hatte sich Bauer Rentsch ein einfaches Verfahren ausgedacht. Brachte er das Essen, meldete er sich mit einem kräftigen »Muh«, lauter als das Gemuhe, das gelegentlich aus dem Kuhstall herüberdrang, worauf der geheime Gast die Klappe öffnete und an einem Seil einen Korb herabließ.

Die größte Überraschung war, dass der Bauer von Zeit zu Zeit auch ein Buch in den Korb legte. Wer weiß, woher er es nahm, Bücher gehörten normalerweise nicht zur Grundausstattung im Haushalt eines Landwirts. Eins war dabei, das Vater nie vergessen hat, es war in Holland gedruckt und hieß »Drei Kameraden«. Er konnte sich hineinversetzen in die drei Heimkehrer aus dem ersten Weltkrieg, die ebenso wie das schwindsüchtige Mädchen Pat um ihr kleines Glück kämpften. Erich Maria Remarque hatte die Geschichte aufgeschrieben. Ihr tragisches Ende trieb Vater die Tränen in die Augen, er schluchzte so, dass er das Heu unter seinem Kopf gegen trockenes austauschen musste. Derartiges war ihm noch nie passiert. Er schrieb es der Ausnahmesituation zu, der Einsamkeit des Flüchtlings.

Gelegentlich fand er auch eine Nachricht über den Frontverlauf im Korb. Der alte Rentsch hörte heimlich britische Sender, als Quelle vermerkte er immer die BBC, um die Verlässlichkeit der Meldung zu unterstreichen. Lange ging es nicht recht voran, im Schlesischen schien der Vormarsch der Roten Armee zu stocken, die Monate März und April zogen sich hin, Vater wurde unruhig. Manchmal, frühmorgens oder spätabends, gesellte sich der Bauer zu ihm. Am Wasserhahn im Stall redeten sie über Oskar, auch über Eberhard, den zweiten Sohn, der in Stalingrad geblieben war, über den Krieg und was nach dem Krieg passieren würde.

Auch Hosenmatz Martin sei häufig Thema gewesen, erzählte Vater. Bauer Rentsch fragte viel nach dem Fünfjährigen, fühlte sich bald wie Martins Opa, wie derjenige, der ihm den Vater gerettet hatte, nicht ganz zu Unrecht. Nach dem Krieg wollte er unbedingt mal nach Wachwitz kommen.

Anfang Mai wuchs die Ungeduld. Man hörte, die Russen hätten Bautzen, die tausend Jahre alte, zur Festung erklärte Stadt, eingenommen, bis Dresden waren es nur noch fünfzig Kilometer. Max Menne bat Frau Rentsch, ihm ein weißes Tuch zu überlassen, das er an eine kräftige Rute vom Haselstrauch knotete. Am 8. Mai, am selben Tag, an dem in Berlin die Kapitulationsurkunde unterschrieben wurde, war es endlich so weit. Die ersten Panzer lärmten heran, der Deserteur stand am Straßenrand und schwenkte die weiße Fahne, in Zivil. Die Bäuerin hatte ihm aus Oskars Sachen etwas Passendes herausgesucht. Im Stillen hatte er gehofft, die Russen würden ihn aufladen und mit ihm in Dresden einrollen. Stattdessen blieb er, in eine Staubwolke gehüllt, zurück und musste die feindseligen Blicke einiger Dörfler ertragen, die den Fremden wie eine Erscheinung anglotzten.

Mit Bauer Rentsch hatte er besprochen, dass es gut wäre, so schnell wie möglich die sowjetische Kommandantur aufzusuchen. Da er vor der Nazizeit immer KPD gewählt habe, müsse er keine Angst haben, meinte der alte Rentsch, die brauchten jetzt zuverlässige Leute, die das Leben wieder in Gang bringen, vor allem die Leitungen für Strom, Wasser und Gas, alles sei kaputt. Zur Sicherheit sollte er die Nachweise mitnehmen, dass er bei Rot Sport organisiert war und regelmäßig für die Rote Hilfe gespendet hatte.

Noch am selben Abend klingelte Vater in Wachwitz an der Haustür. Seine Frau, zu Tode erschrocken, habe ängstlich nach links und rechts geguckt und ihn dann hastig ins Haus gezerrt, als müsse sie einen Verbrecher vor der Polizei verbergen, erzählte Vater gern. Martin hat davon nichts mitgekriegt, er lag schon im Bett. Natürlich hat Mutter den Jungen aus dem Schlaf geholt, damit er den Papa begrüßen konnte. Eine wenig erbauliche Begegnung: Ein aufgedrehter Vater traf auf einen verschlafenen Knaben. Die Freude trüben konnte es nicht. Während der Heimkehrer von seinen Kriegsabenteuern in allernächster Nähe berichtete, leerten die Eltern eine Flasche Kirschlikör und umarmten und küssten sich ohne Ende. Die Ehe war noch intakt.

In den folgenden Wochen und Monaten kam Vater nur zum Schlafen nach Hause. Von früh bis spät gruben sie Leitungsschächte auf und flickten Rohre, so gut es ging. Vater war von Wolodja zum Chef für das Wasserleitungsnetz in der Neustadt ernannt worden. Der Offizier hatte die alte Direktion des Betriebes kurzerhand abgesetzt, was die Arbeit des Neuen nicht gerade erleichterte. Das Amt hatte er Vater geben können, nicht aber den Sachverstand. Klar, dass die Fachkräfte den von den Sowjets installierten Chef skeptisch beäugten, der auf ihr Wissen, ihre Erfahrungen angewiesen war. Doch die Not war groß, sie erzwang das Miteinander.

Manchen Abend wurde Vater von Wolodja nach Hause gebracht. Wenn der Jeep vorfuhr, eilte Mutter nach draußen und begrüßte den Offizier. Er war um die vierzig, sprach erstaunlich gut Deutsch und kam selten mit leeren Händen. Seine Aufmerksamkeiten waren praktischer Natur, meist hatte er ein Brot und eine Flasche Wodka in der Hand, was einen fröhlichen, manchmal von elegischen Einlagen begleiteten Abend garantierte. Er hatte eine gute Stimme. Seine Lieder, die er zu später Stunde leise zu summen begann, klangen unendlich traurig, aber schon im nächsten Augenblick prostete er seinen Gastgebern freudestrahlend zu und stieß mit ihnen an: »Auf das Leben, Max! Na sdarowje, Martha!« Es war unübersehbar, Mutter mochte Wolodja.

Unvergesslich blieb er ihr auch aus einem anderen Grund. An einem warmen Tag im Frühsommer hat Wolodja sie gerettet. Ohne anwesend zu sein. Martin hat den Vorfall plastisch vor Augen, es ist vielleicht seine früheste, bestimmt aber seine nachhaltigste Erinnerung aus Kindertagen. Geredet wurde darüber nie.

Sie waren im Garten, Mutter hängte Wäsche auf die Leine, Martin reichte ihr die Klammern zu. Plötzlich stand ein Russe vor ihnen, wie aus dem Boden gestampft. Er sah wild aus, das Käppi schief auf dem Kopf, die Uniformjacke hing zum Teil über dem Koppel, die irren Augen sicherten das Gelände. »Dawai«, sagte er. Mit vorgehaltener Maschinenpistole deutete er die Richtung an: ins Haus! Die Mutter klammerte sich an ihren Sohn, doch der Kolben der Waffe drückte sie zur Tür. »Dawai, dawai!« Im letzten Moment hatte die Bedrängte eine Eingebung. »Wolodja!«, schrie sie in panischer Angst, »Wolodja!«. Der Russe, unsicher, ob er sich verhört hatte, brauchte ein paar Sekunden, dann stiebte er davon, so schnell ihn die schweren Stiefel trugen.

Oma Pietsch aus dem Nachbarhaus hatte die Szene beobachtet. Sie trat an den Zaun und fasste nach Mutters Arm. »Ruhig, mein Kind, ruhig!«, sagte sie. »Schweine sind das! Untermenschen! – Aber sag mal, wer ist denn Wolodja?«

So, so, ein Deserteur also, dein Vater. Hat seine Kameraden im Stich gelassen.

Sein Leben war ihm mehr wert als das Vaterland.

Wenn das nun alle gemacht hätten ...

Nicht schlecht, die Vorstellung. – Nein, du musst ihn verstehen. Er hatte seinen Vater vor Augen, meinen Großvater, dem der letzte Krieg ein Bein genommen hatte, ein glücklich Überlebender, der nie mehr glücklich wurde.

Ich muss dir recht geben. Fahnenflüchtige gelten als Verräter, miese Figuren, schwach und feige. Ich glaube, es ist umgekehrt: Sie sind die Starken. Die Schwachen träumen höchstens davon, dem Wahnsinn davonzulaufen, trauen sich aber nicht.

Ich bin bei der NVA nicht mal auf die Idee gekommen, abzuhauen.

Siehst du.

Das hatte nichts mit Schwäche zu tun. Ich stand auf Friedenswacht, so hieß das, und ich hab's geglaubt. Der Frieden musste bewaffnet sein.

Logisch. – In der Geschichte deiner Familie gab es allerdings ganz andere Kerle.

So?

Bei Gelegenheit werde ich dir davon erzählen.

Unterwegs 5

Autobahn-Abfahrt Bayreuth. Ein paar Kilometer nur bis zum Festspielhaus, dem berühmten. Hier wird er wohl nie abbiegen, denkt Martin. Er hat seine Gründe. Die Abneigung wird noch befördert durch einen Radiosender, dessen krampfhaft-lustiges Moderatoren-Duo seine Hörer mit billigen Späßen zu unterhalten versucht, ungeachtet einer Meldung, die vor Kurzem im Nachrichtenteil verbreitet wurde:

> *Drei DDR-Bürger sind gestern bei einem Unfall mit ihrem Trabant in der Nähe von Bayreuth getötet worden. Die bayerische Landespolizei berichtete, der Wagen sei aus ungeklärter Ursache auf die linke Fahrbahn geraten und mit einem Lkw zusammengestoßen.*

Aus ungeklärter Ursache? Rätselhaft ist Martin vor allem, was ein Trabant in der Richard-Wagner-Stadt verloren hat. Keine zehn Pferde würden ihn dorthin kriegen. Bayreuth ist ein Platz für »Wagnerianer«, für die Schickeria, davon ist er überzeugt.

Er kann Wagners Musik nicht viel abgewinnen, der verschrobenen Handlung der Opern und den pompösen Inszenierungen noch weniger. Der Komponist ist ein Reizthema für ihn. Es liegt Jahre zurück. Isolde hatte ihn in die Oper mitgeschleppt, »Tristan und Isolde« natürlich, wegen der Namensvetterin. Seit diesem Abend hat sich Wagner für ihn erledigt.

Schimpfte man ihn einen Banausen, dürfte er sich nicht beschweren, das weiß er wohl, aber Oper, das ewige Gesinge in allen Lebens- und Sterbenslagen, geht ihm auf den Geist. Selbst kurz vor dem Exitus blöken die Sänger quer durch die Oktaven, schwer erträglich für einen Ingenieur, bei dem alles stimmen muss, dem die Gesetze der Mechanik wie der Logik alles bedeuten.

Noch mehr sticht ihm das Bayreuther Publikum in die Nase, von dem er gehört hat. Er verabscheut die Aufschneider, die vorgeben, Wagners Musik zu lieben und dem Meister huldigen zu wollen. Er hat ein Bild von diesen Leuten: Berauscht von ihrer eigenen Bedeutung, lassen sie sich auf dem roten Teppich begaffen und anschließend im Kreis gleichgesinnter Wichtigtuer vom Opernlärm zudröhnen, sie glauben, die dramatischen Klänge des Meisters tragen sie empor, erheben sie über andere.

Isolde verschwendet keinen Gedanken an Bayreuth, der triste Tristan hingegen, der neben ihr hockt, kommt von Wagner nicht los. Auch er ein Dresdner, denkt er, wie wir. Königlich-sächsischer Hofkapellmeister, hat

1848 auf der Barrikade gestanden. Ist dann rübergemacht. Hatte eingesehen, dass man als Revolutionär kaum ans große Geld kommt. Immer knapp bei Kasse, hat Martin gelesen, habe er sich kurz vor dem Bankrott dem nächstbesten König angedient, dem bayerischen, und sei Hofkomponist geworden, nibelungentreu, deutsch-national.

Martin kommt das passende Vokabular aus DDR-Tagen in den Sinn: Da hat einer Verrat geübt an der gerechten Sache des Volkes. Dem weinen wir keine Träne nach!

Na ja.

In der Höhle

Ich möchte noch einen Schlag aus meiner Schulzeit erzählen.
Du machst mich sprachlos.
Welch unverhofftes Glück!
Ich kann mich nur wundern über das Phänomen, dass alle Schreiberlinge glauben, sie müssten der Welt ihren aufgerührten Kinderquark vorsetzen. Schrecklich.

»Misch dich nicht ein, kümmere dich um deinen Krempel!«, schnauzte Vater. »Was Martin und ich machen, ist Männersache!«

Nach Liebe klang das nicht. Mutter verzog sich in die Küche. Brach den Streit ab und machte sich über den Abwasch her. Nicht demütig, innerlich war sie geladen. Das laute Klirren und Klappern, das Scheppern des Geschirrs – ein Widerhall ihrer Wut.

Meistens war Martin hilflos, wenn seine Eltern blafften und belferten. Diesmal stand er auf Vaters Seite. Es ging um eine Männersache, das gefiel ihm. Er war dreizehn. Mutters Vorhaltungen, Vater würde einen Halbwüchsigen – sie meinte ihn – gewaltsam zu jedem Spiel von Dynamo auf den Fußballplatz mitschleppen, waren unsinnig, von Gewalt konnte keine Rede sein. Halbwüchsig, das Wort krallte sich an ihm fest, es machte ihn klein, krank, irgendwie verwachsen.

In ihrem Zorn war Mutter nicht fein. Der Proletensport kotze sie an, sagte sie manchmal. Von ihrem Mann erwarte sie nichts anderes, aber wenigstens der Junge solle vor dem Stumpfsinn bewahrt werden.

Martin ging gerne zu Dynamo. Allein schon wegen des Langen. Das war ein ziemlich ungelenker, von gegnerischen Stürmern oft ausgetrickster, jedoch für seine enorme Schusskraft bekannter Verteidiger. Wenn er statt des Torwarts zum Abstoß antrat, hallte das Stadion wider vom gewaltigen Chor des Publikums, vom gedehnten »Hau ...« (Anlauf) bis zum knalligen »Ruck« (Schuss). Mitunter verzögerte der Lange den Anlauf, stoppte kurz oder legte sich den Ball noch einmal zurecht, sodass den Zuschauern bei ihrem langgezogenen »Hau ...« die Luft ausging, das war lustig.

Der Vater ließ kaum ein Sportfest aus. Auch zur Leichtathletik im Harbig-Stadion nahm er Martin mit. Vielleicht versprach er sich etwas davon. Den besten Athleten so nahe zu sein, sie zu beobachten beim Aufwärmen, im Wettkampf, auf dem Siegerpodest, das spornte den Knaben tatsächlich an. Bald hatte er ein Traumziel: die eins-sechsundvierzig-sechs. Ein ungeheurer

Antrieb. Der Weltrekord Rudolf Harbigs über 800 Meter wurde zur fixen Idee.

Immer wenn er in der Schule die 1000 Meter laufen musste, rechnete er seine Zeit auf die 800 Meter um. Über Monate wurde die Aschenbahn sein zweites Zuhause, er trainierte auf eigene Faust, mal Ausdauer und Tempohärte, mal Intervallsprints, und immer wieder die verdammten zwei Runden. Von einem harten Zweikampf mit dem Weltrekordler fantasierte er, spurtete auf der Zielgeraden Brust an Brust mit Harbig. Mit letzter Kraft, kurz vor dem Zusammenbrechen, rettete er sich über die Linie – und schaute auf die Uhr. Wieder nur zwei-dreißig! Mindestens 250 Meter vor ihm wäre Harbig durchs Ziel gegangen. Die Ernüchterung vergrößerte den Rückstand ins Hoffnungslose.

Enttäuscht wandte er sich von der Mittelstrecke ab und dem Hochsprung zu, da war er Klassenbester, die Lücke zu Werner Pfeil und Günter Lein, den DDR-Meistern, betrug nur siebzig Zentimeter. Allein die Umstellung vom Schersprung auf den Bauchwälzer brachte ihn auf Anhieb zwölf Zentimeter näher an die Spitzenathleten heran. Danach ging es nur noch zäh vorwärts. Zwanzig Zentimeter könnte er noch wachsen, versicherten ihm die Eltern. Eine Hoffnung: Das würde sich bestimmt in Sprunghöhe umsetzen lassen, zwanzig Zentimeter, vielleicht dreißig.

Eines Tages hob er die Leine, die er zwischen dem Kirsch- und dem Pfirsichbaum gespannt hatte, auf zwei Meter an, nur so aus Spaß. Doch der Spaß wollte sich nicht einstellen. Schlagartig wurde ihm klar, dass er nicht geschaffen war für sportlichen Ruhm. Von einem Tag auf den anderen beendete er seine leichtathletische Karriere. Ihm taten alle Knochen weh. Zu oft war er bei seinen Sprüngen hart auf dem Rasen gelandet.

In diesem Frühjahr, der Flieder war gerade verblüht, bat ihn seine Mutter, das wilde Gestrüpp am Gartenzaun auszugraben, mit Stumpf und Stiel, wie sie sagte. Die Fliederbüsche wucherten, zwischen ihnen hatte sich Holunder angesiedelt, ein fürchterliches Durcheinander, wie das aussehe! Direkt am Gehweg! Mutter wollte den Fußgängern etwas Schönes bieten, Steingärten kamen gerade in Mode.

Vater distanzierte sich von dem Ansinnen, was Martin nicht wunderte, er war immer anderer Meinung, grundsätzlich. »Das Gebüsch ist doch ein wunderbarer Sichtschutz! Und was die Leute denken, ist mir schnurz«, sagte er – und war raus aus der Verpflichtung. Die Arbeit blieb an seinem Sohn hängen.

Das Absägen der Büsche, zum Teil waren es kleine Bäume, ging Martin flott von der Hand, seine Freunde Helmut und Wilfried halfen ihm. Das mühsame Ausgraben der Wurzeln dagegen zog sich hin, es beschäftigte sie etliche Nachmittage. Vermutlich wäre ihnen die Lust bald vergangen, hätte nicht Wilfried eine Idee gehabt.

Mutter lobte sie dafür, wie tief und gründlich sie dem Verlauf der Wurzeln folgten, und ihr gefiel auch, dass sie ansehnliche Steine, auf die sie stießen, für ihren Steingarten beiseitelegten.

Die Jungs indes schippten mit anderer Absicht. Verbissen bohrten sie sich in die Erde am Hang. Hinten müsse es mindestens zwei Meter tief sein, forderte Wilfried. Gute dreißig Zentimeter davon bekäme Martins Mutter für ihre Anpflanzungen, der Rest - unter einer Zwischendecke, die sie einziehen würden - gehörte ihnen. Eine Superhöhle: der Einstieg sehr flach, nur kriechend zu passieren und mit großen Steinen gut zu tarnen, und an der tiefsten Stelle würden sie sogar stehen können.

Martin musste seine Mutter einweihen. Sie war von dem geheimen Unterschlupf wenig begeistert, hatte wohl auch ein bisschen Angst um die Jungs, nahm es aber hin, die Vorfreude auf das saubere Fleckchen Erde für ihren Steingarten überwog.

Die Grube wuchs. Unverdrossen karrten sie den Aushub in den Grund, einen mit Bäumen bestandenen Einschnitt im Hang hinter dem Grundstück der Eltern, und verteilten die überschüssige Erde unauffällig im Gelände. Wilfried staubte in der Tischlerei seines Vaters stabile Pfosten ab, die Decke musste einigem Druck standhalten, und Helmut schleppte alte Dachpappe an, damit Mutter Menne beim Gießen der Pflanzen nicht auch noch ihren Sohn unten in der Höhle wässerte.

Die Dachkonstruktion, von Wilfried entworfen und alsbald mit einer schweren Erdschicht bedeckt, erwies sich als solide. Trotzdem empfahl Helmut, der ängstlichste von ihnen, zwei dicke Rohre aus dem Verlies an die Erdoberfläche zu führen, damit mehr Licht und Luft in ihr Versteck gelangen konnten. Man sah es ihm an, wohl fühlte er sich in der Höhle nicht. In einem Winkel der väterlichen Werkstatt fand Martin dicke Tonrohre, die sie eingruben. Sie endeten oberirdisch am Zaun, unmittelbar am Gehweg.

Licht und Luft, wie Helmut gehofft hatte, brachten sie wenig, dafür aber Spaß. Sie erlaubten den Blick auf die Füße der Vorbeigehenden und eigneten sich überdies hervorragend zum Belauschen der Passanten.

Daraus entwickelten sie ein Spiel. Flossen bestimmen, nannten sie es. Einer stand an der Gartenpforte Schmiere, er musste sich nähernde Fußgänger ankündigen und anschließend durch die Rohre zurückflüstern, ob die Höhlenbewohner die vorübergehenden Füße anhand der Schuhe der richtigen Person zugeordnet hatten. Ihre Trefferquote wurde mit der Zeit immer besser.

Gingen nackte Füße vorbei, war es regelmäßig einer von den vier Schlemmers, Jungs von Umsiedlern, die nach der Flucht im Haus der Witwe Schmidt einquartiert worden waren. Vater Schlemmer hatte sich abgesetzt, notgedrungen musste gespart werden. In der warmen Jahreszeit, zwischen April und November, gingen die vier barfuß und schonten ihre Igelitschuhe, in denen man, wie sie sagten, schwitzte wie Sau, trotz der vielen Lüftungslöcher im Kunststoff. Bei Frost und Schnee hingegen waren die Treter knochenhart – und konkurrenzlos: Igelitschuhe schlitterten wie verrückt, in einem Affenzahn ging es die Rutschbahn runter bis zur Pillnitzer Landstraße.

Leicht zu erraten waren die roten Damenschuhe, sie gehörten der flotten Ingeburg, die der Häusler-Annelies den Mann ausgespannt hatte, kurz nachdem er aus der Kriegsgefangenschaft heimgekommen war. Häufiger sahen die Unterirdischen leichte Stoffschuhe, sie ließen auf jüngere Frauen schließen, deren nackte Waden meistens in weißen Söckchen steckten. Nur eine bevorzugte Seidenstrümpfe mit Naht, das hatten sie schnell raus: Mierschens Hanni, die im Kopf nicht ganz richtig war. Seidene zu Turnschuhen!

Bei den Botten, die sie Omaschuhe nannten, fiel ihnen die Bestimmung der Trägerin schwer. Zum Glück trugen viele Frauen immer dieselben Schuhe. Sie lernten: Die Braunen mit der silbernen Spange – Frau Hillmann, sie war Lehrerin und kam meistens um die gleiche Zeit nach Hause; die Schwarzen mit dem Riemchen über dem Spann – Frau Jentsch, mit der Martins Vater gern schwatzte, sie arbeitete bei der Partei; die Schwarzgeschnürten – die junge Frau Klotzsche, Edelgunde, deren Mann im Krieg geblieben war und die sich als Ungelernte zur Sekretärin hochgearbeitet hatte, nun sollte sie sogar studieren, als Kader aus der Arbeiterklasse. Vater Menne erwähnte sie gern am Abendbrottisch. Ein wenig hinterhältig war das. Er machte kein Geheimnis aus seiner Bewunderung, worauf seine Gattin, die Hausfrau, regelmäßig die Lippen aufeinanderpresste, manchmal brabbelte sie auch etwas Gemeines und verließ den Tisch.

Rollten Leiterwagen an der Höhle der Jungs vorbei, wurden sie meist von Männern in undefinierbaren Vorkriegsschuhen gezogen. Gewöhnlich kamen sie vom Kohlenhändler, der ihnen auf Bezugsschein die Winterration an Briketts und Rohbraunkohle in die Säcke geschaufelt hatte. Halfen

Kinder den schwer beladenen Wagen den Berg hochzuschieben, erleichterte das die Zuordnung, beim Schuhwerk der Altersgenossen kannten sie sich aus. Schwierigkeiten bereiteten ihnen nur Gummistiefel. Wehrmachtsstiefel waren aus dem Straßenbild verschwunden.

Natürlich wollten sie es bequem haben in ihrer Höhle. Auf Helmuts Wunsch hielten sie für alle Fälle eine Notration vorrätig, eine Thermoskanne mit Leitungswasser und ein Päckchen Hansakeks. Als Mutter Menne den Strohsack, auf dem Martin viele Jahre geschlafen hatte, gegen eine ordentliche Matratze austauschte, gewannen sie eine prima Sitzbank, die allerdings bald einen modrigen Geruch verströmte.

Ein Jahr später hatte die Höhle ihren Reiz verloren, besonders für Helmut, der nicht die geringste Lust erkennen ließ, weiter in das finstere Verlies zu kriechen. Nur Martin zog sich regelmäßig in seinen Bau zurück, er brauchte ihn. Immer wenn es bei Vater und Mutter krachte, suchte er die Stille unter der Erde. Grabesstille, der Begriff lag nahe. Martin war traurig. Zwei Menschen, die er liebte, brachten ihn zum Weinen. Konnten sie ihre Probleme nicht anders regeln?

Das Elternhaus schien ständig unter Strom zu stehen. Gleichmäßig floss er dahin, doch Martin spürte, wie sich die Spannung aufbaute, und fürchtete den Funken, der die Entladung auslöste. Unvermittelt gingen Vater und Mutter aufeinander los! Im Nu wuchs zwischen ihnen eine Wand, so empfand er es. Jeder tobte wie Rumpelstilzchen auf seiner Seite der Mauer, laut und rücksichtslos. Sie kübelte Schmutz: »Ein Geizknochen bist du, ein elender! Du wirst noch mal deinen eigenen Dreck fressen!« Und er konterte böse: »Schmeckt wahrscheinlich besser als der Fraß, den du auf den Tisch stellst.« Unterirdisch, das Niveau.

Martin in seiner Höhle grübelte oft über die dummen Zufälle, die zu den Fehden geführt hatten. Allmählich wurde ihm klar, dass hinter dem Streit ums liebe Geld, um die Arbeit in Haus und Garten oder um die Kindererziehung, also um ihn, anderes steckte. Es war etwas zerbrochen, unwiderruflich. Das bedrückte ihn noch mehr.

Unterwegs 6

An der Tankstelle übernimmt Martin die Regie. Er nutzt den Stopp, um den schmerzenden Knochen zu zeigen, wozu sie da sind. Mit jedem Schritt, zu dem er sie nötigt, werden die Gelenke kleinlauter, gehorchen ihm besser, wenn auch widerstrebend. Sie können das Sticheln nicht lassen; Martins Gang hat das Rhythmische, das Sportlich-Dynamische verloren, man merkt ihm die Beschwerden an. Er öffnet die Motorhaube, prüft den Füllstand, holt das Zweitaktöl aus dem Kofferraum, sorgt für die richtige Mischung. Er hat jetzt den »Tiger im Tank«, den die Werbung verspricht.

Als er von der Kasse zum Auto zurückkommt, eilen zwei junge Männer auf ihn zu. Schnösel, denkt Martin. Helle Sommeranzüge, Hemd und Krawatte, die Sonnenbrille ins Haar geschoben – welcher gesunde Kerl läuft denn so rum?!

Sie entschuldigen sich höflich für die Störung, kommen dann schnell zur Sache: »Wir sind Studenten«, stellen sie sich vor. »Worum es uns geht: Wenn Sie irgendwann Ihr Auto loswerden möchten – wir zahlen einen fairen Preis. Hier ist die Telefonnummer.«

Martin, sprachlos wie immer bei Überfällen, nickt.

»Wohin müssten wir denn kommen, um den Wagen abzuholen?«

»Dresden.«

»Na wunderbar! Dorthin fährt ja sicherlich schon die Eisenbahn. – Wir würden uns freuen, bald von Ihnen zu hören.«

Und weg sind sie. Martin hält eine Visitenkarte in der Hand: »Justus von Wülbecke, Studiosus iurisprudentiae«. Der nicht!, denkt er. So ein Spinner bekommt meinen Trabi nicht.

Er zerfetzt die Visitenkarte in kleine Stücke. Auch so eine neue Mode. Das Kärtchen, lässig aus der Tasche gezogen, hebt dich in den VIP-Bereich, denkt mancher arme Idiot. Kein Wunder, dass Visitenkarten in null Komma nix auch den Osten geflutet haben. Isolde hat sich auf ihren Wichtigkeitsnachweis die Berufsbezeichnung »Fachlehrerin für Biologie und Chemie« einprägen lassen. Da verstummt man vor Ehrfurcht! Oder hofft sie gar, ein behämmerter Kerl würde sich bei ihr zur Nachhilfe in Bio anmelden?

»Wozu brauchen Studenten ein Auto?«, grummelt Martin den beiden Heinis hinterher. »Wir hatten doch auch keins. Die sollen studieren, nicht in der Gegend herumkutschen.«

Isolde hat die beiden mit den Augen verfolgt, wortlos weist sie in ihre Richtung. Sie steigen in ein knallrotes Cabrio, setzen Mützen auf, wie man sie von den Rennfahrern der dreißiger Jahre kennt, und jagen mit einem sonor brummenden Motor los. Sie winken den Leuten am Trabant noch einmal zu, grinsen übers ganze Gesicht. Martin hat das Gefühl, sie lachen sich kaputt.

Er begreift: Die brauchen kein Auto, die suchen ein Spaßobjekt, mit dem sie angeben können, eine Kuriosität aus dem Osten. Auffallen um jeden Preis. Nicht mit ihm! Wofür er jahrelang gearbeitet und gespart hat, wird er nicht zum Jux herabwürdigen lassen.

»Dekadente Bürgersöhnchen!«, schimpft er. »Studieren Jura! Stell dir vor, diese Typen sitzen über dich zu Gericht – da hast du armes Schwein keine Chance. Lackaffen! Besser als die beiden hätte dir kein Parteilehrjahr die sogenannte unabhängige Justiz vorführen können: Die herrschende Klasse züchtet sich ihre Juristen heran. Aus der Oberschicht – für die Oberschicht.«

Isolde wundert sich: Er hat nie ein Parteilehrjahr besucht. Und er hat sich schon lange nicht mehr so aufgeregt. Mehrere Sätze hintereinander – wann gab es das zuletzt?

Martins Stimmung wird auch nicht besser, als sie das Radio aufdreht:

Der Ministerrat der DDR hat der Volkskammer einen Gesetzentwurf zum privaten Wohnungsbau und zum privaten Wohnungskauf zugeleitet. Der Entwurf beruht auf der derzeit gültigen BRD-Gesetzgebung.

Etwa 90 Prozent aller DDR-Bürger wollen die Vereinigung beider deutscher Staaten. Der Hälfte geht es jedoch zu schnell, und 68,6 Prozent sehen für eine Vereinigung viele Probleme. Das ergab eine DDR-weite Briefbefragung der Stiftung Gesellschaftsanalyse. Lediglich ein Prozent der Befragten lehnt die Einheit strikt ab. Ein deutliches Nein gab es zum NATO-Beitritt.

Ein Vorfahr

Du kommst nicht recht voran, scheint mir. Wo ist das nächste Kapitel?
Ich bin nicht der Schnellste, schon gar nicht beim Schreiben.
Auch gut. Komme ich endlich mal zum Zuge. Die Leser können verschnaufen, sich zurücklehnen und vergessen, was du ihnen bisher zugemutet hast. Ich denke, ich kann sie besser unterhalten.
Du? Womit denn?
Ich werde ihnen schildern, woher du kommst.
Aus Dresden, das ist doch bekannt.
Deine Wurzeln liegen im Hessischen.
Im Westen? Unsinn, woher willst du das wissen?
Aus dem Ariernachweis, den dein Vater für die Nazis zusammengestellt hat. Ich kann dir eine Story erzählen über den Urgroßvater vom Urgroßvater deines Großvaters. Ist über zweihundert Jahre her.
Wozu soll das gut sein?
Zum einen ist es erholsam, wenn dein egozentrischer Text eine Unterbrechung erfährt, zum anderen gehören zu einer Familiengeschichte immer auch Rückgriffe auf die Vergangenheit, das weiß jeder Schriftsteller.
Ich bin kein Schriftsteller.
Wem sagst du das? Gerade deshalb braucht der Leser jetzt ein bisschen Erbauung, etwas literarisch Hochwertiges, wenn du verstehst, was ich meine.
Ich verstehe überhaupt nichts.
Die frühen Mennes haben sich mit Problemen von anderem Kaliber herumschlagen müssen als du. Ihnen wäre nie eingefallen, Felsen hochzukraxeln oder gar lange Epistel darüber zu verfassen. Es ist schon kurios, dass ausgerechnet der Menne mit dem hausbackensten Leben beginnt, seine Erinnerungen aufzuzeichnen.
Wieso denn hausbacken?
Zum Beispiel war in der langen Reihe deiner männlichen Ahnen, soweit ich sie überblicke, keiner, der nicht zum Rekruten gedrillt worden wäre.
Bin ich auch.
Aber alle anderen, wirklich alle, mussten in einen Krieg ziehen, für ihren Fürsten, den König oder Kaiser, gegen Napoleon, die Habsburger, Franzosen, Russen, gegen primitive Eingeborene und Untermenschen, für Gott und Vaterland, zuletzt für den Führer. Du bist der Erste, dem das erspart blieb. Es war gerade kein Gemetzel im Angebot.

Die Menschheit hat hinzugelernt.
Optimist!
Müssen wir deshalb den Seelenkäse längst Verblichener aufrühren?
Interessieren dich deine Vorfahren nicht?
Interessieren schon, aber ihre Geschichten gehören nicht hierher.
Da bin ich anderer Ansicht. Ich werde dir etwas über Melchior Matthäus Menne erzählen.
Nie gehört.
Ältester Sohn eines armen Tagelöhners in Hessen, 18. Jahrhundert. Ein Kerl mit Arsch in der Hose. Denn höre: Er war ein Deserteur! Wie dein Vater. Der erste in der Familie.

Es wummert an der klapprigen Holztür. So klopft kein Nachbar an, Nachbarn klopfen generell nicht an. Zu dieser Stunde? Die Familie sitzt am Küchentisch, das Essen ist aufgetan. Vater Menne, ein krummgeschundenes Männlein, Inbegriff der Dorfarmut, hebt den Kopf von der Schüssel und bedeutet seiner Ältesten, nach dem Rechten zu sehen. Kaum den Riegel geöffnet, weicht sie erschrocken zurück: Drei Uniformmützen machen einen Diener, um durch die niedrige Tür in den Raum zu treten. »Aushebung«, brummt der Anführer, angetan mit schwarzen Stiefeln und rotem Wams, besetzt mit Goldknöpfen, »alle Mannsleute zwischen 16 und 30 werden mitgenommen.«

Die Mutter bestaunt die imposante Erscheinung. Tochter Hermine zieht sich an den Herd zurück und legt verlegen ein Scheit nach, vollkommen sinnlos, ja ärgerlich, mit Holz muss gespart werden. Balthasar, der gute Junge, grinst blöde, er ist fünfzehn. Melchior Matthäus, zwei Jahre älter, der einzige also, der angesprochen ist, löffelt hastig die Suppe mit Kartoffeln, Speck und Buttermilch, als würde sie ihm gleich weggenommen. Er würdigt die Soldaten keines Blickes. Mit Links kratzt er die Reste aus der Schüssel.

Verfressen und aufsässig, denkt der Vater, und ein Linkshänder in jeder Beziehung. Auf dem Hof längst nicht so anstellig wie Balthasar, auch nicht so willig. Sie mögen sich nicht, die Söhne, ihre Wutausbrüche machen dem Vater manchmal Angst, lassen ihn an Kain und Abel denken, ein finaler Schlag würde ihn kaum wundern. Soll er gehen, der Melchior!

Allerdings, ein paar Heller – das wäre doch nicht zu viel verlangt für einen kräftigen Burschen? Die Soldaten des Presskommandos lachen nur, der Offizier erledigt die halb verlegen, halb aufmüpfig vorgebrachte Anfrage mit einer Zurechtweisung: »Dienstpflicht!«, knurrt er und liest unverständliche Sätze aus einer Anordnung des Landgrafen von Hessen-Kassel vor.

Die Mutter packt ihrem Großen ein bisschen Unterwäsche in den Beutel, legt ein Ranft Brot dazu, weil er doch immer Hunger hat, stopft ihm noch das schmutzige Nachthemd in die Tasche und verdrückt ein paar Tränen. Das gute Nachthemd wäre zu schade, das soll Balthasar bekommen.

Matti, wie man Melchior Matthäus beim Militär ruft, lernt in der Kaserne schon bald den Karzer kennen. Er sabotiert Exerzierübungen, indem er links und rechts verwechselt oder die Muskete falsch präsentiert, und er ist dreist genug, um über Vorgesetzte, gar über den Kommandeur des Füsilier-Regiments Numero 10, den Grafen Wilhelm Maximilian von Ditfurth, mit lästerlichen Worten herzuziehen.

Der Bauernlümmel ist zu gescheit, um sich jeder Feldwebel-Dummheit widerspruchslos zu fügen. Und schlau genug, mit den anderen im Chor »Hurra, nach Amerika!« zu brüllen, obwohl er genau das nicht will: in den Krieg verkauft werden, jenseits des Ozeans für die Engländer das Leben riskieren.

Aber was zählt sein Wille? Das Infanterie-Regiment von Ditfurth ist vom Landesherrn schon per Vertrag an die britische Krone vermietet. Eine Ahnung davon, was ihm bevorsteht, ist in Matti aufgestiegen, als der Landgraf höchstselbst in Kassel die frisch ausgehobenen Truppen inspizierte, mit kaltem Blick und ohne ein Wort, und sie dann über die Schiffsbrücke der Fulda nach Hannövrisch-Münden verlegen ließ. Der Treck der unbewaffneten Landsknechte, bellend umkreist und in Reih' und Glied gehalten von Dragonern und Jägern mit geladenen Gewehren – das verhieß nichts Gutes.

In Münden wird ihnen der letzte Schliff beigebracht. Unter dem gefürchteten Klang der hessischen Trommeln üben sie den Sturm auf die Bastionen der Aufrührer in den abgefallenen amerikanischen Provinzen. Höchste Zeit, das Weite zu suchen, beschließt Matti.

Die Gelegenheit bietet sich, als er zur Nachtwache vor dem Kasernentor aufgezogen ist und der andere Posten, eines dringenden Bedürfnisses wegen, sich in die Büsche geschlagen hat. Waffe weg, Tornister weg, das ist alles eins. Dann Matti weg. Im Schutze der Nacht durchschwimmt er einen Fluss, die Fulda oder die Werra, es ist ihm egal, mühsam hält er die Uniform mit einer Hand über Wasser, und endlich am Ufer, rennt er wie besessen dem schwachen Lichtschein am Horizont entgegen, der den Sonnenaufgang ahnen lässt.

Nach einigen Stunden bricht der Tag an. Matti glaubt sich außer Gefahr. Er liegt am Saum eines Waldes und ruht sich aus. Doch die Ruhe hält nicht lange an. Unten in einer Senke erspäht er einen Trupp Feldjäger. Sein Versuch, sich heimlich davonzustehlen, bleibt nicht unentdeckt. Die Gewehrschüsse aus dieser Entfernung scheinen ihm keine Bedrohung zu sein, ein heißer Schmerz am Hosenboden irritiert ihn nur kurz. Um nach der Ursache zu schauen, ist keine Zeit, er darf sich nicht erwischen lassen, also läuft und läuft und läuft er, durch Wald und Feld und Flur.

Der Abend dämmert schon, als er einen Weiler erreicht. Hier, an diesem versteckten Ort jenseits der Grenze von Hessen-Kassel, wie er hofft, gedenkt er die Nacht zu verbringen. Schweiß verklebt seine Sachen. Aber nein, es ist nicht nur Schweiß, seine Hand, die den schmerzenden Hintern befühlt, verrät es: Blut ist geflossen, und nicht wenig. Eine Kugel muss ihn getroffen haben, er kann sich kaum setzen, es tut zu weh, ächzend legt er sich auf die Seite. »O Arsch voll Blut und Wunden«, beginnt er leise zu singen. Er ist ein frommer Mann, kennt die Schrift und die Lieder.

Matti beobachtet das kümmerliche Nest vor ihm, besonders einen Hof, der etwas abseits liegt. Ein Heuschober verheißt ein passables Nachtlager, und am Brunnen ist bislang nur eine junge Frau aufgetaucht, die offenbar das Vieh versorgt. Bald betritt eine Ältere, einen großen Tragekorb auf dem Rücken, die Szene, vielleicht die Mutter. Gemeinsam leeren die Frauen den Korb, packen das Gemüse in einen Verschlag. Es war wohl kein sehr ertragreicher Markttag. Ein Mann ist nirgendwo zu sehen, gut so.

Auf sein Klopfen öffnet die Alte die Tür. Sie zeigt kein Entsetzen, ja überhaupt kaum eine Gemütsbewegung, zieht den zerlumpten Soldaten, als täte sie so etwas jeden Tag, in ein Kämmerchen und weist ihn an, die Sachen auszuziehen und sich ins Bett zu legen. Sie erfasst sofort, dass sie einen Geflohenen vor sich hat. Der Strohsack im Bett ist durchgelegen, aber mit einem frischen Leinentuch bezogen, als hätte man auf ihn gewartet.

Erst Tage später wird Matti erfahren, dass er den Platz von Sohn Adam eingenommen hat, der seit einer Woche unter der Erde liegt. Er ist beim Frondienst zu Tode gekommen, bei einer Treibjagd. Eine verirrte Kugel hat ihn erwischt und Witwe Almas Wirtschaft die Stütze geraubt.

Die Witwe ist eine zupackende Person. Nach einer Weile kommt sie mit warmem Seifenwasser zurück, über dem Arm Strümpfe, Hemd und Hose, die Adam gehört haben und – soweit sie sehen kann – auch dem Fremden passen sollten. Ohne Umstände widmet sie sich Mattis Hinterteil, wenig behutsam wäscht sie die Wunde aus, ohne Rücksicht auf sein Stöhnen, und als sie merkt, dass die Härte in der rechten Pobacke nichts mit der Muskulatur zu tun hat, holt sie eine Schere und polkt umständlich das Geschoss aus dem Hintern. Mattis Aufschrei erschüttert das Haus, die Witwe aber bleibt gefasst, mit ruhiger Stimme weist sie ihre Tochter in der Küche an, ein paar Huflattichblätter für die Wunde vorzubereiten und einen Buchweizenbrei zu kochen.

Wie eine Schankwirtin fragt sie Matti, ob er lieber Dünnbier oder preußischen Kaffee trinken möchte. Der völlig erschöpfte Patient kennt weder das eine noch das andere, ohne nachzudenken entscheidet er sich für Kaffee. Zu dem Aufguss aus Zichorie und gerösteter Gerste reicht die Witwe eine Scheibe tiefdunkles Schrotbrot, das sie Bonpournickel nennt. Namen interessieren Matti nicht, heißhungrig schlingt er Brei und Brot hinunter, bald schläft er ein.

Witwe Alma ist überzeugt, der Fremde sei ihr vom Himmel gesandt. Es stimmt, was der Pastor an Adams Grab gepredigt hat: In der größten Not lässt der liebe Gott seine Schäfchen nicht allein. Der Hof braucht dringend einen Mann.

Die Waffe, die sie ins Feld führen kann, ist Martha, ihre Tochter, erst siebzehn, aber mannbar, wie ihr scheint. Fortan muss das Mädchen jeden Tag das Essen in die Kammer tragen. Ein Gespräch mit dem Kranken kommt nie in Gang. Martha berichtet nur, dass seine Augen besonders strahlen, wenn es Matz gibt, Quark mit Zwiebeln, und den bringt sie ihm häufig.

Nach einigen Tagen überträgt die Witwe ihrer schüchternen Tochter auch die Pflege der eiternden Wunde. Eine Radikalkur für beide, denkt sie bei sich. Die Ringelblumensalbe tue gut, wenn Martha sie in seinen Po einmassiere, behauptet Matti schon nach der dritten Behandlung, Besserung sei spürbar.

»Ich befehle meinen Arsch in deine Hände«, sagt er, und das Mädchen bearbeitet sein rückwärtiges Teil mit Hingabe, sie findet es lustig, wenn Matti im Sekundentakt die hinteren Muskeln anspannt. Was zur gleichen Zeit vorn passiert, ahnt sie nicht einmal. Sie weiß auch sein dunkles Lamento nicht zu deuten, dass er dauernd auf dem Bauch schlafen müsse, und immer auf dem eigenen!

Endlich scheint ihm die Zeit gekommen, ihr sein Geheimnis zu entdecken: Ach, was gibt es da für ein Staunen und Stöhnen in der Kammer!

Hosianna, dankt die Witwe ihrem Herrgott, der Hof hat einen neuen Herrn.

Schneller als die reservierten Dörfler akzeptiert der Pastor das neue Mitglied der Gemeinde. Mit offenen Armen begrüßt er Matti Menne. Auch einem getreuen Diener der Kirche geschieht es nicht allzu oft, dass der Herr seine Fürbitte so prompt erhört. Die Opfergabe der Witwe, ein fettes Huhn, hat er sich redlich verdient. Und bald steht neuer Segen für den irdischen Sachwalter des Allmächtigen in Aussicht: Das junge Paar hat um einen Termin für die Trauung nachgesucht.

In der kleinen, aus Feldsteinen errichteten Dorfkirche wird Matti bewusst, welchen Aufstieg er genommen hat. Obwohl ihm nur eine Viertelhufe Ackerland zugefallen ist, darf er mit anderen Hüfnern schon in der vierten Reihe der Kirchenbänke sitzen. Kleine Schilder auf der rechten, der Männerseite des Kirchenschiffs weisen den Gläubigen ihre Plätze zu. Die ersten zwei Reihen sind reserviert für »Erbpächter«, es folgen »Bewohner des Chausseehauses«, das sind Amtspersonen, dahinter die »Hüfner« mit eigenem, meist kleinem Acker, dann »Häusler und Einsassen«. Die »Tagelöhner«, zu denen sein Vater gehören würde, und die »Hofknechte« müssen mit den hinteren Bänken vorlieb nehmen, ebenso wie auf der Frauenseite die »Mägde« und »Dienstmädchen«.

Das Schicksal hat es gut gemeint mit Melchior Matthäus Menne, und es bleibt ihm gewogen. Nach einiger Zeit wählt er in der Kirche einen Platz am Mittelgang, näher an seiner Martha auf der linken Seite, wie er sagt. In Wahrheit schätzt er den freien Blick auf die Logen, die links und rechts der Kanzel dem Gutsherren und seiner Familie vorbehalten sind. Mathilde, die junge Gutsherrin, die ihrem ältlichen Gatten in sechs Jahren vier Mädchen geboren hat, würdigt Matti keines Blickes, was ihn nicht hindert, die langatmige Predigt des Pastors mit unkeuschen Gedanken anzureichern. Meist erhascht er am Ende, beim Hinausgehen, einen scheinbar gleichmütigen Blick der Herrin, der nichts verrät. Noch nie hat sie ihm ein Lächeln geschenkt.

Bereits bei seinem ersten Spanndienst für den Gutsherrn war sie ihm begegnet. Er hatte sich nach dem Pflügen zur Vesper in den Schatten einer Linde gelegt, als ein Schimmel herangaloppierte. Zu spät erkannte er im Sattel die junge Gutsherrin, und ehe er sich aufrappeln und mit einem Bückling den untertänigen Gruß entbieten konnte, hörte er sie sagen: »Bleib er liegen!«

Sie musterte ihn von oben bis unten, stieg dann vom Pferd und gebot: »Er schließe die Augen!« Matti drehte zudem den Kopf zur Seite. Bald spürte er geschäftige Hände. Anders, als man gemeinhin sagte, wusste er sehr wohl, wie ihm geschah. Die Herrin war eine verdammt gute Reiterin.

Seither zeigte sich Matti gegenüber der Obrigkeit gern unterwürfig. Mit einem dreisten »Immer Ihr unten tätiger Diener!« empfahl er sich Mathilde regelmäßig für weitere Spanndienste. In der Folge konnte die Herrin ihrem Mann stolz zwei stramme männliche Erben präsentieren, und Melchior Matthäus Menne genoss im Stillen das bescheidene Glück, dass seine Gene nicht nur in der Unterschicht fortlebten, sondern wegen besonderer Verdienste in den Adelsstand erhoben worden waren.

Na toll! Von Genen wusste damals kein Mensch.
Korinthenkacker!
Mir scheint, alles, was du erzählst, muss auf Kopulation hinauslaufen.
Oho, Kopulation nennt der Herr die fröhliche Vögelei, die die Menschheit am Leben erhält.
Diese Vorliebe für Schlüpfriges kennt man vor allem von den Impotenten, von Eunuchen zum Beispiel oder von alten Männern.
Und von Dichtern!
Du willst dich mit lasziven Geschichten interessant machen.
Ich will »es« interessant machen, mein Freund, »es«: dein lahmes Manuskript.
Deshalb musst du nicht in der dunklen Vorzeit herumwühlen, die mit mir nichts zu tun hat.
Und ob! Du solltest wissen, woher du kommst.
Mich beschäftigt mehr, wohin es geht.
Wer seine Wurzeln vergisst, kümmert vor sich hin, da fehlt der Saft, der aus der Tiefe kommt. Schau dich an!
Hä?
Das Erbgut Melchior Matthäus Mennes hat fortgewirkt in deiner Familie. Zumindest bis zu deinem Vater. Dass er Marxist geworden ist, geht auf diesen Matti zurück.
Na klar. Zwar war Marx noch nicht auf der Welt ...
Sein Geist schon. Hör zu! Als seine Kinder längst erwachsen waren, die einen wie die anderen, du verstehst?, saß der alte Matti auf der Bank vor dem Ausgedingekaten. Sein Sohn, ein tüchtiger Landmann, war am frühen Morgen ausgerückt zum Frondienst, erzwungen von Mattis anderem Sohn, dem Erben des Gutsherrn. Dieser ein armer Schlucker, jener ein fauler Prasser – wie konnte das sein? Beide vom selben Stamm, beide seine Söhne. Der Alte brütete vor sich hin. Er sah, wie ein Huhn einen Wurm aus dem Erdreich zu zerren versuchte, um ihn zu verschlingen. Mit einem Reisigbesen in der Linken verscheuchte Matti die Henne. Die Würmer können sich nicht wehren, grübelte er. Aber sind wir Würmer?
Aha, verstehe. Und sogleich schritt er zur Tat, wiegelte auf zum Widerstand, zum Klassenkampf gegen den Blutsbruder.

Quatsch, von Mattis illegitimen Abkömmlingen wusste niemand, nur er und deren Mutter. Er grollte ihnen, dachte aber auch über eine Mitschuld nach. Horchte in sich hinein, ob in seinem Erbgut eventuell ein Hang zum Müßiggang, zum Kommandieren und Unterjochen angelegt war. Sich ins Genetische zu verirren war naheliegend, weil bis dahin keiner entdeckt hatte, dass die Umwelt den Menschen formt, Marx war ja noch nicht geboren, da hast du recht. Allerdings sprach der alte Menne am Küchentisch mit seinen christlich getauften Kindern und Enkeln oft über Paris 1789. Das Wort Brüderlichkeit mochte er nicht, aber Gleichheit und Freiheit standen bei ihm hoch im Kurs. Die Saat, die er gelegt hat, sein widerständiger Geist pflanzte sich von Generation zu Generation fort. Erst bei dir bekam das Erbgut einen Knacks. Eine spontane Mutation wahrscheinlich.
Wieso?
Das Revolutionäre geht dir ab.
Immerhin war ich bei der ersten siegreichen Revolution in Deutschland dabei.
Hinten in der letzten Reihe. Dir fehlt Mattis Aufsässigkeit, sein Widerspruchsgeist.
Ach, lass mich in Ruhe mit diesem Matti! Was interessiert mich ein Bäuerlein aus dem achtzehnten Jahrhundert!
Er ist dein Vorfahr. Matti und Martha verdankst du dein Leben.
So wie ich es Adam und Eva verdanke.
Die wussten jedenfalls: Das Wertvollste, was der Mensch besitzt, ist das Leben, und das Beste, was er damit anfangen kann, ist: sich zu vermehren.
Das Beste? Da wäre ich nicht so sicher.

Unterwegs 7

Das hat noch gefehlt. Die Autokarawane schiebt sich zusammen. Nervös zuckende Warnblinklichter signalisieren das Halali, die hektische Jagd ist aus, der Pulk erstarrt. Übrig bleibt eine disziplinierte Doppelreihe, in der Mitte eine Gasse für Rettungsfahrzeuge, man merkt, die Leute haben Übung.

Vergebens hält Martin Ausschau nach einer Hoffnung weit vorn. Doch da ist nichts, kein Ruckeln, nichts bewegt sich, nirgendwo. Stillstand. Isolde lässt das Auto langsam ausrollen. Zwei schnelle Wagen überholen sie noch und setzen sich vor sie in die Spur. Glückwunsch, großartiger Geländegewinn!

Martin kurbelt die Fensterscheibe runter, hält sein Gesicht in den Wind, der ihm Geruchspartikel von Reifengummi und Auspuffgasen in die Nase bläst. Angenehm hingegen die Ruhe. Nur von der Gegenfahrbahn kündet gedämpft das im Sekundentakt an- und abschwellende Rauschen, Brummen, Zischen von ungebremster freier Fahrt.

In der bunten Reihe vor ihnen – wenig Trabant-Hellblau, stellt Martin fest – öffnen sich Türen, neugierige, ungeduldige, ratlose Lenker sondieren das Gelände, entdecken nichts, der Stau reicht über ihr Blickfeld hinaus. Bald schlüpfen auch die Jungen aus ihren Nestern, spielen, verstecken oder haschen sich. Kein ermutigendes Zeichen, das Schicksal scheint Martins Zeitplan zu zerfetzen.

»Mal gucken, vielleicht erfährt man was«, sagt Isolde. Sie steigt aus, steuert eine kleine Gruppe an. Dort wird aufgeregt geredet, einer schlägt sich mehrfach beide Hände vor die Stirn, gesund wirkt das nicht. Auf die Erklärung muss Martin nicht lange warten. Isolde kommt zurück und teilt in wichtigem Tonfall mit: »Ein Mann hat sich über die Notrufsäule erkundigt: Schwerer Unfall, haben sie gesagt, zwei Lkw stehen in Flammen, es kann lange dauern.«

Im Weglaufen dreht sie sich um und winkt: »Komm! Beine vertreten.«

Er denkt gar nicht daran. Auch ihr geht es nicht um Lockerungsübungen, so gut kennt er sie. Sie sucht Kontakt, möchte wahrgenommen werden, am liebsten als Exotin: Die aus dem Trabant. Kommt aus Dresden, nette Person, Lehrerin am Gymnasium, ihre Mutter war Kriegerwitwe, eine Weberin, die zwei Mädels allein großgezogen hat, beide haben studiert.

Heute wird sie ihre Geschichte nicht los, sie findet keinen Weg in den Mittelpunkt, bleibt wenig beachtet am Rande. Vielleicht später, denkt sie. Zeit ist noch genug. Isolde ist die Idealbesetzung für die Rolle, die gefühlsduselige Politiker neuerdings den Menschen in Ost und West aufnötigen wollen.

Sie sollen sich gegenseitig ihre Biografien erzählen, heißt es, das würde helfen, sich besser zu verstehen. Für solchen Quark ist sie zu haben. Und erzählt und erzählt und erzählt. Sie schwindelt nicht, findet Martin, verschiebt nur kaum merklich die Gewichte, biegt dieses hin, lässt jenes weg. Heraus kommt: ein schönes Leben.

»Manchmal kommt es mir vor, als wolltest du noch nachträglich Werbung für die DDR machen. Treue über den Tod hinaus - so kenne ich dich gar nicht«, hat Martin ihr letztens vorgehalten.

»Dummes Geschwätz!«, raunzte sie. Es hatte sie getroffen. Ihr Ärger entlud sich in einer Beschimpfung: »Du kannst offenbar gut damit leben, dass sie jeden Tag kübelweise Dreck über uns auskippen. Hast du dir mal überlegt, weshalb sie unsere Hoffnung auf eine gerechtere Gesellschaft als dümmlichen Kinderglauben abtun? Und warum sie uns nur zwei Rollen zubilligen: Täter oder Mitläufer?«

»Es gab auch Opfer, ein paar Dissidenten, jedenfalls mehr, als ich gedacht habe. Kannst du jeden Tag in der Zeitung lesen. Und dann die Erschossenen an der Grenze, die politischen Häftlinge in den Gefängnissen.«

»Ja, dafür möchten sie uns das Büßergewand überziehen, uns allen. Wir sollen Abbitte leisten für unsere Visionen. Dass wir ihr System in Frage gestellt haben – eine Unverschämtheit! Von den Nazis, die Schuld an Millionen Toten trugen, haben sie nicht verlangt, nach dem Krieg in Sack und Asche zu gehen. Aber von uns. Tut mir leid, da muss ich gegenhalten, das bin ich mir schuldig.«

»Tu, was du nicht lassen kannst.«

»Mensch, Menne, komm runter vom hohen Ross! Du glaubst wohl, es gereicht dir zur Ehre, nur Mitläufer gewesen zu sein. Ein bisschen doof, aber ohne Schuld. Solche Leute gefallen ihnen. Reden den Siegern nach dem Munde. Mitläufer schon wieder!«

Dieses Gift immer!

Martin war nicht der Mann, der eine Sache schlechtredet, jedenfalls nicht schlechter, als sie war. Er sah Fragwürdiges auf beiden Seiten und störte sich daran, hielt sich aber raus aus den Debatten. Seine Meinung war nicht maßgeblich, warum sollte er sie in die Welt posaunen? Brächte nichts.

Zweifellos durfte er annehmen, mit seinem Lebenslauf im geeinten Deutschland leidlich akzeptiert zu werden. Etliches würde positiv zu Buche schlagen: Er war - anders als seine Frau - nicht in der Partei, der angeblich führenden Kraft, deren Mitglieder dem Glauben anhingen, auch sie seien führende Kräfte, obwohl sie doch nur geführte, ja irregeführte Kräfte waren.

Und zu keiner Zeit ist er ein Zuträger der Stasi gewesen, jener Staatssicherheit, die Bürger und Staat unsicher machte. Auch ein »Genosse Kämpfer« war er nicht, den sogenannten Kampfgruppen der Arbeiterklasse zugehörig, die sich mit der Waffe in der Hand gegen alle kapitalistischen Invasoren zur Wehr setzen wollten, am Ende aber nicht mal in der Lage waren, ihre Arbeitsplätze zu verteidigen.

Nein, niemals würde er sich so in Szene zu setzen versuchen. Es war peinlich genug, wenn Isolde stolz von ihren Urlaubsfahrten an den Plattensee berichtete und sich ein Echo einhandelte, das vielleicht verständnisvoll gemeint war und dennoch an Wunden rührte: Ja, so habe es bei ihnen auch angefangen, in den fünfziger Jahren im ersten Auto der Eltern über die Alpen an den Gardasee, inzwischen aber seien sie ja schon überall gewesen, in Amerika, Kenia, Indien, sogar auf Feuerland und im australischen Outback ...

Sicherlich erginge es Martin nicht anders, schwärmte er von Klettertouren im Elbsandsteingebirge. - Elbsandstein? Nie gehört! - Eins der schönsten Kletterreviere der Welt. - Ja, natürlich, eure DDR war ja auch die größte der Welt ...

Isolde wirft die Tür zu, wie üblich mit zu viel Schwung, und startet den Motor. »Es geht weiter!«, freut sie sich. Martin schaut auf die Uhr. Zu spät, denkt er.

Auf der Couch

Ich glaube, es wird Zeit, mal wieder beim Psychiater vorbeizuschauen.
Ich mag diese Leute nicht, Psychiater, Psychologen, diese ganze Psycho-Blase. Ich möchte auch nicht, dass sie in meinem Text auftauchen.
Was ich dort höre, ist doch nicht für die Öffentlichkeit, nur für deine Söhne.
Seelenfänger sind das. Die leben davon, Leben zu sezieren. Sie weiden dich aus bei lebendigem Leibe, ergötzen sich an deinem Elend. Alles, was du sagst, drehen sie durch ihre Psycho-Mühle, schmecken es ab, legen es aus und kommen auf die absurdesten Diagnosen. Die Glaskugel als Wissenschaft, obskurer als das Orakel von Delphi.
Was aber für uns – ich sag jetzt mal: Schriftsteller – wichtig ist: Sie erfahren viel Verborgenes, die Menschen öffnen sich.
Ja, genau, und dadurch bekommen sie Macht über die armen Hunde, die sich ihnen anvertrauen. Manche hypnotisieren ihre Patienten sogar, angeblich zu Heilzwecken.
Hypnose kann Isoldes Psychiater auch.
O nein! Er setzt sie in Trance?
Nicht doch, deine Isolde bleibt immer Herrin des Geschehens, so viel darf ich verraten.

Wolfgang Liesegang hat alles vorbereitet für Isolde, das Sprechzimmer ist aufgeräumt, auf dem Schreibtisch stehen sogar ein paar Tulpen, warme Frühlingsluft bläht die Gardine am Fenster, durch das ein unerträgliches Quietschen dringt, sobald sich eine Straßenbahn um die Kurve quält. Neu ist eine Box, aus der sich weinende Patientinnen ein Papiertuch ziehen können. Die Couch hat er frisch eingedeckt, ein weißes Laken, extra für Isolde, sein Sessel wie gewohnt in Lauerstellung dahinter. Und – sie bemerkt es sofort – er hat dieselbe dünne, weiße Hose an wie bei ihrem ersten Besuch, als es um Sohn Igor ging. Isolde nimmt es als gutes Omen.

So leicht soll er ihr diesmal nicht davonkommen. Keine belanglose Sitzung wie beim letzten Mal! Isolde will wissen, woran sie bei ihm ist. Es könnte noch einmal wichtig werden.

Liesegang gibt den sorgenden Doktor: »Wie geht es deinem Mann? Du hattest beim letzten Mal Andeutungen gemacht, dann aber war uns das Thema irgendwie weggerutscht.«

Umso genauer will er es diesmal wissen, erfragt Symptome, nickt zu ihren Schilderungen, macht sich Notizen. Will hören, ob der Patient noch tiefer in die Depression gesackt ist. Wie soll sie das wissen? Isolde ist nicht recht bei der Sache, sein Lateinergequassel rauscht an ihr vorbei, die Tabletten, die er ihr für Martin zusteckt, wird sie in die nächste Mülltonne werfen.

Nach einer Weile kommt er plötzlich mit ganz anderen Fragen: »Was ist dir wichtig im Leben?«

Nanu! »Meine Söhne«, stottert sie, als müsste sie ein Fragezeichen dahintersetzen.

»Gut, und was noch?«

»Ich liebe meinen Beruf. – Was soll das? Worauf willst du hinaus?«

»Sehr gut. Und wie siehst du deine Zukunft?«

Isolde, die Hilflosigkeit in Person, schaut ihn mit großen Augen an.

»Wir beide«, sagt er, »sind doch in einem Alter, das gewöhnlich noch ein bisschen Zukunft bereithält ...«

Er hat sie erwischt. Sie hält den Kopf gesenkt, mit beiden Händen hebt er ihr Gesicht, blickt ihr in die Augen, fixiert sie lange. »Nein«, hört er sie flüstern, »mit Martin ...«

»Gut«, sagt er nach einer Weile, »reden wir über dein Problem. Komm bitte, ich habe die Couch schon für dich vorbereitet.«

Jeder Patient will individuell behandelt werden, das weiß Liesegang natürlich. Scheinbar unvermittelt zieht er Isolde an sich. Unter dem Druck seiner Arme wächst ihre Zuversicht, die Umarmung strafft ihren Geist, ihren Körper, wärmt sie. Fühlt sich gut an, denkt sie. Ob er merkt, dass sie keine Unterwäsche drunter hat?

»Was willst du mir heute beichten?«, fragt er. »Noch ein paar Geschichten aus deiner stürmischen Jugend?«

Sie spürt, dass er entspannter ist als bei ihrem letzten Besuch. Bevor er hinter dem Kopfende der Couch verschwindet, versucht sie seine Hand zu fassen, streift sie aber nur. Ist er ihr ausgewichen? Schnell hat sie sich wieder in der Gewalt. Dann eben die umständliche Tour. Sie schaltet um auf Attacke mit Worten, im Dämmern vor dem Einschlafen hat sie die Animation mehrfach durchgespielt. Die ersten Wochen mit Martin geben einiges her.

Fast tat mir mein Martin leid. Ich habe ihn lange zappeln lassen. Wir sahen uns jeden Abend, und seine Küsse wurden immer drängender, aber an meiner Haustür war Schluss. Nur zu gerne hätte ich ihm nachgegeben, er war ein ganz Lieber, unverstellt und verliebt auf rührend-unschuldige Weise.

Wäre es nur um ein Abenteuer gegangen, hätte er es leicht gehabt mit mir. Ich hatte noch nie viel auf den Rat meiner Mutter gegeben, nicht mit jedem gleich in die Kiste zu springen. Von Großmutters Keuschheitsgeboten zu schweigen. Überholte Ansichten. Ich wollte eine moderne Frau sein, gleichberechtigt, wie es in der Verfassung stand, und nahm mir mein Recht, wo es sich anbot.

Bei Martin aber hielt ich mich zurück, obwohl ich mehr und mehr aus dem Gleichgewicht geriet, das Sirren im Kopf, das Summen im Bauch nahmen zu. Je stärker die Ahnung aufkeimte, es könnte was werden mit uns beiden, etwas Ernsthaftes, desto standhafter wurde ich. Mein sechster Sinn sagte mir, ich dürfe ihm nicht als überreifes Früchtchen in den Schoß fallen. Er sollte das Gefühl haben, den schwierigsten Gipfel seines Lebens zu bezwingen, einen Schatz zu erobern, der immer kostbarer wurde, je mehr Mühe er dafür aufwenden musste. Am Ende würde er ihm gehören. Denn auch wenn das Privateigentum aus ideologischen Gründen wenig geschätzt wurde, die alleinigen Besitzrechte am Ehepartner galten fort.

Martin hatte damit angefangen, von einem gemeinsamen Leben zu reden. Er war ein großer Junge, ein Schwärmer, dem Liebesgeständnisse locker von der Zunge perlten. Mir ging das ein bisschen zu schnell, ich spielte aber mit, weil ich so erfahren konnte, wie er sich seine Zukunft vorstellte, was er über Familie und Kinder dachte.

»Kinder?«, fragte er. »Gerne. Zwei oder drei. Musst mir mal zeigen, wie sie gemacht werden.«

Alle verfügbare Zeit würde er mit den Gören verbringen, sagte er. Ich begriff: Das Einzelkind hatte unter der zerrütteten Ehe der Eltern gelitten, es suchte Harmonie. Er war dennoch ohne Vorwurf für seine Eltern, voller Nachsicht für beide.

Zu haken begannen unsere Gespräche, wenn es um Kultur ging. Er war erst ein einziges Mal in der Gemäldegalerie gewesen, nicht mal freiwillig, sondern mit der Schulklasse. Er hatte »Nackt unter Wölfen« nicht gelesen, auch nichts von den wunderbaren »Südsee«-Erzählungen Hermann Kants gehört, die ich gerade verschlungen hatte. Ich drückte ihm das schmale Büchlein in die Hand und fand es ermutigend, dass er es tatsächlich las, mir zuliebe, wie er sagte. Schließlich gab er es zurück mit der Bemerkung: »Gar nicht schlecht. Aber Karl May war spannender.«

Er war noch formbar. In der Tat wurden Bücher mit den Jahren zu seiner Leidenschaft, zuerst vergrub er sich in die Romane von Christa Wolf, Kant und Strittmatter, dann kamen kritische sowjetische Autoren hinzu, Aitmatow, Bulgakow, Tendrjakow. Begierig suchte er nach Erklärung der Welt, in der er lebte. Mir gefiel das. Irgendwann, glaubte ich, würde ich ihn auch von seinem Kletterzwang befreien können.

Damals spazierten wir abends oft über die Elbwiesen, beredeten dies, erörterten das. Nachdem wir die nächsten fünfzig Jahre hinreichend durchexerziert, Luftschlösser gebaut und dabei selig geträumt hatten, war ich mir meiner Sache sicher. Ich nahm ihn mit auf Bude.

Seine Qualitäten als Liebhaber? Nach dem ersten Mal fasste er seine Gefühle recht unpräzise zusammen: »Wahnsinn! Waaahnsinn!«, keuchte er, und ich dachte: ein bisschen ungelenk noch, der Junge, aber entwicklungsfähig.

Als am Morgen danach um fünf der Wecker klingelte, war ich schläfrigweich, schmiegte mich an ihn und flüsterte ihm »Wahnsinn!« ins Ohr. Er ließ sich aber nicht abhalten, sein Training war heilig. Nackt, wie er war, schlüpfte er aus dem Bett und begann seine Übungen.

Er hatte meine Nachttischfunzel brennen lassen, die zusammen mit dem diffusen Licht der Morgendämmerung eine Szene ausleuchtete, die mich sogleich fesselte. Zuerst stemmte er, scheinbar leicht, Dutzende Liegestütze, und ich registrierte fasziniert, was ich zwar wusste, aber noch nie so eindrucksvoll hatte beobachten können: dass der Po tatsächlich ein großer, kräftiger, höchst aktiver Muskel war.

Danach sah sein Programm Kniebeugen vor. Nicht die üblichen: einbeinige, erst links, dann rechts, es folgten Klimmzüge am Türrahmen, der nur den Fingerspitzen eine Auflage bot, so wie es ihm die Felsen in der Sächsischen Schweiz abverlangten: allein mit der Kraft von ein, zwei Fingern den Körper nach oben zu ziehen.

Seine Haut wurde feucht, begann zu glänzen. Ich stand auf und holte ein großes Badetuch aus dem Schrank. Sein Schweiß sollte mir nicht den Teppich verderben. Für ihn die Gelegenheit, mich schamlos auszunutzen; er ließ sich bäuchlings auf das Tuch fallen und forderte mich auf, seinen Rücken zu besteigen – und schon drückte er die Liegestütze im Doppelpack.

Wieder unter der Bettdecke, war an Schlafen nicht mehr zu denken. Eine Hand zwischen den Schenkeln, verfolgte ich das Spiel seiner Muskeln. Bisher kannte ich nur Männer, die mir stolz ihre Bizeps vorgeführt hatten, klägliche Versuche, gemessen an dem, was sich bei Martin abzeichnete, im Schulterbereich, an Brust, Bauch und Oberschenkeln. Ich streifte mein Hemdchen ab, nackt und fiebrig erwartete ich das Ende der Show.

Als er ins Bad verschwinden wollte, streckte ich die Hand nach ihm aus. Bereitwillig legte sich der schwer atmende, patschnasse Kerl auf mich, war kaum zu packen, auf schlüpfrigem Schweißfilm glitschte ich um seinen Körper, lag mal über, mal unter ihm, seine Haut war kühl, kühlte aber nicht, im Gegenteil, ich war heiß, schlürfte seinen strengen animalischen Geruch, leckte ihm das Salz von der Haut, krallte meine Finger in seine Muskeln. Ich war außer mir.

Am Ende lag ich erschöpft in unserer Suhle und konnte kaum fassen, was dieser ungeschickte grüne Knabe zustande gebracht hatte. Ich wusste, wie viele erfahrene Männer er in den Schatten gestellt hatte, und küsste ihn dankbar. Still lächelnd lag er auf dem Rücken, erleichtert auch er und offenbar hochzufrieden mit seiner sportlichen Leistung.

Diese Abschlussübung gehörte fortan zu seinem Morgenprogramm, war die Krönung, der wir beide entgegenfieberten. Er blieb jede Woche mindestens drei Nächte bei mir. Nicht nur er, auch ich wollte es so. Ich brauchte ihn, spätestens nach zwei Tagen wurde ich unruhig, und es störte mich in keiner Weise, dass ich jedes Mal die Bettwäsche komplett abziehen und zusammen mit dem großen Badetuch in meine Perex stopfen musste, die tschechische Waschmaschine bekam ordentlich zu tun.

Kam ich nachmittags aus der Schule nach Hause, rückte der Alltagskram schlagartig in den Hintergrund. Verheißungsvoll blinkten mir die Signale entgegen: der Wäscheständer in der Küche, die zum Auslüften aufgestellte Matratze, sie sorgten für ein sanftes Ziehen in der Brust, ich sehnte mich in seine Arme.

Die Abende mit Martin schlugen bis ins Lehrerzimmer durch. Malte, der Kollege für Mathematik und Physik, ein paar Jahre älter als ich, flirtete gern und empfing mich manchmal mit kleinen Zweideutigkeiten: »Ah, unsere Isolde sieht heute wieder so entspannt aus. Du hattest wohl eine gute Nacht?« Ich schwankte, ob ich ihm einen Kuss oder eine Ohrfeige geben sollte, neigte in meinem Glück zu Ersterem, ließ es natürlich bleiben und reagierte überhaupt nicht. Der Kerl hatte Frau und zwei Kinder zu Hause.

Martin wollte sich bei mir einnisten, schleppte nach und nach Sachen an. Ich hatte wenig Platz, mein Schrank war zu klein. Mit Mühe konnte ich noch zwei Kleiderbügel unterbringen, für Hose und Jacke musste das genügen. Am schwierigsten war es mit Schuhen, mein Regal war übervoll, und herumstehende Treter konnte ich auf den Tod nicht ausstehen. Wir einigten uns, dass er nur seine Laufschuhe bei mir deponierte, und zwar gut versteckt im meist leeren Papierkorb. Schlafsachen benutzte er zum Glück nicht. Für Hemden, Wäsche, Socken und Sportsachen bot ich ihm den Schrankboden unter meinen Kleidern an, verlangte aber Ordnung.

Akkuratesse gehörte nicht zu seinen Stärken. Anfangs wollte er nicht begreifen, wozu die gut sein sollte. Ich zeigte ihm, wie man Hemden sauber zusammenlegt und penibel auf Kante stapelt, und er stimmte mir zu, dass es so gleich viel manierlicher aussehe. Im selben Moment umfasste der scheinheilige Kerl mit beiden Händen meinen Hintern und bemerkte unfein, manchmal möge er es aber ein bisschen schlampig. Ich konnte ihm nicht böse sein.

Die Hand des Doktors verschließt Isolde den Mund. Ende der Sitzung, soll das wohl heißen. Übergang zum unterhaltenden Teil. Seine Hände fahren von hinten über ihre Schultern, gleiten unter die Bluse, sanft umkreisen seine Finger ihre Brustwarzen. Isolde ist mit sich zufrieden, er hat sie verstanden.

»Mach die Augen zu«, flüstert er.

Sie merkt, dass er ans Fußende der Liege wechselt. Natürlich blinzelt sie. Oh! Irgendwann, während sie erzählte, muss er sich seiner Hose entledigt haben. Die Erregung beglückt sie. Er spreizt ihre Beine, führt seine Hände an den Innenseiten der Schenkel nach oben. Diesmal nicht so hastig, registriert sie. Sie unterstützt das gedrosselte Vorgehen. Lange, aufreizend lange hält sie das hungrige Tier hin, lässt es im Vorhof grasen, bis ihr Appetit übermächtig wird ...

Beim Abschied irritiert er sie. »Ich hoffe, du kommst nicht nur zum Vögeln her«, flüstert er ihr ins Ohr. Der Satz verfolgt sie bis nach Hause. Sie hatte nur den Kopf geschüttelt und vorsichtshalber gelächelt. Welche anderen Gründe könnte er meinen?

Ich muss mich mal selber loben. Das mit dem Psychiater war eine super Idee. Der macht einen guten Job.

Mir egal.

Würde ich an deiner Stelle nicht sagen. Du unterschätzt mich, meine hochwertigen Ergänzungen bereichern deinen Text ungeheuer.

Ist mir wurscht.

Vielleicht wird der Name Menne noch als Stern am Himmel der Literatur aufgehen.

Da sei Gott vor!

Bedenke: der Ruhm. Das Ansehen.

Da pfeif ich drauf.

Aber die Menschen wollen jemanden lieben und verehren, suchen einen, dem sie sich zu Füßen werfen können.

Ihr Problem. – Obwohl … Ich hatte einen Traum ... Der ging in diese Richtung.
Ich höre.
Mir träumte, ich hätte eine Lesung. Zu Tausenden sind die Freunde der Literatur herbeigeströmt, in allen Fußballstadien verfolgen die Menschen meinen Auftritt auf riesigen Bildschirmen ... – Nee, das ist mir jetzt peinlich.
Schau an, der bescheidene Martin! Ein Schwenk vom Kleinmut zum Größenwahn.
Ich bin bipolar gestört.
Und weiter?
Ich betrete die Bühne, verkleidet natürlich, mit grauem Bart und grauer Perücke, Brille und Basecap, auf alt gemacht …
Auf alt gemacht?
Auf noch älter.
Ich staune. Dass die Fantasie mit dir durchgehen könnte, hätte ich nicht erwartet.
Nein, lassen wir das! Spinnereien passen nicht zu mir. Die Leser nähmen mir Irrationales nicht ab, das brächte sie durcheinander.
Sehr gut. Nichts ist wichtiger, als den Leser zu irritieren. Konfusion und Chaos, Mystisches und Unverständliches – das macht die Differenz. Es unterscheidet gute Bücher von den trivialen Unterhaltungsschwarten.
Du machst dich lustig über mich.
Keineswegs. Was ein normaler Mensch nicht begreift, ruft die Kritiker auf den Plan, stachelt sie an. Nur durch sie wird ein Buch genial. Je wirrer dein Text, desto furioser die Erklärer. Ihre Hymnen befördern den Autor in geistige Höhen, von denen er mitleidvoll auf den armen Tropf herabblickt, der er beim Schreiben gewesen ist.
Im Spinnen bist du ihnen gewachsen, scheint mir.
Nun komm schon, erzähl!
Aber nur, wenn es unter uns bleibt.
Versprochen.

Die Lesung

Ich luge durch einen Spalt des Theatervorhangs in den Saal. Gerammelt voll! Auf der endlos weiten Bühne steht verloren ein kleiner Tisch, dahinter ein Lehnsessel. Unter der Leselampe liegt ein Buch. Mein Buch. Eine Stimme aus dem Off dimmt das erwartungsfrohe Gemurmel des Publikums: »Meine Damen und Herren, wir haben heute das große Glück, ein Genie begrüßen zu dürfen, das der Menschheit einen unvergleichlichen, ja epochalen Roman geschenkt hat. Einen herzlichen Applaus bitte!«

Hinter dem Vorhang bewegt sich etwas, eine blonde junge Frau zwängt sich hindurch. Die Spannung löst sich in stürmischem Beifall. Was für eine Überraschung! Eine Bildhübsche, Donnerwetter! Zauberhaft ihr Lächeln. Sie lässt den Vorhang nicht aus den Händen, hält einen Spalt offen, durch ihn schiebt sich ein wackliger Greis: ich. Gebeugt gehe ich, blinzele durch dicke Gläser verstört ins grelle Licht der Scheinwerfer. Der Beifall wird schwächer, verebbt aber nicht. Mitleid wahrscheinlich.

Zum Dank hebe ich meinen Krückstock grüßend Richtung Publikum, stakse vorsichtig mit kurzen, unsicheren Schritten über die Bretter, allerdings in die falsche Richtung. Auch noch halbblind, der arme Kerl! Meine Begleiterin fasst sich ein Herz und mich am Arm, behutsam lenkt sie mich um, dirigiert mich zu meinem Platz. Auf ihre Schulter und eine Armlehne gestützt, plumpse ich auf ein dickes Sitzkissen. Im Saal ist es totenstill geworden, mein Anblick macht die Leute betroffen. Ich muss sie aufheitern.

»Ja, so ist das: Immer wenn die Garantie abgelaufen ist, geht irgendwas kaputt. Hüftgelenke, Herz, Knie … Kennen Sie vielleicht.«

Niemand lacht.

»Alles geht ein bisschen langsamer.«

Keine Reaktion.

»Da freut sich die Mutti«, möchte ich sagen, verkneife es mir aber. Gehört sich nicht. In meinem Alter! Vor feinen Leuten, Berliner Elite, hanseatische Bildungsbürger oder was weiß ich. Die muss man hofieren.

Ich breite die Arme aus: »Einen wunderschönen guten Abend Ihnen allen! Schön, dass ich da bin.« Einige schmunzeln, die ersten klatschen zaghaft, darauf lässt sich aufbauen.

»Es freut mich, dass auch Sie es bis hierher geschafft haben. Und so zahlreich! Apropos Zahlen: Zahlen mussten Sie ja nichts, ich meine Eintritt. Ich will Ihnen aber gern die Möglichkeit einräumen, sich an der Saalmiete zu beteiligen. Sehen Sie die Kiste da vorn, mit dem Schlitz drin? Hat mein

Enkel gebaut, ist Tischler von Beruf. Meine Assistentin zeigt Ihnen jetzt mal, wie das geht.«

Die Blonde stöckelt zur Kiste, nestelt einen 20-Mark-Schein aus ihrem Ausschnitt, streicht ihn glatt, wedelt damit herum und steckt ihn schließlich in den Schlitz. Keiner klatscht. Doch! Ein paar Hände rühren sich, die jungen Männer haben ihre Hormone nicht im Griff.

»Danke, Franziska. Geld ist wahrhaftig nicht das Wichtigste. Deshalb können Sie es auch lassen, ich meine hierlassen. – So, jetzt aber Lesung.«

Ich blättere in dem Buch, umständlich und ziellos, hin und zurück. Geht alles von der Lesezeit ab, denke ich. Gut so. Nach einer Weile klappe ich die Schwarte wieder zu.

»Mal ehrlich: Ich mag Lesungen nicht. Sehen Sie, es ist doch so: Sie, meine verehrten Damen und Herren, sollen das Buch lesen, nicht ich. Ich kenne es schon. Kann es empfehlen, das ja. Gutes Buch, doch, doch. Und noch etwas sollten Sie wissen: Ich bin ein scheuer Mensch. Muss ich vor Leuten auftreten, habe ich fürchterliches Herzklopfen. Kollaps nicht ausgeschlossen, sagt mein Doktor. Und Sie sind so viele! Das einzige, was mich beruhigt, ist ein Manuskript, an dem ich mich festhalten kann. Mein Buch darf es aber nicht sein, wie gesagt, das würde alle langweilen, die es schon gelesen haben. Und mich auch. Deshalb habe ich einen Text mitgebracht, der noch nicht veröffentlicht ist. Das betrifft übrigens mein gesamtes Frühwerk.«

Vereinzelte Buh-Rufe gegen die mutlosen Verlage gehen mir runter wie Honig. Ich ziehe ein paar Blatt Papier aus der Innentasche des Jacketts. Bevor ich zu lesen beginne, scheinen mir ein paar Worte der Erklärung angebracht.

»Ich habe für Sie eine sogenannte Stelle ausgesucht. Sie wissen, was ich meine? Einige von Ihnen werden sich bestimmt erinnern, wie wir früher die Bücher nach Stellen durchsucht haben, dann wurden Eselsohren geknickt, um sie bei Bedarf schnell wiederzufinden. Die Vorliebe für Stellen hat sich bei mir erhalten. Das Alter reduziert zwar die körperlichen Möglichkeiten, nicht aber die Fantasie. Kennen Sie vermutlich. Ich beginne.«

Die ersten Seiten meiner erotischen Kurzgeschichte »Solli vom Jahrmarkt« lese ich ruhig und mit monotoner Stimme. Ich will einen Kontrast aufbauen zum Finale, das dann umso furioser ausfallen soll. Als es um Solli geht, die eigentlich Solveig heißt und in der Schießbude dem schüchternen Jürgen das Luftgewehr lädt, ziehe ich das Tempo allmählich an, lege Schmelz in meine Stimme und sehe, wie den ersten im Publikum das Wasser im

Munde zusammenläuft. Sie ist aber auch ein leckerer Happen, die Solli, so wie ich ihre üppigen Formen und den tiefen Ausschnitt ihrer Bluse beschreibe. Kein Wunder, dass Jürgen nach kleinen Abstechern zu anderen Attraktionen auf dem Rummel immer wieder zu ihr zurückkehrt. Als er zum fünften Mal zum Preisschießen um die bunten Papierblumen antritt, ergreift Solli die Initiative. Sie hat ihn als Opfer auserkoren.

Das Publikum im Saal, ich spüre es, fiebert mit. Ein bisschen Hin und Her, um die Spannung dem Siedepunkt entgegenzutreiben, dann lasse ich die beiden im Bett landen. Ich lese jetzt mit Emphase:

»Ihre körperliche Nähe treibt die Temperatur in ungeahnte Höhen, das Klima wird subtropisch-feucht. Hat Jürgen so noch nie erlebt. Er ist ungeschickt, der tapsige Junge braucht Führung, und Solli gibt sie ihm.

Ihre Hand ist geübt, das gefällt ihm, in jedem Moment macht sie genau das, wonach es ihn gelüstet. Er muss kein Wort sagen, kommt auch gar nicht dazu. Solli erteilt ihrem Azubi klare Weisungen, die er begierig aufsaugt und sein Leben lang nicht vergessen wird.

Die C-Dur-Tonleiter! Mit acht Tönen lernt sie ihn an. Acht Töne, die ihm signalisieren, welches Level sie erreicht hat. Wie es ihr gerade ergeht unter ihm. Sie will auf den Gipfel, das hohe C ist die Zielmarke. Damit er weiß, welche Strecke noch vor ihnen liegt, gibt sie beständig den Ton an. Es beginnt gemächlich mit dem unteren C, einem wohligen, oft langandauernden schnurrenden Laut, ehe sie beim de-de-de-e-e-eh-eh-eff-eff-eff schon kurzatmiger wird; beim ge-ge-ge-geh-geh-geh! ahnt er, dass er auf gutem Wege ist, und dann kommt auch schon das kaum noch kontrollierte a-a-ah-ah-aahh-ja-ja-aaahhh-haaah-haaah! Bis zum hohen C schaffen sie es nie.«

Ich schaue in betretene Gesichter. Mein orgastisches Gestöhn, mit greisenhafter Fistelstimme herausgepresst, hat einige verstört. War vielleicht zu viel.

Ich rudere zurück: »Klingt peinlich, was? Ist auch, wie immer in der Literatur, ein wenig übertrieben. Müssen Sie nicht für bare Münze nehmen, meine Damen. Im wahren Leben endete es meist so: ›Was war denn das?! Ich war doch erst bei Eff, du Trottel!‹«

Eine Dame im Publikum nickt heftig, ihr Partner knufft sie in die Seite.

Ein Mann in der vorletzten Reihe steht auf, deutlich jünger als ich, sein roter Kaschmirpullover wölbt sich über dem Bauchansatz. »Ich habe Ihr Buch gelesen«, sagt er, »und bin sicher, dass diese Stelle da nicht vorkommt. Das hätte ich mir gemerkt.«

»Sie haben recht«, räume ich ein (man muss auch doofen Lesern um den Bart gehen), »die Stelle ist nicht aus meinem Buch. Hatte ich ja angekündigt. Das Stück stammt aus meinem unveröffentlichten Frühwerk. Ich fand diese kleine Szene einfach zu hübsch, um sie der Vergessenheit anheimzugeben. – Gibt es weitere Fragen?«

Keine. Habe ich mir gedacht. Wie aufbrechen, diese Reserviertheit? Die Leute spüren: Etwas stimmt nicht, der Methusalem auf der Bühne und der springlebendige, geile Text, das passt nicht zusammen. Ich muss das Versteckspiel beenden, muss raus aus der Maskerade des hinfälligen Tattergreises und mich geben, wie ich wirklich bin, dynamisch, fitnessgestählt. Ich will aufspringen, den Knotenstock demonstrativ hinter mich werfen, den falschen Bart abreißen, fort mit den dicken Brillengläsern ...

Nein, langsam. Noch einmal quäle ich mich mühsam aus dem Sessel, stehe altersgebeugt vor den Leuten, klammere mich an den wackligen Tisch. Aber dann! Mit einem kräftigen Stoß schleudere ich den Stuhl hinweg, springe gefühlt einen halben Meter in die Höhe, stürme mit raumgreifenden Schritten auf das Publikum zu, setze kühn einen Fuß über die Rampe, ein paar Frauen kreischen entsetzt auf, ich habe mich aber im Griff, stürze natürlich nicht ab, kehre um und verfalle in einen geschmeidigen Tigertrab, den ich mir von einem Comedian abgeschaut habe. Der füllt damit Fußballstadien. Wie er quere ich die Bühne hin und zurück, in hohem Tempo, hin und zurück, den Oberkörper leicht nach vorn gebeugt, hin und zurück, verhalte den Schritt immer nur kurz, um meinen Text in den Raum zu bellen:

»Keene Fraachen, so, so ... Zu vornehm, wat? In de Öffentlichkeit etepetete. Un denn daheeme geifer, geifer. ... Kenn ick. Un wie ick det kenne! ... Meene Olle, sach ick Ihn', die musst' ick jar nich fraachen, ob se Fraachen zu die Stelle hat! Die hat uffjestöhnt, schlimma als bei de Tonleita ... Kannte se nich, det Ah un Ah un Ah. Weeß nich, warum. An meene Wenichkeit kann et nie nich jelegen ham ... Mit welche Schlampe?, hat se jeschrien. Wirklich, Schlampe hat se jesacht! ... Un icke: Du meenst, mit welchet wunderbare Meechen ...«

Die Leute sind aufgewacht. Hat funktioniert. Ungebremst geifere ich weiter:

»Also, Fraun könn' richtich stinkich wern. Man sieht se das nich an – aba hallo! Kuckn Se ma hier, de Narbe. ... Dabei hatt' ick se uffjeklärt: Allet de reenste Fantasie!, ha' ick jesacht. ... Na, da hat se valleicht jekreischt! Fantasie, det is ja wat janz wat Neuet bei dir! Zwanzich Jahre bin ick mit dem Kerl vaheiratet, aba von so wat hab' ick noch nie nischt mitjekriecht. Fantasie, ha! ... Darauf icke: Nich im Bette, Mutta, am Schreibtisch! ... Ooch noch uffn Schreibtisch! Wie heeßt die Schlampe? ... Sinnlos, sach ick Ihn'.«

Ich setze mich wieder an den Tisch, muss herunterkommen von dem Erregungspegel. Der Schweiß rinnt, der Schädel brummt, hab' mir bei meiner Performance wahrscheinlich zu oft die flache Hand vor die Stirn geknallt.

»Entschuldigung, war nur 'ne kleine Einlage zur Auflockerung«, erläutere ich den Gästen im Saal. »Ich verstelle mich halt gern, haben Sie ja gemerkt. Aber nicht immer! Wenn ich zum Beispiel jetzt umfalle, bitte nicht klatschen, dann bin ich wahrscheinlich tot. Wir wissen ja, wie schnell es gehen kann. – Okay, vorher können wir aber vielleicht noch die eine oder andere literarische Frage klären ...«

Eine attraktive Dame, blond, gepflegt, jünger aussehend, in einem dunkelgrünen Kostüm, erhebt sich von ihrem Platz und redet irgendwas.

Ich höre nicht zu, hänge nicht an ihrem Munde, mein Blick umkreist ihre ansehnliche Figur, es lohnt sich. Sehr sympathisch, die Frau. Wie aus weiter Ferne vernehme ich ein angenehmes Rauschen, das – so ich mich nicht täusche – den Inhalt meines Werks kurz zusammenfasst, die künstlerische Kraft des Autors preist, namentlich seine Wortgewalt. Hinreißend. Wer sagt denn heute noch »namentlich«? Schließlich hebt sie die Stimme und schaut mich erwartungsvoll an. Sie hat wohl eine Frage gestellt.

»Wenn ich Sie richtig verstehe«, sage ich, »fragen Sie nach den Quellen meiner Inspiration. Schwer zu beantworten. Nein, eine Muse, die mich jeden Tag küsst, habe ich derzeit nicht. Meine Kreativität ... Ach nein, Sie werden begreifen, dass mir meine Bescheidenheit verbietet, in einem solchen Rahmen Vorträge über meine Schöpferkraft zu halten. Sollten Sie sehr interessiert sein, können wir gerne nach der Lesung noch ein bisschen plaudern.«

Mit schnipsenden Fingern meldet sich ein Mann in den besten Jahren. Ich kann ihm seinen Einwand nicht verdenken: »Bei allem Respekt: Wie kommen Sie dazu, uns hier eine billige Sexszene anzubieten, die man einem jungen Autor unter Umständen noch abnimmt? Aber einem Mann Ihres Alters? Ist Ihnen das nicht selber unangenehm?«

»Sie werfen eine sehr wichtige Frage auf, nämlich die nach dem Verhältnis von Realität und Fiktion in der Literatur ...« Darauf bin ich vorbereitet, hole weit aus, manchmal muss man etwas grundsätzlicher werden, ich tauche ab in die Literaturgeschichte, flechte Beispiele anderer berühmter Autoren ein. So doziere ich mich allmählich in die Herzen meiner Zuhörer, die mir noch manche Frage stellen und, ob überfordert oder nicht, dankbar sind für meine Ausflüge in die germanistische Wissenschaft.

Am Ende – ich mache eine entsprechende Geste, und das Publikum folgt meiner Aufforderung – erheben sich die Gäste von ihren Plätzen und applaudieren. Standing Ovations, wer hätte das gedacht?!

Ein schöner Bericht.
Ja, nicht wahr?
Sehr sachlich. Vielleicht hier und da zu bescheiden.
Du kennst mich.
Wenigstens zum Schluss würde ich die Sache ein wenig hochziehen: In Scharen stürmen fanatisierte Fans das Podium, die Damen vergessen ihre gute Erziehung, kreischen frenetisch, fingern unter ihren Kleidern nach Belegen ihrer Leidenschaft, die ersten XXL-Schlüpfer fliegen auf die Bühne, ein BH, der einen halben Zentner zu halten vermag, schmückt den Autor wie ein Lorbeerkranz im Haar ... So etwa.
Lächerlich.
Kongenial, würde ich sagen.

Unterwegs 8

Alle Wege führen nach Nürnberg, wundert sich Isolde. Schon die dritte oder vierte Ausfahrt, die zu einem Abstecher in die Stadt einlädt. Vielleicht später. Muss eine schöne Stadt sein.

So wie Bautzen, wo sie zur Schule gegangen ist, dem sächsischen Nürnberg, wie man es nennt. Warum redet keiner von Nürnberg als dem fränkischen Bautzen?

Gut, Nürnberg ist größer, und seine mittelalterliche Silhouette wird sicherlich nicht von einem Betonklotz gestört wie jenem, der sich im tausendjährigen Bautzen zwischen die ehrwürdigen Türme geschoben hat. Kein Ruhmesblatt des sozialistischen Aufbaus, der hässliche Quader bedrängt den vielbestaunten Reichenturm schräg gegenüber, eine Sehenswürdigkeit, nicht so berühmt wie der schiefe Turm von Pisa, aber beträchtlich aus der Lotrechten geraten auch er.

An Bautzen kann man nicht vorbeifahren wie an Nürnberg, dort endet die Autobahn, letzte Ausfahrt Bautzen, der Verkehr wird mitten durch die Stadt geleitet. Eine zerstörte Spreequerung mit dem wunderlichen Namen Abgottbrücke ist daran schuld. Deren Sprengung sollte 1945 die vorrückende Rote Armee aufhalten, stattdessen stoppt sie bis heute die Durchreisenden, zwingt und zwängt sie durch die Stadt. Von der Friedens-, ehemals Kronprinzenbrücke hoch über der Spree, von deren Ruf als Selbstmörderbrücke die Fremden nichts ahnen, erhaschen sie einen fantastischen Blick auf das Altbautzner Gewirr von Kirchen, Türmen und Gemäuern. Das Ende der Autobahn – ein Gewinn für Reisende, ein Grund zum Anhalten, zum Innehalten.

Innehalten wäre angezeigt, denkt Isolde. Autobahnen schenken uns Zeit, und sie rauben uns Leben. Wir rasen durch die Welt, ohne uns umzusehen. Was bringen wir mit von all unseren weiten Reisen? Ein paar Erinnerungen an den Zielort: harte oder weiche Betten, reichhaltiges oder dürftiges Essen mit dünnem oder exquisitem Kaffee, schöne Landschaftsbilder. Von den Menschen, einige Dienstleister ausgenommen, erfahren wir fast nichts, nicht zu reden von all den Dingen, die entlang der Strecke schattenhaft an uns vorbeiziehen.

Autobahn – ein Tunnel unter offenem Himmel, das Land links und rechts, Abenteuer und Geheimnisse, die am Wege harren, bleiben unentdeckt, terra incognita. Nach einigen Jahrhunderten werden die verschmähten Landstriche womöglich in Vergessenheit versinken, begraben von Abgasqualm und Flugsand. Die Bewohner fallen peu à peu aus der zivilisierten Welt, bilden primitive Stämme, regredieren zu Eingeborenen, die irgendwann mit Glasperlen bestochen werden müssen, damit sie uns ihre verborgenen Schätze zeigen.

Martin ist wieder eingeschlafen. Nürnberg liegt hinter ihnen, und immer noch begegnen ihnen viele Autos aus Dresden. Die neuen Besitzer führen ihre Westwagen aus. Trabant, Wartburg und Lada haben offensichtlich ausgedient. Bloß Martin kann sich nicht trennen, er braucht seine qualmende, stinkende Gehhilfe, behauptet er. Ein Sturkopf. Mit dem Trabant in die Schweiz! Darauf muss man erst mal kommen.

Aber Isolde darf sich nicht beschweren, die Reise war ihre Idee gewesen.

Unter Irren

Ich habe noch mal über deine Geschichte nachgedacht, Martin Menne. Die Idee ist gar nicht verkehrt. Da schindet sich einer Tag für Tag, quält seinen alternden Körper zu jugendlichen Bestmarken. Der Grund: die Diktatur. Sie erlaubt ihm nicht, in den Westen zu reisen. Okay. Als Rentner möchte er alles nachholen und die berühmtesten Gipfel in den Alpen erobern. Gut. Der Plan scheitert tragisch. Sehr gut. Aber das Tragische dürfen nicht die Hüftgelenke sein! Zu banal. Das Dramatische fehlt, verstehst du?

Nee.

Ich schlage vor: den Konflikt zuspitzen! Ein bisschen Symbolik reinlegen. So wie das System muss auch die Krankheit deines Bergsteigers sein: unheilbar. Knapp vor dem Mauerfall rafft sie ihn dahin.
Die Sehnsucht nach den Alpen bleibt unerfüllt. Ich stelle mir vor:
Ein vergehendes Lächeln umspielt seinen Mund, das brechende Auge ruht ein letztes Mal auf dem Matterhorn. Seine Frau hat ihm das Foto ins Sterbezimmer gestellt. – So geht Tragödie!

Aber ich lebe noch.

Unwichtig. Ob du lebst oder nicht, juckt keinen Hund, global gesehen. Hier soll Literatur rauskommen, verstehst du? Die Menschen lieben traurige Storys. Der Tod Martins würde ihnen ans Herz greifen, sie würden heulen wie die Schlosshunde. Wie dein Vater damals im Heu.

Ich will aber noch nicht sterben.

Egoist! Du stirbst für eine gute Sache, und außerdem nur auf dem Papier.

Mir liegt so was nicht. Ich kann nur beschreiben, was ich erlebt habe.

Na dann: Gute Nacht! Der Leser ist schon entschlummert.

Ich bin mit meiner Kindheit noch nicht zu Ende. Das ödet dich an, was?

Erraten. Ich hatte gehofft, bei dir dämmert es langsam.

Als ich zehn war, geriet ich eines Tages in Panik. Mich fiel die Angst an, ich könnte irre sein. Verstehst du? Geistig krank!

Und das ist jetzt vorbei? – Schade.

Wie?

Schade! Schwachsinnige sind immer gut, da kann selbst der blödeste Leser ein Gefühl der Überlegenheit entwickeln.

Du bist ein Widerling.

Zu viel der Ehre. Ich bin nur Realist. Am besten gefallen mir Bücher, die einen zweifeln lassen, ob der Held eine Macke hat oder der Autor. Bei dir käme beides zusammen.

Sie boten einen merkwürdigen Anblick, die drei Männer mit ihrem gummibereiften Kastenwagen. Einer hatte einen Zuggurt über der Schulter und die Deichsel in der Hand, er war der Chef, der Wagenlenker, die anderen beiden liefen hinterher, mal schoben und mal bremsten sie das Gefährt, je nach Gelände. Vor allem aber grinsten sie ohne Pause und grüßten alle Passanten mit einem bellenden »Tack«, auch wenn niemand ihren Frohsinn teilen mochte, mancher wandte sich verlegen ab. Mitunter riefen sie jemandem etwas zu, das Martin nicht verstand, ihre abgehackten Laute fügten sich für ihn nicht zu Wörtern.

»Das sind die Irren«, erklärte seine Mutter, »die holen vom Bäcker Brote für ihre Anstalt.« Es seien die Ungefährlichen, die Friedlichen von den Verrückten, setzte sie hinzu.

So friedfertig kamen sie Martin nicht vor. Der Vordere vor allem, das Zugtier, wirkte verkniffen und gereizt, er trug die Verantwortung und nahm das sehr ernst, immer wieder schaute er sich nach den beiden Luftikussen um, die hinten herumjuxten und genau wussten, wie sie seinen Zorn kitzeln konnten. Hopste einer auf den Karren und ließ sich ein Stück mit baumelnden Beinen spazieren fahren, drohte der Mann an der Deichsel grimmig mit der Faust. Genügte das nicht, hielt er an, leierte an einer Kurbel herum, die die Bremsbacken auf die Räder drückte, alles scheinbar ruhig und bedacht, dann aber raste er los wie ein Verrückter, jagte den Übeltäter mehrfach um den Wagen, linksrum, rechtsrum, eine stumme, verbissene Hatz ohne Ergebnis, er erwischte ihn nie. Trotzdem blieb sein Einsatz nicht ohne Wirkung. Beim Weiterfahren trotteten die beiden anderen brav hinter der Fuhre her, grinsten betreten und schuldbewusst, wie es schien, hatten aber gewiss schon die nächste Alberei im Sinn.

Über Verrückte lacht man nicht, belehrte ihn die Mutter. Er konnte das nicht begreifen, sie waren doch sehr komisch. Er hatte auch Erwachsene gesehen, die Spaß an den Irrenhäuslern hatten, sie sogar noch anfeuerten.

»Das sind arme Menschen. Die können einem nur leidtun.« Mutter duldete keinen Widerspruch. Martin biss sich folgsam auf die Lippen.

Was ihn nach dieser Begegnung lange beschäftigte: Die Irren wussten nicht, dass sie irre sind, merkten nicht, dass sie nicht dazugehörten. In ihren Augen war alles in Ordnung, sie glaubten Teil einer normalen Welt zu sein. Martin vermochte es noch nicht in Worte zu fassen, er war zehn, aber verschwommen ahnte er, dass auch er womöglich ein ganz anderes Bild von sich hatte als andere. Kein schöner Gedanke.

Am Nachmittag, er hatte schon auf den Elbwiesen einen Korb Löwenzahn für die Kaninchen gepflückt, eine Pflicht, die er hasste, saß Martin am Gatter und beobachtete die Hühner, die unter den Obstbäumen nach Würmern scharrten, vier alte und drei Junghennen, ein Hahn. Seine Eltern waren Kleintierhalter geworden, das Fleisch, das es auf Lebensmittelkarte gab, reichte seinem Vater nicht, und die Eier galten als zusätzliche Kraftnahrung.

In der guten Legezeit, im Frühjahr und Sommer, holte die Mutter an manchen Tagen vier vollgeschissene Eier aus dem Nest. Sie standen vorrangig den Männern zu, also auch Martin, hatte sein Vater bestimmt. Gebraten oder gekocht, das mochte angehen, aber wenn die Eltern ihm ein rohes Ei in die Tasse schlugen und mit Zucker verrührten, kostete es ihn einige Überwindung, das glibberige Zeug zu schlucken. Einziger Trost: Es machte stark. Damals glaubte er Vater noch jedes Wort.

Mit dem Kleinvieh waren unerwartete Gefahren eingezogen, böse Feinde belagerten das Anwesen, Fuchs und Marder vor allem. Nach ersten Verlusten zimmerte der Vater für Hühner und Kaninchen einbruchsichere Stalltresore mit stabilen Gittertüren, die jeden Abend sorgfältig verschlossen wurden. Tagsüber pickten die Hennen im Schutz eines kräftigen Maschendrahtzaunes, der regelmäßig versetzt wurde, sodass im hinteren Teil des Gartens zum Ärger der Mutter bald kein Grashalm mehr wuchs.

Schlimmer war: Neben den natürlichen Feinden mussten auch schlauere Gegner abgewehrt werden. Wahrscheinlich waren es Nachbarn, die den Mennes die ersten zwei Karnickel klauten, ein Schloss an der Tür hatte sie nicht daran hindern können.

Der Vater, von Bekannten oft als »Erfinder-Maxe« bespöttelt, ersann daraufhin eine bindfadengestützte Signalvorrichtung. Kreuz und quer über den Hof spannte er Stricke, die mit einer Bimmel im Schlafzimmer verbunden waren und bei jeder Berührung Alarm auslösten. Das System funktionierte einwandfrei, allein die Natur störte: Der Sturm wehte einen Zweig herunter – es bimmelte; der Regen nässte die Bindfäden und zog sie nach unten – es bimmelte. Nervig. Zu allem Überfluss sorgte Mutter mit ironischen Bemerkungen dafür, dass ihr Mann zum Gespött der Nachbarn wurde.

Er musste sich ein neues System ausdenken. Es war ebenfalls bindfadengesteuert. Sobald ein Unbefugter eine Stalltür öffnete, schellte hinter der Stallwand eine Glocke. Als das Geläut die Eltern zum ersten Mal aus dem

Schlaf riss, stürzte sich Vater im Nachthemd tapfer in die Dunkelheit. Er war mit Taschenlampe und Axt bewaffnet, fand aber nur zwei im Gras hoppelnde Stallhasen vor, die er an den Löffeln packte und zurück in den Käfig setzte. Der Täter war verschwunden, und mit ihm ein Kaninchen. Immerhin nur eins. Und es war der letzte Einbrecher, der bei ihnen aufgetaucht ist.

Ein paar Tage später, die Sonne brannte gnadenlos vom Himmel, sollte Martin nach der Schule die Hühner füttern und das Wasser in der Tränke auffüllen. Ihm geisterten noch immer die Drei von der Irrenanstalt durch den Kopf. Könnte es sein, dass auch er ein bisschen meschugge war? Ein Irrer, den man weggesperrt hat in eine Scheinwelt, die er für normal hielt? Über den man sich heimlich lustig machte?

Die Hühner pickten los, sie scherten sich nicht um Idioten oder Nicht-Idioten, Hauptsache Futter. Ihnen war es schnuppe, dass die Welt um Martin herum vielleicht eine riesige Anstalt war, geschaffen einzig zu dem Zweck, den Verrückten einen gewöhnlichen Alltag vorzutäuschen, ihre Schritte im Rahmen zu halten, zu lenken und zu kontrollieren. Irgendwo oben mussten Aufseher sitzen, denen es Spaß machte zu beobachten, wie ihre behämmerten Insassen funktionierten. Guckt mal, der kleine Martin, ist er nicht putzig, wie er die Hühner füttert?

Auf einmal kam ihm, was er tat, verdächtig vor. Sein »Put-put-put« – hörte sich das nicht bekloppt an?

Er versuchte sich zu beruhigen. Wäre er nicht ganz dicht, müssten auch seine Freunde, die Klasse und alle Lehrer plemplem sein, seine Eltern, sämtliche Leute in der Stadt. Er befände sich in einem Land der Beknackten. Millionen Menschen mit einem Dachschaden – nicht sehr wahrscheinlich. Aber auch nicht ausgeschlossen.

Vielleicht hat sich jemand ein gewaltiges Experiment ausgedacht. Er lässt die Leute nicht spüren, dass sie geistig beschränkt sind, wiegt sie in Sicherheit. Dazu gehört das hinterhältige Kalkül, den Insassen noch Bekloppptere vorzuführen, zum Beispiel die Drei aus der Anstalt, damit alle denken: die armen Irren, Gott sei Dank sind wir gesund, können tun und lassen, was wir wollen. In Wahrheit stehen auch sie unter Aufsicht – und sind der Anstalt noch dankbar für ihr behütetes Dasein.

Großartig.
Wie?
Hätte ich dir nicht zugetraut. Du weißt, ich lobe dich selten ...
Eigentlich nie.

... aber das mit den Irren hast du prima hingekriegt.
Ein kindliches Hirngespinst, peinlich, oder?
Wieso Hirngespinst? Präziser kann man deine Situation kaum beschreiben. Nur eins: Ich weiß, du baust auf den klugen Leser, aber den anderen solltest du ein bisschen auf die Sprünge helfen und die Sache beim Namen nennen.
Welche Sache?
Na, die Anstalt.
Das Irrenhaus? Das hatte keinen Namen.
Stell dich nicht so an! Denk mal an die jungen Leser. Die können die Assoziation zur DDR vielleicht gar nicht herstellen.
Zur DDR?
Ich bitte dich, das Experiment an lebenden Menschen, denen ein glückliches und behütetes Leben vorgegaukelt wird, obwohl sie ständig überwacht und gegängelt werden – da ist dir ein wunderbares Bild gelungen. Die DDR als Anstalt, das trifft den Nagel auf den Kopf.
Spinnst du?
Und die bellenden Laute der Geistesgestörten, die du nicht verstehst – herrlich! Wem stünde da nicht der Erste Sekretär des Zentralkomitees vor Augen!
Nicht eine Sekunde habe ich an Ulbricht gedacht.
Interessant, das kennt man sonst nur von großen Schriftstellern: Sie wollen lediglich ihre Geschichten erzählen, aber nebenbei legen sie den verborgenen Kern bloß, reißen der Gesellschaft die Maske vom Gesicht. Quasi unabsichtlich bringen sie die Wahrheit ans Licht.
Welche Wahrheit?
Auch wie du deinen Vater einbeziehst! Wunderbar. Sagtest du nicht, er sei Kommunist gewesen?
Ja, sicher.
Und bei dir wird er auf einmal zum Menschen! Sorgt sich um seine Tiere. Verteidigt sein Eigentum. Privateigentum, wohlgemerkt! Seine ideologische Prägung bleibt dennoch erkennbar, das hast du fein herausgearbeitet: Er glaubt die dummen Hühner nur schützen zu können, indem er sie einsperrt, einen monströsen Maschendrahtzaun errichtet. Dezenter kann eine Anspielung auf den antifaschistischen Schutzwall kaum sein. Gratuliere!
Hast du sie noch alle? Allmählich denke ich, du bist es, der in die Anstalt gehört.

Gemeinhin gilt die beginnende Geschlechtsreife als jene Lebensphase, in der man sich abnabelt von seinen Erzeugern. Bei Martin kam zur Pubertät noch das Parteilehrjahr hinzu.

Sein Vater hatte sich von der Notwendigkeit überzeugen lassen, den Genossen in der Wohnparteiorganisation die »Geschichte der KPdSU (B), Kurzer Lehrgang« einzutrichtern. Einmal im Monat drängten sich ein Dutzend Rentner, ein paar Hausfrauen, ein Malermeister und ein Bauer abends bei Mennes im Wohnzimmer und qualmten ihnen die Bude voll. Der Nikotingestank hielt sich tagelang und brachte Martins Mutter jedes Mal in Rage. In diesem Punkt war der Junge auf ihrer Seite.

Wahrscheinlich nahm seine Abneigung gegen die Partei an diesen verräucherten Abenden ihren Anfang. Noch mehr hasste er es, die Einladungen zum Parteilehrjahr auszutragen, mit dem Fahrrad eine Tour von einer guten Stunde. Der Vater hatte angewiesen, dass er die kleinen handgeschriebenen Zettel nicht in den Briefkasten stecken, sondern den Mitgliedern der Partei persönlich übergeben sollte.

Martin nahm es damit nicht so genau, zumal ihn die meisten Genossen recht unfreundlich abfertigten. Die einen quittierten den Empfang der Einladung mürrisch: »Is' gut« und Tür zu. Andere gaben ihm eine Botschaft mit: »Sag deinem Vater, ich kann nicht kommen, ich bin krank.« Anzeichen eines Leidens? Keine Spur. Die gesammelten Weisheiten der russischen Bolschewiki schienen nicht gerade ein Hit zu sein.

Nur zur Genossin Schöne fuhr er gern, meistens am frühen Nachmittag, wenn die Mutter noch auf Arbeit, die Tochter aber schon zu Hause war. Was er sich erhoffte – er hätte es nicht sagen können. Die Schöne-Brigitte – welch ein Name! – war ein paar Jahre älter und mit Kurven gesegnet, die seine Fantasie beschäftigten. Stieg er jedoch in dem alten Haus die knarrende Holztreppe hoch, Schönes wohnten im ersten Stock, schnurrten die phallischen Traumbilder zusammen, das Herz schlug am Halse, nicht in der Hose.

Unvergesslich sein letzter Besuch. Martin war sechzehn damals. Auf sein Klopfen öffnete die schöne Brigitte die Wohnungstür – in einem geblümten Nachthemd.

»Entschuldige«, sagte sie und raffte das Hemd an der Taille zusammen, vielleicht wollte sie ihre Konturen betonen, »ich bin gerade aus dem Krankenhaus gekommen.«

»Hier, die Einladung für deine Mutter.«

»Mir haben sie den Blinddarm rausgenommen. Hast du deinen noch?«

Martin nickte.

»Ich hab 'ne schöne Narbe. Willste mal sehen?«

Heftig schüttelte er den Kopf.

»Komm rein, ich zeig sie dir.«

»Nein, ich muss los.«

Fast wäre er die Treppe hinuntergefallen. Hastig lief er davon.

In sicherem Abstand begann er zu bereuen. Aber es war zu spät. Künftig steckte er die Einladungen für die Genossin Schöne in den Briefkasten an der Haustür. Die Lehrstunde war ausgefallen, leider.

Die Lektionen seines Vaters waren weniger spannend. Trotzdem hörte Martin fast immer zu. Es war eine Abwechslung. Fernsehen existierte bei Mennes noch nicht. Mutter zog sich gewöhnlich in ihre Kammer zurück (»Blöde Politik!«), sie schlief damals schon getrennt von ihrem Mann, der Sohn aber saß hinter der Tür in der Küche und lauschte.

Dabei erwischt zu werden, wäre unangenehm gewesen. Politisches Interesse, aha, hätte sich Vater gefreut und ihn womöglich auf dem Weg zum Nachwuchs-Sozialisten gesehen. Martin musste also aufpassen und schnell verschwinden, wenn der Dozent in die Küche kam, um sein Glas mit Leitungswasser aufzufüllen. Eine dumme Angewohnheit; andere brachten ein, zwei Flaschen Bier mit, er aber redete sich auf sein Magenleiden heraus und rührte Normacid, doppelt kohlensaures Natron, in sein Wasserglas.

In der Regel erkundigte er sich zu Beginn, ob bei der Lektüre der vorgegebenen Kapitel im Lehrbuch Unklarheiten aufgetreten seien. Da kaum Lektüre stattgefunden hatte, blieb es meist still; der Lektor musste seine Fragen selbst beantworten, warum zum Beispiel die Kommunistische Partei die Vorhut der Arbeiterklasse war oder wieso die Presse als kollektiver Agitator, Propagandist und Organisator fungierte (»Auch die Sächsische Zeitung?« – »Auch die Sächsische Zeitung!«).

Vater war vorbereitet auf das Schweigen, er hatte Passagen im Buch angestrichen, die er vorlas und durch eigene Kommentare ergänzte, um sie mit dem Alltag in Dresden zu verbinden und so Zustimmung, eventuell auch Widerspruch hervorzukitzeln. Es gelang selten.

Am ehesten bei Erich, dem Bauern, einem massigen Typ mit braungebranntem Gesicht unter heller Glatze. Gefragt, wie er zur Kollektivierung in der Landwirtschaft stehe, grummelte er: »Ich geh in keine Kolchose nich.«

»Du willst also ewig rückschrittlich bleiben?!«

»Hör mir auf mit rückschrittlich! Wenn meine Pferde in 'nem Kollektivstall stehn, vielleicht noch neben dem Krahl seine Klepper – was soll'n das für'n Fortschritt sein?«

»Und deine Frau muss weiter allein den Hof besorgen, ausmisten, die Kühe melken. Sie ist nicht mehr die Gesündeste. Und du wirst dich mit deinem Gespann über den Handtuchacker quälen, während nebenan der Fortschritt mit Großmaschinen über weite Genossenschaftsfelder rollt. Du bist Genosse, Erich, du musst vorangehen.«

»Da scheiß ich drauf! Der Ulbricht kann mir den Buckel runterrutschen mit seinen Kolchosen! Der hat doch keine Ahnung nich von der Landwirtschaft, der olle Tischler. Nee, und wenn ihr mich einsperrt: Ich bleib mein eigener Herr auf dem Hof, so wie mein Vater und mein Großvater, darauf kannste einen lassen. Mich wird keiner kujonieren! Mich nich! Auch nich die Partei.«

»Ich glaube, der Erich hört zu oft die Sender des Klassenfeindes.« Stur beendete Vater die Debatte. Beruhigend wirkte es nicht.

Sein Vorgehen folgte einem Muster, Martin kannte es. Gingen Vater die Argumente aus, griff er in die unterste Schublade der Agitation. Schwarz-Weiß-Gemeinplätze gingen ihm locker über die Zunge. Dort der Klassenfeind, hier der Fortschritt, drüben die Ostlandreiter und Revanchisten, bei uns die Kämpfer für den Frieden.

Zum ersten Mal war Martin von dem holzschnittartigen Raster der Argumentation verprellt worden, als er in der Zeitung von einem »kämpferischen Aufmarsch« der Freien Deutschen Jugend in Berlin gelesen und den Vater gefragt hatte: »Sag mal, solche Fackelzüge – hat es die bei Hitler nicht auch gegeben?«

Mit Protest hatte Martin gerechnet, mit Gebrüll weniger. Ein bösartiger Vergleich, HJ und FDJ, Feindpropaganda! So etwas musste grundsätzlich geklärt werden, wortreich und obendrein laut.

Der Sohn hatte darauf gesetzt, dass seinem Vater selbst unwohl war bei solchen inszenierten Aufzügen. Dass er am 1. Mai immer mit zur Demonstration musste, hatte einen schlichten Grund: Etliche Meter vor dem Vorbeimarsch an der Tribüne hob Vater ihn auf die Schultern und hielt ihn an den Beinen fest, so musste er den Arm nicht hochreißen zum Hoch-hoch-hoch auf die Sozialistische Einheitspartei und ihre führenden Repräsentanten. Vater war, wie man so sagte, ein guter Genosse, aber Jubel auf Kommando ging ihm gegen den Strich. Und übertriebener Jubel sowieso. Nach seiner Meinung gab es dafür keinen Grund. Noch war der Sozialismus nicht so geraten, wie er ihn sich vorgestellt hatte.

Trotz eigener Unzufriedenheit verteidigte er die Partei gegen Angriffe von außen vehement. Und die Zweifel des Sohnes kamen von außen, davon war er überzeugt. Der Junge musste sie auf der Straße aufgelesen haben, und so sehr sie in Berlin die Einheit von Partei und Volk auch beschworen, die Straße hatte mit der Vorhut der Arbeiterklasse nichts zu tun.

Mit den Jahren wurden die politischen Debatten seltener. An der Befriedung hatten beide Anteil. Der Sohn hielt sich mit Widerspruch zurück, weil der nichts brachte außer Krach, und davon hatten sie genug in der Familie. Der Vater wiederum nahm an, die spürbar verminderte Aufmüpfigkeit erkläre sich aus dem Einfluss der Schule und dem mählichen Wachsen des Verstandes.

Es war die Bewunderung für den Techniker, den Erfinder-Maxe, die Martin seinem Vater näherbrachte. Häufiger als früher ging er zu ihm in die Werkstatt. Die Einrichtung seines Bastelparadieses war für Leute, die einen Sinn dafür hatten, von hohem ästhetischen Reiz. Werkzeuge und Maschinen hatte er sowohl zweckmäßig als auch nach den Gesetzen der Schönheit angeordnet, ein technisches Kabinett, das von der Lust des Handwerkers erzählte.

Hier war nicht der Ort für ideologischen Streit, wohl aber für eine Infiltration anderer Art. Denn der Vater hatte Pläne für die Zukunft des Sohnes. Behutsam träufelte er das Gift, unmerklich ging es Martin unter die Haut.

Mit mannhaftem Schulterklopfen fing es an. Respekt, mein Junge, hieß das, kommst eben doch nach mir. Bis dahin hatte es Anerkennung nur bei sehr guten Zensuren gegeben, für jede Eins in Klassenarbeiten eine Mark, im Zeugnis drei Mark. Nun lobte er ihn allein dafür, dass er neben ihm in der Werkstatt stand und Fragen stellte. Oder ihm zur Hand ging, sich am Bohren, Schleifen, Hobeln versuchte. Der Vater sah (oder wollte es sehen): Martin hatte technischen Verstand. Das war für ihn das Größte. Vieles konnte man lernen, technischen Verstand nicht, den musste man mitbringen. Lag in den Genen, selbstredend seinen Genen.

Max Menne war Werkzeugmacher, sein Traumberuf aber: Ingenieur. In weißen Kitteln wehten sie heran, die Herren Ingenieure in seinem Betrieb, erzählte er oft. Nicht alle kämen zu ihm, dem Proleten, einige seien sich zu fein, um mit ihm ihre technischen Zeichnungen zu besprechen, glaubte er, aber mindestens zwei wüssten seinen fachlichen Rat zu schätzen. Eine Ehre, so empfand er es. Stolz berichtete er, wie er in ihren Papieren Schwachstellen entdeckt, mitunter auch neue Ideen in ein Projekt eingebracht hat.

Er wäre bestimmt ein guter Ingenieur geworden. Wegen der Not im Ersten Weltkrieg hatte er schon nach der 7. Klasse die Schule verlassen und mit dreizehn eine Schlosserlehre aufnehmen müssen. An Gymnasium oder gar Studium sei nicht zu denken gewesen, klagte er oft. »Leider«, stimmte die

Mutter ein, »dann müsste ich jetzt nicht deine verdammten ölverschmierten Schlosseranzüge waschen!« Es kam selten vor, doch in diesem Punkt trafen sich ihre Ansichten: Lernen, lernen und nochmals lernen! Ausrufezeichen.

»Wenn ich deine Möglichkeiten gehabt hätte ...« Solche mit Vaters schönsten Fantasien behängten Sätze hatten Martin zum Abitur getrieben. Die Sehnsucht seines Erzeugers teilte er aber nicht. Natürlich hatte er von James Watt, Thomas Edison, Daimler, Diesel & Co. gehört und gelesen, dafür hatte sein Vater gesorgt, aber die Hoffnung, etwas Weltumstürzendes erfinden zu können, war bei Martin kümmerlich ausgeprägt. Für Großes fühlte er sich zu klein.

Der Vater hingegen hatte ständig Neues am Wickel. Selbst an einem Perpetuum mobile versuchte er sich. Dass es aus physikalischen Gründen nicht funktionieren konnte, focht ihn nicht an. Blanke Stahlkugeln, von einer Feder angetrieben, kreisten stundenlang auf Kreisbahnen. Allein die Reibungsverluste so weit minimiert zu haben, machte ihn stolz.

Martin verfolgte die Versuche hingerissen. So sinnlos sie sein mochten, ihnen haftete etwas Genialisches an. Auch dem Projekt Selbstfahrender Leiterwagen. Vater war die Schinderei leid, jedes Jahr die Winterbriketts und die Einkellerungskartoffeln die Wachwitzer Berge hochkarren zu müssen. Die Last selber sollte den Rädern Schwung verleihen, erklärte er seinem Sohn. Er wollte die Säcke auf eine kippbare Ladefläche packen. Mit einer Art Flaschenzug, über einen Seilzug und Rollen, so stellte er sich vor, könnte er die Kippe samt Säcken mit wenig Muskelkraft anheben, dann würde das Gewicht der Zentnersäcke die Klappe nach unten drücken und über eine Kardanwelle dem Wagen einen Schub geben. Bei allem technischen Verstand, Martin durchschaute den Mechanismus nicht so recht, was jedoch das Vertrauen in Vaters Zauberkünste keineswegs erschütterte.

Aber urplötzlich ließ der Tüftler seinen Plan fallen. Es war 1958, er hatte das Geld zusammen, um sich ein Auto kaufen zu können, sein erstes, einen Trabant 500. Das war ein selbstfahrender Leiterwagen auf höherem Niveau, keine Frage.

Bevor Martin probieren durfte, wie er seine langen Beine in dem knappen Innenraum unterbringt, musste er sich über die geöffnete Motorhaube beugen und mit dem Vater Aggregat für Aggregat durchgehen, vom Vergaser bis zur Lichtmaschine, vom Stoßdämpfer bis zum Scheibenwischer sollte es kein Geheimnis geben.

Martin stand kurz vor dem Abitur. Und vor der Frage: was studieren? Sein Vater hatte eine Idee, er nicht.

Überraschend verschaffte ihm der Staat einen Aufschub bei der Berufswahl: Die Abiturienten seiner Schule wurden in Kompaniestärke zur Volksarmee abkommandiert. Freiwillig, hieß es. Man ließ aber durchblicken: Wer sich weigert – kein Studienplatz!

Also »Ehrendienst in der Armee des Volkes« – an beschönigenden Umschreibungen hat es den Militärs nie gefehlt. Die sowjetische Maschinenpistole MPi 41, die man ihm in die Hand drückte, wurde die Braut des Soldaten genannt, er solle sie gefälligst entsprechend behandeln.

Martin hatte weder eine Braut noch überhaupt jemals ein Mädchen »behandelt«. Vor allem verstand er nicht, warum man eine Braut dauernd reinigen musste. Zu diesem Zweck zerfiel die MPi, wie es hieß, in mehrere Teile, allerdings nicht von allein. Die Handgriffe wurden trainiert. Nach Zeit. Und dann wieder Zusammensetzen nach Zeit. Zuvor kontrollierte der Spieß, ob alle den Lauf ordentlich durchgezogen und geölt hatten. An schweinischen Assoziationen mangelte es nicht. Martin hasste das Putzen, und er hasste das Schießen, weil es das Putzen zur Folge hatte.

Dass aus dem Bekämpfen der Pappkameraden mit kurzen Feuerstößen einmal Ernst und der Kalte Krieg zwischen Ost und West heiß werden könnte, kam den Soldaten nicht in den Sinn. Die Nazis hatten den Krieg verloren, die saßen jetzt im Westen. Die Menschen im Osten dagegen waren mit der großen Sowjetunion verbündet, gehörten zu den Siegern der Geschichte. Waren überlegen, praktisch unschlagbar. Schon aus historischen Gründen: Die Entwicklung verlief gesetzmäßig, vom Kapitalismus zum Sozialismus.

Das hatte der große Karl Marx herausgefunden. Drüben im Westen wollten sie es noch nicht einsehen, aber die Menschen im Osten waren ihnen eine historische Epoche voraus. Ihnen gehörte die Zukunft, sie hatten das bessere System, und die besseren Waffen allemal.

In diesem Punkt beschlichen Martin bisweilen Zweifel, besonders wenn er die – gefühlt – zentnerschweren Blechkisten mit Funkgerät und Batterien durchs Gelände schleppte und verbissen sein »qsa?« (dadadida-dididit-didadididadadidit – Wie hören Sie mich?) zur nicht einmal hundert Meter entfernten Gegenstation zu morsen versuchte. Auf sein »qtc« (dadadida-da-dadidadit – Ich habe einen Spruch für Sie!) kam als Antwort meistens nur ein starkes Rauschen. Leichter hätte man sich die codierten Nachrichten zubrüllen können.

Aber bitte, er war nur ein kleiner Funker und musste annehmen, dass anderswo die Unteroffiziere nicht so primitiv, die Offiziere intellektuell weniger schlicht und die Waffen tatsächlich jederzeit gefechtsbereit waren. Ein Glück, dachte er manchmal, dass niemand wusste, wie oft in seinem Regiment Schützenpanzerwagen, Selbstfahrlafetten und Funkgeräte ausfielen, der Feind hätte leichtes Spiel gehabt. Das Einzige, was immer funktionierte, waren die Maschinenpistolen, ihre Bräute, die hatten ja auch schon Stalingrad mitgemacht.

Im Gedächtnis blieben Momente, die ein mulmiges Gefühl hinterließen. Mitten in der Nacht hatte der UvD sie aus dem Schlaf getrillert. »Alarm!«, brüllte der Idiot. Die schrille Pfeife zerschnitt die Träume. »Alarm!« Der Diensthabende riss die Tür auf, knipste das Licht an, alle sprangen aus den eisernen Doppelstockbetten, angetrieben von seinen Befehlen: Raustreten! Waffen empfangen! Zugweise antreten, marsch, marsch!

»Immer mit der Ruhe«, maulte einer, die anderen kämpften stumm und schlaftrunken mit Unterwäsche und Uniform, den Fußlappen und Stiefeln, zerrten Stahlhelm, Gasmaske und Sturmgepäck aus dem Spind und setzten sich Richtung Waffenkammer in Bewegung, die meisten, auch Martin, in mäßigem Laufschritt, nur einige alte Hasen ließen sich auch vom Alarm nicht zu vermehrtem Diensteifer hinreißen. Vor versammelter Mannschaft erläuterte der Kompaniechef knapp die Lage: »Feindliche Fallschirmtruppen im Planquadrat B Strich 18 gelandet, Auftrag: Einkreisen und unschädlich machen. Raustreten! Aufsitzen!«

Westliche Fallschirmjäger tief im Sächsischen, konnte das sein? Martin verdrängte solche Bilder, unwohl fühlte er sich trotzdem. Planquadrat B Strich 18. Niemand wusste, wo das war. Höchstens fünfhundert Meter vom Standort entfernt, meinte einer. Er behielt recht. Die Entwarnung kam schnell, manche Fahrzeuge hatten noch nicht mal die Kaserne verlassen.

Nach zwei Jahren auf dem Bauch im Gelände, zwei Jahren Gleichschritt (»Ein Lied!«), zwei Jahren Drill auf dem Ex.-Platz, nach unablässigem Wachsowie Stuben-, Revier- und Küchendienst wusste Martin: Schlimmer konnte es kaum kommen.

Doch es gelang ihm nicht, ein erfreuliches Bild von seiner Zukunft zu malen. Er hatte Hochschulführer gewälzt, nach einer Alternative zum Ingenieurstudium gefahndet, alle Universitäten, alle Studienrichtungen durchforstet, jedoch nirgendwo lesen können, dass ihn nach Abschluss des Studiums etwas Verheißungsvolles erwartete. Ein Beruf, der ihm Spaß machte – gab es das überhaupt in der Arbeitswelt, in der Monotonie betrieblicher Abläufe?

Am Ende bewarb er sich, wie vom Vater erhofft, an der Technischen Hochschule. In seiner Not war er gewillt, an den technischen Verstand zu glauben, der ihm eingeredet worden war. Und von der Dresdner TH war es nicht weit bis zur Sächsischen Schweiz, seinem Kletterrevier, das half bei der Entscheidung.

Gut und schön, deine Armee-Story allerdings lässt mich kalt. Da muss Bewegung rein. Action, verstehst du. Du hattest eine Maschinenpistole in der Hand, Mensch! Und was hattest du im Kopf? Gib es zu: Mordgelüste! Anschläge auf das System. Auf militärische Vorgesetzte. Versteh mal, deine Geschichte ist zu müde. Ein Toter würde ihr ein bisschen Leben einhauchen.
Wir hatten keine Toten.
Krimis verkaufen sich immer.
Damit kann ich nicht dienen.
Ich hab 'ne Idee. Du bringst den Spieß um. Einen Repräsentanten der Diktatur. Er hat dich zum Küchendienst außer der Reihe eingeteilt, das Schwein. Kein Schuss, der Kerl ist die Patrone nicht wert. Ein, zwei Hiebe mit dem Kolben. Oder mit der Bratpfanne, geräuschlos. Keine Spuren. Du verdrängst die Tat, löschst sie total aus dem Gedächtnis. Hast damit nichts zu tun. Bist die reine Unschuld, vor deinem Gewissen absolut integer. Und nun der Coup: Wir setzen dich als Ermittler ein! Du jagst den Mörder, suchst dich praktisch selber, kommst dir immer näher. Ein Psychokrimi. Gänsehaut!
Ohne mich!

Unterwegs 9

Sie glaubt, Martin sei eingeschlafen. Die Nachrichten erreichen ihn nicht mehr, sind nur noch Geräuschkulisse. Sie schaltet das Radio aus.

Die plötzliche Stille holt ihn aus dem Schlaf. Martins linke Hand fährt trotz geschlossener Augen zielsicher zum Knopf und dreht das Gerät wieder an, ohne einen Vorwurf, aber lauter als vorher.

... hält Arbeitsministerin Regine Hildebrandt drei bis vier Millionen Arbeitslose in der DDR für eine realistische Annahme.

Vom Unglücksreaktor im sowjetischen Kernkraftwerk Tschernobyl droht neue Gefahr. Experten der Internationalen Atomenergiebehörde in Wien befürchten, dass der im April 1986 um die Kraftwerksruine gebaute Betonmantel den Belastungen auf Dauer nicht standhält.

Die Verbraucherpreise in der DDR sind seit der Währungsunion um 7,5 Prozent gestiegen. Das teilte Bundeswirtschaftsminister Helmut Haussmann in Bonn mit.

Mindestens 68 der 400 Volkskammer-Abgeordneten stehen im Verdacht, für das ehemalige Ministerium für Staatssicherheit als Inoffizielle Mitarbeiter tätig gewesen zu sein. Unter Berufung auf Informationen aus der Zentralkartei meldete der Sender Freies Berlin, das betreffe 26 Mitglieder der CDU-Fraktion, 20 PDS-Abgeordnete, zehn Liberale, sieben Sozialdemokraten, vier Abgeordnete der Bauernpartei und ein Fraktionsmitglied von Bündnis 90.

In Bulgarien wurden vergangene Woche die ersten Suppenküchen für Arme eingerichtet. Ab September werden Lebensmittel rationiert. Schon jetzt ist Brot knapp in Sofia, vor den Geschäften spielen sich unvorstellbare Szenen ab.

Stoisch hat er die Meldungen über sich ergehen lassen. Ausnahmsweise meldet sich Isolde zu Wort: »Eine verrückte Welt, in die wir geraten.«

Martin spürt das ängstliche Schlottern hinter den Worten und denkt: Die Welt, aus der wir kommen, war mindestens ebenso verrückt; völlig anders, aber verrückt allemal.

»Du hast es so gewollt«, sagt er.

Das stimmt nicht. Isolde fürchtet die Veränderung. Sie redet nicht darüber, aber ihre Unsicherheit ist in den letzten Monaten gewachsen. Sie hatte Reformen gefordert, dafür ist sie auf die Straße gegangen, die gute Genossin. Mit Modrow das Land umkrempeln, das wollte sie, demokratisch sollte es zugehen, mit Rede- und Versammlungsfreiheit, der Freiheit des Reisens vor allem, und natürlich mit einer funktionierenden Wirtschaft, die dem leidigen Mangel allüberall abhilft. Modrow, der integere 1. Sekretär der Partei in Dresden, wäre der Mann dafür, dachte sie.

Martin wusste, es sind Fantastereien. Lass sie träumen, sagte er sich, die Realität wird sie bald einholen. Sie hatte keine Ahnung, wie es in den Betrieben aussah. Da gab es kaum einen, der sich stemmte gegen den Trott. Disziplin und Moral waren im Keller, der sozialistische Herkules noch nicht geboren, der die Sauställe auszumisten vermochte. Der Kapitalismus schafft das, davon war Martin überzeugt, der braucht dafür keinen Herkules, es genügen ein paar blaue Briefe.

An ihm hatten die ehedem sozialistischen Chefs schon mal vorexerziert, was laut Handbuch für Unternehmensführung zu tun ist, wenn Aufträge wegbrechen. Martin hingegen glaubt, es wäre dem Wohl der Firma dienlicher gewesen, statt der Mitarbeiter die Führung zu entlassen.

Das System, das nun die Macht übernimmt, ist erfolgreich, weil es dem Tüchtigen alle Chancen bietet. Dem Tüchtigen, nicht dem willfährigen Befehlsempfänger. Vom Tellerwäscher zum Millionär! Was Amerika groß gemacht hat, wird nun auch in Sachsen, dem neuen Land der unbegrenzten Möglichkeiten, gelingen. Vom Arbeitslosen zum Millionär. Martin sind in letzter Zeit die Geschäftsideen nur so zugeflogen. Man könnte den Ossis, die fast alle die gleiche Sehnsucht haben, schicke Autos verkaufen. Auch Grundstücke zu vermakeln soll viel Geld bringen. Oder den Leuten neue Küchen einbauen. Oder moderne Heizungsanlagen ... Tausend Möglichkeiten!

Derzeit will er sich noch nicht in ein solches Abenteuer stürzen. Für wen sich kaputtschinden?, fragt er sich. Für seine Söhne? Die sollen sich selber was aufbauen.

Perry und Horst

Meinst du nicht auch, Hanni, ich sollte mehr über das Klettern schreiben?
Um Himmels willen! Hochkraxeln, runterkraxeln, immerfort dasselbe.
Du irrst, es ist nie dasselbe, jeder Fels ist anders.
Für dich vielleicht. Aber mich lässt es kalt, ob du an der Himmelsnadel die Höllenkante geschafft hast oder am Zwergenturm den Riesenkamin. Beeindruckt mich nicht.
Ich klettere nicht, um damit anzugeben.
Bleibt als Motiv der krankhafte Wahn: Ich muss dort hoch, ich muss, ich muss! Sehr bedenklich, ein Fall für den Psychiater. Am Ende des Tages bist du eh wieder am Boden. Ein Männlein mit einem Gipfel mehr in der Tasche oder im Rucksack – wen kümmert's?
Der Gipfel ist es nicht, der Weg ist es.
Ja, und? Superman bezwingt einen schwierigen Weg. Bravo! Und dann? Schleicht der Olle heim zu Mutti. Nichts ist passiert. Alles wie vorher.
Vielleicht hat es mich verändert.
Bestimmt sogar. Die Knochen sind lädiert, an Händen und Füßen ist der Bast ab.
Es befreit den Geist. Ich genieße das Alleinsein in der Natur.
Okay, Alleinsein kann schön sein, wenn man weiß, dass man ansonsten nicht allein ist. Aber dazu brauche ich keine Felsen. Ich sehe im Klettern keinen Sinn.
Schon die Frage nach dem Sinn ist ein Fehler. Muss man mit seinem Tun immer gleich die Welt umstürzen? Ginge nicht vieles besser, würden wir erst mal an uns selber arbeiten? Unser Ego überwinden, ablassen von unserem krankhaften Streben, dem Quell allen Leids? Mit sich in Frieden leben, sich selbst optimieren – das ist die wahre Revolution. Auch das Nebensächliche, das scheinbar Sinnlose bringt uns voran. In jedem Unsinn steckt ein Sinn.
O Gott, jetzt wird's peinlich. Das Philosophieren ist nicht dein Ding, wirklich nicht.

Perry und Horst waren schon eine eingespielte Seilschaft, als Martin zu ihnen stieß. Er traf sie in einer Boofe in den Affensteinen und erinnert sich gut, womit er die beiden für sich gewinnen konnte: mit dem Oberlausitzer Kleckselkuchen im Rucksack, der Spezialität Isoldes, einem Hefeteig mit

Tupfern aus Mohn, Quark und möglichst bitterer Marmelade, das sinnreiche Durcheinander mit Butterstreuseln belegt.

Unter diesen Umständen, sagte Perry, genussvoll mampfend, könnte er sich vorstellen, mit dem Spender auch künftig einige Wege zu machen. Ihn morgen zum Beispiel, wenn er wolle, zur Wolfsspitze mitzunehmen, ihn reize der Felsensportweg.

Ohne langes Nachdenken schlug Martin ein: Abgemacht! Erst später schaute er im Kletterführer nach: eine VII c. Noch nie hatte er sich auf einen so schwierigen Weg gewagt. Bange war ihm trotzdem nicht, Perry strahlte eine unglaubliche Sicherheit aus.

Die beiden gefielen Martin. Perry, um die Zwanzig, Student der Medizin, gab offenbar den Ton an, doch der stille Horst, ein Autoschlosser, wusste sich zu behaupten. Gelegentlich würzte er Perrys Rede, indem er ironisch abgeschmeckte Brocken einwarf. Er war nach landläufiger Ansicht nicht sonderlich attraktiv, breites Gesicht, fleischige Nase, aber sympathisch. Und ungeheuer stark, Martin hatte es schon beim ersten Händedruck gespürt.

Dass der angehende Mediziner Klaus-Peter von Bergkameraden Perry gerufen wurde, verriet viel über das Talent und den Wagemut des jungen Mannes. Der Spitzname ging auf einen Amerikaner zurück, der Anfang des Jahrhunderts mit kühnen Aufstiegen im Elbsandstein Kultstatus erlangt hatte. Es gab ein Foto: Oliver Perry-Smith krönt die Besteigung der Barbarine, eines freistehenden Felsens am Pfaffenstein, mit einem Kopfstand auf schmalem Plateau, verrückt, ein Draufgänger, der es verstand, Legenden zu schreiben.

Klaus-Peter, am Fels nicht minder begabt, aber entschieden seriöser als sein Vorgänger, holte drei kleine Flaschen Bier aus dem Rucksack. Anstoßen auf die neue Bekanntschaft und auf den Felsensportweg. Unvermittelt griff Horst nach Martins rechter Hand: »Was ist denn das?« Er drehte den Ehering und gab einen Spruch zum Besten, der ihm aus dem Herzen zu kommen schien: »Die Frau ist der Tod des Bergsteigers.«

So rigoros urteilte Perry nicht, er beließ es bei einem technischen Kommentar zum Gold am Ringfinger: Von den Rissen der Wolfsspitze würde das gute Stück bestimmt prägende Eindrücke mit nach Hause nehmen. Eine Ehe mit Kratzern.

Die beiden waren ungebunden. Freie Männer, wie sie es nannten.

Perry hatte seinen Gefährten Horst nicht beim Klettern kennengelernt. Er war auf der Heimfahrt mit dem Trabant seines Vaters liegengeblieben, irgendwo bei Pirna. Keilriemen gerissen. Und kein Ersatz an Bord, nicht mal einen Damenstrumpf aus Dederon, der im Notfall, wie er gehört hatte, statt des Keilriemens aufgezogen werden konnte.

Just als ihn die Verzweiflung anfallen wollte – Sonntagabend! Keine Werkstatt! –, stoppte mit quietschenden Felgenbremsen ein Rennrad neben ihm. Horst absolvierte sein abendliches Training, aber an einem defekten Auto kam er nicht vorbei. Der Autoschlosser besah sich den Schaden, dann stellte er, wie Perry meinte, die unsinnigste aller Fragen: ob sich der Kollege (Horst nannte alle Fremden Kollege) noch eine Viertelstunde gedulden könne. Er habe es fünf Kilometer bis nach Hause.

Zurück kam er mit Werkzeug im Rucksack und einem nagelneuen Keilriemen, erledigte die Angelegenheit in staunenswertem Tempo und wollte am Ende nicht einmal Geld annehmen, auch nicht für das kostbare Ersatzteil, einen Pfennigartikel. Ihm war anderes wichtiger: Er hatte im Kofferraum die Kraxe, den Rucksack mit dem Kletterseil, entdeckt. Sie verabredeten sich für das nächste Wochenende am Falkenstein.

»Man sucht sich seine Kletterfreunde eben nach Nützlichkeit aus, stimmt's?«, fasste Perry seinen Bericht zusammen und hieb seinem Partner die Pranke auf den Rücken. »Horst hat noch seinen Freund Werner in die Seilschaft eingebracht, einen Fliesenleger. Dessen Gewerk brauche ich derzeit nicht, aber mit Fliesen, die er mir besorgt hat, habe ich einen hervorragenden Kontakt zu einer Verkäuferin in der Jugendmode aufgebaut. Sie ruft mich jetzt immer an, wenn interessante Ware eingetroffen ist.«

Was er selbst zu bieten habe, fragte Martin vorwitzig.

»Ich kann dir, solltest du mal abstürzen, professionell die Augen zudrücken und einen halbamtlichen Totenschein ausstellen, nur für den privaten Gebrauch. Und was kannst du?«

Martin fiel nichts Brauchbares ein. »Die Fallgeschwindigkeit berechnen«, sagte er.

»Gut. Aufgenommen«, bestimmte Perry.

Am nächsten Tag konnte der Neue zum ersten Mal Perrys Klettergenie bewundern. Wie zügig er die schwierigen Passagen meisterte, wie scheinbar leicht er den Einstiegsriss nahm, vor allem die Schlüsselstelle im oberen Teil, dann rechts um die Kante hangelte und den feinen Riss zum Gipfel nutzte, das euphorisierte ihn. Er wollte ihn nicht enttäuschen. Horst kam ebenfalls gut durch den Riss. Martin musste es ihnen gleichtun. Gegen seine Gewohnheit ging er an mancher Stelle auf Risiko, zog sich hoch, ohne den weiteren Weg oder wenigstens den nächsten Griff im Blick zu haben – und hatte Glück. So klettert man nicht. Aber Perry und Horst waren ein sicherer Rückhalt.

Oben angekommen, lobte ihn der Vorsteiger: »Wie du die Kante genommen hast – Respekt!« Martin schrie einen Jodler hinab ins Tal, er missglückte jämmerlich, aber das war ihm egal. Seitdem nannten sie ihn Jodl.

Am Fuße des benachbarten Hentzschelturms ließen sie sich zur Mittagsrast nieder, weich gebettet in Zufriedenheit. Das Gefühl, über sich hinausgewachsen zu sein, verlieh Martin ein Wohlbehagen, das alles einschloss, die Bergkameraden an seiner Seite, den sanften Windhauch auf seinem Gesicht, die Ruhe und Einsamkeit des Tals, fernab des Alltagsgetöses – schöner konnte das Leben nicht sein.

Perry schnitt dicke Scheiben von einem Malfa-Kraftma-Kastenbrot, Horst bestrich sie mit Leberwurst und bat die Seilgefährten, seiner Oma zu gedenken, die einen Keller voller Einweckgläser mit hausgemachter Wurst hinterlassen hatte. Martin steuerte vier gekochte Eier aus seinem Rucksack bei, zwei für Perry – seine Reverenz an den Vorsteiger.

Auf Horsts Bemme landete eine dicke Fliege. Statt sie zu vertreiben, erstarrte er, vermied jede Bewegung und sah mit Wohlwollen dem Brummer zu, wie er sich von Omas Leberwurst bediente. Während die beiden anderen das hungrige Insekt bei erneuten Anflügen abzuwehren versuchten, bot Horst ihm noch zwei Mal ausgiebig Gelegenheit zum Naschen.

»Daran musst du dich gewöhnen«, erklärte Perry, »Horst sorgt für die Geschöpfe Gottes, wo er nur kann.« Der bestätigte es auf der Stelle, indem er die Brotkrumen aus dem Papier klaubte und zusammen mit den zerkleinerten Eierschalen unter den Bäumen verstreute. »Abnehmer gibt es genug«, sagte er.

Einmal habe Horst mit ausgebreiteten Armen minutenlang den Verkehr aufgehalten, erzählte Perry, weil eine Schnecke, die die Straße zur Bastei überquerte, in Gefahr stand, von den Autos überrollt zu werden. Die Fahrer seien fassungslos gewesen, aber Horst habe das Tier seelenruhig und unendlich langsam begleitet, bis es den rettenden Straßenrand erreicht hatte.

»Du hättest die Schnecke ja auch rübertragen können«, warf Martin ein. »Oder ekelst du dich vor den Glibberviechern?«

»Quatsch. Aber kann man wissen, welche Todesangst die Schnecke auszustehen hat, wenn man sie anfasst, wie viel Stress das für das arme Tier bedeutet?«, sagte Horst. »Stell dir vor, ein riesiges Wesen würde den Jodl hochheben und erst nach endloser Luftfahrt wieder absetzen. Da wäre das Zähneklappern groß, Herzkasper nicht ausgeschlossen.«

»Horst will möglichst jede Kreatur retten. Deshalb hat er ja auch mich am Kleinen Halben nicht fallengelassen«, merkte Perry an.

Die Geschichte hätte böse enden können. Sie waren an der Nordwestwand unterwegs. Perry hatte die Sanduhrschlinge beim großen Loch weit überstiegen. Dort, wo die Wand sich wölbte, erwischte es ihn. Horst hatte seinen Weg mit Bangen verfolgt. Als er stürzte, musste er all seine Kraft aufbieten, um ihn kurz vor dem unvermeidlich scheinenden Aufprall abzufangen. Martin ahnte: Es verband die beiden, Perry würde ihm das nie vergessen.

»Gute Seilschaften leben länger«, sagte Horst.

Entschuldige, du erzählst hier lauter nette Geschichten aus den sechziger Jahren ...

Du findest sie nett?

Das war finsterste DDR-Zeit. Kriechtiere retten! Ist euch nichts Besseres eingefallen? Ihr wart selber Kriechtiere, Schleimspuren überall, bis vor die Schreibtische der Mächtigen. Habt ihr nicht wenigstens manchmal, symbolisch gesprochen, die Faust geballt Richtung Berlin?

Na ja, meistens ging es ums Klettern.

Aber ihr seid doch mit Vorsatz aus dem sozialistischen Alltag in die Berge geflohen.

Ja, zum Klettern. Aber du hast recht: Ein bisschen Widerstand war das schon. Wir haben die Freiheit nicht laut gefordert, wir haben sie praktiziert.

Bestimmt wurdet ihr überwacht. Ich nehme an, die Stasi ist immer mitgeklettert.

Weiß ich nicht. Ein paar Genossen gab es unter uns, das ja. Perry ist später, als er an die Klinik in Berlin kam, auch Heizer geworden.

Heizer?

Mitglied der Einheizpartei

In den folgenden Jahren hat Martin mit Perry und Horst, oft auch mit Werner, dem Fliesenleger, viele schöne Wege gemacht. Manchmal blätterte er in seinen Notizbüchern, erinnerte sich an zunehmend schwierigere Prüfungen, die sie teils elegant gemeistert, gelegentlich auch grandios vergeigt haben.

Zum ersten Mal erwischte es Jodl an den Tyrš-Türmen in der Böhmischen Schweiz. Sie gingen damals oft über die tschechische Grenze, Perry hatte es vorgeschlagen. Er konnte den Einmarsch der sowjetischen Truppen und ihrer Verbündeten (auch der deutschen!) in Prag 1968 lange nicht verwinden und überlegte, wie er seine Sympathien für die tschechischen Reformer in den Sandstein meißeln könnte. Gelänge ihnen eine Erstbegehung, sagte er oft, sollten sie die Tour als Alexander-Dubček-Weg anmelden.

Zum Verhängnis am Tyrš-Nordturm wurde Martin eine Unachtsamkeit im Riss kurz unter dem dritten Ring. Der Weg – er hieß, das vergisst er nie, mit gutem Grund Sedřeni kůže, zu Deutsch Abgeschürfte Haut – war erst vor wenigen Jahren zum ersten Mal begangen worden, eine VII c.

Perry hatte Jodl den Vortritt gelassen, man könnte auch sagen: ihn vorgeschoben. Nicht dass Perry ihn oder auch Horst überschätzte, aber mitunter schickte er sie vor in Regionen, in die sie sich selber nicht gewagt hätten. Er vertraute ihnen. Sie hingen am selben Seil, jeder musste sich auf den anderen verlassen können. Sein Glaube an ihre Fähigkeiten beflügelte die Seilgefährten. Bisher war es immer gut gegangen.

Man kann hundert Mal über einen Sturz nachgedacht haben – wenn es passiert, ist alles vergessen. Weder warnte Jodl seine Kameraden noch stieß er sich von der Wand ab. Er fiel wie ein nasser Sack, schicksalsergeben, stumm und gedankenleer. Instinktiv zusammengerollt wie ein Embryo sei er dem Tod entgegengesegelt, hat Perry die Schrecksekunden beschrieben, der ganze Kerl zum Häufchen Elend verklumpt.

Das oft beschriebene mystische Erlebnis, binnen Zehntelsekunden sein Leben an sich vorbeiziehen zu sehen, war Jodl nicht vergönnt, er dachte nicht mal an Isolde oder Söhnchen Tom, schon gar nicht an Jonas, der noch in der Babywiege lag. Was er sah, war merkwürdig genug: Er sah sich stürzen! Als hätten sich seine Sinne vom Körper gelöst und beobachteten aus der Ferne das Fallen des entseelten Leibes.

Die wundersame Wahrnehmung beschäftigte ihn lange. Gab es doch so etwas wie eine Seele? Etwas Immaterielles, das unsterblich ist und nicht beerdigt werden kann? Er war kein religiöser Mensch, aber seit diesem Tag hielt er für möglich, dass nach dem Tod doch irgendwas irgendwie weitergeht.

Die Rückkehr ins Leben tat ziemlich weh. Das Seil, das Perry fest im Griff hatte, schnürte Jodl fast die Brust ab, nahm ihm die Luft. Über zwei Wochen brauchte er, bis er wieder schmerzfrei atmen konnte.

Das beschädigte Seil – nur drei Fasern waren heil geblieben, an ihnen hatte sein Leben gehangen – bekam einen Ehrenplatz in seiner Wachwitzer Boofe, zur Mahnung. Der Mensch ist seinen Ideen nicht immer gewachsen, muss zurückstecken können, das fand er bestätigt durch diesen Sturz. Eine Lehre, wie Isolde gehofft hatte, war es ihm nicht. Das Klettern aufgeben? Niemals.

Wie hätte er auf seine Seilgefährten verzichten können, auf das Bier am Lagerfeuer, den melancholischen Gesang, »La Montanara«, zum Weinen schön, auf die entspannten Runden nach einem Klettertag in der Kneipe, die Gespräche in der Dunkelheit des felsigen Nachtlagers.

Am schönsten war es, wenn Perry, der Kardiologe, ins Erzählen geriet. Sie freuten sich mit ihm über glückliche Momente in der Herzklinik und litten, als stünden sie selbst am OP-Tisch, sobald die medizinische Kunst an ihre Grenzen stieß. Perry machte aus alltäglichen Ärgernissen im Krankenhaus kein Geheimnis, manchmal schimpfte er wie ein Rohrspatz über die Misswirtschaft, über lahmarschige Bürokraten oder wer auch immer schuld daran war, dass simpelste Dinge knapp wurden, OP-Handschuhe zum Beispiel.

So sehr Jodl, Horst und Werner daran gewöhnt waren, den Mangel im Lande mit Gleichmut zu ertragen – Perrys Ärger riss sie aus ihrem Phlegma. Dass es in den Geschäften dieses nicht gab, jenes nur mit Vitamin B (wie Beziehung) zu bekommen war – ärgerlich, aber belanglos, verglichen mit den Lücken dort, wo es um die Gesundheit, um Leben und Tod ging. Darüber konnten sie sich ereifern. In Gedanken standen sie an Perrys Seite auf der Barrikade und kämpften. Gegen Windmühlenflügel.

Perry gab nie auf. Wie im Gebirge. Scheiterte er an einem Felsen, wussten alle: Beim zweiten oder dritten, notfalls beim vierten oder fünften Mal würde er es zwingen.

Jodl bewunderte ihn. Mitunter sehnte er sich danach, ebenso hartnäckig streiten zu können für eine Sache. Aber für welche? Für ein paar Grad mehr Hitze oder Kälte in den Klimakammern, in denen sie ihre Elektromotoren testeten? Für noch dichteren Salznebel, der Meereswasser imitieren sollte? Für eine höhere Luftfeuchtigkeit? Aber über 95 Prozent zu gehen, hätte wenig Sinn. Und auch die verfeinerten Messmethoden und das neue Prüfregime, mit dem sie das Verhalten der Schmierfette bei arktischer Kälte von minus 60 Grad und die Dichtigkeit ihrer Aggregate gegen Spritzwasser oder feinsten Staub untersuchten, schrien nicht nach Veränderung. Kunden in aller Welt bescheinigten ihren Produkten eine gute Qualität. Gegen Dollar und D-Mark wurden ihre Motoren besonders gern und entsprechend billig verkauft. Die Spitze an Spitzenerzeugnissen aus der DDR war oft der Preis.

Zwei Mal waren die Klimakammern für Martin zum Abenteuerraum geworden, verbotenerweise, aber mit »Stütze« als Mitwisser hielt sich das Risiko in Grenzen. »Stütze« riefen sie ihren Kollegen Jochen, seitdem er beim Bier einen Spruch seiner Frau zum Besten gegeben hatte. Die Buchhalterin, die nach Feierabend mitunter an ihre Grenzen stieß – Haushalt, Kinder,

Garten –, hatte im Zorn gegiftet, sie möchte von Jochen lieber mehr unterstützt als gevögelt werden. Der Satz war im Nu rum bei den Kollegen. Ob »Stütze« seinem Spitznamen in der Folge auch zu Hause gerecht wurde, fragten sie nicht.

Martin brauchte Jochen, um ein Experiment zu starten. Er wollte fühlen, wie es wäre, in ferne Länder zu reisen. Für die Bilder musste er seine Fantasie bemühen, das Klima aber ließ sich simulieren. Überwacht von »Stütze«, brach er auf in Regionen, die unerreichbar schienen. Einmal ließ er sich bei 40 Grad Hitze und hoher Luftfeuchtigkeit in die Prüfzelle einschließen, ein anders Mal bei extremer Kälte. Beide Male harrte er bis zur Schmerzgrenze aus. Urlaubsgefühle stellten sich nicht ein, aber er fand bestätigt, was er geahnt hatte: Die Kälte des Hochgebirges wäre ihm allemal angenehmer als die schwülen Tropen.

Bei Perry ging es nie um weltfremde Spinnereien. Die Idee mit den Herzschrittmachern war ihm gekommen, als sie in abendlicher Runde beim Bier saßen. Es war nicht ungewöhnlich, dass ihm ein Gedanke durch den Kopf schoss und die Fantasie mit ihm durchging. Im menschlichen Herz, für andere die Seele, Hort der Gefühle, der Liebe, sah er ganz nüchtern eine Pump- und Verteilerstation, eine Maschine, die hin und wieder der Wartung oder auch einer technischen Unterstützung bedurfte. Vermutlich hätte er am liebsten ein künstliches Herz gebaut.

Da er kein Träumer war, nahm er sich vor, was machbar schien: Herzschrittmacher. Man müsste ... Man könnte ... Wäre es denkbar ...? Jodl, hast du eine Idee ...? Er konnte Himmel und Hölle in Bewegung setzen, auch Martin, wie sich zeigen sollte.

Niemand, kein Kardiologe und schon gar keiner aus der Berliner Administration, hätte ernsthaft den Plan gefasst, die komplizierten Schrittmacher, die aus dem Westen importiert werden mussten, in der DDR herzustellen. Perry stieß auf eine Wand aus Kleingläubigkeit. Für ihn ein zusätzlicher Kitzel. Er war vom Typ her eher bedächtig, trotzdem stimmte das Bild: Er setzte zu einem Sturmlauf an. Einem Sturmlauf in aller Ruhe, falls man das so sagen kann, geprägt von impertinenter Sturheit.

Normen, die in Stein gemeißelt schienen, missachtete er. Es hieß: Was nicht im Plan steht, hat keine Chance. Und im Plan konnten die Herzschrittmacher nicht stehen, weil keiner sie im Blick hatte. Außer Perry. In gleich drei Ministerien, die sich für zuständig hielten, musste er Widerstände und Zweifel niederwalzen, niemand glaubte, dass die kleine DDR – das sagten sie wirklich, obwohl sie doch die größte war – eine solche Entwicklung stemmen könnte. Außer Perry. Er hatte einen Sinn für Technik – und bald auch Mitstreiter in der Wirtschaft gefunden, die ebenso wie er vorgeschriebene Dienstwege und staatliche Planungen ignorierten.

Neben den bürokratischen Bedenkenträgern stellte sich Perry ein noch hinterhältigerer Gegner in den Weg. Mit den beiden Herren in knitterfreien Präsent-20-Anzügen, die ihn eines Tages besuchten, hatte er nicht gerechnet. Sie mussten sich nicht anmelden. Kein Zerberus im ganzen Land, der ihnen nicht geflissentlich die Tür geöffnet hätte. Die Ausweise, die sie kurz vorzeigten, lähmten selbst den akkuratesten Wächter, sie verschafften überall ungehinderten Zugang.

Bei Perry kamen die Herren ohne Umschweife zur Sache: »Wir nehmen an, Genosse, du bist dir der Tragweite deiner Aktivitäten bewusst. Selbst wenn wir die Umgehung des Dienstweges beiseitelassen, bleiben noch schwerwiegende Vergehen: die Sabotage am Staatsplan und die missbräuchliche Nutzung materieller und personeller Ressourcen.«

»So kann man es sehen«, räumte der verblüffte Kardiologe ein. »Man kann aber auch den Nutzen für unsere Volkswirtschaft …«

»Die Genossen im Ministerium sind der Ansicht, dass wir unter Umständen von einer Strafverfolgung absehen könnten …«

»Wenn …?«

»In eurem Klinikum, das weißt du ja selber, arbeiten nicht nur Ärzte und Schwestern mit klaren klassenmäßigen Positionen. Einige unsichere Kantonisten treiben sich gelegentlich sogar auf irgendwelchen Kongressen im Westen herum. Ein paar Informationen über diesen und jenen würden uns helfen.«

In Perrys Kopf brodelte es. Jetzt bloß keine unüberlegte Reaktion!

»Verstehe«, sagte er. »Aber ihr werdet mir nicht böse sein, wenn ich darüber noch eine Nacht nachdenken möchte.«

Damit war er sie fürs erste los. Am nächsten Abend erschien nur noch einer, offenbar der Rangniedere, um die Kapitulationserklärung des Arztes abzuholen. Aber Perry sagte Nein. Es sei ihm nicht gegeben, Kollegen anzuschwärzen.

So entschieden die Absage – ihr waren schwere Stunden vorausgegangen. Ein paar Dummköpfe »mit klassenmäßigen Positionen« waren durchaus in der Lage, sein Projekt zu stoppen und auch ihm selbst zu schaden. An hochgestellten Flachköpfen mangelte es nicht. Andererseits würden Schrittmacher aus eigener Produktion kostbare Devisen einsparen, das müsste selbst den Verbohrtesten einleuchten. Aber sicher konnte sich Perry nicht sein.

Um seine Zurückweisung abzumildern, hatte er noch einen vergifteten Pfeil aus dem Köcher gezogen. Ein Angebot könne er machen, hat er gesagt: Er würde den Genossen gerne über die miese Stimmung in den Betrieben berichten, die er kennengelernt habe, über chaotische Betriebsabläufe und manipulierte Zahlen, aber das sei gewiss nichts Neues für sie, die Genossen der Staatssicherheit stünden ja in dem Ruf, bestens informiert zu sein.

Eine wegwerfende Handbewegung, dann war der Schnüffler aufgestanden und gegangen, nicht ohne dem Arzt dringend zu empfehlen, seine Entscheidung noch einmal zu überdenken. Geschehen war danach nichts. Perry hatte richtig kalkuliert. Seine Position war unvergleichlich stärker als die vieler anderer, die ins Visier der Stasi geraten waren. Er hatte am längeren Hebel gesessen und dies genutzt.

Von all dem hat Martin erst viel später erfahren, sonst hätte er vielleicht gezögert, als Perry ihn um Hilfe bat. Es wurde eine gute Erfahrung für ihn. In der Routine des Alltags hatte er längst vergessen, wozu Ingenieure da waren. Perry hat ihm eine Ahnung davon zurückgegeben.

Unterwegs 10

Martin dreht sich zur Seite, die Schmerzen erzwingen eine veränderte Sitzposition. Er blickt jetzt nach hinten. Im Rückfenster sieht er die Autos heranfliegen. Manche Überholer sind träge, bremsen noch Schnellere aus. Die blenden die Scheinwerfer auf: Halt mich nicht auf, du mickriger Fiat, du Opel-Popel, ich hab's eilig, ich bin wichtig, gib die Spur frei! Fahren als Verdrängungswettbewerb. Schnell, schneller, am schnellsten. Die Großen drücken die Kleinen in die Verliererspur, beobachtet er. Der Verkehr – ein Spiegelbild der Gesellschaft?

Der Vergleich mit dem Biotop zwischen Elbe und Oder drängt sich auf. Die Vorschriften dort, maximal hundert Kilometer in der Stunde, können Unterschiede nicht abschaffen, aber verwischen. Sie beruhigen, mäßigen das Wettrennen. Die Starken können ihre Überlegenheit nicht ausspielen, die Kleinen rollen daneben her, auf gleicher Höhe, so scheint es. Martin fragt sich allerdings: Wird mit dem Tempo auch alles andere gebremst? Die Aktivität der Leute? Der Fortschritt? Hindert die Gleichmacherei die Kreativität?

Vielleicht braucht es die Entfesselung. Vielleicht kommt nur voran, wer alles Hinderliche rücksichtslos beiseiteräumt. Konkurrenz treibt die Entwicklung, Kampf ist Humus für das Wachstum. So mag es sein, denkt er. Aber ist das die Welt, die er sich wünscht?

Martin bemüht sich, in den vorbeirasenden Autos Gesichter zu erkennen. Es ist aussichtslos. Bestenfalls jung – alt, Mann – Frau kann er unterscheiden. Ersatzweise versucht er sich an einer Zuordnung nach Automarken. Dicker Mercedes: einer, der es geschafft hat, solides Vermögen, fährt gelassen, muss nichts mehr beweisen. Großer BMW: Karrieretyp auf der Schnellstraße nach oben, rast, will was erreichen. Porsche: Emporkömmling, stellt den Erfolg aus, ist stolz auf sich. Und dann die vielen Kleinen, die mithalten möchten, oft das Letzte aus ihren Maschinen herausholen. Sie sind der Durchschnitt, wollen nicht wahrhaben, dass sie abgehängt sind.

Ein Fiat Uno jault mit schätzungsweise hundertfünfzig über die Autobahn, röchelt sich fast die Seele aus dem Motorblock. Arme Sau, denkt Martin und erschrickt: Mensch, was ist los mit dir, Martin? Tappst du jetzt auch in die Falle? Immer war es ihm zuwider, Menschen nach Äußerlichkeiten zu beurteilen, ihren Wert an Besitztümern zu messen. Und nun macht er genau das: schließt von Autotypen auf die Typen am Steuer.

Im Osten hätte das wenig gebracht. Die Unterschiede waren unerheblich. Mit dem vornehmen Lada konnte durchaus ein Handwerker, mit dem Wartburg ein Arbeiter vorfahren, während am Steuer des unscheinbaren Trabant – er dachte an Jurschik, den stellvertretenden Generaldirektor seines Kombinats – auch mal ein gut verdienender Führungskader saß. Martin kannte Jurschiks Gründe nicht, aber die Vernunft sprach für den Trabant: Ein größerer Wagen hätte ihn nicht schneller an die Ostsee und nach Prag oder Budapest gebracht, Tempo 100 vorausgesetzt. Vielleicht wollte er auch nur demonstrieren, wie genügsam er ist, wie nahe dem Kollegen Arbeiter, das kam in der Regel gut an, war deshalb als Motiv nicht auszuschließen. Bescheiden aus Berechnung.

Die neuen Bosse in Dresden, auch in seinem Betrieb, neigten eher zum Gegenteil, hatte er gehört. Ihre Autos, selbstverständlich Firmenwagen, konnten nicht groß genug sein. Blender hatten es leicht, mit dem Hubraum wuchs ihr Ansehen. Bei Martin – und er hoffte, nicht nur bei ihm – stieg hingegen die Verachtung. Und wenn er dreimal das Geld dafür hätte: Niemals würde er sich einen fetten Mercedes auf den Hof stellen, niemals. Außerdem wäre die Garage zu klein.

Im Widerstand

Deine Zeit bei den bewaffneten Organen, so hieß das ja wohl, lässt mir keine Ruhe, sie muss literarisch tiefgründig ausgelotet werden. Das ist ein Knackpunkt in deiner Entwicklung.

Ein Kackpunkt, würde ich sagen.

Hier könnten wir deinen dissidentischen Fantasien, auch wenn sie nur in Spuren vorhanden waren, die notwendigen militärischen Mittel zur Seite stellen.

Verstehe ich nicht.

Mir schwebt ein emotionaler, dennoch unaufhaltsamer Ausbruch aus dem System vor, etwas Symbolträchtiges. Ich hab's mal aufgeschrieben, als Anregung für dich:

Er lag wach, vollkommen munter auf einmal. Die verstörenden Zweifel ließen ihn nicht los. Die anderen in der Stube trugen es offenbar leichter, schnarchten vor sich hin. Man war Soldat – ja und? Da musste man durch.

Er aber fragte sich: Was machen die mit dir? Ist das der traditionelle Männerjux, ein Kriegsspiel für große Jungs? Oder werde ich hier ernsthaft zur Kampfmaschine abgerichtet?

Was er zuvor nie bedacht hatte, stand ihm plötzlich glasklar vor Augen: Militär wird für den Krieg vorgehalten. Wofür sonst? Wer zur Armee geht, spielt mit dem Leben. Ist nicht mehr Herr seines Schicksals. Die Soldaten, die zu Abertausenden auf den Schlachtfeldern zu Tode gekommen sind – waren sie so arglos wie er zum Militärdienst eingerückt? Obwohl doch jeder hätte wissen können: Bricht der Sturm los, rollt der Geschützdonner über das Land, ist alles zu spät. Dann kommst du nicht mehr heraus aus dem Gemetzel.

Wirklich und wahrhaftig ins Gefecht zu ziehen kam ihm absurd vor. Für die Heimat, fürs Vaterland? Was für ein Missbrauch der Begriffe, der Gefühle vor allem! Sollte er die Versorgungslücken verteidigen? Die Kandidaten der Nationalen Front schützen, Ulbricht retten? Welch Wahnsinn, dafür mit seinem Leben einzustehen!

Den Sozialismus in seinem Lauf hält weder Ochs noch Esel auf. Na, danke! Indem er den Ochs wie den Esel niederkartätscht?

Er schaute aus dem Fenster, draußen war stockdunkle Nacht. Eine gute Zeit zum Abhauen. Leise schlüpfte er aus dem Bett, zog nicht die Dienstuniform, sondern den kackbraunen Trainingsanzug mit den rot-gelben Streifen an, Turnschuhe statt der Stiefel. Auf Zehenspitzen schlich er am Zimmer des Wachhabenden vorbei, die Tür stand offen, der Kopf des UvD ruhte auf der Tischplatte. Gut so.

Zum ersten Mal empfand er es als Mangel, keine Waffe in der Hand zu haben. Würde er sich im Notfall den Weg freischießen?

Die Luft war frisch, sie roch nach Freiheit. Der Weg zum Zaun führte an der Panzerhalle vorbei. Das wäre ein Ausbruch!, dachte er. Spektakulär!

Die Luke eines Panzers stand offen, magisch zog sie ihn an. Er zwängte sich hinein, der Fahrersitz war kühl, die Bedienhebel kalt. Das tat ihm gut, denn er glühte, Gesicht und Hände brannten. Das Donnern des Motors, gewaltiger als gedacht, ließ ihn erbeben. Noch nie war er Panzer gefahren. Der Koloss widersetzte sich nicht, gehorchte ihm, als wüsste er, worum es ging. Die Ketten rasselten selbstbewusst. Am Zaun bäumte sich das Ungetüm kurz auf, dann drückte es das Gitter seines Gefängnisses nieder. Hurra! Befehlsempfänger, das war einmal.

Nun bestimmte er, wohin es geht. Er steuerte die Innenstadt an, unbeeindruckt von der Aufregung der alarmierten Sicherheitskräfte. Sie hatten Polizeiautos quer über die Fahrbahn gestellt. Wie sollte das einen Mann aufhalten, der auf dem Weg in die Freiheit war! Er walzte die Hindernisse nieder. Sie schossen. Die Patronen prallten am Stahl des T 34 ab. Unverwundbar.

Vor ihm tauchte der Intershop auf. Er kannte die Exklave des Kapitalismus, mangels Westgeld war das verlockende Angebot für ihn unerreichbar gewesen. Bis jetzt. Eine Bluejeans wäre nicht schlecht. Eine echte Levi's. Die Scheibe eindrücken, kein Problem, dann bis zum Regal vorrollen ...

Plötzlich begann der Motor zu stottern. Keine zehn Meter vor dem Intershop blieb er stehen. Tank leer. Scheiße!

Erst viel später war ihm der Symbolgehalt der Szene aufgegangen: Dem Russenpanzer, scheinbar unbesiegbar, war es nicht gelungen, den Kapitalismus plattzumachen. Vor dem Intershop hatte er kapituliert.

Du bist dir darüber im Klaren, dass das Schwachsinn ist?
Ich hab nur aufgeschrieben, wie du den Aufstand hättest proben können.
Hätte ich nie getan.
Weiß ich. Wäre aber wichtig für deine Geschichte. Action, verstehst du?
Das kommt mir nicht ins Buch! Niemals hätte ich einen Panzer klauen können. Ihn fahren schon gar nicht.

Richtig, kein Ausbruch in die Freiheit ohne Führerschein.
Und Intershops gab es damals überhaupt noch nicht!
Wen interessiert das! Es geht um das Symbolische, um deine unerfüllte Sehnsucht nach Sachen aus dem Westen.
Jeder Ostdeutsche durchschaut diesen Unsinn.
Aber es regt ihn nicht auf. Die Leute im Osten sind Kummer gewöhnt.
Sie reagieren allergisch auf falsche Darstellungen.
Das bezweifle ich. Sie erfahren doch jeden Tag aus den Zeitungen, wie sie gelebt und gelitten haben. Ihre eigenen Erinnerungen an die DDR und die Medienberichte über den Unrechtsstaat kommen langsam zur Deckung.
Ich denke, du täuschst dich.
Und wenn! Heute entscheidet sich das Schicksal eines Buches im Westen. Dort kommt Widerstand gut an.
Aber keine Fantasierevolte à la Hanni.
Also gut, bleiben wir beim wahrhaftigen Widerstand! Was hast du zu bieten?
Ach, du liebe Güte! Nicht mehr als die meisten.
Du bist im Herbst '89 jeden Montag nach Leipzig zur Demo gefahren, »Wir sind das Volk!«, später umgebogen in: »Wir sind ein Volk!«?
Nein, nie.
Hast am 19. Dezember begeistert Helmut Kohl gelauscht, als er in Dresden Wahlkampf machte, obwohl er und seine Union gar nicht zur Wahl standen?
Nee, der Dicke war nie mein Fall.
Aber am 5. Oktober warst du dabei?
Was gab's denn am 5. Oktober?
Da passierte ein Zug aus Tschechien deine Stadt, an Bord die DDR-Flüchtlinge, die in der Prager Botschaft der Bundesrepublik Unterschlupf gesucht hatten.
Stimmt. Die Obergenossen in Berlin hatten darauf bestanden, dass der Zug diesen Weg in den Westen nahm. Bloß warum? Sollten die Ausreiser noch einmal auf ihr wunderbares Land schauen, das sie gerade zu verlassen gedachten, und reuig die Notbremse ziehen?
Womöglich hatte die Staatsmacht erwartet (oder gar zu organisieren versucht), dass die Landesverräter entlang der Strecke geschmäht, bespuckt und mit Steinen beworfen werden. Der Zug, ein rollender Marterpfahl. Stattdessen flogen die Steine auf die Polizei, die den

Dresdner Hauptbahnhof absperrte. Und du mittendrin in der wütenden Menge.

Nicht doch! Die direkte Konfrontation war nie meine Sache. Ich war eher der Mann für die subkutanen Nadelstiche.

Und die gingen unter die Haut, Junge, Junge! Ich mag es mir gar nicht vorstellen.

Student, das klang zweifellos besser als Kanonier oder Gefreiter. Das Regime an der Hochschule war aber fast so straff wie bei der Armee, bloß ohne Frühsport, Stubendurchgang und Küchendienst. Der Wochenplan sah jede Menge Vorlesungen und Seminare vor, mit Anwesenheitsliste. Dort hatte man strammzusitzen.

So oft es ging, ist Martin ausgebrochen und in die Berge verschwunden. Vor allem dem nervenden Drumherum wollte er entrinnen, den FDJ-Versammlungen, Selbstverpflichtungen und dem vielbeschworenen Kollektivgeist, der eher ein Gespenst war.

Einmal hatte er zwei Kommilitonen überredet, mit ihm im Rathener Gebiet klettern zu gehen. Leuchtturm von der Ostseeküste und Atze, der Sohn eines selbstständigen Elektromeisters aus Karl-Marx-Stadt, waren sportliche Typen und brachten genug Wagemut mit, glaubte er.

Sie versagten aber schon beim Anmarsch. Am Amselsee flachsten sie ein paar Mädchen voll und hatten plötzlich nichts Besseres im Kopf, als die gackernden Gänse über den See zu rudern. Leichte Beute, wie es schien, das raubte den beiden den Verstand.

Martin zog allein weiter, enttäuscht, ja beleidigt. Anmerken ließ er sich nichts. Primatenhaft, so ein Verhalten, dachte er. Dennoch lag ihm nichts ferner, als mit Atze und Leuchtturm darüber einen Streit anzufangen. Sie waren seine Freunde und wären sehr verwundert gewesen, hätte er sich mit ihnen angelegt, noch dazu wegen einer lächerlichen Weibergeschichte.

Sie kannten ihn als einen, der immer ruhig blieb, Konflikte nicht zuspitzte, sondern die Wogen zu glätten versuchte. Martin den Milden nannten sie ihn. Bei Streitfragen in der Seminargruppe schlug er sich nie eindeutig auf eine Seite. Für seine Angewohnheit, umständlich die eine wie die andere Position zu würdigen, war er geradezu berüchtigt.

Man müsse, so seine ständige Rede, das Für und Wider abwägen, beide Standpunkte unvoreingenommen prüfen. Viele Kommilitonen hielten das für eine Marotte und machten Witze über ihn. Wollten sie, dass er sich festlegte, endlich einmal klar Stellung bezog, gefiel es ihm umso mehr, die Sphinx zu spielen. Zwischen Ja und Nein lägen viele Abstufungen, sagte er gern, und dass die Sache zu kompliziert sei, um ihr mit allzu schlichten Lösungen beizukommen.

Das Fach Elektrotechnik, das er studierte, bot zum Glück wenig Raum für Auslegungen, die physikalischen Gesetze standen nicht im Ermessen der Lehrkräfte. Aber es gab eben Fächer wie Historischer und Dialektischer Materialismus, in denen er seinen Eigensinn pflegen konnte. Er wollte nicht als renitent oder gar widerständig gelten, das wäre ihm nicht gut bekommen, aber er las neben Marx auch andere Philosophen. Das versetzte ihn in die Lage, hier und da eine andere Meinung einzubringen, den süßen Einheitsbrei mit einer Prise Salz zu würzen.

Indes, ein Held war er nicht. Wurde es ernst, bei Prüfungen zum Beispiel, neigte er natürlich ohne Wenn und Aber den Positionen der marxistischen Klassiker zu, da konnte er mit Ambivalenz nicht punkten.

In seiner Art, sich nicht festzulegen, sahen die einen die Hohe Schule dialektischen Denkens, andere hielten seine Abwägerei für feiges Lavieren. Aber feige war er nicht. Sein kühnstes Stück leistete er sich bei Doktor Hruschka, der ihnen die Politische Ökonomie des Kapitalismus beizubringen versuchte. Als er ihnen das Gesetz über die tendenzielle Verarmung der Arbeiterklasse erklärte und wohl die meisten Kommilitonen anderes im Sinn hatten, nämlich die ungleich höheren Löhne der Arbeiter in Westdeutschland, von denen man allenthalben hörte, meldete er sich. Wie immer formulierte er seinen Einwurf kontrapunktisch: Man könne die Dinge zweifellos so sehen, wie Marx und Engels sie sehr überzeugend dargelegt haben, sagte er, aber von einem anderen Standpunkt betrachtet, zum Beispiel dem eines Arbeiters in der BRD ... Von wegen Verarmung!

Es bedurfte zweier FDJ-Versammlungen, um den Jugendfreund Martin Menne wieder auf klassenmäßige Positionen zurückzuführen. Viele aus seiner Seminargruppe sympathisierten im Stillen mit ihm oder klopften ihm sogar auf die Schulter, draußen vor der Tür, andere taten sich hervor, indem sie ihn wie vorgegeben der ideologischen Unklarheit ziehen. Er hatte also nicht nur Freunde. Doch sah er auch unter den eifrigen Polemikern keinen Eskimo, der ihn tödlicher Kälte aussetzen würde. So eisig war ihr Verhältnis nicht.

Hurra! Ein Dissident ist geboren!
Ich weiß nicht, was du willst. Ich musste mein Studium zu Ende bringen.
Aber in der Freizeit! Da flogen die Molotow-Cocktails!
Immerhin war mir die Stasi auf den Fersen.

Nicht zu glauben! Wieso das?
Nicht mir direkt, aber uns Bergsteigern.

Am 1. Mai grüßten sich die Kletterer im Gebirge eine Spur vertrauter als sonst. Das Augenzwinkern hatte seinen Grund: Jeder wusste vom anderen, dass er dummerweise verhindert gewesen war, an der machtvollen Kampfdemonstration teilzunehmen. Weil er den Stellplatz nicht gefunden oder sich in der Stellzeit geirrt hatte, ein plötzlich erkranktes Kind betreut werden musste, weil er gemeinsam mit den Kollegen der Ehefrau demonstriert oder sich schlicht den Fuß verknackst hatte. (Wichtig: am Tag danach den Kollegen eine dicke Bandage vorzeigen. Und hinken!)

Die Missgeschicke häuften sich, wenn der Feiertag auf einen Freitag oder Montag fiel und so das Wochenende verlängerte. Auch Perry kam gern, um sich statt dem Tschingderassa-Jubel der Stille der Berge hinzugeben. Er erklärte den 1. Mai regelmäßig zu dem, was er auch offiziell war: zum Kampftag.

Es war, wenn Martin sich recht erinnerte, im Jahr 1981, als der Kampf der Rohnspitze galt. Perry wollte den Reitzweg versuchen, eine VII c. Horst, ihr dritter Mann, hob die Augenbrauen, der Respekt vor den Hangelstrecken in zwanzig Meter Höhe war ihm anzumerken. Mit in der Luft baumelnden Beinen am Fels zu hängen behagte ihm nicht. Ein guter Anlass, ihn ein bisschen hochzunehmen, aber Jodl unterdrückte den Reiz, wollte ihn nicht weiter verunsichern. Vielleicht fühlte er sich nicht in Form, das kam vor.

Er hingegen sah die Sache gelassen, seiner Fingerkraft konnte er vertrauen. Zu Hause hatte er sich eine schmale Leiste unters Dach der Garage geschraubt, eine sechs Meter lange Trainingsstrecke, die er, nur an den Fingerkuppen hängend, hin und zurück bewältigte.

Als letzter Mann im Seil konnte er beobachten, wie Horst mit der Hangelei zurechtkam. Es sah gut aus. Der Bammel vor dieser Passage schien verflogen. Die Angst gehört zum Klettern, aber am Fels tritt sie zurück, da konzentriert man sich auf den nächsten Griff, den nächsten Schritt. Jodl und Horst waren sich einig: Sie wollten ihren Vorsteiger nicht enttäuschen. Was Perry schaffte, mussten sie auch zwingen.

Oben angekommen, löste sich die Anspannung. Tiefe Zufriedenheit breitete sich aus – und Stille. Es gehörte zum guten Ton, dass sie zwar wussten, was sie geleistet hatten, aber nicht darüber redeten. Martin vertiefte sich ins Gipfelbuch, in dem sie ihre Namen verewigten. Auf der ersten Seite fand sich ein Geleitwort, das sie gewöhnlich, der politischen Phrasen überdrüssig, überblätterten.

Mittlerweile aber gab es fast kein Gipfelbuch mehr, dessen erstes Blatt unversehrt war. Die Bergfreunde machten sich einen Spaß daraus, den gedruckten Text kreativ zu bearbeiten. So auch auf der Rohnspitze. Vom ersten Satz »Die Deutsche Demokratische Republik, unsere Heimat, und unsere Berge sind das, was wir lieben.« waren dank dicker Striche nur sieben Wörter übriggeblieben: »Die Berge sind das, was wir lieben.«

Martin nahm sich einen anderen Satz vor: »Bergsteiger müssen Kämpfer für den Frieden und Aktivisten der Arbeit sein.« Das fanden sie besonders blöd, auch Perry, der in seiner Klinik sicherlich zu den Aktivsten, vielleicht sogar zu den Aktivisten zählte. Jodl korrigierte, wie er es auch schon in anderen Gipfelbüchern getan hatte: »Bergsteiger müssen gar nichts.« Die ergänzenden Wörter krakelte er in Druckbuchstaben hin, die nach links kippten. Niemand sollte durch Schriftvergleiche dem Verursacher auf die Spur kommen. Denn die Sicherheitsbehörden waren eingeschaltet worden, das hatte sich herumgesprochen, die Stasi kletterte mit, ein zusätzlicher Anreiz.

Im Bergsteigerbund in Dresden flatterten ein paar Funktionäre wie aufgescheuchte Hühner und krähten völlig überzogen von Sudeleien staatsfeindlicher Elemente. Die Schmierereien, die sich eindeutig gegen den Sozialismus richteten, müssten eingestellt, die Täter ermittelt werden. Alle Bergsteiger waren aufgerufen, dabei mitzuhelfen. Eine großartige Idee.

Die beschmutzten Gipfelbücher wurden ausgetauscht. Ein hübsches Programm für die kletternden Genossen. Auf Dutzende Gipfel musste eine neue Kladde gebracht werden, dummerweise mit dem gleichen Geleitwort und den erwartbaren Folgen. Das Katz-und-Maus-Spiel ging weiter, die Mäuse wurden nie erwischt.

Willst du wissen, wie ich das nenne? Verharmlosung der Stasi.
Meinetwegen. Wir hatten keine Angst vor denen. Man konnte die Jungs leicht ins Leere laufen lassen, wenn man vorsichtig war.
Besser noch, wenn man schön die Schnauze hielt.
Das kannst du mir nicht unterstellen. Ich habe sogar mal einen kritischen Leserbrief an das Zentralorgan der Partei geschrieben.
Mutig.
Unter falschem Namen natürlich. Und auf einer Schreibmaschine, die ich zum Müll bringen sollte, ein Typenhebel war abgebrochen, meine Schwiegermutter konnte sie nicht mehr gebrauchen. Aber so eine Wegwerfmaschine war ein kleiner Schatz. Die Stasi untersuchte nämlich bei

provokativen Manuskripten genauestens das Schriftbild, um die zugehörige Maschine und ihren Besitzer ausfindig zu machen. Nachdem mir die Rheinmetall einen letzten Dienst erwiesen hatte, habe ich sie gegen Mitternacht im Rucksack bei Sturm und Regen zum »Blauen Wunder« getragen und in der Elbe versenkt.
Ich bin gespannt. Den Brief an das »Neue Deutschland« hast du doch aufgehoben?
Selbstverständlich. In einer Blechkiste, vergraben in meiner Werkstatt, zusammen mit der ND-Ausgabe, die mich mit ihren 62 Honecker-Fotos aus der Fassung gebracht hatte.

Liebe Redaktion!

Die Leipziger Messe liefert erneut den Beweis, dass unsere sozialistische Republik zu den führenden Industrienationen der Welt zählt. Dort sind Spitzenleistungen aus Wissenschaft und Technik zu sehen, wie sie nur im Sozialismus gedeihen und auf die wir alle stolz sein können.

Wie ich dem ND-Bericht vom Eröffnungstag der Messe entnehme, ist es dank der Schöpferkraft unserer Werktätigen, geführt von der Partei der Arbeiterklasse, gelungen, ein weltweit einzigartiges Produkt zu entwickeln, das absolutes Weltniveau darstellt und deshalb von der Redaktion sehr zu Recht gleich 62-mal ins Bild gesetzt wurde. Das macht uns keiner nach! Das Modell Erich, in Leipzig von Gästen aus vielen Ländern bewundert, wird sicher auch im nichtsozialistischen Wirtschaftsgebiet Abnehmer finden. Sein Export wäre ein entscheidender Beitrag zur weiteren Stärkung unseres Landes und zum Wohle des Volkes.

Norbert Bürger, Ingenieur, Karl-Marx-Stadt

PS: Wie klein einer ist, zeigt sich am besten, wenn er sich feiern lässt. Ich musste an das beliebte Spielchen mit Kleinkindern denken. »Wie groß ist das Mäxchen?« Und Mäxchen reißt die Arme hoch: »Sooo groß!«

Hast du ihn abgeschickt, den Brief?
Na klar, ich bin extra nach Bischofswerda gefahren und hab ihn dort eingesteckt, um eine falsche Fährte zu legen.
Raffiniert.
Und das »Neue Deutschland« hat den Brief sogar abgedruckt.
Nein! Das glaube ich nicht.
Doch. Allerdings nur die ersten zwei Sätze.

Unterwegs 11

Der Wetterbericht für den Süden Deutschlands verheißt auch für morgen angenehme sommerliche Temperaturen, es bleibt niederschlagsfrei.

Die sonore Stimme des Radiomoderators kündigt an, in der folgenden »Sprechstunde Gesundheit« werde es um das Thema Depression gehen, eine psychische Störung, die etwa jeder zwanzigste Mensch in Deutschland im Laufe seines Lebens erleide. Zu Gast im Studio sei Professor Doktor ...

Isolde knipst das Radio aus. Sie will von Depressionen und Leidensdruck nichts hören, vom Leiden der Angehörigen redet sowieso keiner. Eine Krankheit, die kaum zu heilen ist, das weiß sie von ihrem Psychiater, die Ärzte doktern mit einigen Mittelchen herum, Versuch macht kluch, wie ihre Oma immer gesagt hat. Manchmal gelingt es den Seelenklempnern, die Schwermut zu dämpfen, unter der Decke zu halten, therapieren können sie sie nicht.

»Das interessiert mich«, sagt Martin. Er schaltet das Radio wieder ein.

Hörer rufen an, Betroffene oder deren Partner suchen beim Professor wenn nicht Fernheilung, so doch Bestätigung und Zuspruch. Der rät vorsichtig zu weiteren Konsultationen, man könnte noch dies untersuchen, jenes probieren, vielleicht würde auch dies oder das helfen. Viel Erhellendes erfahren die Patienten nicht, manche bedanken sich beim Herrn Professor dennoch überschwänglicher, als es von Lazarus bei Jesus überliefert ist.

Ein Hörer bringt die Suizidgefahr ins Gespräch. Ja, sagt der Experte, das Risiko sei hoch, fast jeder zweite an Depression erkrankte Patient versuche sich das Leben zu nehmen, fünfzehn Prozent von ihnen, wenn man das so sagen dürfe, mit Erfolg.

Nun dreht Martin am Knopf, schneidet dem Professor das Wort ab. Er und Isolde blicken stumm geradeaus, beide hängen ihren Gedanken nach.

Minne durch Gesang

Klemmt es bei dir schon wieder? Her mit dem nächsten Kapitel!
Tut mir leid. Noch nicht fertig.
Mein Gott! Hätten Goethe und Schiller so gebummelt – die Klassik wäre ausgefallen.
Die sind auch kaum so beansprucht worden von ihrer Familie. Du ahnst nicht, wie oft Isolde mich mit banalem Quatsch beim Schreiben stört.
Kein Respekt vor der Dichtkunst.
Ich kann mir nicht vorstellen, dass Christiane in Weimar verlangt hätte: »Keine Ausflüchte, Johann Wolfgang! Heute wird der Garten umgegraben. Der Pferdemist muss in die Beete.« Oder der Rainer Maria wäre von seiner Frau angeherrscht worden: »Schluss mit den Versen! Dichte erst mal den Wasserhahn ab!«
Von Katia Mann ist allerdings überliefert, sie habe gezetert: »Komm mal her, Thomas! Wie sieht es denn hier aus? Das Bett nicht gemacht, kein Fenster geputzt, und Staub gesaugt hast du auch nicht. Immer drückst du dich vor der Arbeit!«
Das kenne ich. Für Ehefrauen ist Schreiben keine Arbeit.
Sei's drum, andere Autoren waren produktiver als du.
Ich bin so langsam, weil ich zu viel denke beim Schreiben.
Man merkt sie deinem Text gar nicht an, die vielen Gedanken.
So soll es sein.
Du trödelst, und ich muss sehen, wie ich die Lücken fülle. Aber man hilft ja gern. Vielleicht etwas Gehaltvolles über deine Vorfahren?
Himmel! Als hätten wir nicht schon genug überflüssige Seiten. Rückblenden ins Mittelalter – ich bitte dich!
Wir sind bereits im frühen 19. Jahrhundert. Schon damals gab es einen Dichter in deiner Familie: Jakob Menne, er war ein Enkel des fahnenflüchtigen Hessen, von dem ich dir erzählt habe. In Weimar lebte noch der letzte Klassiker, aber die Romantik eroberte die Herzen und knabberte an ihnen.
Berühmt ist er anscheinend nicht geworden, mein Vorgänger.
Der erste dichtende Menne sang von Mord und Totschlag und natürlich von der Liebe, war ja Romantiker, vielleicht ein bisschen zu romantisch. Ohne Kitsch ging es bei ihm nicht. Anders als du musste er von der Dichtkunst leben.

Oh, schwierig.
Ja, sein Vater hatte ihn aus dem Bauernkaten herauskomplimentiert. Die Hufe Acker hinterm Haus nährte die große Familie nicht.
Und da hat er sich in die Literatur gestürzt? Mutig.
Na ja, Literatur ... Die Richtung vorgegeben hatte ihm sein Vater.
Der Bauer? Seit wann hat ein Landmann einen Draht zur Schriftstellerei?
Über Umwege. Ein Onkel, gern gesehener Gast auf allen Jahrmärkten der Umgebung, war gestorben und hatte eine Drehorgel hinterlassen, mit der keiner etwas anzufangen wusste. Jakobs Vater gab der Witwe ein paar Münzen dafür. Der Leierkasten, zusammen mit der guten Stimme seines Sohnes, da könnte was gehen, dachte er.
Und? Ging was?
Gewiss. Ich schreibe dir auf, wie es der Bauernlümmel Jakob mit Hilfe der Poesie geschafft hat, zum ehrbaren Bürgersmann aufzusteigen. So konnte dieser Strang der Familie Menne – deine Linie! – die Plackerei auf den Feldern für immer hinter sich lassen. Du solltest ihm dankbar sein.
Ich werde mich bemühen.

Zum zweiten Mal hintereinander ist der Moritatensänger Jakob Menne Gast auf dem Mittwochsmarkt in B. – entgegen seinem Prinzip, frühestens nach vier Wochen an den gleichen Ort zurückzukehren, und dann mit neuem Repertoire. Er ist auch nicht, wie gewöhnlich, nach einer Nacht in Stall oder Scheune auf dem Pferdewagen eines gutmütigen Bauern in die Stadt eingefahren, sondern hat am Vorabend im Gasthof »Zum weißen Hirschen« erst aufgespielt, dann Logis genommen, und er hofft, dass sich dies herumspricht auf dem Markt: Ein ordentlicher Poet und Sänger ist angereist, kein Hungerkünstler.

Jakobs frühe Rückkehr hat ihren Grund nicht so sehr in der Spendierfreudigkeit der Bürger, die dank der Lage ihrer Stadt ziemlich wohlhabend sind; hier kreuzt eine Nord-Süd-Verbindung die alte Salzstraße, auf der jetzt vor allem Tuche und Töpferwaren bewegt werden. Nicht das Geld zog den Künstler erneut nach B., ihn trieb die Sehnsucht nach einem geheimnisvollen Geschöpf, einem Mädchen, das ihm am letzten Markttag andächtig gelauscht hatte, das ganze Programm von vorn bis hinten und dann dasselbe gleich noch einmal. Sie war nicht gewichen, bis er seinen Auftritt beendet und seinen Kram zusammengepackt hatte.
Er hatte wie immer mit einem Blick in ferne Welten begonnen:

Wenn drunten, fern in der Türkei,
die Völker aufeinanderschlagen,
dann ist uns dies meist einerlei,
es geht ja andern an den Kragen.
Indes, das Elend ist zwar weit,
doch sollten wir uns nicht verschließen,
wenn böse Menschen bringen Leid,
gar manchen frommen Mann totschießen ...

Und so weiter. Im Anschluss an die braven Berichte aus der Moralei hatte sich Unterhaltung bewährt, Skurriles und Extraordinäres, Ratsch und Tratsch aus der Region, Familiennachrichten, gerne auch kleine Skandale. Manchmal lockerte Jakob der Sänger mit einer romantischen Ballade über Lust und Leid die Stimmung auf, bevor er zu den härteren Sachen überging, den beliebten Moritaten über Räuber, Mörder und andere Missetäter.

All das hatte das wunderschöne blonde Kind mit offenen Augen (und zeitweise offenem Mund) zwei Mal über sich ergehen lassen, nein, genossen hat sie es. Sie war sicherlich kein Dienstmädchen, unterwegs, Kartoffeln und Gemüse zu besorgen. Die Kleidung verriet, dass sie dem gehobenen Stande angehörte, der Rock aus edlem Tuch, das wusste er zu unterscheiden, das Brusttuch aus feiner Seide. Ein Korsett trug sie nicht, ihre Figur bedurfte keiner Aufbesserung.

Mehr noch als ihre ansehnliche Erscheinung gefiel Jakob, wie sie seine Kunst zu würdigen wusste. Das hatte er noch nie erlebt: Gleich zwei Mal kam sie nach vorn und belohnte ihn mit einer mehr als milden Gabe. Dazu mit Blicken, die ihm durch Mark und Bein gingen. Ihr Lächeln war mild und scheu, viel feiner als das der Bauernmädchen, die ihre Zuneigung gewöhnlich deutlicher zeigten. Die galt auch weniger seiner Dichtung.

Nun endlich der Durchbruch! Die Seligsprechung seines Gesangs auf dem Markt in B. Weiß Gott, nichts berührt einen Künstler mehr als ein kunstsinniger Mensch, der ihn bewundert.

Nach seinem Auftritt setzte Jakobs Herz seine Beine und sein Mundwerk in Bewegung, überall an den Marktständen suchte er nach Leuten, die etwas zu sagen wussten über jenes zauberhafte Wesen.

Als er am Abend die Stadt verließ, sanft schaukelnd, denn er war samt Leierkasten auf einem Ochsenkarren gelandet, drehten sich alle seine Gedanken um dieses Mädchen. Jungfer Christiane hieß sie, war die Tochter des Stadtbaumeisters, dem das schönste Haus am Markt gehörte.

Sie käme, wie er gehört hatte, nach ihrer Mutter, die viele Stunden des Tages mit Büchern, dem Klavierspielen und ähnlich nutzlosem Tun verbringe und obendrein regelmäßig zur Hausmusik einlade. Außerdem führe sie einen Salon, der jeden Samstagabend die Honoratioren der Stadt zum Jour fixe versammele, gerüchtweise mit dem Ziel, ihre Tochter Christiane an einen wohlhabenden Mann zu verkuppeln.

Aber die Jungfer sei eigenwillig, erst kürzlich habe sie den Sohn des Bürgermeisters schroff abgewiesen, obwohl ihr Vater sie inständig gebeten, ja fast genötigt habe, in diese Liaison einzuwilligen. Widerborstig wie die Mama sei die Demoiselle. Wahrscheinlich stecke die Mutter hinter dem Hochmut, der Dame gebreche es an Ehrfurcht selbst vor ihrem Ehemann. Öffentlich habe sie ihn einen Kunstbanausen genannt, dem der Sinn für das Ätherische abgehe. So sei ihre Rede gewesen.

All dies bedenkend, ahnte Jakob Menne, womit er das Mädchen für sich einnehmen könnte. Er musste eine Ballade verfassen, handelnd von einer wie Christiane, die tüchtig und klug ist und ohne Respekt vor Respektspersonen.

Er hat fleißig gedichtet, nun ist er wieder da, direkt unter ihren Fenstern hat er seine Drehorgel aufgestellt. Vom blauen Himmel strahlt die Sonne, die Marktstände sind übervoll, der Herbst hat den Bauern eine reiche Ernte beschert, sie sind guter Dinge. Er könnte mit seinem Spiel beginnen, wartet aber noch. Sie müsste ihn schon bemerkt haben. Er wagt es nicht, hochzuschauen zu den Fenstern des Hauses.

Vorsichtig dreht er die Leier, die ersten Töne locken Neugierige an. Endlich tritt auch sie vor die Tür, begleitet von einer älteren, ebenfalls sehr adretten Person. Wahrscheinlich ihre Mutter, denkt Jakob und ist gleich doppelt aufgeregt. Nicht ohne Grund, denn beide gehen nicht etwa ihrer Wege, sondern reihen sich ein in sein Publikum.

Jetzt gilt es! Jakob stoppt kurz die Leier und kündigt sein neues Werk an, die »Ballade von der tapferen Jungfrau Juliana«. Christiane hatte es heißen sollen, aber das schien ihm doch zu gewagt.

Er kurbelt los, ein bisschen zu hastig vielleicht, die Stimme anfangs noch unsicher, doch bald fest und klar:

Es lebt' eine Jungfer am Rheine,
die war so begehrt wie sonst keine,
Juliana war schlau,
ein Bild von 'ner Frau.
Sie blieb aber trotzdem alleine.

Es kamen der Jünglinge viele
zum Vater des Weibs mit dem Ziele,
zu freien die Maid
und dann allezeit
zu bieten ihr Brötchen und Spiele.

Strophe für Strophe schildert Jakob Menne, wie Jungfer Juliana allen Bewerbern den Laufpass gibt, auch dem Sohn des Bürgermeisters (»dick, dumm und arrogant«) und dem Filius des Pfarrers (»Ich höre mir nicht gerne Predigten an.«). Währenddessen lässt der Sänger die beiden Frauen nicht aus den Augen. Christiane hat die Hand ihrer Mutter erfasst, immer wieder schaut sie zu ihr hinüber, sucht in ihrem Gesicht nach Zeichen der Bewunderung für den Dichter. Frau Stadtbaumeister zeigt keine Regung. Jakob legt noch mehr Inbrunst in seine Stimme.

Ihr Vater, ein recht armer Bauer,
er wurde allmählich sehr sauer.
Er herrschte sie an:
Nimm endlich 'nen Mann!
Du hockst hier bei uns nicht auf Dauer!

Den Wink mit dem Zaunpfahl verstand sie
und heimlich die Nacht drauf verschwand sie.
Sie hatte kein Geld,
zog hin in die Welt.
Der Vater sie offen der Schand' zieh.

Sie fand einen Trupp Komödianten,
die spielten am Markt vor Passanten
ein lustiges Stück
von Liebe und Glück.
Und sie ihr Talent schnell erkannten.

So ging sie mit ihnen auf Reisen
und hatte erst mal was zu beißen.
Mit ihrer Figur,
die Augen azur,
verstand sie im Lichte zu gleißen.

In den nächsten Versen bahnt sich Schicksalhaftes an. Ein in Lumpen gekleideter Bettler, Hans geheißen, begleitet die Theatertruppe von Ort zu Ort, ein Bewunderer ihrer Kunst, vor allem Juliana himmelt er an.

Die Maid spürt' sein zärtliches Fragen
sehr wohl und nahm's auf mit Behagen.
Er war nett und scheu,
sie zog ihn ins Heu
und liebte ihn, ohne zu zagen.

Zum ersten Mal zeigt sich ein vages Lächeln im Gesicht der Mutter. Hurra! Nun müssen schleunigst Moral und Anstand einziehen in das Leben der Liebenden. Jakob hat die passenden Verse geschmiedet: Auf der Suche nach einem ehrbaren Job bewirbt sich Juliana am Hofe, wird Kammerzofe der Königin. Auch ihr Liebster gibt das Betteln auf, er verdingt sich als Knecht auf den herrschaftlichen Feldern.

Christiane, die Gute, faltet die Hände und drückt sie fest gegen die Brust, sie dankt dem lieben Gott (dankt mir, denkt Jakob) für die glückliche Wendung.

Der Hans wurd' gebraucht auf dem Acker.
Die Feldarbeit, sagt' er, die mag er.
Er kniete sich rein,
der Beste zu sein
und schlug sich als Knecht dort sehr wacker.

Die Königin fand warme Worte:
Ein Mann von der besseren Sorte
schien ihr dieser Hans.
Der Mann, ja, der kann's,
der sei hier am richtigen Orte.

Dem Glück jedoch folgt' das Debakel,
es warf auf den Liebsten 'nen Makel:
Der Maier vom Gut
zog vor Hans den Hut
und beugte sich tief – ein Mirakel!

Der wundersame Vorgang wird aufgeklärt: Hans, der geliebte Ackerknecht, ist in Wahrheit der Prinz! Er hatte sich als Bettler verkleidet, um ein kluges und ehrliches Mädchen aus dem Volke für sich zu gewinnen, eine wie Juliana.

Juliana konnt' lange nicht sprechen.
Die Täuschung, sie war kein Verbrechen.
Die Folgen jedoch
wär'n für sie ein Joch.
Sie spürte, sie musst' mit ihm brechen.

Christianes Entsetzen ist nicht zu übersehen. Die Mutter hat den Arm um ihre Schulter gelegt. Das gefällt dem Sänger, er weiß, dass das Mädchen Trost brauchen wird.

Zu herrschen, das würd' sie empören,
möcht' lieber die Schlösser zerstören.
Es war ihr ein Graus.
Drum sprach sie es aus:
Sie wollt' zum System nicht gehören.

»Dein Titel bedeutet mir wenig,
nach Reichtum mitnichten ich sehn' mich.
Der Mann auf dem Feld
galt mehr mir als Geld,
ich liebte den Hans, nicht den König.

Du kannst all die Nöte nicht lindern
von Alten, von Frauen und Kindern.
Zu leben in Braus,
wo Hunger zu Haus,
das könnt' ich am Hof nicht verhindern.«

So sprach sie und trat aus der Sonne,
gab hin ihre Liebe und Wonne.
Der Prinz lauthals greint,
auch sie heftig weint,
tat enden ihr Leben als Nonne.

Mit einem Schluchzer aus dem Leierkasten beendet Jakob Menne seine Ballade. Er sieht (und sieht es gern), wie gerührt die Umstehenden sind, vornehmlich die Frauen. Tränen fließen in die Schnupftücher.

»Ist er nicht wunderbar?«, schnäuzt sich Christiane.

»Ein fabelhafter Barde, fürwahr«, pflichtet die Mutter ihr bei, »von niederem Stand, aber eine vortreffliche Person.«

Sie kennt von Goethe nicht viel, trotzdem ist sie sich sicher: »Den Endreim beherrscht der Geheimrat nicht besser. Ich bezweifle sogar, dass der Alte in Weimar jemals so schöne Limericks gedichtet hat.«

Arm in Arm haben die beiden Frauen eine Bank im Schatten einer Linde erreicht, etwas abseits vom Markttreiben. Hier können sie sich in Ruhe dem Werk des Sängers widmen.

»War sie nicht wundervoll traurig, die Ballade! Ich möchte heulen vor Glück.«

»Das Tragische, mein Kind, ist das Kennzeichen aller wahren Kunst. Wie leicht hätte er die Geschichte zu einem romantischen Ende führen können! Aber er weigert sich, die sozialen Unterschiede zu verwischen und die Widersprüche mit einer kitschigen Soße zuzukleistern. Dafür sollten wir ihn lieben.«

»Ja, nicht wahr. Und wie er uns Frauen versteht!«

»Gewiss, Liebstes, aber die Zeit ist noch nicht reif für die Emanzipation. Ein Vorreiter ist er, das steht außer Zweifel, doch klug genug, um Reizwörter zu vermeiden. Gleichberechtigung erwähnt er gar nicht, und auch die Selbstverwirklichung ist für ihn kein Thema.«

»Aber bei ihm könnte man sich selbstverwirklichen, da bin ich sicher.«

»Mir imponiert, wie schön er herausgearbeitet hat, dass das Patriarchat am Ende ist. Die Macht, verkörpert durch den Prinzen, ist schwach, die Frau aus der Unterschicht bestimmt den Weg, ist ethisch-moralisch überlegen. Wie nebenbei, als wäre es selbstverständlich, schildert der Dichter, wie sie vorangeht und ein selbstbestimmtes, ja man kann sagen ein sinnenfrohes Leben führt. Natürlich muss ihre Liebe scheitern, der gesellschaftliche Boden, auf dem sie gedeihen könnte, ist noch nicht bereitet. Aber auch wenn sie traurig endet – diese Ballade ist ein machtvoller Impuls für die künftige feministische Bewegung.«

Christiane lässt einen langen Seufzer hören. »Ach, wie gern würde ich mit ihm kämpfen, für die Rechte der Frauen und so.«

Die Mutter schaut ihr in die Augen. »Mir scheint, meine Kleine ist verliebt«, sagt sie. »In einen fahrenden Sänger! Das dürfte den Vater kaum erfreuen.«

»Aber man muss doch sein Schicksal selbst in die Hand nehmen! Hast du immer gesagt.«

»Gut, dann lauf und sieh, ob du ihn noch erwischst. Sag ihm, ich erwarte ihn um drei zum Tee.«

Hör auf, Hanni! Mir reicht's.
Jetzt wird's aber erst spannend.
Die Story willst du doch einem vernunftbegabten Leser nicht ernsthaft zumuten?
Was heißt zumuten?
Hier sprechen nicht zwei Frauen aus dem Biedermeier, hier kühlt ein Macho des ausgehenden 20. Jahrhunderts sein Mütchen an den Feministinnen, das merkt doch jeder.
Na und? Vielleicht hatten sie solche Wörter nicht drauf, aber die Ideen waren schon in den Köpfen.
Klar, sächsische Bürgerweiber haben Karl Marx antizipiert, und ein Bänkelsänger hat dem faulenden Feudalismus die Totenglocke geläutet.
Du immer mit deinem Anspruch, alles müsse vernünftig und logisch sein. Jakob Menne war nicht vernünftig, er hat sich von Gefühlen hinreißen lassen, etwas, was dir fremd ist, er hat an das Unmögliche geglaubt und am Ende ein Frauenzimmer gewonnen, das für einen Mann seines Standes nicht bestimmt war.
Glückwunsch!
Die Ballade war eine Investition, die wunderbare Rendite abgeworfen hat. Die Kunst kann das Leben verändern, hier hast du den Beweis. Du wirst staunen, wie die Geschichte weitergeht.
Das kannst du sonst wem erzählen, nicht mir.
Okay, mach ich.

Noch ist der dritte Schlag der Kirchturmuhr nicht verhallt, da klopft Jakob Menne an die Pforte des Patrizierhauses. So wie Christiane ihm die Einladung überbracht hat, mit hochrotem Kopf, wartet er nun auf Einlass, sichtlich nervös, die Mütze in der Hand.

Er hat, um ein ordentliches Bild abzugeben, die letzte Stunde genutzt und am Brunnen im Hof des »Weißen Hirschen« die Aufregung mit reichlich Wasser abzukühlen versucht, doch kaum hatte er sich abgetrocknet, brach ihm wieder der Schweiß aus allen Poren. Der Wirt, der verwundert nach dem Grund der Reinlichkeitsattacke fragte, lieh ihm für das Rendezvous großzügig ein sauberes, helles Leinenhemd, als Pfand nahm er den Leierkasten.

Der Herbsttag ist angenehm mild, für Jakob aber eindeutig zu heiß, über Bauch und Rücken streben kleine Rinnsale zum Hosenbund. Endlich wird die Tür geöffnet. Es ist nicht Christiane. Ein Stubenmädchen bringt ihn zur Frau Stadtbaumeister.

»Ah, der fahrende Sänger!«, empfängt sie ihn. Die Hand reicht sie ihm nicht. »Wie war doch gleich Ihr Name?«

»Menne, Jakob Menne.«

»Ich freue mich, Ihre Bekanntschaft zu machen, Herr Menne.«

Verwirrt verbeugt sich Jakob, die Mütze ans Herz gedrückt. So gestelzt hat ihn noch nie jemand begrüßt.

»Bitte folgen Sie mir in den Salon.«

Gesenkten Hauptes stapft er hinter ihr her, wagt den Blick nur bis in Höhe ihres Hintern zu heben, ohne ihn, wie es normal wäre, einer Beurteilung zu unterziehen.

Sie weist ihm einen gepolsterten Stuhl zu, nimmt selbst auf einem Fauteuil Platz und gießt dampfenden Tee in niedliche Tässchen, das Porzellan so dünn, dass Jakob fürchtet, es könnte dem Druck seiner Pranke nicht standhalten.

»Möchtest du Zucker?«, fragt sie. Sie sind jetzt allein, und die Herrin wechselt zum Du.

Jakob schüttelt den Kopf.

»Ist es richtig, was ich höre? Du machst meinem Fräulein Tochter schöne Augen?«

»Hm«, brummt er und erschrickt. Ist diese Antwort vielleicht unwillkommen?

»Ich habe Christiane gesagt, ich werde sie hinzubitten, wenn ich es für angebracht halte. Zuerst möchte ich mit dir über deine Kunst reden.«

»Ja«, sagt Jakob. Seine Hand umkrampft die Mütze auf seinem Knie.

»Für einen Sänger bist du ziemlich still.«

»Ja.«

»Komm, schau mich an, du musst dich nicht verstecken, bist doch ein hübscher Kerl.«

»Ja«, sagt er und blickt ihr kurz in die Augen. Sie sind groß und blau wie die Augen Christianes, und sie lächeln.

»Interpretiere ich deine Ballade richtig, wenn ich herauslese, dass du in der Frau ein eigenständiges, dem Manne gleichgestelltes Wesen siehst?«

Jakob nickt zaghaft. Er versteht sie nicht ganz, ahnt aber, dass Zustimmung erwünscht ist.

»Die Selbstverwirklichung der Frau ist eine Aufgabe, für die in unserer Gesellschaft erst noch die Voraussetzungen geschaffen werden müssen.«

Der Einfachheit halber nickt Jakob weiter. Lauter neue Wörter. Selbstverwirklichung – was soll denn das sein? In unserer Gesellschaft – meint sie ihre Teerunde mit ihm?

»Du musst wissen, dass Christiane großen Wert auf ein selbstbestimmtes Leben legt. Du würdest ihr dabei doch nicht im Weg stehen?«

Jetzt scheint es ihm geraten, den Kopf zu schütteln.

»Mir hat wunderbar gefallen, wie umstandslos die Juliana in deiner Ballade den Hans ins Heu gezogen hat, ohne falsche Scham, ohne Skrupel. Sexuelle Selbstbestimmung ist ganz wichtig. Du weißt, was sexuelle Selbstbestimmung ist?«

Zum ersten Mal weiß Jakob nicht, wie er reagieren soll. Er macht ein Gesicht, als versuche er sich zu erinnern.

»Ich kann es dir zeigen«, sagt sie. Ihre Stimme hat sich plötzlich verändert, ist sanfter geworden, gleicht einem Flüstern, das etwas Geheimes ankündigt. Sie legt ein Bein auf seine Oberschenkel, ihre Zehen erweisen sich als überaus lebendig, der Schritt in den Schritt ist kurz.

»Du kennst doch den Spruch: Der Weg zur Tochter führt über die Mutter?«

Jakob nickt unsicher. Er denkt noch darüber nach, was damit gemeint sein könnte. Zeit zum Grübeln bleibt ihm nicht. Ihr Bedürfnis, sich in gelehrter Rede zu ergehen, endet abrupt, stattdessen rafft sie ihre Röcke bis zur Taille, setzt sich auf seinen Schoß und beginnt zu schnaufen, wie Jakob es bisher nur von Bauernweibern kannte.

Wieder bei Besinnung, streichelt sie seine Wange. »Gut, mein Junge, sehr gut«, sagt sie und greift vom Tisch die Servietten, deren Zweck sich Jakob nun erst erschließt. Nach einigen geübten Griffen, die Routine verraten, lässt sie die feuchten Leinentücher in einer Buckeltruhe verschwinden.

Vor dem Spiegel richtet sie ihr Haar und registriert mit einem Seitenblick, dass auch Jakob die manierliche Kleiderordnung wieder herstellt. Nachdem sie das Fenster weit geöffnet und unverbrauchte Luft eingelassen hat, drückt sie Jakob zum ersten Mal ihre weichen Lippen auf den Mund und fragt, ob sie nun nach Christiane rufen lassen solle.

Nein, soll sie nicht.
Mir scheint, du magst meine Geschichte nicht. Die ja, bei Lichte besehen, deine Geschichte ist.
Und mir scheint, du hast erzählt, was dir zu erzählen wichtig war, auf deine hinlänglich bekannte Art. Jetzt kann nicht mehr viel kommen, höchstens deine Fassung von der ersten Nacht mit Christiane, wieder schlüpfrig bis zum Anschlag.
Oh, du irrst. Jetzt geht es erst mal gegen die Männer. Christiane und ihre Mutter wollen Jakob von der Straße holen und seinen Leierkasten einmotten. Dazu brauchen sie den Herrn des Hauses.
Und der sträubt sich. Musst du hier nicht ausbreiten, kann ich mir denken.
Aber wie sie den skeptischen Stadtbaumeister weichklopfen! Er habe sich doch immer einen Sohn gewünscht, flötet Christiane, vielleicht könne auch ein Schwiegersohn in seine Fußstapfen treten, sein Werk fortführen. Und die Mutter: Der junge Mann sei stark und willig, mit den Händen geschickt (sie hatte es ja getestet), wenn er erst mal das Handwerk der Maurer und Zimmerleute erlernt habe, könne er bestimmt auch schöne Häuser entwerfen – Künstler, der er sei.
Und so kam es dann.
Ja. Der Übermacht der Weiber war der Baumeister nicht gewachsen, in seinem Hause war das Patriarchat am Ende.
Bitte erspare mir weitere Einzelheiten. Mir genügt die Kurzfassung. Jakob war der erste Menne, der in der Stadt Fuß fasste und eine Traditionslinie von Handwerkern begründete, die bis ins Heute reicht.
Wie prosaisch!

Unterwegs 12

Martin hört Nachrichten, wie immer. Bei einer Meldung hebt er den Zeigefinger, schiebt ihn nach links an die Windschutzscheibe, in Isoldes Gesichtsfeld. Pass auf, soll das heißen, es geht dich an:

Über zwei Millionen Schulbücher aus der Bundesrepublik werden in diesen Tagen an die 6500 Schulen der DDR ausgeliefert. Darüber informierte Bildungsminister Jürgen Möllemann in Bonn. Für den Transfer der Lehrbücher wurden drei Millionen D-Mark aus dem Nachtragshaushalt des Bundes bereitgestellt.

»Nun freue dich, Lehrerin! Du darfst umlernen!«

»Quatsch«, entgegnet Isolde, »was soll sich in Bio und Chemie schon ändern?«

Sie sagt, was sie vor wenigen Wochen gedacht hat. Inzwischen weiß sie es besser, will aber der Schadenfreude ihres Mannes keine Nahrung geben. Er war schon genug hergezogen über die Lehrer für Staatsbürgerkunde, die sich nun in ihr Zweitfach stürzten und so taten, als sei das Politgequassel nur ein belangloser Nebenerwerb gewesen.

Vom Kollegen Franke, der frech auf bundesdeutsche Gesellschaftskunde umsteigen will (»Man muss flexibel sein.«), hat sie ihm wohlweislich nichts erzählt. Ebenso wenig vom in die Krankheit geflüchteten Direktor, dem scharfen Hund, der jede Kleinigkeit zu einem ideologischen Problem aufgebauscht und ständig Klärung im Kollektiv gefordert hatte, peinliche Unterwerfungsrituale der Betroffenen eingeschlossen. Dass dieser Mensch die Quittung bekommt, ist in Ordnung. Leid tun ihr dagegen die beiden Russisch-Lehrerinnen, die umschulen müssen und sich jetzt verzweifelt für Englisch abstrampeln. Als sei die russische Sprache kontaminiert, vergiftet von der Politik, alle meiden sie.

Über jeden Zweifel erhaben ist auch Isolde nicht. Es hängt ihr an, dass sie Mitglied der Partei gewesen ist. Wie die Hälfte ihrer Kollegen: einst Avantgarde, jetzt das Hinterletzte – allzu arg schwingt das Pendel zurück, findet sie. Bisher haben die Genossen die Richtung vorgegeben, nun kehren sich die Verhältnisse um, einige graue Mäuse aus dem Kollegium sind auf Krawall gebürstet, gerieren sich plötzlich als heimliche Widerständler. Rückwirkend basteln sie an ihrem Selbstbild, modeln die Vergangenheit. Die vorgeblich Aufrechten, es sind die Aufrichtigsten nicht. Ihr Funktionieren im sozialistischen Schulsystem wird nicht erörtert.

Isolde ist bis jetzt verschont geblieben von dem Gift, das im Lehrerzimmer verspritzt wird, Bio und Chemie stehen nicht im Fokus der spätberufenen Dissidenten.

Die erste Aufregung hat es gegeben, als ein Entwicklungshelfer aus Bayern auftauchte. Kurz vor dem Ende des Schuljahres waren alle Biologie-Lehrer aus der Neustadt zu einem Vortrag zusammengerufen worden, Weiterbildung mit einem eigens aus dem Westen herbeigeeilten Gast.

Eine Lichtgestalt war dieser Doktor Herrmann nicht, zu klein, zu rund, zu wenig Haare, dazu das verkniffene Oberlehrergesicht, als Mann eher ein Albtraum, und als Dozent, wie sich bald herausstellte, auch.

Doktor Herrmann begrüßte seine Zuhörer, 22 Frauen und einen Mann, was ihn gleich zu der launigen Bemerkung veranlasste, dass die Schule im Osten, wie man sehe, weitgehend entmannt sei. Leider, müsse man sagen, denn Kinder bräuchten für ihre gesunde Entwicklung nicht nur weibliche Fürsorge, sondern auch eine starke führende Hand.

Verwundert schauten sich die Lehrerinnen an. Einem, der von Manneszucht zu reden wagte, waren sie noch nie begegnet.

Der Referent meinte, dieses offensichtliche Manko der DDR führe auf direktem Wege zu seinem Thema. Die Verhaltensbiologie, sagte er, sei an den ostdeutschen Schulen sträflich vernachlässigt worden. Konrad Lorenz, dozierte der Emissär, sei den Kollegen wahrscheinlich ein Begriff, aber man müsse auch Irenäus Eibl-Eibesfeldt und die neueren Entwicklungen der Ethologie kennen.

Er holte weit aus, begann mit Buntbarschen, ovophilen und larvophilen Maulbrütern, sprach von Mutterfamilien, so genannt, weil sich vorwiegend die Weibchen um die Brutpflege kümmern, bei Nannacara aureocephalus oder Nanochromis transvestitus zum Beispiel. Doktor Herrmann verbreitete sich über Elternfamilien, in denen – wie beim Segelflosser Pterophyllum scalare – beide Eltern die Jungfische aufziehen, gegen Fressfeinde verteidigen und die Nahrung vorkauen, um sie dann als Wolke in den Schwarm zu spucken.

Solche angeborenen Verhaltensweisen dienten nicht nur der Anpassung an die natürliche Umwelt und der Erhaltung der Art, sie seien die Voraussetzung für das Entstehen sozialer Bindungen und deshalb besonders ausgeprägt bei höheren Lebewesen, den Säugetieren und auch dem Menschen.

Irenäus Eibl-Eibesfeldt habe die Brutpflege eine Sternstunde der Evolution genannt. Eine Sternstunde der Evolution, wiederholte der Dozent mit Betonung und erhobenem Zeigefinger. Brutpflege sei die Voraussetzung für die Entstehung sozialer Gruppen, aus ihr entwickelten sich kommunikative

Verhaltensweisen wie Bindungsfähigkeit, Liebe, Mitgefühl, Trauer bis hin zum Sexualverhalten.

Einen Moment lang erheiterte Isolde die Vorstellung, Augenzeuge zu sein, wenn der korrekte Dr. Herrmann korrektes Sexualverhalten praktiziert.

Auch die moralische Verpflichtung zur Pflege von Kranken und Behinderten resultiere letzten Endes aus der Brutpflege, führte der Redner aus. Der stammesgeschichtliche Werdegang liege auf der Hand: Aus der mütterlichen Fellpflege bei den jungen Primaten sei logischerweise die Fellpflege der adulten Menschenaffen hervorgegangen. Und nicht nur das Lausen, auch das Küssen habe seine Wurzeln in der Brutpflege, den Ursprung finde man unzweifelhaft im Mund-zu-Mund-Füttern der Jungen. So entstünden Bindungen. Kurz: Die frühkindliche Erfahrung zumeist mütterlicher Fürsorge bilde die Grundlage für die Entwicklung der Humanität, sie sei in ihrer Bedeutung für eine altruistisch handelnde Gemeinschaft kaum zu überschätzen.

Daher, diese kleine Abschweifung sei ihm erlaubt, berge der vorzeitige Abbruch mütterlicher Zuwendung erhebliche Risiken. In hohem Maße bedenklich sei es, sagte der Referent und war nun, wie Isolde fand, bei seinem wirklichen Thema, dass viele Frauen in der DDR unter den gesellschaftlichen Zwängen ihre Mutterinstinkte verleugnen und ihren Kindern frühzeitig die Nestwärme entziehen mussten.

Das Abstoßen der Leibesfrucht führe zu Gefühlskälte. Oft schon im Alter von wenigen Monaten in öffentlichen Verwahranstalten abgelegt, wurden die Kleinen dort zwanghaft aufs Töpfchen gesetzt und einem kollektiven Drill unterworfen, der geknechtete Seelen zur Folge haben musste, mit Sicherheit keine Persönlichkeiten, schon gar keine sozialistischen, es sei denn, hörige Untertanen seien das Ziel der Erziehung gewesen. Die mangelnde Moralität und Defizite im Sozialverhalten wären nicht zu übersehen, ebenso die Bindungsarmut, die sich im Osten bereits heute in der ungewöhnlich hohen Scheidungsquote ...

An dieser Stelle war Isolde aufgestanden und unter lautem Protest gegangen (»Diesen Unsinn muss ich mir nicht anhören!«). Ihre Kolleginnen zeigten ein vorbildliches Sozialverhalten: Solidarität. Alle, ohne Ausnahme, verließen murrend und maulend den Raum. Manche erinnerte sich vielleicht (es war noch nicht lange her), wie friedliche Revolution geht, wie man Leute, die das Sagen haben, zum Schweigen bringt.

Isolde ist stolz auf ihre Aktion. Ihrem Mann hat sie nichts davon erzählt. Freud und Leid zu teilen war schwer geworden in den langen Wochen des Schweigens.

In Pillnitz

Hab ich dir schon gesagt, dass deine Frau beim Psychiater ein gern gesehener Gast ist?
Jetzt rück mit der Sprache raus, ich möchte endlich wissen, was da läuft.
Darf ich dir nicht sagen.
Ich glaube dir nicht. Du spinnst dir das alles zusammen.
Vielleicht hast du recht: Der Psychiater ist eine Ausgeburt meiner Fantasie.
Das bedeutet, ein besonders widerwärtiger Kerl.
Traust du mir nur Übles zu? Ich will nicht behaupten, dass er ein guter Mensch ist, aber respektabel allemal. Wie viele Kopfmenschen, speziell Ärzte, neigt er dazu, seine Möglichkeiten zu überschätzen, ein bisschen fühlt er sich wie der Herr über Leben und Tod.
Über Leben, will ich für Isolde hoffen.

Ein nagelneues Schild mit den Öffnungszeiten der Praxis, groß und golden, prangt an der Wand. Dr. Wolfgang Liesegangs Sprechzeit ist vorüber, findet sie bestätigt. Jetzt kommt meine Stunde, frohlockt Isolde. Sie will gerade den Klingelknopf drücken, als ihr jemand von hinten eine Hand auf die Schulter legt und flüstert: »Seien Sie vorsichtig! Auf dem Mann liegt kein Segen. Erst stirbt seine Frau so jung, dann kam Marion, zuletzt Hannelore – alle tot.«

Erschrocken dreht Isolde sich um. Von der davoneilenden Frau, schwarz gekleidet von oben bis unten, mittelalt, keineswegs hässlich, erhascht sie lediglich einen flackernden Blick aus dunklen Augen, das Gesicht ist brutal geschminkt, überall hat sie zu viel aufgetragen, auf Lippen, Brauen, Wangen. Was weiß sie von Wolfgang? Ist sie eine Verflossene, eifersüchtig auf Nachfolgerinnen? Ihr feuerrotes Haar, die gebogene Nase – der Gedanke an eine Hexe drängt sich auf, eine böse Frau, die Zwietracht säen will. Aus Rache?

Der Arzt empfängt Isolde mit einer Umarmung. Lange hält er sie umklammert, als wüsste er um ihre Verunsicherung. Und tatsächlich verscheucht seine stumme Innigkeit das Hexengeraune aus ihrem Kopf. Es ist, als feuerten die Botenstoffe positive Nachrichten hin und her, das Gewebte und Gewirkte zwischen ihren Körpern wird durchlässig, sehr angenehm, findet Isolde. Die Pheromone haben Zeit, sich zu beschnuppern.

»Heute ist schönes Wetter«, sagt er. »Ich schlage vor, wir fahren zur Behandlung raus ins Grüne und erklären die erstbeste Parkbank zur Couch.«

Es ist die Zeit der Obstblüte. In den Gärten links und rechts der Pillnitzer Landstraße explodiert der Frühling, ein Feuerwerk in Weiß und Rosa. Isolde fühlt sich gut. Die Pracht der Natur und er – was braucht es mehr?

Am Schloss Pillnitz stellt der Doktor seinen Wartburg ab. Die Luft im Park ist frisch, Isolde atmet tief durch. Sie sieht sich und den Mann an ihrer Seite wie in einem Film. Er ist ein Stück kleiner als sie, kein sportlicher Typ, neigt, im Gegensatz zu seinem Haar, zur Fülle. Kein Mann, dem man auf den ersten Blick verfällt.

Sie spazieren über einsame Parkwege, er hat, wie es junge Leute zu tun pflegen, weniger die Fünfzigjährigen, den Arm um ihre Schultern gelegt und seinen Schritt dem ihren angepasst. Hüfte an Hüfte, Oberschenkel an Oberschenkel vermessen sie die barocke Welt sächsischer Potentaten.

Was läuft hier ab?, fragt sich Isolde. Der Film wird immer verworrener.

Den Druck seines Schenkels erwidernd, sagt sie: »Ist das der Wolf-Gang oder der Liese-Gang?«

»Pst!«, antwortet er. »Das ist ein Leisegang.« Er genießt. Mit geschlossenen Augen.

War es das, was sie gesucht hat? Weshalb sie wieder den Kontakt aufgenommen hat zum Vorsitzenden eines Elternaktivs, das nicht mehr existierte?

Jedenfalls ist sie nicht gekommen wegen der Vögelei, wie er das genannt hat. Nicht, weil sie sexuell ausgehungert gewesen wäre nach Martins Erkrankung. So billig ist sie nicht. Sie war als Ratsuchende gekommen, versichert sie sich, hilflos ist sie gewesen, fix und fertig wegen Martins Lethargie. Ja, so war es und nicht anders.

Heute redet vor allem der Doktor. Mit dunkler Stimme erzählt er, wie er nach dem Tod seiner Frau zusammen mit Igor das Leben neu geordnet, aber eben doch nicht in Ordnung gebracht hat, jedenfalls nicht in eine Ordnung, die ihn glücklich machte.

»Woran ist deine Frau eigentlich gestorben?«, fragt die Hexe in Isolde.

»Sie war psychisch krank.«

»Also bei dir in den besten Händen.«

»Sollte man denken. Aber sie war auch Ärztin, sie kannte einen finalen Cocktail.«

Isolde möchte sich nicht vorstellen, wie diese Katastrophe auf Igor, damals sechzehn, gewirkt hat, sie fragt nicht danach. Vermeidet auch, neue Namen ins Feld zu führen, den der ominösen Marion etwa. Oder der anderen – wie soll sie geheißen haben, Hannelore? Sie wagt nur einen zaghaften Vorstoß:

»Anscheinend hast du eine Vorliebe für psychisch auffällige Frauen.«

»Wie kommst du darauf?«

»Schließlich bin auch ich deine Patientin.«

»Ach Gott, ja«, lacht er. »Du bist allerdings die psychisch gesündeste Frau, die mir bislang untergekommen ist.«

»Untergekommen?«, fragt sie und grinst.

»Von dir war ich schon angetan, bevor ich dich kennengelernt habe. Daran war Igor schuld, er hat mich neugierig gemacht auf seine Lehrerin. Was glaubst du, warum ich mich ins Elternaktiv habe wählen lassen? Igor war ein Fan von dir. Die ist in Ordnung, hat er gesagt. Obwohl sie Genossin ist.«

»So so, für einen Fan hat er aber ziemlich oft rumgemosert.«

»Daran erkennt man wahre Liebe.«

»Ich begreife noch nicht, was mir seine Gunst verschafft hat.«

»Zum Beispiel wie du über Mitschurin und Lyssenko gesprochen hast.«

Isoldes Stirnfalten signalisieren ein dickes Fragezeichen.

Liesegang holt weit aus: »In unserer Schulzeit waren sie die Helden der biologischen Wissenschaft. Die den Pflanzen neue Eigenschaften anerziehen wollten. Apfelbäume sollten lernen, sich dem Klima im kalten Norden anzupassen und dem Frost zu trotzen. Mitschurin hat festgestellt, dass Marmelade Fett enthält. Du erinnerst dich an die Späße von damals. Nach Stalins Tod sind die einstigen Staatswissenschaftler in der Versenkung verschwunden. Du aber hast sie wieder hochgeholt.«

»Aber doch nur, um den Schülern zu zeigen, dass auch Wissenschaftler irren können, dass selbst gefeierte Koryphäen fehlbar, Zweifel also immer angebracht sind.«

»Genau. Man muss zweifeln, auch an dem, was unumstößlich scheint, an Stalin wie an Honecker.«

»Das habe ich nicht sagen wollen.«

»Es stimmt aber. Und so bist du verstanden worden. Zumindest von Igor.«

Aus heutiger Sicht nicht verkehrt, überlegt Isolde. Warum sollte sie sich gegen diese Auslegung wehren?

Sie setzen sich auf eine Bank an der Elbe, schauen in das träge vorbeiströmende Wasser. Trüb ist es, die Steine von grüngrauem Glibber überzogen.

»Ich denke manchmal an einen Lehrer, den ich sehr gemocht habe. Bei ihm hatten wir Gegenwartskunde.«

»Du redest von den fünfziger Jahren?«, fragt Isolde.

»Ja. Als sich erste Schatten über die Aufbruchsstimmung legten und auch offiziell Hemmnisse eingestanden werden mussten. Aber die waren locker zu überwinden, verbal zumindest.«

»Im Vorwärtsschreiten.«

»Richtig, Probleme wurden im Vorwärtsschreiten niedergetrampelt. Optimismus war das Wort der Stunde. Optimismus ohne Schönfärberei, hieß es, und Kritik immer verbunden mit Selbstkritik. Da lief unser Herr Kellner zu großer Form auf.«

»So hieß der Lehrer?«

»Wir Schüler hatten ein feines Ohr für seine hinterhältige Art, die Politik lächerlich zu machen, indem er sie verteidigte. Aufgefordert, Kritikwürdiges aus dem Alltag im Unterricht zur Sprache zu bringen, meckerten wir zum Beispiel, dass es im Gemüse-Konsum keine Petersilie oder keinen Blumenkohl gab. Sofort forderte Herr Kellner die dazugehörende Selbstkritik ein. Wir guckten entgeistert, konnten eigene Schuld beim besten Willen nicht erkennen. Bei dem, was folgte, stand uns erst recht der Mund offen. Wer von euch hat schon mal die Hausaufgaben vergessen?, wollte Kellner wissen. Etliche Hände gingen in die Höhe. Aha, triumphierte er, hier haben wir die Schuldigen! Da kann sich die Partei lange abstrampeln und immer neue Beschlüsse für eine bessere Versorgung fassen – wenn ihr später mal in einer Gärtnerei arbeitet und dort eure Aufgaben genauso liederlich erledigt wie jetzt in der Schule, dann kann das mit der Petersilie nie was werden. – Und raus waren Staat und Regierung aus der Verantwortung! Mit solchen Menschen wie uns konnte das nichts werden. Kellner zwinkerte nicht, grinste nicht, tat so, als sei das sein heiliger Ernst.«

»Überzeugend.« Isolde ist belustigt.

Es gab nur wenige Lehrer, da sind sich der Arzt und Isolde einig, die unterschwellig kritisches Denken zu implantieren versuchten. Liesegang rechnet Isolde dazu, ein Missverständnis. Es hat ihr seine Gunst eingetragen. Warum soll sie das Bild korrigieren? Im Gegenteil, beschließt sie, sie wird es bei Gelegenheit ausmalen.

Sie sitzen auf der Bank und schweigen, wie ein altes Paar, nicht mehr auf Tuchfühlung, jeder für sich. Eingehüllt in Stille schauen sie auf die Elbe. Das Wasser, das unablässig an ihnen vorbeitreibt, lässt im Moment die Ewigkeit aufscheinen. Wolfgang greift nach ihrer Hand. Sie schaut ihm in die Augen. Wohlige Wärme steigt in ihr auf ...

»Huch, ist das kalt!« Isolde erschrickt.

»Ich habe dich gewarnt«, sagt Wolfgang.

An eine Warnung kann sie sich nicht erinnern, nicht einmal daran, wie sie in diese Lage geraten ist. Irritiert starrt sie auf das Wasser, das ihr bis an die Wade reicht. Mit einer Hand schürzt sie den Rock, die andere umklammert Wolfgangs Rechte.

»Keine Angst, ich halte dich fest«, sagt er.

Wieso ist sie ins Wasser gegangen?, fragt sie sich. Fast dreißig Jahre wohnt sie hier, aber noch nie war ihr in den Sinn gekommen, in die Elbe zu steigen.

Wolfgang hilft ihr beim Herausklettern über glitschige Steine. Sie bemerkt, dass sie ihre Schuhe nicht spontan abgestreift, sondern ordentlich nebeneinander unter die Bank gestellt hat, wie es sich gehört. Das spricht nicht für impulsiven Überschwang, eher für eine akkurat vorbereitete Aktion. Aber warum, warum? Ihr Gedächtnis scheint gelöscht, Angst erfasst sie.

Während sie ihre Gedanken zu ordnen versucht, plaudert Wolfgang drauflos, als wäre nichts geschehen. Er schlägt vor, ihr Doktorspielchen wieder aufzunehmen. Demonstrativ rückt er von ihr ab, schafft die nötige Distanz zur Patientin, die Anamnese, meint er, könne fortgesetzt werden. Es soll wohl wie ein Vorwurf klingen: »Wir sind hier nah an den ersten Felsen der Sächsischen Schweiz, und du hast mir noch gar nichts von deinen Kletterkünsten erzählt.«

Er hat den Arm auf die Lehne der Bank, den Kopf auf seinen Arm gelegt und beobachtet sie von der Seite. Isolde versucht sich zu sammeln, will sich nichts anmerken lassen. Sie hat wenig Lust, über die alten Geschichten zu reden, ahnt aber, dass es sie beruhigen wird. Liesegang behauptet, er höre ihr gern zu.

Ich war mein eigenes Opfer geworden. »Oh toll, klettern! Das möchte ich auch gern!« Konnte man kindisch gespielte Begeisterung und Patschehändchen-Klatschen ernst nehmen? Martin konnte. Aus dieser blöden Kiste kam ich nicht mehr raus.

Oh toll! Ich auch! Welcher Teufel hatte mich geritten? Im Zug nach Dresden hatte der unbedachte Satz die Stimmung verändert. Sollte er gar mein Leben verändern? Martin drängelte, er wollte mich ins Seil knoten, in seine Welt einbinden.

Ich hatte eine anstrengende Schulwoche hinter mir. Es war Sonnabend, ich kam nach der fünften Stunde müde nach Hause, gewillt, mich aufs Sofa zu werfen, da stand er auf der Schwelle – mit gepackten Sachen. Er hatte für mich einen Rucksack gekauft, dazu Luftmatratze und Schlafsack. Seine Mutter war, als sie von mir hörte, sofort bereit gewesen, ihm das nötige Geld rüberzureichen; sie hatte wohl das Gefühl, es sei an der Zeit, dass ihr Martin endlich unter die Fittiche einer Frau schlüpft.

Der Versuch, die Klettertour abzuwenden, schlug fehl, wir redeten aneinander vorbei.

»Martin, mein Schatz, wollen wir nicht lieber nächste Woche fahren, ich bräuchte ein wenig Ruhe, die Schule schlaucht. Ich muss auch noch was vorbereiten.«

»Vorbereiten musst du gar nichts. Ich hab genug zu essen im Rucksack, sogar Klopapier hab ich für dich eingepackt. Höchstens einen Pullover für die Nacht könntest du noch raussuchen.«

»Montag hab ich in drei Klassen Chemie. Außerdem will ich noch Bio machen.«

»Schau an!« Lachend nahm er mich in die Arme. »Nee, meine Kleine, heute ist Ruhetag. In der Boofe sind wir bestimmt nicht allein, da können wir nicht Bio machen.«

Es war ein einziges Missverständnis. Oder wollte er mich nicht verstehen? Bio-Machen benutzte er neuerdings als Codewort, wenn er mit mir schlafen wollte: »Komm ins Bett, bisschen Bio machen!«

Es half nichts, ich musste den Rucksack umschnallen. Na toll, klettern!

Als wir am Pavillonwächter im Wehlgrund ankamen, war es schon später Nachmittag. Unterwegs hatte ich von meinen Abenteuern im Klassen- und im Lehrerzimmer berichtet, und er hatte zugehört. Am Felsen war es umgekehrt, hier war Martin der Chef. Er wies mich in die Grundregeln seines Sports ein, zeigte mir den Weg, den wir nehmen würden, er vorweg, ich am Seil hinterher, barfuß natürlich, wegen des direkten Kontakts zum Fels. Die Meldung vom blanken Fuß käme schneller oben im Gehirn an, meinte er.

Er redete nicht groß über Gefahren, ließ aber keinen Zweifel, dass ich gut aufpassen musste. »Keine Hast. Den Gipfel erreicht man mit Langsamkeit, mit innerer Ruhe«, lautete einer seiner Sprüche. »Lieber einen soliden kleinen Schritt als einen unsicheren großen.« Ich sollte immer an drei Punkten sicheren Halt haben, bevor ich für Hand oder Fuß den nächsten Vorsprung, die nächste Mulde suchte.

Mein Ehrgeiz erwachte. Vor allem wollte ich ihm beweisen, dass mir so ein Felsen keine Angst machte. Er hatte mich fest eingeschnürt, ich fühlte mich sicher an seiner langen Leine, es ging zügig voran. Der Aufstieg, den er ausgewählt hatte, gehörte zu den leichteren, Schwierigkeit III. Oben empfing er mich mit offenen Armen: Sehr gut gemacht! Er war sichtlich zufrieden mit mir.

Eintrag ins Gipfelbuch. Ich hatte keine Ahnung, dass es so etwas gibt: Überall auf den Felsen lagen Gästebücher aus! Mein Martin – typisch, er dachte an alles! – holte einen Bleistiftspitzer aus der Hosentasche, um den Stummel in Form zu bringen und unsere Namen einzutragen. Alter Weg, notierte er, ein harmloser Spaziergang für ihn. Egal, ich gehörte jetzt dazu. Mein Hochgefühl hielt eine Weile an, bis ein Problem auftauchte, das ich bis dahin nicht bedacht hatte: Und wie kommen wir wieder runter?

Abseilen! Martin zeigte mir den fest verankerten Eisenring, durch den das Seil laufen würde, und erklärte mir die Technik. Es kostete mich Überwindung, mit dem Rücken zum Abgrund über die Kante zu gehen. Nur stückchenweise ließ ich das Seil durch meine Hände rutschen, fasste immer wieder krampfhaft zu. Würde mir das Seil entgleiten, bedeutete das den Absturz. Vorsichtig, in klitzekleinen Schritten, lief ich den Fels hinunter. Martin folgte mir. Anders als ich Hasenfuß stieß er sich weit von der Wand ab und war in wenigen Sprüngen unten. Phänomenal! Er holte das Seil ein, legte es sorgsam zusammen, dann marschierten wir zur Boofe, schweigend, er vermutlich glücklicher als ich.

In der Höhle, Camillo-Boofe genannt, brannte schon ein Feuer. Eine Seilschaft kochte sich ein Süppchen, drei Männer um die Vierzig, Martin kannte sie nicht, aber der Bekanntschaft bedurfte es nicht. Bergsteiger, begriff ich, waren eine Bruderschaft. Wir wurden ganz selbstverständlich in ihre Runde aufgenommen, als gehörten wir schon lange dazu. Sie nannten sich »Rohnspitzler«, nach einem Felsen, den sie mochten und von allen Seiten und auf allen Wegen bestiegen hatten.

»Isa – sie hat heute ihren ersten Gipfel gemacht«, stellte Martin mich vor. Ich merkte ihm den Stolz an, mich vorzeigen zu können. Ein Wunder, dass er mich nicht als Luise Trenker präsentiert hatte. Keiner der Männer fragte, um welchen Gipfel und welchen läppischen Weg es sich gehandelt hatte, sie wussten, dass jeder klein anfängt, und drückten mir fest die Hand, einer murmelte »Glückwunsch!«, reichte mir einen Löffel und sagte: »Darauf eine Tomatensuppe mit Reis aus der Tüte!«

Wir löffelten alle aus dem Topf, danach kreisten eine Flasche Nordhäuser Doppelkorn und diverse Geschichten. Ich nahm jedes Mal einen kräftigen Schluck, wie ein echter Kerl halt, und hörte begierig zu, obwohl ich mit Sanduhren, Verschneidungen, Überfällen und Nähmaschinen wenig anfangen konnte.

Auffällig war, wie gelassen sie von ihren Erlebnissen berichteten. Gefährliche Momente, selbst Abstürze wurden heruntergespielt, lieber kehrten sie die komische Seite heraus. »Achtung, ich komme!«, soll einer gerufen haben, als er aus der Wand stürzte. Weil das schon zwei, drei Mal passiert war, nannten sie ihn Purzel. Er sei so klein und leicht, dass er fast von allein hätte fliegen können. »Und der Purzel, froh und munter, fliegt die große Querung runter.« Darüber konnten sie lachen.

Aufschneider gab es keine in der Runde. Sie alle kannten den Betrieb, Prahlerisches verbot sich von selbst. Ich ahnte: Hier saßen Helden von bescheidener Art, Gesellen, die das Abenteuer, das Anders-Sein vereinte, die wussten, was sie heraushob aus der Masse, und die jedem Kameradschaft und Respekt entgegenbrachten, der ihrem Bund angehörte.

Ein wenig beängstigend fand ich nur, wie sie von alten Bergkameraden schwärmten. Gisbert, der mit achtzig eine VII a am Falkenstein gemacht hatte! Das Gehen fiele ihm schwer, Probleme mit der Luft, aber das Klettern klappe noch prima. Ich stellte mir Martin im Jahre 2020 vor, zerknittert das Gesicht, der Körper dennoch trainiert, Muskel für Muskel. Wie sollte ich es schaffen, ihn aus dieser verschworenen Gilde herauszueisen?

Die Nacht war schlimm. Es fing mit der Toilette an, ich zog mich weit in den Wald zurück, es war mir trotzdem peinlich. Reinlichkeit hatte keinen hohen Stellenwert, die Männer setzten auf Natur, und die kenne weder Seife noch Zahnpasta, erklärten sie. Martin hatte Margonwasser mit, zum Frischmachen. Eine Flasche, nur für mich!

Ich fand schlecht in den Schlaf, obwohl ich als einzige auf einer weichen Luftmatratze ruhte, die anderen hatten sich auf eine Decke oder Farnwedel gebettet. Sie hatten mir den besten, den windgeschützten Platz an der Seite zugewiesen, eine zusätzliche Decke über mich gebreitet und mir ein weiches Kissen unter den Kopf geschoben, feine Kerle. Aber auch Helden schnarchen und müssen nachts mal um die Ecke.

Am nächsten Tag gingen wir getrennte Wege. Martin und ich wollten zur Unbenannten Spitze, die anderen drei zum Basteischluchtturm, den Brückenweg begehen. Ich sah im Kletterführer nach: eine VII c, ein sogenannter Meisterweg. Wir dagegen nahmen eine II in Angriff, den Südwestweg. Es funktionierte reibungslos wie am Tag zuvor. Nur dass ich beim Abseilen weniger Muffensausen hatte, ja fast schon Spaß empfand, als ich dem sicheren Boden entgegenschwebte.

Am Nachmittag begegneten wir noch einmal unseren »Rohnspitzlern«. Spontan beschlossen wir, nicht nach Hause zu fahren, ohne unsere Erfolge zünftig begossen zu haben, am besten in der »Rosel«, dem »Amselgrundschlösschen«, das am Weg zum Bahnhof lag.

Der Wirt wusste uns zu empfangen: »Ah, unsere Bergsteiger!«, dröhnte er durch das Lokal. »Heute keine Toten und Verletzten?« Aller Augen waren auf uns gerichtet. Von den Ausflüglern bestaunt zu werden, tat gut. Wann genießt man schon so viel Bewunderung? Die Männer gaben sich betont gleichmütig, warfen die Rucksäcke ab, dass die Karabinerhaken klirrten, und bestellten »das Übliche«.

Der Wirt schleppte einen gläsernen Stiefel voller Bier heran, zwei Liter mindestens. »Der Vorletzte bezahlt!«, rief einer, trank ein paar Schlucke und gab den schweren Kelch an den nächsten weiter. Martin erklärte mir das hinterhältige Prinzip: Nicht der Letzte, der den Stiefel leert, muss bezahlen, sondern der Vorletzte.

Als ich dran war, nippte ich nur wenig und reichte das Gefäß schnell weiter. Mindestens ein Liter war noch drin, mir konnte nichts passieren. Dachte ich. Dann sah ich mit wachsendem Entsetzen, wie meinem Nachbarn, dem Schluckspecht, das Bier durch die Kehle floss, er hörte einfach nicht auf. Endlich, der Stiefel war fast leer, brach er ab – ein Gentleman. Bereitwillig ließ er sich vom nächsten in der Runde zum Vorletzten machen. Der Spaß, mir einen Schrecken einzujagen, sei das Geld wert gewesen, sagte er.

Auf der Rückfahrt konnte ich geradezu körperlich spüren, wie zufrieden mein Martin war. Er hatte den Arm um meine Schulter gelegt, die Räder des Zuges klackerten gleichmäßig über die Schienenstöße, und er breitete mit seiner sonoren Stimme Pläne aus. In der Woche, vielleicht am Dienstagabend oder Mittwoch, würde er mich seinen Eltern vorstellen, die freuten sich schon darauf, und ich könnte seinen Sportkeller besichtigen und auch eine Trainingseinheit absolvieren, wenn ich möchte, denn an der Kraft müssten wir noch arbeiten, wir wollten doch vorankommen (er sagte: wir), und fürs nächste Wochenende habe er sich schon was ausgedacht, zwei, drei Touren, die etwas schwieriger, aber zu schaffen wären, ich hätte ja Talent.

Doch, das sehe man ...

Ich hatte den Kopf an seine Schulter gelehnt und verharrte in dieser kuscheligen Position, obwohl ich innerlich auf Distanz ging. Wollte ich das alles? Das Endgültige, das in seinen Worten lag, irritierte mich. Musste ich mir so meine Zukunft vorstellen? Ich konnte nicht bestreiten, dass das Wochenende in der Sächsischen Schweiz aufregend, zum Teil sogar lustig war.

Aber würde ich jemals als Glück empfinden, angstschlotternd auf kalten, fühllosen Steinen herumzuklettern?

Abends zu Hause verdrängten die Alltagsgeschäfte solche Überlegungen. Ich habe mich noch ein bisschen auf Chemie vorbereitet, vor allem aber Bio gemacht. Mit Martin.

Das Desaster kam einige Wochen später. Ich war noch immer nur mäßig begeistert vom Klettern, aber doch mit jedem Gipfel sicherer und selbstbewusster geworden. Mein Scharfrichter wurde der Schrammtorwächter. Martin hatte den Alten Weg ausgesucht, eine IV, sagte er, in Wahrheit war es eine VI, wie ich später erfuhr. Als Erster hatte Oliver Perry-Smith den Schrammtorwächter bestiegen, ein Deutsch-Amerikaner, von dem man sich tolle Geschichten erzählte, obwohl seine Zeit schon fünfzig, sechzig Jahre zurücklag.

Er sei damals Wege gegangen, die kaum einer für möglich hielt, wusste Martin. Als er den Westriss am Saxenstein im Bielatal durchstiegen hatte, wollte man ihm das nicht glauben. Zum Beweis sei er den Weg noch einmal gegangen und habe am zweiten Ring seinen Namen an die Wand gepinselt, die weiße Farbe sei zwar verblasst, aber die Buchstaben PERRY könne man heute noch lesen.

Also los, auf den Spuren des berühmten Perry-Smith! Eine Ehre. Zuerst ging es durch einen Kamin, mal sehr eng, mal breiter, aber immer mit dem Rücken an der Wand, das gab mir Sicherheit. Ich hatte das Gefühl, nicht abstürzen zu können. Als ich aus dem Kamin ausstieg, stand ich auf einem Vorgipfel und hatte noch einige Meter glatte Wand vor mir. Ich wollte mich ausruhen, aber Martin, der ohne Halt bis zum Gipfel durchgestiegen war, zerrte sanft am Seil. Weiter!, sollte das heißen. Er hielt das Seil die ganze Zeit sehr straff, ein bisschen Angst um mich schien er zu haben. Zum Glück fanden sich auf dem letzten Stück einige Elefantenohren, gute Griffe, die, obzwar man sie nicht gleich sah, dem Vorankommen sehr dienlich waren.

Als mein Gesicht oben über der Kante auftauchte, strahlte mich Martin an, und auch ich lächelte stolz und erleichtert – aber nur kurz. Das Gipfelplateau war unglaublich schmal, nicht mal einen Meter breit, so schien es mir, und links und rechts der Abgrund! Steil stürzte der Felsen in die Tiefe, weit unten die Baumwipfel, noch tiefer die Elbe, ein Fallen ohne Ende. Ich wagte nicht mich aufzurichten, auf allen Vieren kroch ich zu Martin, umklammerte seine Beine, zitterte, weinte. Blanke Panik hatte mich erfasst.

Martin wusste nicht, was er tun sollte. Ratlos blickte er auf das Bündel Elend zu seinen Füßen. In seiner Not legte er sich auf mich, beschützte mich, flüsterte mir Ruhe ins Ohr, immer wieder, Ruhe, Ruhe, Ruhe. Die begütigenden Worte trösteten, sie stoppten die Tränen, beendeten das Zittern, die Angst besiegen konnten sie nicht. Ich wusste nicht, wie lange wir so gelegen hatten, eine Stunde bestimmt, als er behutsam vom Abseilen zu sprechen begann. Sofort war die Angst wieder da, ich brach in Tränen aus, schluchzte jämmerlich. So sehr ich es wünschte, den schrecklichen Ort zu verlassen - ich konnte es nicht. Abseilen - niemals! Ich hatte es geübt, am Pavillonwächter, an der Unbenannten Spitze und auch danach noch einige Male, war immer gut zurechtgekommen. Aber hier - nein! Um Himmels willen!

Krampfhaft hielt ich die Augen geschlossen, um nicht noch einmal in die Untiefe blicken zu müssen. Erneut langes, sanftes Zureden. Es begann dunkel zu werden, und es gab keine Lösung, das stand mir klar vor Augen. In meiner Verzweiflung flehte ich ihn an, er möge absteigen und mich oben liegenlassen. Ein irrer Vorschlag, ich hoffte, er würde ihn ablehnen, die Chance, die Nacht auf diesem schmalen Grat zu überleben, schien mir gering.

Martin hockte sich hinter mich, schob mir seine Arme unter die Achseln und hob meinen Oberkörper sanft an. Dann riss er mich mit Gewalt nach oben, stellte mich auf die Füße. Ich schrie auf, er brüllte »Stehen bleiben!« und würgte mir das Seil um die Brust, dass mir fast die Luft wegblieb. »Los!«, schrie er. »Du gehst jetzt! Auf der Stelle, hörst du?! Ganz ruhig! Seil dich ab! Oder muss ich dich runterstoßen?« Ich heulte und bibberte, aber gehorchte. So hatte ich ihn bisher nicht kennengelernt. Und auch wenn es richtig war, wie er mit mir umgesprungen ist - ich wollte so etwas nicht noch einmal erleben. Es war das Ende unserer Kletterfahrten.

»Aber nicht das Ende eurer Ehe«, sagt Wolfgang Liesegang.

»Nein, wir waren ja noch nicht mal verheiratet.«

Unterwegs 13

Isolde hat sich an die Hinterräder eines Reisebusses geheftet. Er fährt in einem Tempo, das dem Trabant bekömmlich ist. Seit vielen Kilometern folgt sie ihm, unbeirrt, auch wenn er kurzzeitig auf 90 km/h oder noch weniger zurückfällt. Würde sie mutiger sein und dichter auffahren, denkt Martin, könnten wir vom Sog des Busses profitieren. Eine solche Empfehlung auszusprechen, wäre freilich sinnlos. Ihr kann der Sicherheitsabstand nicht groß genug sein.

Er greift sich zwei dicke Westzeitschriften, die ihm Horst mitgebracht hat. Der Kletterfreund stand eines Tages vor der Tür und sagte: Hallo, Jodl, Krankenbesuch! Über ausgeleierte Hüftgelenke und andere Leiden mochte er jedoch nicht reden. Stattdessen bot er an, in die Montagegrube zu steigen und den neuen Auspuff unter den Trabbi zu schrauben, eine leichte Übung für den Autoschlosser. Aber Martin sperrte sich, der Kranken- sollte kein Arbeitsbesuch werden.

Die Zeitschriften hatte er gern genommen, es waren Sonderhefte über die DDR. Martin sah es ironisch: Westdeutsche Verlage, die auf sich hielten, wollten ihren Lesern ein Bild von den Eingeborenen in jenen fernen, unentdeckten Gefilden vermitteln, die bald unter deutscher Flagge stehen würden. Journalisten, nach eigenem Bekunden Abenteurer, wagten sich in den wilden Osten. Dort entdeckten sie herrlich urwüchsige Landschaften, bewohnt von überwiegend gebrochenen, unselbständigen, mithin der Betreuung bedürftigen Menschen in großenteils maroden Behausungen. Vieles mochte richtig sein, aber Martin störte sich an der Arroganz, die er den Autoren mehr unterstellte, als dass er sie hätte beweisen können.

Horst hatte in beiden Heften Fotos von frappierender Schönheit gefunden, sie bestätigten ihm, was er lange wusste, aber noch nie so eindrucksvoll abgebildet gesehen hatte: Seine Sächsische Schweiz war einzigartig. Dass die zugehörigen Artikel seinen Ansprüchen nicht genügten, nahm er den Schreibern nicht übel. Auf ausgetretenen Touristenpfaden blieb den Stippvisiteuren natürlich verborgen, welche Reize das Gebirge zu bieten hat, in seinen stillen Winkeln, den Refugien der Bergsteiger.

Martin liest auch andere Beiträge in Horsts Magazinen. Er staunt, worüber sich Autoren aus dem Westen wundern. Ost-Berlin, die Hauptstadt eines Polizeistaates, schreibt einer, verzeichne weniger Verbrechen als irgendeine verschlafene Kleinstadt Westdeutschlands. »Selbst im Frankfurter Bahnhofsviertel gab es – bei immerhin nur 3000 Einwohnern – fast doppelt so viele Straftaten wie in der 1,3-Millionen-Stadt Ost-Berlin.« Er schildert die Klagen eines Staatsanwalts: Gerade sei, zum ersten Mal seit Jahren, in der DDR eine Bank überfallen worden, in Schwerin. »Jetzt müssen wir uns mit Verbrechen beschäftigen, die wir nur vom Hörensagen kennen. Rauschgifthandel zum Beispiel, da sind wir doch völlig ahnungslos.« Die Kriminalitätsrate, davon ist der Verfasser des Artikels überzeugt, werde kräftig wachsen.

Wieso? Werden die Menschen schlechter?, überlegt Martin. Nur weil die Westmark kommt? Sicherlich, die Drogenhändler haben nicht von der Ostmark geträumt. Aber dass sie schnell im Osten Fuß fassen, dass zeitgleich mit dem Geld auch die Kriminalität einzieht, das will er noch nicht glauben.

Nach Wachwitz

Als Isolde schwanger war, früher hieß das: in froher Erwartung – wie stand es da um deine Erwartung?
Wird's ein Junge, hab ich mir gedacht, werde ich ihn mit in die Berge schleppen, wird's ein Mädchen, vielleicht auch. Bei Isolde hatte es nicht geklappt, aber wenn man früh genug damit anfinge …
Jetzt überspringst du ein paar Jahre. Zuerst musst man sich um Säugling, Kleinkind, Vorschulkind kümmern – intensive Zeiten, die gehen an die Substanz.
Es sind vor allem die Jahre der Mutter. Natürlich hab ich geholfen. Es macht ja Spaß, dem Kind spielerisch voranzuhelfen: Krabbeln lernen, das Aufstehen, die ersten Schritte, Sprechen üben, Dreirad, Roller, Fahrrad fahren – ich war immer dabei.
Nach Feierabend?
Nach Feierabend. Und im Winter auch an manchen Wochenenden.
Viel Zeit war das nicht.
Immerhin erheblich mehr, als unsere Großeltern für ihre Gören hatten. Zu deren Zeit wurden sechs oder zehn Bälger in der Familie groß, ohne Rundumbetreuung, ohne Kindergarten und superschlaue Erzieher. Die Kinder liefen nebenher, waren sich selbst überlassen, erzogen sich gegenseitig, auf dem Lande wurden sie im Bedarfsfall am Feldrand angepflockt wie kleine Zicken. Ging auch.
Andere Zeiten. Heute verändern Kinder die Lebenspläne der Eltern, meist muss einer zurückstecken, die Karriere unterbrechen. Du wahrscheinlich nicht, mangels Karriere …
Auch Isolde nicht. Tom war vier Monate alt, als das neue Schuljahr anfing. Also musste er in die Krippe, sie war günstig gelegen, direkt neben Isoldes Schule. Sie konnte in der großen Pause immer schnell nach nebenan rennen und ihr Baby stillen.
Und abends kam es dann an Vaters Brust.
Durchaus. Ich war entspannter als Isolde, und ich glaube, der Kleine hat es gemerkt. Oft bin ich mit ihm abends spazieren gegangen, raus aus der engen Wohnung, bis er auf meinem Arm eingeschlafen ist. Drei Personen in einem Zimmer, das war nicht einfach. Besser wurde es erst, als wir nach Wachwitz zogen.
Tom bekam sein eigenes Zimmer?

Der Freiraum gefiel ihm. Ich erinnere mich, wie affenartig schnell er damals durch den Flur krabbelte, immer in Richtung Treppe. Isolde schrie meistens: »Nein, nein, nein, Tom!«, aber ich habe ihm heimlich zugenickt: das Signal zum Hochkriechen, das begriff er sofort. Er stellte sich geschickt an, war im Nu oben. Bloß runter ging es noch nicht alleine. Kaum hatte ich ihn nach unten getragen, zack, war er wieder auf dem Weg nach oben. Die Gene eines Bergsteigers, dachte ich.

Die Gene eines Primaten, würde ich sagen. Auf die Bäume, ihr Affen!

Isolde war wenig begeistert von der Idee, das Obergeschoss im Haus der Schwiegereltern zum Domizil auszubauen. Der Gedanke, in der Wachwitzer Kleinkriegshölle zwischen die Fronten zu geraten, ließ sie schaudern. Krampfhaft suchte sie nach einem Ausweg. Beim Stadtbezirk einen Antrag auf eine Zwei- oder Drei-Raum-Wohnung zu stellen versprach kaum Erfolg; sie versuchte es trotzdem.

Gleich zu Beginn der Schwangerschaft rückte sie der Abteilung Wohnungswesen auf die Pelle, mit einem Attest ihrer Ärztin.

»Ach Gott, Geburtstermin erst Ende April, da ist ja noch viel Zeit«, sagte die resolute Dame vom Amt.

»Aber mit einer Wohnung dauert es meistens länger.«

»Da haben Sie recht. Ich werde Sie auf die Liste mit den dringlichen Fällen nehmen. Aber keine übertriebenen Hoffnungen, die Liste ist sehr, sehr lang. Und wir wollen auch erst mal abwarten, bis das Kind da ist.«

Was sollte das heißen: abwarten? Spekulierte sie darauf, dass etwas schiefgehen könnte?

»Das ist doch auf Dauer kein Zustand: ein Zimmer mit Küche.«

»Und Bad. Das haben nicht alle.« Die Verwalterin des Mangels kannte schlimmere Fälle.

»Aber ich muss zu Hause arbeiten. Ich bin Lehrerin und Genossin ...«

»Hören Sie auf! Und wenn Sie die Kaiserin von China wären – bei mir werden alle gleich behandelt. Was glauben Sie, was ich hier jeden Tag erlebe. Wie viele mir mit hochgestellten Persönlichkeiten drohen. Welche Summen über den Tisch geschoben werden. Brauchen Sie gar nicht erst zu versuchen.«

Wohnungen waren knapp in der kriegszerstörten Stadt. Hätte die Dame gewusst, dass am Elbhang in Wachwitz bereits an einem Nest für die junge Familie gewerkelt wurde – die Mennes wären sofort von ihrer Warteliste gestrichen worden.

Die Villa, wie Martins Vater sie großspurig nannte, war heruntergekommen, die Holzverkleidung wurmstichig, Fensterläden hingen schief in den Scharnieren, die Fenster schrien nach Farbe. Bei jedem Sturm beklagte der alte Bau ächzend, quietschend und klappernd seine Gebrechlichkeit.

Der Hausherr hatte jahrelang nichts getan, außen wie innen keinen Handschlag, ein ewiger Anlass für ätzende Attacken seiner Frau. Nur in seiner Werkstatt war alles tipptopp. Im Grunde sei er ein ordentlicher Mensch, hatte er Isolde zugeflüstert, als sie die mustergültig aufgereihten Werkzeuge an der Wand bestaunte. Geradezu penibel sei er. Im Grunde.

Spuren seines Ordnungssinns waren sonst nirgendwo zu entdecken. Warum er das Haus so vernachlässigt hatte, schien Isolde unerklärlich. Martin war überzeugt, sein Vater sei mehrmals kurz davor gewesen, aus seinem Wachwitzer Gefängnis auszubrechen, habe aber letztlich den Sprung in die Freiheit nie gewagt. Martins wegen sei er geblieben, habe er durchblicken lassen, kurz vor seinem Tode. Der Gedanke, seinen Vater an ein freudloses Dasein gefesselt zu haben, setzte Martin zu. Dass ihm Ähnliches passieren könnte, hielt er für ausgeschlossen. Er würde das Weite suchen, bevor der Gram ihn auffräße.

Mit Isoldes Auftauchen in der Familie lebte Max Menne noch einmal auf. Er mochte sie. Die Aussicht auf einen Enkel berauschte den alten Herrn. Für ihn war klar: Das obere Stockwerk musste komplett umgebaut werden. Der Sechzigjährige entwickelte einen Tatendrang, dem die Familie kaum folgen konnte, es gab kein Halten.

Wände wurden geöffnet, andere eingezogen, um neben dem Wohn- und dem Schlafzimmer Platz für das Kind und ein kleines Bad zu schaffen. Selbst das Abstellkämmerchen auf halber Treppe bekam eine Funktion: Unter eine Zwischendecke, die Martins Klettersachen aufnahm, passte gerade eine Matratze – Rückzugsort und Boofe für Martin, den Bergsteiger, der sich nirgendwo wohler fühlte als in Höhlen.

Die Arbeiten fielen in die unwirtliche Zeit um den Jahreswechsel, zum Glück. Die Entscheidung zwischen Pflicht und Neigung blieb Martin erspart, die Klettersaison war vorbei. Den angehenden Opa beim Stemmen von Kabelschächten oder beim Verlegen von Fliesen allein zu lassen und in die Sächsische Schweiz zu entschwinden wäre nicht gut angekommen.

Seit Dezember beherrschte die Baustelle jede freie Stunde von Vater und Sohn Menne. Sie werkelten im gleichen Takt, harmonierten gut bei der Arbeit, was nicht selbstverständlich war. Sogar zu Weihnachten und Neujahr wurde gebaut, die Feiertage fielen günstig in diesem Jahr.

Auch die schwangere Isolde wurde gebraucht. Martin hatte Glaswolle besorgt, ein ekelhaft piksendes Zeug, das sie zwischen Dachsteine und Innenverkleidung stopfen musste, Dämmung gegen Hitze und Kälte. Der Vater schleppte Freunde und Nachbarn an, versierte Heimwerker, die ihnen bei den Klempner- und Elektroarbeiten zur Hand gingen. Man half einander, das bedurfte keiner großen Worte.

Für Isolde war die erstaunlichste Erfahrung dieser Tage, welche Kräfte ein Embryo entwickeln konnte. Kaum war der Innenausbau abgeschlossen, brachte Martin die Fassade ins Gespräch – und fand sofort ein offenes Ohr bei seinem Vater, der dem Rotten des Holzes jahrelang gleichmütig zugesehen hatte. Wenigstens der Giebel zur Straße, die strapazierte Wetterseite, sollte erneuert werden. An den anderen Seiten genügte sicherlich ein Schutzanstrich, um weiterem Verfall vorzubeugen.

Im Baustoffhandel Bretter zu bekommen, noch dazu binnen kürzester Frist – eine verwegene Hoffnung. War eine Lieferung angekündigt, stellte sich Martin morgens um vier bei Holz-Rentzsch an – und landete chancenlos im Mittelfeld der Schlange: Entweder kamen gar keine Bretter, oder sie waren weg, bevor er an der Reihe war.

Beim nächsten Mal fuhr er schon Mitternacht zur Holzhandlung, in einer saukalten Nacht, er hatte sich in eine Unmenge warmer Sachen eingemummelt, war fast bewegungsunfähig, aber morgens um acht der Erste, der sich ein paar Bretter sichern konnte. Zu wenige, sie reichten bei Weitem nicht.

Martin erinnerte sich an Wilfried, der zusammen mit seinem Vater eine Tischlerei betrieb. Warum war ihm sein Schulfreund nicht gleich eingefallen? Wilfried ließ sich nicht lange bitten, stolz führte er sein Holzlager vor. Er konnte auf Kontingente zugreifen, von denen andere Tischler nicht einmal ahnten, dass es sie gab.

Die Vorzugsbehandlung war ihm zuteil geworden, nachdem er für die Kneipe einer guten Bekannten sehr eigenwilliges Mobiliar entworfen hatte. Das Restaurant, an einem Mecklenburger See gelegen, mit maritimem Interieur und Utensilien aus dem Umfeld der Fischer auszustatten entsprach seinem biederen Geschmack und schien ihm eine geniale Idee. Um die Sitzbänke der Kneipe zimmerte er niedrige Kajüten, sodass man sich beim Einstieg bücken musste, er besorgte Türgriffe in Muschelform, ins Holzpaneel fräste er Wellenlinien, Fische und Seepferdchen. An den Wänden, drapiert mit Rudern, Netzen und Steuerrädern, hingen Ölschinken mit Schiffen in schwerer See. Ein dickes Tau, Reling genannt, geleitete schwankende Gäste auf vermeintlich schwankendem Kahn zu den Toiletten und zum Ausgang.

Man konnte das bemüht originell oder kitschig finden, es verfehlte seine Wirkung nicht, die ehemals mickrige Gaststätte wurde zum Geheimtipp. Hohe Herrschaften, Namen spielten keine Rolle, hätten Interesse bekundet, erzählte Wilfried. Eines Tages seien zwei Herren bei ihm erschienen, mit Hut und Trenchcoat, man kenne das ja aus Filmen, und hätten ihn gefragt, ob er sich vorstellen könne, auch eine Jagdhütte und eine kleine Yacht so rustikal auszustatten.

Normalerweise, sagte Wilfried, hätte er solche Bonzen bestenfalls mit dem Arsch angesehen, aber es winkte ein bombiges Geschäft, da fragte man nicht viel. Seitdem sei er Hoftischler und Holz zu bekommen kein Problem. Was, vierzig Spanplatten brauchst du? Wir schicken dir einen Waggon!

Über diesen Umweg durfte auch Martin sich zu den Privilegierten zählen. Tatsächlich schaffte er es noch vor Beginn der Klettersaison, mit Vaters Hilfe den Straßengiebel neu zu verkleiden und die alten Bretter an den anderen drei Seiten mit einem Mittel zu tränken, das Schädlinge sicher vernichten sollte. Dies tat es, aber es bewirkte noch mehr: Es vertrieb auch Isolde.

Das eingesetzte Gift, Hylotox rot, nur für den Außenbereich, wie vermerkt war, stank so entsetzlich, dass sie für ihr gerade geborenes Kind Schlimmes befürchtete. Nicht nur Tage oder Wochen, sondern Monate mied sie das Haus in Wachwitz. Der Geruch drang durch alle Ritzen und nistete sich im Gebälk ein, auch in der Kleidung, den Möbeln, überall. Kam Martin nach einem Besuch bei seinen Eltern in die Alaunstraße, steckte sie ihn unter die Dusche und seine Kleider in die Waschmaschine, um das Gemüffel loszuwerden. Ein bisschen hysterisch, wie ihm schien.

Martin nahm es hin, dass sie mit Söhnchen Tom nun weiter zu dritt in ihrem kleinen Zimmer hausen mussten. Er hatte gelesen, unbegründete Ängste seien auf eine psychische Störung zurückzuführen. Eine vorübergehende Geschichte, dachte er. Warum sollte sich das nicht wieder einrenken?

Vorerst aber schien das Schicksal Isolde recht zu geben: Nach einigen Monaten erkrankte Martins Vater an Krebs, und sie war sich sicher, dass dieses verdammte Hylotox schuld daran war.

Über eine andere Ursache sprach sie nicht, obwohl sich der Gedanke daran in ihrem Kopf verhakt hatte und immer mehr Raum gewann: Es muss auch das Fortbleiben der jungen Familie gewesen sein, das ihren Schwiegervater herb enttäuscht und wahrscheinlich seine Erkrankung befördert hatte. Das belastete sie. Sie glaubte an solche Zusammenhänge. Fundierte Belege, wie die Psyche den Körper attackieren und Organe schädigen kann, gab es kaum, Isolde jedoch war überzeugt, dass ein trübes Gemüt die Abwehrkräfte schwächte, am Ende gar Tumore wachsen ließ.

Sie sorgte sich um den Schwiegervater. Tom war schon elf Monate, als sie sich durchrang, nach Wachwitz zu ziehen. Sie hoffte, der kranke Opa könnte den Jungen noch einige Zeit erleben und Freude an ihm haben. Außerdem kam es ihr frevelhaft vor, eine Wohnung, die mit großem Aufwand für sie hergerichtet worden war, noch länger leer stehen zu lassen. Zumal von der Kommunalen Wohnungsverwaltung seit Monaten nichts zu vernehmen war, wohl auch deshalb, weil sie nicht mehr nachgebohrt hatte.

Martin freute sich über die Wende: »Du wirst sehen, im Haus riecht nichts mehr. Ich habe letztens intensiv geschnuppert – keine Spur von Ausdünstungen.«

»Du bist kein Maßstab, dein grober Riecher kriegt ja nicht mal mit, wann es Zeit ist, Toms Windeln zu wechseln.«

In Wachwitz stellte sie fest, dass sich der Gestank tatsächlich verflüchtigt hatte, nur hin und wieder wehte ihr noch ein verdächtiger Schwaden in die Nase. Das Erfreulichste aber war: Großvater lebte auf. Wie sich herausstellte, waren ihm noch zwei gute Jahre vergönnt. Sooft es ging, verbrachte er seine Zeit mit Tommy, baute ihm einen Sandkasten im Garten und eine Schaukel. Für viele Dinge, die er ihm beizubringen versuchte, war der Junge noch zu klein. Trotzdem übte er mit dem nicht mal Dreijährigen, wie man Holz sägt, Löcher in die Wand bohrt und dass man am Dreirad die Räder abschrauben und schmieren kann. Er wollte wohl den Grundstein für die nächste Ingenieursgeneration legen. Jedenfalls waren die beiden ein Herz und eine Seele.

Das konnte man von Isolde und ihrer Schwiegermutter nicht behaupten. Zum Verhängnis wurde ihnen die gemeinsame Küche. Oben in ihrer Wohnung hatten die jungen Leute lediglich einen Elektrokocher mit zwei Platten, um einen Kaffee kochen oder für Tommy einen Brei warmmachen zu können. Omas Küche, nun auch Isoldes Revier, wurde zum Ort, an dem beide Familien zusammen-, besser aufeinandertrafen.

Hier musste dringend etwas passieren, meinte Isolde, und es gab nichts, was sie davon abhalten konnte. Die hygienischen Defizite waren zu gravierend, sie stillschweigend zu ignorieren ging über ihre Kraft.

Schon ihr erster Vorstoß erregte Misstrauen, wurde aber noch akzeptiert. Sie hatte darauf bestanden, eigenes Geschirr und Besteck einzubringen. Die laxe Art, in der Schwiegermutter den Abwasch handhabte, gruselte sie. In aller Regel kippte sie ein Übermaß Fettlöser ins Wasser und sorgte sich kaum darum, die ekelhaft schäumende Chemie gründlich abzuspülen. Es konnte einem das Essen verleiden. Nun saßen die jungen Leute an den Wochenenden mit am Tisch, benutzten aber andere Teller und Tassen als Oma und Opa. Die Folge: Isolde musste jedes Mal den Abwasch übernehmen, sonst wäre auch ihr Geschirr kontaminiert worden.

Die Spüldienste ertrug Martins Mutter gut. Dramatischer wurde es, als Isolde die Küchenschränke ausräumte und sinnvoller zu ordnen versuchte. Die Hausherrin verstand solche Putzanfälle als stumme Anklage. Zu Recht. Aus den hintersten Winkeln kramte die penible Schwiegertochter Reste von Lebensmitteln, ranziges Öl, vergessene Tütchen und verstaubte Gefäße hervor. Die Fächer hatten offenbar ewig kein Wischtuch gesehen. Martin konnte seine Frau verstehen, aber auch seine Mutter. Isoldes Gründlichkeit und das Vordringen in die dunkelsten Ecken waren ihr unangenehm.

Isolde hatte Tassen, Teller und Schüsseln, ebenso Töpfe, Tiegel und Pfannen von klein nach groß sortiert. Statt sich an der neuen Ordnung zu erfreuen, maulte Mutter herum, manchmal wurde sie sogar laut.

»Blöde Umräumerei! Muss ich mir das bieten lassen?«, fragte sie mehr Isolde als sich selbst. »Ist schließlich meine Küche!«

»Nein, es ist jetzt unsere Küche«, gab die Schwiegertochter zurück, verärgert über die verstockte alte Dame.

Mühsam beherrschte Wut hatte sich in der Schwiegermutter angestaut. Fand sie hinter einer Tür nicht den Topf, der nach ihrer Ansicht dort zu stehen hatte, konnte sie zur Furie werden. Es fehlte nicht viel und sie hätte alles Geschirr rausgezerrt und auf den Fußboden gedonnert. Nicht weniger hysterisch reagierte sie, als sie den Abwaschlappen im Gefrierfach des Kühlschranks entdeckte. »Schweinerei!«, keifte sie. Es war das genaue Gegenteil, aber sie wollte nichts davon hören, dass die Kälte Keime im Lappen abtötet. Offenbar war in ihren Augen Isolde zum gefährlichsten Keim geworden.

Für seine Frau wären die Konflikte leichter auszuhalten gewesen, hätte Martin eindeutig zu ihr gestanden. Aber »der gute Junge« (seine Mutter wurde nicht müde, die dumme Floskel zu wiederholen) fühlte sich zwischen Baum und Borke. Einerseits gestand er Isolde zu, im Recht zu sein, jedenfalls im Prinzip, auf der anderen Seite fand er reichlich Gründe, Mutters Positionen zu teilen.

»Du musst sie verstehen: Versetz dich in ihre Lage, du kannst alte Gewohnheiten nicht hopplahopp umkrempeln«, sagte er.

»Typisch Martin!«, blaffte sie zurück. »Wichtiger als die Gesundheit deiner Frau und deines Kindes ist dir mal wieder der Frieden im Haus. Ich soll über das Schmuddelige hinwegsehen, so ist es doch, nicht wahr? Es ist der Streit, dem du aus dem Weg gehen möchtest.«

»Manchmal nimmst du es zu genau, glaube ich. Dein Hang, auch saubere Sachen zu säubern, ist vielleicht bisschen übertrieben. Lass doch Staubtuch und Handfeger einfach mal da, wo sie sind.«

»Bis wir im Dreck ersticken. Aber nein, du würdest ja überleben, du bist daran gewöhnt.«

Solche Wortwechsel regten Isolde auf. Selbst der Sex litt darunter. Eigenartig, wie ein derart elementares Bedürfnis mit dem Unmutzentrum im Kopf verdrahtet war. Vom Unmut zur Unlust ist es offenbar ein kurzer Weg.

Ich stelle fest: Schon damals krümelte der Ehekitt.

Nur wenig. Die kleinen Differenzen durften nicht eskalieren, wir haben sie unter der Decke gehalten.

Das Geheimnis einer glücklichen Beziehung.

So funktioniert es, ja. Die Politiker haben das richtige Wort dafür geprägt: Eine gute Ehe gründet auf friedlicher Koexistenz – die Atomwaffen sind vorhanden, bleiben aber im Bunker.

Martin musste in solchen Situationen manchmal an Perry denken. Als es in dessen Ehe zu kriseln begann - was machte er? Kurzen Prozess. Sagte seiner Frau, er könne, verdammt, das Freudlose nicht ertragen, das Leben sei zu kurz, um Jahre zu verschenken, jeder habe Anspruch auf ein bisschen Glück, auch er.

So etwas faszinierte Martin. Im Handumdrehen machte Perry Schluss, erklärte viele Ehejahre zum abgeschlossenen Kapitel. Und alles ohne böse Worte, behauptete er. Er habe sein altes Leben nicht weggeworfen, sondern beendet, um es in guter Erinnerung behalten zu können. Es waren lapidare Sätze: Unter vernünftigen Leuten sei alles zu klären. Er habe mit seiner Frau, dann auch mit den Kindern in Ruhe besprochen und geregelt, was zu regeln war. Sie seien friedlich, letztlich sogar im Einvernehmen auseinandergegangen. Unglaublich!

Der Doktor war nicht der Mann für zögerliches Dulden und Erdulden. Deshalb hat Martin ihn vor Kurzem noch einmal treffen wollen. Er hoffte von ihm zu bekommen, was Perry ihm immer gegeben hatte: Kraft. Die konnte er gebrauchen.

Sie hatten sich auf der Bastei verabredet, auf einen Kaffee. Auch wenn das nicht das standesgemäße Getränk war, zu begießen gab es einiges, das

Wiedersehen nach langen Monaten, vor allem aber Perrys Berufung zum Professor im letzten Sommer, kurz bevor die alten Strukturen in den Wendewirren zusammenbrachen.

Stürme sind seither über seine Klinik hinweggezogen, haben Kollegen, auch geschätzte, weggepustet. Der politische Umsturz ging einher mit personellen Umschichtungen, mit viel Wirbel, Evaluierung, Herabstufung, Entlassung. Mediziner aus dem Westen des Landes drängten in die frei werdenden Positionen. Perry traf es nur am Rande. Er genoss als Spezialist für Herzschrittmacher hohe Anerkennung. Und er war ein anständiger Kerl geblieben. Nach Martins Erfahrung ein Markenzeichen von Akademikern, die aus einfachen Verhältnissen stammten. Dank ihrer Herkunft waren sie gut geerdet.

Auf dem Parkplatz vor dem Restaurant »Bastei« entdeckte er ohne langes Suchen den dunkelgrünen Lada mit dem Berliner Esel-Kennzeichen IA. Perry war noch nicht auf ein »richtiges« Auto umgestiegen, das fand er sympathisch. Leute wie er brauchen keine Statussymbole.

Martin hatte gerade seinen Trabi eingeparkt und den Zündschlüssel abgezogen, als er ihn kommen sah. Er war nicht allein. Die Frau an seiner Seite, das musste die Neue sein! Von ihr hatte er gehört, aber nicht, dass sie mit ihm in die Berge zog. In Martin stieg Neid auf.

Sie war zünftig angezogen, vielleicht eine Spur zu zünftig, wie einem Modekatalog entsprungen, eine schlanke Person, nicht mehr ganz jung, aber auch nicht so alt, dass sie Perry als Herzpatientin untergekommen sein könnte. Vielleicht fünf Jahre jünger als er. Und temperamentvoller allemal. Neben ihm, der mit ruhigen, langen Bergsteigerschritten daherkam, wirkte sie wie ein hüpfender Ball, tanzte um ihn herum, redete auf ihn ein, scherzte offensichtlich, knuffte ihn in die Seite. Perry lächelte still vor sich hin, sie lachte übers ganze Gesicht. Er hatte offenbar den Gegensatz zu seinem bedächtigen Naturell gewählt.

Perry war noch keine fünfzig, heute sah man es.

Martin hatte ein paar Fragen. Würde sie aber nicht stellen können, nicht in dieser Konstellation, nicht mit der Neuen am Tisch.

Als die beiden ihre Rucksäcke im Lada verstaut hatten, wäre es für Martin an der Zeit gewesen, auszusteigen und die Berliner zu begrüßen. Doch er zögerte. Verwundert beobachtete er, wie sie Perry ansprang, ihre Arme um ihn schlang, ihn lange und ausgiebig küsste, und der zurückhaltende, auf Diskretion bedachte Professor ließ es geschehen. Hätte er es nicht gehört, nie wäre Martin auf die Idee gekommen, sie könnte eine

Ärztin sein. Ein bisschen mehr Seriosität durfte man wohl erwarten, in ihrem Alter!

Martin blieb im Auto sitzen, bis sie im Restaurant verschwunden waren, dann fuhr er los. Schade, dachte er. Er hatte nicht die geringste Lust, einer Vorführung peinlichen Geturtels beizuwohnen.

Ein Fehler! Warum stürzt du dich nicht hinein ins Abenteuer? Willst du nicht erfahren, wie seine Neue ist?
Nein.
So kann das nichts werden. Eine Frau, die dich schon im Anmarsch fasziniert hat,. gib es zu! Die klettert! Das hast du dir doch immer gewünscht. Vielleicht ist sie Orthopädin und hätte gleich mal deine Hüften befühlt, als Frau vom Fach, Operationsangebot inklusive. Vergiss nicht, sie kann Seilschlingen legen. Bei Perry hat es mit dem Einfangen geklappt. Am Ende hätte sie dich auch rumgekriegt.
Niemals.

Unterwegs 14

Martin ist in seine Zeitschriften vertieft, hat keinen Blick für die Landschaft, nicht mal für den Verkehr. Isolde ist es recht, auf seine Kommentare kann sie verzichten.

»Hör mal«, sagt er, »hier hat sich ein Ost-Journalist unter die westdeutschen Autoren verirrt. Soll ich dir vorlesen?«

»Wozu? Kann ja nur ein Wendehals sein. Ein Anschleimer, der schnell die Kurve gekriegt hat.«

»Soll angeblich satirisch sein, der Text.«

»Noch schlimmer.«

Martin beginnt dennoch zu zitieren:

Schön war sie, unsere Revolution. Jedenfalls am Anfang, als sie noch nicht Revolution hieß. Als die Zeitungen noch über »Ereignisse« berichteten, einige sogar über die »sogenannten Ereignisse«. Wer ist denn überhaupt auf die Idee mit der Revolution gekommen? Ursprünglich waren wir doch für Reformen auf die Straße gegangen.

»Der war bestimmt nicht dabei.«

»Vorsicht, ich glaube, du irrst. Hör zu!«

Als ich zum ersten Mal mutig in der Menge untertauchte, riefen wir: »Wir sind das Volk!« Ich bitte Sie, eine Binsenweisheit! Völlig belanglos. Im real existierenden Sozialismus – das hatten wir gebüffelt! – war eine Revolution undenkbar. Weil mit der Arbeiter-und-Bauern-Macht die höchste Form des Menschheitsglücks fast schon erreicht war.

»In Berlin vielleicht. Da gab's immer H-Milch und Spee und manchmal sogar Bananen.«

Bei der revolutionären Veränderung konnte es sich nur um die Konterrevolution handeln. In der Tat stimmt es bedenklich, dass klassenmäßige Begriffe jetzt flöten gehen, ebenso wie die Partei- und Staatsführung, die führende Rolle und die Blockparteien, die Helden der Arbeit und die Winkelemente. Nein, die sogenannte Revolution hat mir zu vieles genommen. Zum Beispiel alle Errungenschaften des Sozialismus. Sie sind plötzlich weg. Verschwunden. Aus allen Zeitungen.

»Wo dieser Wendehals sie vor Kurzem noch gepriesen hat.«

Ich vermisse auch das überwältigende Bekenntnis der Jugend zur Partei und zum sozialistischen Vaterland. Die Pfingsttreffen. Und die FDJ-Lieder. »Die Partei, die Partei, die hat immer recht!« Was für ein schönes Lied! Vor allem: Was für ein schöner Gedanke!

»Hat er wahrscheinlich immer kräftig mitgesungen.«

Schöne Traditionen gehen den Bach runter: die Verleihung von Ehrenbannern an Betriebskollektive, das Zettelfalten bei den Volkswahlen, die großartigen Turn- und Sportfeste in Leipzig. Tausende in Vorbereitungslagern gebräunte Körper – gesund und stark wie das System, ein bisschen elastischer vielleicht – demonstrierten die politisch-moralische Einheit des Volkes mit rhythmischem Rucken und Zucken. Und beim Beugen, Beugen, Beugen. Besser konnten das nur die Nordkoreaner.

Entschwunden ist auch unsere Sicherheit. Nicht nur die besagte. Alles war früher sicher. Die Staatsmacht war sich sicher, dass im Volke nichts passiert. Und das Volk war sich sicher, dass in den Behörden nichts passiert. Man sieht es den Städten heute an.

»Das hätte er mal früher schreiben sollen!«

»Ah, jetzt kommt's, pass auf!«

Unglückliche Entwicklungen vollziehen sich auch in der Volksbildung. Keine Pionierleiter mehr in der Schule, kein Fahnenappell und kein Pioniergruß. Alles weg. Selbst die Staatsbürgerkunde ist ins Gerede gekommen. Der Wehrkundeunterricht wurde gar ersatzlos gestrichen. Was soll nun aus der patriotischen Erziehung unserer Kinder werden?

»Käse!«

Nein, so schnell kriegt mich niemand wieder zur Revolution. Danke, werde ich sagen, heute nicht. Mir reicht's. Man sieht ja, wohin das führt: Im Nu gerät eine so dynamische und hocheffektive Volkswirtschaft wie unsere in die Krise, verlieren wir unseren Platz unter den zehn führenden Industrienationen der Welt. Die Schlussfolgerung kann nur heißen: Nie mehr Revolution! Es sei denn, es ginge wieder andersrum.

»Dir gefällt so was?«

»Na ja, geht so.«

Kurt Kurze

Du erzählst von deinem Leben in der DDR, verlierst aber kaum ein Wort über die Repressalien, über die Kerben, die dir die Diktatur geschlagen hat.
Ich kann nur beschreiben, was ich …
Hör auf! Immer dieselbe Leier! Wir sind uns doch wohl einig: Die DDR war scheiße.
Ja, gut, aber man konnte leben.
Leute wie du vielleicht, die ihre Klappe gehalten und in einsamen Bergschluchten die Freiheit gesucht haben. Aber was war mit denen, die beim Fluchtversuch erschossen wurden, die wegen Verunglimpfung von Partei und Staat hinter Gitter mussten?
Schlimm. – Ich persönlich kenne nur keinen, um darüber ...
Dann nimm dir wenigstens die Täter vor, Stasi-Leute oder Bonzen mit ihren Privilegien. Ein paar Apparatschiks wirst du doch kennengelernt haben.
Soll ich ein Kapitel über den Parteisekretär in unserem Betrieb einflechten?
Meinetwegen. Wenn der parteilose Herr Diplomingenieur solche Kontakte gepflegt hat ...
An der Partei kam niemand vorbei.

Als Martin den Kopf hob und aus dem Fenster schaute, erschrak er. Ach, du meine Güte, dachte er, hoffentlich kommt er nicht zu uns! Er hatte mit dem Parteisekretär, der geradewegs auf ihren Anbau zusteuerte, bislang wenig zu tun. Nur im letzten Herbst war er bei ihnen aufgekreuzt, um ihn, den Neuen, zu begrüßen. Er freue sich immer, hatte er gesagt, wenn junge Leute von der Hochschule das Betriebskollektiv verstärkten und, wie in Martins Fall, die Abteilung Forschung und Entwicklung mit frischen Ideen bereicherten. Die üblichen Floskeln, freundlich vorgetragen.

Heute würde er andere Töne anschlagen, fürchtete Martin. Er hatte gelernt, dass Kurt Kurze nicht unterschätzt werden durfte, er war ein anderes Kaliber als zum Beispiel der Technische Direktor. Mit dem stritten sie oft über Probleme, dem konnte man Paroli bieten und auch mal unverblümt die Meinung sagen. Aber sich mit Kurt anzulegen, gar die Politik der Partei in Zweifel zu ziehen, wäre wenig bekömmlich.

Martins Hoffnung, das Schicksal möge an seiner Tür vorbeigehen, erfüllte sich nicht. Ohne anzuklopfen stand plötzlich Kurze im Zimmer, raumfüllend, eine hochgewachsene, massive Gestalt. Der Jungingenieur Menne erhob sich wie ein Schuljunge beim Eintritt des Direktors. Er war ein paar Zentimeter größer als der Parteisekretär, konnte darin aber keinen Vorteil erblicken, nichts lag ihm ferner als das Gefühl von Überlegenheit.

»Stütze ist heute ... ich meine der Genosse Lindemann ist heute nicht da«, stotterte er, sauer auf »Stütze«, der sich krank gemeldet hatte, die Frühjahrsbestellung im Garten stand an. Der Genosse Jochen Lindemann! Während er, der Kollege Menne, sich mutterseelenallein der geballten Macht der Partei gegenübersah, krauchte die Vorhut der Arbeiterklasse scheinkrank, krankenscheinkrank, fröhlich durch die Gemüsebeete.

Kurt Kurze winkte ab. Sicherlich wusste er Bescheid, er wusste alles. »Ich bin deinetwegen gekommen.«

O Gott, wahrscheinlich wird ihm einer seiner Untersekretäre gemeldet haben, wer am 1. Mai zur Kampfdemonstration erschienen war und wer nicht. Panisch suchte Martin nach einer Ausrede. Schon mit Isolde hatte es Ärger gegeben wegen des Kampf- und Feiertags der Werktätigen, den kein Mensch, jedenfalls kein normaler, so nannte. Das Parteichinesisch kam keinem über die Lippen.

Drei Tage vor dem 1. Mai war sie in die Klinik gebracht worden, und der nervenschwache Martin hatte tagsüber x-mal die Geburtsstation angerufen, bis ihm am späten Nachmittag ein Engel durchs Telefon trompete: Glückwunsch, 49 Zentimeter, 2980 Gramm, ein Junge, alles okay. Sohn Tom war auf der Welt, und der Vater hastete zum Krankenhaus, um seine starke, schwache Frau zu umarmen und das Bündelchen neben ihr zu betrachten, zu befühlen, zu bestaunen. Nun waren sie eine Familie.

Auch am nächsten Tag kam er wieder, diesmal mit Blumen; er hatte der Verkäuferin den Grund zugeflüstert, worauf sie aus dem Hinterzimmer einen Frühlingsstrauß Narzissen und Osterglocken hervorgezaubert hatte.

Als seine Eltern, nun Opa und Oma, das Zimmer betraten, streckte er ihnen mit geschwellter Brust den Stammhalter entgegen, der ihm angeblich wie aus dem Gesicht geschnitten war. Auch wenn Martin eine solche Ähnlichkeit nicht entdecken konnte, schmälerte das sein Glück in keiner Weise.

Die Seligkeit endete, als Isolde ihm mitteilte, dass sie wahrscheinlich schon am 1. Mai nach Hause könne. Ausgerechnet am Ersten! Für diesen Tag hatte sich Martin mit seinem neuen Freund verabredet. Von einem Ausnahmekletterer wie Perry eingeladen zu sein war eine Chance, die vielleicht nie wieder kam. Das verstand Isolde nicht. Ob sie vielleicht Malte, den Kollegen Physiklehrer, bitten solle, sie und das Baby aus der Klinik abzuholen?, fragte sie spitz.

Die junge Mutter war aufgebracht. Weggeblasen die Harmonie, die seit Toms Geburt die Familie geeint hatte. Dass Opa anbot, am 1. Mai mit einem frisch geputzten Trabant vor dem Krankenhaus vorzufahren, konnte Isolde nicht besänftigen.

Nicht weniger prekär jetzt die Situation mit dem Parteiboss. Weglaufen konnte Martin nicht. Er musste erklären, weshalb er nicht zur Demonstration erschienen war. Wie immer, wenn er in Hektik geriet, fiel ihm nichts ein. Das Baby wäre ein tadelloser Grund gewesen, Martin aber verfiel auf die Beichte.

In einem Anfall von Ehrlichkeit, man könnte es auch Blödheit nennen, gestand er: »Tut mir leid, Kurt, ich konnte am 1. Mai nicht kommen, ich hatte mich mit einem Kletterfreund in der Sächsischen Schweiz verabredet und wollte den Kameraden nicht enttäuschen.«

Der Parteisekretär zog die Augenbrauen hoch, eher erstaunt als unwillig. »Das ist gut«, sagte er, »Kameradschaft ist das Wichtigste.« Es klang keineswegs ironisch. »Ich bin zwar aus einem anderen Grund gekommen, höre aber mit Freude, dass du ein Bergsteiger bist. Wie lange denn schon?«

»Sechs Jahre.«

»Kennst du den Satanskopf in den Affensteinen?«

»Den Seibtweg habe ich gemacht.«

»Hast du die Höhle dort gesehen?«

Martin, verblüfft über die Wendung des Gesprächs, nickte.

»Da hatten wir in den Nazi-Jahren eine Druckmaschine versteckt, ich hab dort die illegalen Zeitungen abgeholt.«

Kurt Kurze, erfuhr Martin, war einer der Naturfreunde, die sich in der Vereinigten Kletterabteilung zusammengefunden hatten. Von schwierigen Touren und markanten Gipfeln konnte er wenig berichten, wohl aber von den Schleichwegen, auf denen die »Roten Bergsteiger« antifaschistische Druckschriften geschmuggelt hatten.

»Und als die Gruppe aufgeflogen ist, hat mich gerettet, dass keiner der Verhafteten einen Kameraden verpfiffen hat, nicht beim Verhör und auch nicht unter Folter«, sagte er stolz, als sei es seine Leistung gewesen.

Das wäre heute auch so, dachte Martin. Auf die Kletterfreunde war Verlass.

Kurt Kurze, nun vollends überzeugt, den richtigen Mann vor sich zu haben, kam zur Sache: »Weshalb ich dich sprechen wollte, Martin, ich mache es kurz: Willst du nicht in unsere Partei eintreten, was denkst du? Ich höre von den Genossen, dass du dich gut in das Kollektiv eingefügt hast und ordentliche Arbeit ablieferst. Wir brauchen junge Leute, und sie meinen, du wärst ein würdiger Kandidat.«

Immer kommt es schlimmer, als man denkt! Martin wusste nicht, was er sagen sollte, das heißt, er wusste es schon, aber nicht, wie er es am besten formulieren könnte. Verrückt, auch in einem leeren Kopf kann es durcheinandergehen.

»Ich bin noch nicht so weit, Genosse Kurze«, sagte er und ahnte, dass er so billig nicht davonkommen würde.

»Was hindert dich, diesen Schritt zu tun? Unser Staat hat dir ermöglicht zu studieren, jetzt könntest du ihm etwas zurückgeben.«

Dankbarkeit einfordern – diese Masche verfing nicht. Das Ingenieursdiplom hatte er niemand anderem als sich selbst zu verdanken.

Er musste deutlicher werden: »Dem Staat etwas zurückgeben kann ich am besten durch meine Arbeit. Das geht auch ohne die Partei. Ehrlich gesagt, ich habe Probleme mit der SED.«

»Und was gefällt dir nicht?«

Wenn schon, denn schon, dachte Martin, und zählte einiges auf: die Anmaßung, alles von oben regeln zu können, die hohlen Phrasen, maßlose Erfolgsberichte, die mit der Realität kaum noch etwas zu tun hatten, und dann die sogenannte Parteidisziplin, die Duckmäuser erzog, weil sie praktisch Unterwerfung forderte ...

»Irgendwie passen bei uns die Arbeiter nicht zu ihrer Klasse. Sie soll die Avantgarde sein, soll voranmarschieren. Aber die Avantgardisten hinken hinterher. Pausenlos werden sie ideologisch bearbeitet, zu sozialistischen Persönlichkeiten erzogen. Und der Erfolg? Guck dich um im Betrieb! Die stolze Arbeiterklasse – lauter unwillige Meckerköppe.«

»Mir imponiert deine Ehrlichkeit.«

Kurt Kurze brauste nicht auf. Martin wusste nicht, was in ihm vorging. Er hatte ihn herausgefordert, der Obergenosse aber kanzelte ihn nicht ab.

»Soll ich dir was sagen, Martin? Ich hab mir vieles auch anders vorgestellt. Manchmal fasse ich mir an den Kopf. Aber wenn wir es besser machen wollen, was verändern wollen, müssen wir doch drin sein in der Partei, nicht draußen, meinst du nicht auch?«

»Ich weiß nicht«, antwortete Martin.

»Ganz unter uns: Ich sehe vieles auch kritisch. Aber ich habe gelernt, dass wir Probleme nur lösen, wenn wir sie gemeinsam angehen. Deshalb bin ich hier. Wir brauchen Leute wie dich in unseren Reihen, wir brauchen die Besten.«

»Da habt ihr aber ziemlich oft danebengegriffen.«

»Ich weiß, was du meinst. Gegen Karrieristen kann man sich schlecht wehren. Aber das sind nicht so viele, und sie haben bei mir keine Chance.

Schau dich um in deiner Abteilung: Der Chef ist parteilos. Entscheidend ist, was einer kann.«

Unversehens war Kurt Kurze für Martin nicht mehr der mächtige Parteiboss. Ein alter Kommunist voller Skrupel saß ihm gegenüber, ein gebeugter Mann, gefangen in einem Netz von Anweisungen und Instruktionen, der plötzlich einem unbedarften Jungingenieur erlaubte, einen Blick in sein Innenleben zu werfen. Für einen kurzen Moment tat er Martin leid. Aber aus Mitleid in die Partei einzutreten – das wäre absurd.

Er musste nicht mehr viele Worte machen. Kurt Kurze gab auf. Noch nicht, dachte er wohl. Er zog nicht beleidigt von dannen, sondern wurde redselig, erzählte von seinen Kindern, besonders von seiner Lieblingstochter, die von seiner Partei ebenfalls nichts wissen wollte. Er lächelte müde, ein wenig traurig, wie es schien, fragte nach Martins Familie, was dem die Gelegenheit gab, seinen Stammhalter Tom zu erwähnen. Er freue sich, sagte der Parteisekretär und bot Hilfe an für den Fall, dass es schwierig sein sollte, einen Krippenplatz zu finden.

Martin kam es vor, als führten sie ein Vater-Sohn-Gespräch. Ausgiebig plauderten sie über die Kletterei in der Sächsischen Schweiz, tauschten sich über offiziell nicht vorhandene Versorgungsprobleme ebenso aus wie über Ärgernisse im Betrieb. Und über den Scheißjob eines Parteisekretärs, das war Martins Formulierung.

Er konnte es Kurt nachfühlen: Er sollte die führende Rolle spielen, stand aber ziemlich einsam auf der Bühne, ausgestattet mit papiernen Texten, hatte nicht mal richtige Gegenspieler. Nur ein paar Selbstdarsteller und viele unlustige Statisten hampelten herum – so eine Aufführung konnte kein Erfolg werden, sie trieb der Agonie entgegen.

Kurze widersprach nicht. Zum Abschied sagte er: »Martin, es hat mich gefreut, trotz allem. Du kannst deiner Frau ausrichten, dass ich dich zum Genossen ehrenhalber ernannt habe. Wenn du nichts dagegen hast, komme ich bei Gelegenheit wieder vorbei, und du sagst mir deine ehrliche Meinung.«

»Einverstanden, Kurt, das mache ich gerne«, sagte Martin. Und meinte es auch so.

Liest sich bescheuert! Die Partei als gütiger alter Onkel. Als hättest du einen Bewerbungstext für die Agit-Prop-Abteilung der Ex-Kommunisten verfasst.
Ich rede vom Kurze-Kurt, nicht von der Partei.
Hieß es nicht: Wo ein Genosse ist, da ist die Partei?
Die waren nicht alle gleich, die Genossen, es gab solche und solche.

Unterwegs 15

»Ihre Chancen stehen halbe-halbe«, sagt der Doktor. Martin sieht den Mann nur undeutlich, wie hinter einem Schleier. Im Abgehen hört er die gedämpfte Stimme: »Es ist ein aggressiver Tumor.«

Nein!, schreit er ohne Laut. Die Bilder von seinem Vater kommen wieder hoch, die unwürdigen letzten Tage, die erbärmlichen Schmerzen. Nein, das nicht! Er weiß, was er zu tun hat. Es steht ihm klar vor Augen.

Mit leichtem Gepäck zieht er los, ohne Seil. Im hintersten Winkel des Gebirges stellt er den Rucksack ab, dort, wo noch nie ein Bergsteiger den Aufstieg wagte. Die Arnoldnadel ist in keinem Kletterführer verzeichnet. Sie gilt als unbezwingbar. Die vierzig Meter hohen Wände sind zu glatt, um Kletterer anzulocken. Aussichtslos, meinen selbst die Besten unter ihnen.

Ihn jedoch hat der Fels magisch angezogen. Ein einsamer, im dämonisch dunklen Wald verborgener Riese, gut geeignet, an Wunder zu glauben: Wer die Arnoldnadel bezwingt, bezwingt den Tod. Vorsicht ist unsinnig geworden, Sicherheit ohne Belang. Den Blick nach oben, umkreist er den Stein, immer wieder, ein beschwörender, abergläubischer, zaubrischer Tanz, der die Gefahr bannt und den Fels zum Obelisk des Überlebens macht.

Jetzt gilt es. Die Chancen stehen halbe-halbe, auch hier. Die ersten zwei Meter gehen leichter als gedacht. Die glatt wirkende Wand ist nicht glatt. An guten Tagen verrät sie ihre Geheimnisse: wo die Verwitterung oder tropfendes Wasser Löchlein in den Fels gebohrt hat, ausreichend für das erste Fingerglied oder den großen Zeh. Heute ist ein guter Tag.

Eine große innere Ruhe ist über ihn gekommen. Er schaut, prüft den Fels, sortiert die Strukturen, wählt die Auflage für den nächsten Tritt, fasst auch den übernächsten ins Auge, lieber ein lausiger Tritt unter dem Körper als ein guter seitwärts, präzise setzt er den Fuß, belastet ihn noch nicht, die Hände streicheln den Stein, weich greifen die Finger zu, wo sie Widerstand spüren, moderat ziehen, nicht mit ganzer Kraft, ein kurzer Druck vom Fuß – so geht es aufwärts, ohne Eile, aber stetig. Er spricht mit dem Fels. Gibt der Stein keine Antwort auf seine Fragen, verharrt er, sucht, fasst einen neuen Plan. Psychisch stark wie nie ist er, die Ruhe, die Langsamkeit bezeugen es.

Gott wäre hingerissen von seinem Geschöpf, würde er den Aufstieg verfolgen: Diese Ästhetik, die tänzerische Leichtigkeit, mit der er den Körperschwerpunkt verlagert, der fließende Wechsel von Griffen und Tritten. Eine Meditation in Bewegung. Pure Schönheit auf dem Weg nach oben. Allmählich verliert die Erde ihre Gravitationskraft, immer leichter geht es, bald genügt ein Fingernagel in einer Ritze, um sich daran hochzuziehen. Zufrieden blickt der HERR auf ihn herab: Er schafft alles, der kleine Mensch, der Große.

Es fehlen nur noch wenige Meter bis zum Gipfel. Aber je näher er Gott kommt – fast kann er ihn berühren –, desto unschärfer wird das Bild. Der helfende Vater weicht zurück, rückt von ihm ab. Die Hände des Kletterers greifen ins Leere, wie Scheibenwischer streichen sie über den Fels, suchen, können sich nirgendwo festkrallen. Panik steigt auf. Gib mir einen Griff, betet er. Lass mich nicht hängen! Gib, dass meine Kräfte nicht schwinden! ... Scheiße!

Fast schwerelos fällt er.

Irgendwas quietscht. Das Seil schnürt ihm die Brust ab.

»Idiot!«, schimpft Isolde.

Es war nicht das Seil, es ist der Sicherheitsgurt.

Isolde hat scharf bremsen müssen. Knapp zwei Meter hinter einem Schwerlasttransporter ist ihr Trabi zum Stehen gekommen.

Noch mal gutgegangen.

Die Beichte

Mir scheint, Martin Menne, euer Liebesfeuer ist verglimmt.
Ausgebrannt.
Die alte Geschichte?
Ja.
Auch ihr hattet geglaubt, das könnte euch nie passieren?
Ja, dachten wir.
Das Schicksal der Ehe: Das ewig Gleiche zieht uns hinab?
Und anderes.
Ich glaube, hier muss der Psychiater ran. Sofern Hilfe erwünscht ist.
Du meinst, er könnte Isolde helfen, mich loszuwerden.
Was redest du? Traust du ihr solche Absichten zu?
Ich nicht. Du vielleicht?
Ich halte mich an die Tatsachen.
Und die sind schlimm genug?
Von mir erfährst du nichts.

Seriöser gekleidet als sonst, klingelt Isolde beim Doktor. Zur dunklen Hose trägt sie eine hochgeschlossene weiße Baumwollbluse, ein straffer Gürtel verzurrt die Taille, verwehrt fiebrigen Fingern den Zugang.

»Ich muss dir was beichten«, sagt sie, kaum dass sie Platz genommen hat.

»Dazu bist du hier«, entgegnet Wolfgang Liesegang. Er findet mehr und mehr Gefallen an den Sitzungen mit ihr. Mit flinken Griffen breitet er ein weißes Laken über die Liege. »Leg dich erst mal auf mein Freud-Sofa, ich nehme an, es geht um Horizontales.«

Isolde fühlt sich getroffen, sein Instinkt verunsichert sie. Was denkt er von ihr? Meint er, er müsse den Ausfall Martins kompensieren? Und wenn er so denkt, was soll sie dann von ihm halten? Mag er sie oder benutzt er sie?

»Machst du dir einen Jux mit mir, Wolfgang?«

»Im Gegenteil. Bei mir ist es nur anders als in der Kirche: Ich vergebe dir deine Sünden schon, bevor du gebeichtet hast.« Er unterstreicht die Absolution durch Küsse auf Stirn und Augen. »Keine Sorge. Fang an!«

Isolde verschmäht die Couch, bleibt auf ihrem Stuhl sitzen. Die Festigkeit ihrer Worte soll die Unsicherheit überspielen:

Martin ist nicht der Vater meiner Kinder. Ich weiß nicht, ob er es ahnt. Auf jeden Fall war er schuld. Wir waren gut zwei Jahre verheiratet, nicht unglücklich, alles ging seinen Gang, Gewohnheit bestimmte den Ablauf der Tage, Überraschungen blieben Mangelware, wie in einer eingefahrenen Ehe. Ich fühlte mich zu jung für dieses Eintönige, das Immerwiederkehrende, war eine treue Gattin, konnte aber nicht behaupten, dass die Lust auf Abenteuer schon erloschen wäre.

Ich musste den Kitzel nicht suchen. Mein Kollege Malte hatte mir von Anfang an viel Aufmerksamkeit geschenkt. Die ersten Kontakte im Lehrerzimmer drehten sich um Schnittstellen unserer Fächer, uns schwebte ein gemeinsames Kabinett für Chemie und Physik vor, das wir später auch einrichten konnten, aber wir besprachen neben pädagogischen auch private Dinge, bald wusste er so viel über meine Familie wie ich über seine.

Malte war ein amüsanter Gesprächspartner, zwar acht Jahre älter als ich und etliche Zentimeter kleiner, aber ich spürte, dass er mich mochte; auffällig oft streichelte er freundschaftlich meinen Oberarm, was gerade noch erlaubt war. Dass dahinter die Lust auf Unerlaubtes lauerte, spürte ich. Ich konnte ihn gut leiden, genoss seinen Witz, seinen Charme.

Trotzdem, ohne Martins Drängelei wäre ich wohl nicht in seinem Bett gelandet. Mein Mann wünschte sich ein Kind und nötigte mich, zum Doktor zu gehen. Ich sollte die Ursache meiner Unfruchtbarkeit untersuchen und nach Möglichkeit beheben lassen. Dass Martin mit seiner Diagnose richtig lag, bezweifelte ich. Zugleich befürchtete ich, meine Vermutung könnte zutreffen: Ein Mann mit dieser Lendenkraft – zeugungsunfähig? Unvorstellbar. Würde er einen solchen ärztlichen Befund verkraften? Es könnte die Ehe sprengen.

Ich war in einer Zwickmühle, hatte vor den anstehenden Untersuchungen nicht weniger Angst als vor der Wahrheit. In meiner Not fasste ich den Entschluss, Malte zu einer Art Schwangerschaftstest zu missbrauchen. Er hatte drei Kinder, war also über jeden Zweifel erhaben. Die Idee, meiner Hilflosigkeit entsprungen, erwies sich als Glückstreffer. Wir haben zwar nicht eine einzige Nacht miteinander verbracht, hatten lediglich ein paar Stunden am helllichten Tage, und auch das nur im Sommer, immer dann, wenn seine Frau auf Arbeit und die Kinder im Ferienlager waren. Aber der Test verlief außerordentlich befriedigend. Schon beim ersten Mal.

Kaum hatte Malte mich in die Wohnung eingelassen, nahm er mich und warf mich auf das Ehebett. Hier liegt er sonst mit seiner Frau, dachte ich, vergaß es aber schnell. Unendlich langsam und genussvoll zog er mir die Kleider vom Leibe, begleitet von frivolen Worten und Zärtlichkeiten für jedes entblößte Fleckchen meines Körpers bis zu den Füßen hinunter, dann forderte er mich auf, auch ihn von seinen Sachen zu befreien, nicht hastig, in aller Ruhe, Knopf für Knopf, Stück um Stück.

Er war ein Hänfling, verglichen mit meinem Athleten zu Hause, aber hochgradig erregt, ich spürte, wie er vibrierte, wie er sich zügeln musste, wie er mich aufheizte mit dieser verfluchten, dieser wunderbaren Langsamkeit, ein abgöttisch versauter Kerl, der ein raffiniertes Spiel mit mir trieb und mich schon mit seiner Zunge, seinen Fingern in Höhen hinaufjubelte, die ich selten erreicht hatte. So ein geiles Miststück, es war gigantisch!

Malte hat mich völlig vergessen lassen, dass ich aus medizinischen Gründen gekommen war. Ich war entschlossen, das Experiment fortzusetzen. Mindestens so lange, bis ich das gewünschte Ergebnis vorweisen konnte. Ich brannte mittlerweile für die Forschung. Malte wusste nicht, dass er mein Versuchstier war, mein Karnickel, aber natürlich war der geile Bock bereit mitzumachen, wann immer es ging.

Martin hatte auch etwas davon. Ich war angefixt an solchen Abenden, ich griff ihn mir, ohne viel zu fragen. Er war einiges gewöhnt und wunderte sich nicht. Allmählich versuchte ich ihm beizubringen, was ich gelernt hatte, er war anstellig, es machte ihm Spaß, tat uns beiden gut. Und das Schönste: Als ich mit der langersehnten Nachricht vom Frauenarzt nach Hause kam, fiel er mir um den Hals, überzeugt, dass der Erfolg allein den neuen Praktiken zu danken war. Wo er recht hatte, hatte er recht.

An Toms viertem Geburtstag brachte Martin ein zweites Kind ins Gespräch, nicht zum ersten Mal. Ob ich nicht die Pille absetzen wolle. Ich hatte sie nie genommen!

Sein Wunsch überraschte mich nicht, ich hatte selbst schon daran gedacht, mit dreißig wurde es Zeit. Es gab freilich das bekannte Problem. Mir fiel nur einer ein, der helfen konnte: Malte. Ich bin eine treue Seele, unser zweites Kind und Tom sollten denselben Vater haben, vollwertige Geschwister sein.

Seitdem Malte unsere Schule verlassen hatte, war ein Treffen nur noch hin und wieder zustande gekommen. Zu keiner Zeit hat er ein Wort über Tom verloren. Zwar konnte er rechnen, aber sicherlich war er nicht erpicht auf Gewissheit. Ich verstand das.

Malte freute sich riesig über meinen Anruf. Diesmal bestand kein Zweifel, wozu er gebraucht wurde, wir sprachen offen darüber. Die Rolle als Leihvater machte ihn stolz, zugleich beeinträchtigte sie ihn. Er war, schien mir, mit größerem Ernst und weniger Leidenschaft bei der Sache. Vielleicht täuschte ich mich; es konnte auch am Alter liegen, er ging stramm auf die Vierzig zu. Aber für Jonas reichte es.

Dumm nur, dass Martin damals mit seinen Bergsteigern zu einer Reise aufgebrochen war, drei Wochen Klettern im Kaukasus – genau zu der Zeit, als ich mit Malte die heiße Phase durchlief. Ich glaubte manchmal Zweifel in Martins Gesicht zu erkennen, wenn er den Jungen betrachtete.

Isolde atmet tief durch, sie braucht eine Pause. »Bin ich jetzt ein schlimmes Weib in deinen Augen?«

»Man kann es von zwei Seiten sehen. Als Psychologe sage ich: Alles richtig gemacht. Du hast dir und vor allem deinem Mann viel Bitteres erspart. Die Alternative wäre eine Samenspende gewesen. Solche Kuckuckskinder aufzuziehen stürzt Männer häufig in Konflikte, nicht selten zerbrechen Ehen daran.«

»Und die andere Seite?«

»Als Mann, als Freund und Liebhaber – das darf ich doch sagen? – bin ich begeistert. Man erlebt es selten, dass eine Frau so offen und selbstbewusst über ihre Gefühle und ihre Lust redet. Kein böses, nein, ein begehrenswertes Weib!«

Er drückt sie an sich, aber sie kommt ihm nicht entgegen, ist innerlich versteift. Sie mag nicht so leichthin zur Tagesordnung übergehen. Tatsächlich, das Wort Tagesordnung geistert ihr durch den Kopf, als ginge es um die Abwicklung eines Geschäfts.

Das Geständnis hat ihre Betriebstemperatur heruntergekühlt. Sogar Schuldgefühle gegenüber Martin sind hochgekommen, obwohl sie weit mehr Grund hätte, ihm das Dahinsiechen ihrer Ehe anzulasten.

»Ich glaube, ich muss kein schlechtes Gewissen haben. Martin hat mich oft genug betrogen.«

»Du warst eifersüchtig?«, unterbricht sie Wolfgang.

»Ja, seltsam. Selbst wenn die große Verliebtheit vorbei ist und man selber schon in fremden Betten gelegen hat, will man nicht dulden, dass auch der Partner anderswo herumvögelt.«

»So ist es. Der kategorische Imperativ wird gerne gedreht: Was ich dir tu, steht dir nicht zu! Lange nicht! Wo kämen wir hin, wenn du dir dasselbe herausnehmen würdest wie ich?«

Isolde vermutet, der Arzt habe es in seiner Ehe nicht anders gehalten, unterdrückt jedoch eine diesbezügliche Frage. Sicherlich sieht er sich auch in ihrem Falle als Eroberer, obwohl er doch eher ihr Opfer war. Sich zu nehmen, was sich bietet – in diesem Punkt sind beide nah beieinander.

»Dass du deinen Besitzstand zu behaupten versucht hast, halte ich für normal«, sagt er.

Na, immerhin normal. Isolde lächelt in sich hinein. »Das Alleineigentum am Sexualpartner scheint mir eine Verirrung zu sein, in unseren genetischen Code eingeschrieben ist es jedenfalls nicht«, sagt sie. »Wahrscheinlich haben die Religionen solche Moralgesetze ausgeheckt, um das wilde Fortpflanzungsgerangel einzugrenzen und auch den Schwachen eine Chance zu geben.«

»Bei dir hat es allerdings nicht gefruchtet«, resümiert der Doktor. »Du hast immer nach starken Beischläfern gesucht.«

Bezieht er sich da ein?

»Dass Malte zu den besonders Starken gehörte, will ich nicht behaupten, aber immerhin war er kernig genug, um meine Gene in die nächste Generation zu retten. Mit dem ach so starken, ach so attraktiven Martin wäre das nicht gelungen.«

»Tragisch. An seinem Erbgut mögen Tausende Vorfahren gearbeitet haben, nun trocknet es aus. Wertvolle Menschen können sich bevölkerungspolitisch als wertlos erweisen. Ein Trauerspiel.«

»Wäre Martin nicht an mich geraten, sondern an eine wie die Schüttlern, hätte man noch von ausgleichender Gerechtigkeit reden können, dann wären wenigstens auch deren Gene auf Nimmerwiedersehen im Sand versickert.«

»Wer ist die Schüttlern?«

»Ach, egal. Ist erledigt. Martin büxt nicht mehr aus.«

»Auch nicht mit der Schüttlern?«

»Mit der schon gar nicht.«

Es waren nicht die Eskapaden, die ihre Ehe ausgehöhlt haben, weiß Isolde. Das stumme Nebeneinander war schlimmer.

»Ich glaube, das Unausgesprochene belastet eine Beziehung mehr als ständiges Mäkeln und Meckern«, sagt sie. »Mein Martin ist ein Meister im Schweigen, im Verbergen seiner Gedanken und Gefühle.«

Sie formuliert ein Unbehagen, das auch momentan ihr Empfinden bestimmt. Der Vorwurf des Unklaren, Undurchschaubaren richtet sich nicht nur gegen Martin. Wolfgang überhört es.

»Wie war es bei euch?«, fragt sie. »Große Liebe bis zum Tod?«

»Ich denke, es gibt eine klare Reihenfolge: Erst sterben die Gefühle, dann stirbt der Mensch.«

»Kann es nicht auch umgekehrt sein: dass die Liebe fortlebt weit über den Tod hinaus?«

»Ja, ja, die Liebe, inniger als zu Lebzeiten ... Eine romantische Imagination, ich habe es noch nicht erlebt. Leute, die sich in einen Zustand ewiger

Liebe hineindelirieren, sind Opfer einer Autosuggestion. Entweder sie müssen etwas wiedergutmachen an den Dahingeschiedenen, unterbewusst, versteht sich, oder es sind schwache Menschen, die glauben, mit unvergänglicher Treue die Achtung ihrer Umgebung zu gewinnen. Bedauernswerte Geschöpfe.«

»Wieso bedauernswert?«

»Weil sie sich nicht lösen, nicht nach vorn blicken können.«

»Du bist frei von solchen Gefühlen?«

»Ich bin offen, ja. Nur so hat man eine Zukunft.«

»Du warst offen für Marion, hast es mit Hannelore versucht ...«

»Wer hat dir bloß diese Namen eingeflüstert?«

»Mit ihnen war die Zukunft von kurzer Dauer.«

»Es waren in erster Linie meine Patientinnen.«

»Und das therapeutische Vögeln hat nichts gebracht?«

»Werd' nicht geschmacklos! Beide waren liebenswerte Personen, in den kritischen Phasen ihrer Krankheit jedoch in einem Zustand, den man früher mit dem Begriff unwertes Leben umschrieb. Man muss vorsichtig sein mit solchen Wörtern, ich weiß, nicht nur wegen der Nazis. Tatsache ist, dass viele Kranke in ihren dunkelsten Stunden genau das empfinden: Es hat keinen Wert, so zu leben.«

»Und du konntest ihnen nicht helfen.«

»Noch vermag es die Psychiatrie nicht, labile Menschen stark zu machen. Vielleicht ist es auch gut so. Versteh mich nicht falsch, aber wir müssen auf das Ganze blicken, nicht nur auf das Schicksal einzelner. Was hat uns der Fortschritt der Medizin gebracht? Wir heilen die Lahmen, päppeln die Kränkelnden, die in der freien Natur längst ausgelesen wären. Evolutionsbiologisch betrachtet hat das die Gattung Mensch geschwächt, man muss sich nur mal umsehen, was für Gestalten auf dieser Erde herumlaufen.«

Isolde reizt es, »Schau dich an!« zu sagen.

Liesegang scheint es ernst zu meinen: »Hast du nicht auch schon mal gedacht: Den Kerl könnte ich umbringen?«

»Es lag aber nie am Aussehen.«

»Und warum hast du es nicht getan? Eine Fliege tötest du doch auch, oder eine Spinne.«

»Ich bitte dich, das ist ja wohl ein Unterschied.«

»Moralische Barrieren?« Isoldes Nicken vermehrt seinen Eifer. »Brav! Wie wir alle hast du gelernt, deine Sonnenseite vorzuzeigen, auf der das Gütige, das Menschliche wohnt, ich nenne sie die dressierte Seite. Dahinter aber rumort es, da verbergen sich die wilden, aggressiven, tierischen Instinkte, die stammesgeschichtlich viel älter und nach wie vor wirkmächtig sind. Wer sie ständig unterdrückt, landet irgendwann bei mir in der Praxis.«

»Du meinst, ich sollte das Tier rauslassen?«

Vermutlich erwartet er heftige Widerrede, denkt Isolde, er will sie mit seinem sozialdarwinistischen Geschwafel herausfordern, die Biologie-Lehrerin auf die Probe stellen. In diese Falle geht sie nicht.

Liesegang lässt sich nicht aufhalten: »Das Dilemma ist: Die meisten Menschen unterdrücken das Animalische, manche sogar beim Sex. Wir sind so schrecklich zivilisiert, wir verdrängen unsere Triebe. In der Tierwelt geht es härter zur Sache. Konkurrenten ums Futter oder um Sexualpartner werden verscheucht, weggebissen, getötet. Und mancher Mord – ich bin jetzt wieder bei unserer Spezies – kann tatsächlich unter dem Posten Psychische Reinigung abgeheftet werden, nicht sehr human, aber menschlich.«

»Vom Unmenschlichen mal abgesehen.«

»Fest steht jedenfalls: Wäre es nach den unbarmherzigen Regeln der Natur gegangen, sähe die Menschheit heute anders aus. Im Überlebenskampf hätten sich nur die Besten durchgesetzt, die Gesunden, die Starken, die Attraktiven. – Doch was rede ich? Wir beide sind gesund und stark. Und attraktiv bist du obendrein. Lass uns das Leben genießen!«

Isolde entwindet sich den Armen, die nach ihr greifen. »Ich brauch jetzt einen Kaffee«, sagt sie. »Du auch?« Hinter der Abtrennung, die Waschbecken und Kaffeeautomat verbirgt, fällt ihre Fahrigkeit nicht auf. Sie fühlt sich unbehaglich. Versteht er sie nicht? Sie will Martin doch nicht umbringen, um Himmels willen!

Ihr hat schon zugesetzt, wie fühllos sie manchmal an seinen Tod gedacht und überlegt hatte, wie es wäre, danach frei und unbeschwert leben zu können. Sie hatte Angst vor sich selbst bekommen. War das nicht ungeheuerlich? Musste sie sich ihrer Gedanken schämen?

Wolfgang mit solchen Fragen zu kommen hätte keinen Sinn. Dass einer dem anderen den Tod wünscht, gehört in seiner Praxis wahrscheinlich zum Alltag, ja zum Grundverständnis vom Homo sapiens. Er hielte das für gesund, würde er dozieren und über uralte dunkle Seiten der menschlichen Psyche salbadern. Er kommt ihr nicht näher mit dem, was er sagt.

Als sie sich, die Kaffeetassen auf einem Tablett, wieder zu ihm setzt, will sie wenigstens in einem Punkt Widerspruch anmelden: »Ist es entwicklungsgeschichtlich nicht gerade ein Vorteil, dass der Mensch Empathie mit Schwächeren empfindet und sie nicht rücksichtslos aussortiert?«

»Ich wünschte, du könntest einen Blick in eine unserer psychiatrischen Anstalten werfen! Ob du dann noch an den Fortschritt der Gattung Mensch glaubtest? Ich möchte es bezweifeln. Mir reichen schon die Exemplare, die in meine Sprechstunde kommen. Du hast ja selber so einen Fall zu Hause.«

»Sie können trotzdem etwas leisten und nützliche Glieder der Gesellschaft sein.«

»Ach, du Gute!« Sein herablassender Ton ist unausstehlich. »Ja, nützlich in einer Gesellschaft, die kaum etwas von ihnen fordert. Warte ab, was demnächst in diesem Land passiert. In einer echten Leistungsgesellschaft landen sie schnell ganz unten, rutschen möglicherweise ins Elend, im besten Fall gnädig durchgeschleppt von den wirklichen Leistungsträgern.«

Isolde fühlt sich bei Gedanken ertappt, die sie auch schon beschäftigt haben. Was sollte aus Martin werden? Einem Mann ohne Ellenbogen. Hatte sie deshalb instinktiv Wolfgangs starken Arm gesucht? Alles in ihr sträubt sich dagegen.

Sie erinnert sich an ein Gespräch mit Martin kurz nach dem Mauerfall, als sie noch die DDR reformieren wollte, er aber schon den Kapitalismus kommen sah.

»Und das willst du wirklich? Keine Solidarität mehr! Jeder des anderen Wolf?«, hatte sie ihm vorgehalten.

»Jeder soll bekommen, was er verdient.«

Sie konnte es kaum fassen: »Willst du damit sagen, dass du bisher unter Wert bezahlt worden bist?«

»Lass das Persönliche weg! Es wird Zeit, dass echte Anreize geschaffen werden, dass sich eine Pyramide herausbildet, die auf Leistung beruht.«

»Bisher zählte die Leistung nicht?«

»Manchmal schon – in Verbindung mit der richtigen Einstellung. Aber Leistung ist weder hinreichend gewürdigt noch angemessen honoriert worden. Die Stufen auf der Einkommensskala müssten viel höher sein.«

»Es soll Schluss sein mit sozialer Gerechtigkeit?«

»Nein, mit der Gleichmacherei.«

Und du, Martin, wirst eins der ersten Opfer sein, hatte sie geahnt, aber nicht ausgesprochen. Sie war traurig gewesen. Wir haben es vergeigt, dachte sie. Sie sagte noch immer »wir«.

Wolfgang Liesegang hat eine verschlossene, schwer erreichbare Isolde vor sich. Er haucht ihr einen Kuss auf die heiße Stirn. Angenehm spürt sie den Druck seiner Arme auf dem Rücken. Aber es macht sie nicht frei.

»Du bist mir nicht böse, wenn ich mich jetzt verabschiede?«, sagt sie.

Unterwegs 16

Seit Stunden knallt die Sonne vom Himmel. Martin bietet eine Tasse Tee aus der Thermoskanne an. Isolde mag beim Fahren nicht trinken. Sie zeigt auf das Schild, das einen Parkplatz ankündigt. Die Beine vertreten möchte sie sich.

Sie stoppt, steigt aus und beginnt sich lustvoll zu strecken, reißt die Arme in die Höhe, als hätte sie wer weiß was für eine Leistung vollbracht, und macht auch noch drei Kniebeugen. Lächerlich.

Er folgt ihr humpelnd an einen freien Tisch. Wenigstens hat sie diesmal nicht ihre Sauberfrau-Tischtücher dabei.

Sogleich kommt ein ältliches Paar auf sie zu, wohlgenährt beide, altmodisch-adrett gekleidet. Geblümtes Sommerkleid die Dame, dunkelblaues Polohemd zu heller Hose der Herr. Sie trägt eine rote Schleife über dem Bauch, er den Gürtel unter der Wampe. Die Frau marschiert zielstrebig vornweg, sie hat eine große Flasche Coca-Cola in den Händen und ein erwartungsfrohes Lächeln aufgesetzt. Martin ahnt sofort: Wiedervereinigung en miniature!

»Dürfen wir Ihnen einen Schluck Cola anbieten?«

»Ja, gerne.« Isolde lässt sich von jedem einfangen. »Setzen Sie sich doch zu uns!«

Sie haben sogar vier Plastikbecher mitgebracht.

Martin versucht Distanz herzustellen: »Dass ich das noch erleben darf! 28 Jahre haben wir darauf gewartet.«

Isolde wirft ihm einen giftigen Blick zu, aber die Gäste merken nichts, sie lächeln glückselig vor sich hin. Verständnisvoll nicken sie dem armen Ostdeutschen zu.

Martin schiebt nach: »Unsere Kinder, wir haben zwei Söhne, müssen Sie wissen, würden Ihnen um den Hals fallen. Sie sind so glücklich, dass sie jetzt mit richtiger Cola aufwachsen dürfen, sie lieben Coca-Cola abgöttisch.«

Hat er deutlich genug ausgedrückt, dass er das Gesöff nicht ausstehen kann? Vermutlich nicht.

»Sind Sie zum ersten Mal im Westen?«

»Ja, zum ersten Mal«, lügt Isolde. Sie kann nicht vergessen haben, wie sie nach Westberlin gerast sind, als es das Begrüßungsgeld gab.

»Und wie gefällt es Ihnen hier?«

»Einfach wunderbar!« Jetzt verfällt auch Isolde ins Ironische. »Die Geschäfte sind voll, man bekommt alles zu kaufen. So viele Bananen überall! Und die Städte sind so schön. Und so sauber.«

»Und die Freiheit überall!« Martin schreckt vor nichts zurück. »Das ist überhaupt das Größte: die Freiheit. 28 Jahre haben wir darauf gewartet.«

Den alten Leuten ist der Stolz anzusehen. Immer auf der richtigen Seite gelebt – von einer solchen Bilanz können andere nur träumen.

»Wissen Sie, wir sind ja nie hinter den Eisernen Vorhang gefahren.«

»Das haben Sie richtig gemacht.«

»Obwohl wir Verwandte drüben haben. Aber man wurde ja überall bespitzelt.«

»Genau, in jeder Familie hatte die Stasi ihre Leute.«

»Ach? In jeder Familie?«

»Na, was denken Sie!« Martin reitet der Teufel: »Ich selber habe Woche für Woche Berichte schreiben müssen.«

Langsam geht es Isolde zu weit. »Glauben Sie ihm nicht, er spinnt ein bisschen.«

»Aber Isolde, wir müssen uns doch nicht mehr an unser Schweigegelübde halten. Wir sind im Westen! Hier herrscht Redefreiheit.«

Der alte Herr ist etwas verwirrt. »Schlimm, schlimm«, sagt er. »Nur gut, dass Sie die Kommunisten davongejagt haben. Ein schreckliches Regime!«

»Das kann ich Ihnen sagen! Was glauben Sie, wie ich gelitten habe! Immer diese Berichte! Über die eigene Familie! Und wenn ich nicht pünktlich geliefert habe, kannte die Stasi keinen Spaß. Das ging bis zur Folter.«

»Schrecklich. Und Ihre Frau hat davon nichts gewusst?«

»O doch, die stand ja noch über mir. Die Stasi-Genossen haben mir oft gesagt, auf meine Frau könne ich stolz sein, sie war keine einfache Zuträgerin, sondern OibE, wenn Ihnen das was sagt, Offizier im besonderen Einsatz. Ein ziemlich hohes Tier bei der Staatssicherheit.«

Isolde kann nur den Kopf schütteln. Die Gäste schauen sich betreten an. Martin merkt, sie brauchen nicht mehr viel. Er ist entschlossen, den Sack zuzumachen:

»Wissen Sie, was komisch war: Die Stasi hat ihre eigenen Leute bespitzelt! Krank war das! Auch über meine Frau hatten sie ein Dossier angelegt, und ich musste regelmäßig Berichte dafür schreiben. Ist mir nicht schwergefallen, sie war ja eine brave Kommunistin. Bei unseren Söhnen sah das schon anders aus. Als die in die Pubertät kamen, das waren vielleicht schwierige Jahre, sage ich Ihnen! Was glauben Sie, was die für Ideen im Kopf hatten, regelrecht staatsfeindlich waren die! Sie schwärmten plötzlich von Sachen aus dem nichtsozialistischen Ausland. Vom Feind, verstehen Sie! Die eigenen Kinder! Wollten echte Levi's zum Beispiel und Schallplatten von Esi-Disi oder wie diese dekadenten Musiker heißen. Das musste ich natürlich melden, schon um sie vor sich selbst zu schützen.«

Martin deutet es mit den Handflächen an: »So eine dicke Akte hatten unsere Jungs bei der Stasi. Da kann man doch stolz sein als Vater, oder?«

»Glauben Sie ihm kein Wort!« Mehr bringt Isolde nicht heraus, sie hat aufgegeben.

»Nein, nein«, sagt die Frau, »wir müssen sowieso weiter.« Sie schnappt sich ihren Mann und die Cola-Flasche und geht ohne Gruß.

Martin ist zufrieden, er schüttet das Gesöff ins Gelände, keinen einzigen Schluck hat er getrunken. »Denen war nicht zu helfen«, rechtfertigt er sich.

Langsam findet auch Isolde die Sprache wieder: »Als Kotzbrocken bist du wirklich überzeugend«, sagt sie und lächelt. So viel Anerkennung war selten.

Isolde im Netz

Ich werde das Gefühl nicht los, dass in meiner Geschichte etwas fehlt.
Wenn du mich fragst: Da fehlt eine Menge.
Ob es Leser misstrauisch macht? Ich habe in vierzig Jahren DDR nie mit den Jungs vom VEB Horch und Guck zu tun gehabt.
Das glaubst auch nur du!
Nein, wirklich. Wir haben gemeckert über Partei und Regierung ohne Ende, nie ist etwas passiert.
Weil ihr zu feige wart, echten Widerstand zu leisten.
Ich erinnere mich an einen Journalisten von der »Sächsischen Zeitung«, den unser Abteilungsleiter mit den Worten empfing: »Na, was wollt ihr denn morgen wieder schwindeln in eurem Käseblatt?«
Heldenmut, wo man ihn gar nicht vermutet. Tatsache bleibt, du warst umzingelt von Zuträgern, wurdest belauert, das muss irgendwie rein ins Manuskript.
Bloß wie? Ich hab keine Idee. Fällt dir nichts ein?
Sehr gut, die Frage! Endlich siehst du ein, dass du mich als Ko-Autor brauchst! – Vorschlag: Wie wär's, wenn wir dich selber zum Spitzel machten? Genötigt von einem fiesen Stasi-Offizier? Du würdest dich bestimmt nicht gewehrt haben.
Doch.
Du hättest das nicht ablehnen können.
Doch.
Halt! Viel besser: Es gibt einen bizarren Fall, der durch alle Medien gegangen ist. Den drehe ich so, dass er in deine Story passt.
Skrupel kennst du nicht, was?
Stasi in Familie – du wirst begeistert sein.

Isolde hat die Schüssel mit den frisch geernteten Buschbohnen beiseite gestellt und Ruhe gesucht in jenem monströsen Gerät, das Martin »Holy-Wut-Schaukel« nennt. Sie gönnt sich jetzt öfter eine Pause. Beim sanften Wiegen, die Hände schützend über dem Bauch gefaltet, die Augen geschlossen, gibt sie sich ihren Träumen hin. Was da in ihr heranwächst, möge ein Mädchen werden, wünscht sie sich. Ein Junge mit Maltes zierlicher Statur wäre nicht so gut.

Sie hört Schritte. Um die Hausecke biegt ein junger Mann, von der Figur her mehr Martin als Malte.

»Entschuldigung«, ruft er. »Ich habe vorn am Tor geläutet, aber die Klingel funktioniert wohl nicht.«

Immer dieser Pfusch!, denkt Isolde. Statt sie zu reparieren, hat Martin die rissige Klingel einfach mit einem Heftpflaster gesichert.

Moment, Hanni! Das lasse ich mir nicht nachsagen. Unsere Klingel war nie kaputt.
Das ist ein literarisches Bild, Mensch! Die Klingel steht für die DDR: nichts funktioniert, alles rissig, alles kaputt – aber gesichert, ob mit Stacheldraht, Mauer oder Heftpflaster.
Hast du sie noch alle?

Forsch durchquert der Mann den Garten, hält Isolde einen Ausweis vor die Nase, so kurz, dass sie weder den Namen noch den Aufdruck »Ministerium für Staatssicherheit« entziffern kann, und rückt wie selbstverständlich einen Gartenstuhl heran.

»Oberleutnant Schulze, mein Name«, sagt er. »Du wirst dich vielleicht wundern, Genossin Menne, aber ich bin hier, um dich für eine Mitarbeit zu gewinnen.«

Sie sieht, dass sein Hemd über der Brust spannt. Ein Knopf steht offen, vorwitzig lugen dunkle Locken hervor, sehr männlich.

»Soweit wir wissen, Genossin, bist du getauft und konfirmiert und auch heute noch in der Kirche. Sicher hast du nur vergessen, auszutreten.«

Isolde nickt. Sie bemerkt seine tiefen Geheimratsecken und die wulstigen Lippen. Beides spricht für eine starke Potenz, hat sie gehört.

»Derzeit versucht der Gegner, stärker in die kirchlichen Gemeinden einzudringen und sein feindliches Gedankengut zu verbreiten. Wer treibt dort sein Unwesen, wie wird gegen unseren Staat, gegen den Sozialismus gehetzt, wer sind die Wortführer – das herauszufinden könntest du uns helfen. Du müsstest nur regelmäßig in die Kirche gehen und mir berichten. Ich wäre dein Führungsoffizier.«

Er hat sich weit vorgebeugt, Isolde hört sein eindringliches, fast erotisches Flüstern, seine kräftige Hand ist nur wenige Zentimeter von ihrem Knie entfernt. Sie schließt die Augen ...

Bitte! Tu mir einen Gefallen und verkneif dir dein schwüles Geschwafel!
Was hast du denn?

Ich kenne dich. Klipp und klar: Ich möchte nicht, dass du meiner Frau neben der Affäre mit der Stasi auch noch ein Techtelmechtel mit einem Führungsoffizier andichtest.

Aber das Leben geht wundersame Wege.

Nicht mit mir! Kein Stasi-Sex, oder die Story fliegt raus!

Okay, okay.

Isolde schließt die Augen, sie denkt konzentriert nach. Jetzt keinen Fehler machen!

»Ja, weißt du, Genosse ... Wie war noch mal dein Name?«

»Müller.«

»... Genosse Müller, es gibt da ein Problem. Ich habe meinem Mann versprechen müssen, nie mehr in die Kirche zu gehen, schon vor der Hochzeit, er ist ein militanter Atheist.«

»Sehr lobenswert. Aber wenn er sonntags klettern geht, könntest du doch ...«

»Ich betrüge meinen Mann nicht.«

»Na, na.«

»Ich würde es ihm auch beichten. Vor meinem Mann habe ich keine Geheimnisse.«

»Oh«, lächelt er, »das sehen die Genossen unserer Dienststelle ein wenig anders.«

Sie schaut ihn an. Was soll das heißen?

»Gut«, sagt er, »wir lassen das mit der Kirche. Es gibt noch ein anderes Völkchen, das uns interessiert. Nicht dass wir glauben, die Bergsteiger wären durchweg negativ eingestellt, aber ein paar komische Individuen sind schon darunter.«

Da mag er recht haben, denkt Isolde. »Ich kann dazu nichts sagen, ich kenne Martins Kletterfreunde nicht.«

»Aber du kennst deinen Mann.«

»Der steht fest auf dem Boden unseres sozialistischen Staates.«

»Ja, ja, bloß zum Klettern war er in letzter Zeit auffällig oft in der Böhmischen Schweiz.«

»Ja und?«

»Gerade nach der Niederschlagung der Prager Konterrevolution durch die Truppen der Warschauer Vertragsstaaten.«

»Großartig, Genosse Müller! Du konstruierst Zusammenhänge, die es nicht gibt.«

»Umso besser. Während der Prager Ereignisse hat er aber bestimmt auch Westsender gehört.«

»Gehört schon, aber nicht alles geglaubt. Er sagt immer, man muss beide Seiten hören, um sich ein Urteil bilden zu können.«

»So fängt es an. Und wie seine Urteile ausfallen und was du aus Bergsteigerkreisen hörst, darüber wirst du uns von Zeit zu Zeit informieren. Einverstanden?«

»Nein, werde ich nicht. Ich kann nicht meinen eigenen Mann bespitzeln. Martin und seine Kameraden sind nicht der Klassenfeind.«

»Wehret den Anfängen, hat Brecht gesagt. Versteh mal richtig, Genossin Menne, wir möchten natürlich vermeiden, dass dein Mann durch irgendwelche Indiskretionen an seiner Vaterschaft zu zweifeln beginnt. Es würde uns wirklich leid tun, wenn das Kind« – er zeigte mit dem Finger auf ihren Bauch – »nicht in einer intakten Familie aufwachsen könnte ...«

Die Berichte, die Isolde schrieb, hatten nichts mit Spitzelei zu tun, waren eher Abbilder ihrer Stimmung. Gerade am Anfang, als noch alles gut war, verrieten sie über Martins Ansichten gar nichts, wirkten fast wie eine Empfehlung für die Verdienstmedaille der DDR.

Mit den Krisen in ihrer Ehe schlichen sich kritische Töne ein, zur Sprache kam vor allem der weitverbreitete, mithin ungefährliche Unmut über Versorgungsengpässe und andere Alltagsprobleme. In Zeiten allerdings, da Isolde voller Zorn war, meist wegen irgendwelcher Weibergeschichten, überzeichnete sie maßlos, erklärte Martin wenn nicht zum feindlich-negativen Element, so doch zum unsicheren Kantonisten. Das Aufschreiben tat ihr gut, nahm Druck aus dem Kessel. Abgeliefert hat sie solche Berichte nie, das wollte sie ihm dann doch nicht antun.

Die Informelle Mitarbeiterin Isolde Menne, als »Old Man« registriert (auf diesen Tarnnamen, der alles verriet und zugleich alles verschleierte, war sie stolz), hatte ein sehr enges Verhältnis zu ihrem Führungsoffizier. Mit dem Oberleutnant, der bald Hauptmann, später sogar Major wurde und trotzdem den Kontakt zu »Old Man« nicht Untergebenen überließ, konnte sie alles bereden, selbst Zweifel, die sie ihren Lehrerkollegen in der Parteiversammlung nicht offenbarte. Sie vertraute dem Offizier, gemeinsam machten sie sich lustig über die Selbstgefälligkeit alter, immer noch führender Genossen in Berlin oder versicherten sich ihrer Sorge wegen des Einmarsches sowjetischer Truppen in Afghanistan.

Martin spielte nur eine Nebenrolle in ihren Gesprächen. Seine diffusen politischen Ansichten waren in ihren Augen einer ernsthaften Erörterung nicht wert. Selbstverständlich kam Isolde ihrer Pflicht nach und lieferte Berichte. Sie blieb dabei stets anständig, im schlimmsten Fall meldete sie Martins vage Zweifel am System, die aber viel zu viele Bürger teilten, um bei der Stasi jemanden hinter dem Ofen hervorzulocken. Von solchen Bedenken war auch Isolde nicht frei. Und selbst ihr Führungsoffizier ließ entgegen der offiziellen Linie starke Sympathien für Gorbatschows Reformkurs in der Sowjetunion erkennen.

So konnte Isolde Menne am Ende guten Gewissens behaupten, niemandem geschadet zu haben. Höchstens ihrer eigenen Reputation. Dass sie Letzteres gesagt oder empfunden hat, ist aber nicht verbürgt.

Okay, Hanni, das würde ich dir durchgehen lassen.

Gut, stimmt's?

So ähnlich mag es manchmal gelaufen sein. Aber sag mal, du hast von einem engen Verhältnis gesprochen …?

Unterwegs 17

Nein, nicht schon wieder! Sie fahren auf eine Wand von aufgeregt blinkenden Lämpchen zu: Stau.

Wie die Hektik zur Starre gerinnt! Das gleichmäßige Rauschen, Brummen, Heulen schnurrt zusammen zu einer unheimlich anmutenden Stille. Bald gehen die ersten Türen auf. Ungeduldige, die offenbar pausenlos den Verkehrsfunk hören, lassen die anderen mit wichtiger Stimme an ihrem Kenntnisstand teilhaben: schwerer Unfall, Autobahn gesperrt.

In manchem Blick, der die Trabantfahrer trifft, liest Martin die Frage: Kennt ihr drüben gar nicht, was? Stau?

Nee, denkt er, wir sind noch nicht so weit. Zurückgeblieben halt.

Unmittelbar vor ihnen ein dicker Audi, zwei Endvierziger steigen aus, sportliche Typen, beide mit randloser Brille, leger, aber edel gekleidet, befindet Isolde. Sie sind offenbar Stau-Profis. Kurzerhand packen sie einen Campingtisch und zwei Stühle auf den Standstreifen und machen es sich bequem. Eine Flasche Orangensaft und eine Keksbüchse unterstreichen ihre Gelassenheit.

Solcher Gleichmut ist Martin fremd. Er schaut auf die Uhr, dann auf die Karte. Bis Grindelwald, schätzt er, sind es noch mindestens sechs Stunden, sie werden sich wohl ein Quartier suchen müssen, aber wo findet man jetzt eine Bleibe, mitten in der Ferienzeit?

Er schaltet das Radio ein. Sehr angenehm, Nachrichten ohne Motorengeräusche.

Der Ministerpräsident der Russischen Föderation, Iwan Silajew, hat den im amerikanischen Exil lebenden Schriftsteller und Literaturnobelpreisträger Alexander Solschenizyn gebeten, die ihm wieder zuerkannte UdSSR-Staatsbürgerschaft anzunehmen und sein Heimatland zu besuchen.

Rund 500 Titel aus Presseverlagen der Bundesrepublik, davon 350 Periodika, werden gegenwärtig über 8000 Verkaufsstellen und Kioske in der DDR vertrieben.

Die überwiegende Zahl der über 30 000 ambulant tätigen Ärzte und Zahnärzte in der DDR will die bestehenden Strukturen nicht zugunsten einer eigenen Niederlassung aufgeben, ergab eine Umfrage. Die

Freiheit im ärztlichen Denken und Handeln solle nicht mit neuen Abhängigkeiten von Banken und Pharmakonzernen erkauft werden.

Die Währungsreform in der DDR hat der bundesdeutschen Industrie einen starken Auftrieb verliehen. Die Geschäftsaussichten für die nächsten sechs Monate sind nach einem Konjunkturtest des Münchner Ifo-Instituts für Wirtschaftsforschung äußerst optimistisch.

Der frühere amerikanische Präsident Ronald Reagan besucht am 12. September mit seiner Frau Nancy Berlin. Er wird als Gast des vom Axel Springer Verlag ins Leben gerufenen »Forums für Deutschland« einen Vortrag halten.

Die Männer am Campingtisch können wenig miteinander anfangen, nur hin und wieder sagt einer ein paar Worte. Entweder wissen sie schon alles voneinander, oder sie sind weder Freunde noch Verwandte, vielleicht aus gutem Grund auf Distanz, Arbeitskollegen oder Parteifreunde, die ein Auftrag zusammengespannt hat.

Der eine hält die Augen geschlossen und reckt sein Gesicht der Sonne entgegen. Der andere sucht Ablenkung, sein Blick fällt auf den himmelblauen Trabant hinter ihnen. Nach einigen Worten, die seinen Kollegen aus dem Dämmerzustand reißen, geht er zu seinem Auto. Mit einem fragenden Lächeln Richtung Trabant hebt er zwei Campingsessel aus dem Kofferraum. Isolde kann nicht widerstehen, sie lächelt zurück, nickt übertrieben heftig und springt auch gleich aus dem Auto, deutlich geschmeidiger, als sie sonst auszusteigen pflegt. Martin bleibt sitzen, weiter in die Nachrichten vertieft.

Seit Jahresbeginn wurden in der DDR mehr als 1000 private Reisebüros gegründet. Sie sind in Konkurrenz zum Staatlichen Reisebüro mit seinen 140 Filialen getreten.

Der Gründungsparteitag der Kommunistischen Partei Russlands soll am 4. September fortgesetzt werden, berichtet die Zeitung »Sowjetskaja Rossija«. Allein im Juli haben 152 750 russische Mitglieder die KPdSU verlassen.

Die Chancen der privaten DDR-Einzelhändler werden von bundesdeutschen Experten als sehr gering eingeschätzt. In der Übergangsphase zur Marktwirtschaft werde es insbesondere bei Existenzgründern zu vielen Geschäftsaufgaben kommen.

Isolde, die sofort für Belebung am Campingtisch gesorgt hat, dreht sich nach Martin um, ihr Gesicht glüht. Mit einer Entschuldigung erhebt sie sich, um ihrem Mann zuzuraunen: »Sei nicht unhöflich und komm endlich! Die sind nett. Und bring unsere Thermoskanne mit! Nee, haben wir nicht was DDR-Typisches? Wo sind denn deine Knusperflocken?«

Martin überhört ihr überdrehtes Geplapper. Er hat keine Lust, sich vorführen zu lassen. Steht aber doch auf und humpelt, leicht vorgebeugt, in die Runde.

»Ah, Coxarthrose«, ruft der eine, »das typische Gangbild, Entlastungshinken und Außenrotation des Fußes.« Martin, wenig begeistert von der Begrüßung, ringt sich ein müdes Lächeln ab. Kaum hat er Platz genommen, geht die lästige Befragung weiter: »Da sind wohl bald neue Hüftgelenke fällig? Haben Sie schon einen Termin?«

Martin winkt ab. »Das gibt sich wieder.«

»Von so einer Wunderheilung habe ich noch nie gehört! Und ich müsste es wissen: Ich stehe fast jeden Tag im OP und setzte Prothesen ein. Jetzt kommt langsam Ihre Generation dran, die Mangelernährung in den Kriegs- und Nachkriegsjahren zeitigt Folgen.«

Die Hungerjahre als Ursache leuchten Martin sofort ein, anders als die körperliche Überlastung, die der Dresdner Orthopäde ihm anzuhängen versucht hatte. Selber schuld, sollte das heißen. Obendrein fühlte sich Martin beleidigt durch dessen Gequassel von der Minderwertigkeit seines Gelenkknorpels. Minderwertig – so reden alte Nazi-Ärzte; er ist nie wieder hingegangen.

Nun ein Arzt, der Zuversicht verströmt. Er erinnert ihn an Perry. Der hatte auch viel von den Fortschritten bei künstlichen Hüftgelenken gesprochen, ein operativer Eingriff werde alles wieder richten. Zum Arzt gehört eben auch, Optimismus zu verbreiten, die wirksamste Droge im Heilungsprozess.

Für Martin war der Gedanke an Reparaturen schwer vereinbar mit dem Bild, das er von sich hatte; mit seinem Körper hätte er Michelangelo Modell stehen können. David mit Hüftproblemen? Undenkbar.

Seinen Stolz konnte Isolde nachvollziehen – sie musste sich nur andere Fünfzigjährige ansehen! –, seine bockige Verweigerung nicht.

»Mein Mann hat Prothesen bisher strikt abgelehnt«, wirft sie ein und erntet einen bösen Blick für ihre überflüssige Bemerkung.

»Das sollten Sie sich überlegen. Die neuen Gelenke halten lange, zwanzig Jahre, so die Prognose. Und Sie sind wieder völlig schmerzfrei.«

»Aber nur eingeschränkt belastbar.«

»Würde ich so nicht sagen. Klar, bestimmte Bewegungen sollte man vermeiden.«

Genau darum ging es. Selbst mit noch so kunstvoll gefertigten Implantaten würde er außerstande sein, den eigenen Ansprüchen zu genügen oder gar mit Perry mitzuhalten. Nein, sein Abschied vom Klettern war endgültig. Die Trauer darüber hat lange genug an ihm gezerrt, sein Gemüt durch finstere Korridore geschleust ...

Vorn im Stau rührt sich was, Türen klappen, Motoren werden angelassen, es geht weiter, Gott sei Dank. Hastig räumen die Männer ihre mobile Sitzgruppe in den Audi.

Der Orthopäde steckt Martin seine Karte zu. »Rufen Sie mich an, wenn Sie Fragen haben. Und noch mal: Ich rate Ihnen dringend zur OP.«

Martin verwahrt die Visitenkarte in seinem Portemonnaie.

Fluchten

Ältere Menschen – ich rechne dich jetzt mal dazu – sagen, wenn sie auf ihr Leben zurückblicken, fast immer, sie bereuten nichts.
Oh, das würde ich nicht behaupten.
Was tut dir leid?
Dass ich nicht zu meinen Träumen gestanden habe. Es gab immer vermeintlich Wichtigeres, Unaufschiebbares zu tun, im Beruf, in der Familie. Pläne, die ich für mein Leben hatte, rutschten weg, wurden verdrängt oder verschoben, bis es zu spät war.
Du hast den Ausbruch nicht gewagt?
Ein paar Mal bin ich davongelaufen, schon als Kind, aber nie weit gekommen.
Du bist abgehauen? Soll ich das glauben?
Als Untertitel zu meinem Buch würde passen: »Roman eines freien Geistes, der mehrfach auszubrechen versuchte, aber nie wirklich wegkam«.
Grandios formuliert. Nur unwesentlich schlimmer als das, was du bisher zu Papier gebracht hast.

Schrecklich waren die Wochenenden. Allein dass »der Alte« den ganzen Tag zu Hause war, versetzte Martins Mutter in eine gereizte Stimmung. Selten ein Morgen, der friedlich blieb. Wenn sie sich nicht böse beharkten, grollten sie, er in der Werkstatt, sie in der Küche.

Kam Martin sonnabends aus der Schule, wurde er unverzüglich zum Fleischer geschickt. Eine Kanne Brühe holen. Mutter kochte an diesem Tag aus Gewohnheit eine Suppe, das hatte sie von ihrer Mutter, im Sommer gern eine Löwenzahn- oder Brennnesselsuppe, immer mit Eierteigwaren aus Riesa und – seitdem sie Hühner hielten – mit einem Eistich. Sie legte Wert auf Abwechslung: Mal schwammen Muscheln in der Brühe, mal Buchstaben, mal Sternchen. Das löffelte sich weg. Dazu gab es Brot, Vater liebte das Ränftel vom Schwarzbrot, Martin und seine Mutter nahmen ein, zwei Scheiben vom Bäcker-Weißbrot.

Aufwendiger war das Sonntagsessen, entsprechend schlecht die Laune der Köchin. Manchmal konnte sie selber nicht verstehen, warum sie sich so viel Mühe machte für eine Familie, die es nicht zu würdigen wusste. Sonntags kam Fleisch auf den Tisch, in diesem Punkt herrschte Einigkeit zwischen den Eheleuten. So wenig sie sich zu sagen hatten – die Absprachen funktionierten. Ohne Worte, so schien es. Ging Vater morgens mit dem Beil zum Hackklotz, gab es – nach entsetzlichem Gegacker – Huhn zu Mittag. Ohne Gegacker Kaninchen.

Ein Hochgenuss war das gemeinsame Essen selten. Fast immer hingen schweigende Köpfe über den Tellern. Nur manchmal fielen ein paar Worte, was noch fataler war, denn die Eltern redeten nicht miteinander, sie nutzten ihren Sohn als Medium.

Meist begann Vater: »Sag deiner Mutter, die Rouladen waren in Ordnung. Vielleicht kann sie sich aber das nächste Mal durchringen, die Kartoffeln mit etwas Salz und die Erbsen nicht ganz so weich zu kochen.«

Worauf Mutter gewöhnlich aufstand und dem Tisch den Rücken kehrte, nicht ohne zu hinterlassen: »Sag deinem Vater, er kann mich mal.«

Das waren die vergleichsweise guten Tage.

Gingen die Eltern hingegen aufeinander los, laut und unbeherrscht, zog sich Martin in einen stillen Winkel zurück. Am liebsten wäre er weggelaufen. Aber wohin?

Zu Onkel Walter natürlich. Das hatte er sich oft vorgestellt. Walter war kein richtiger Onkel. Vater hatte mit ihm bei Rot-Sport geturnt, das war noch vor dem Krieg, ein Freund aus frühen Tagen. Wenn er alle paar Wochen zum Skatspielen nach Wachwitz kam, brachte er den stillen Onkel Fritz mit, den sie als dritten Mann in der Runde brauchten und der nicht weiter auffiel, er spielte mit, aber keine Rolle.

In den Augen des kleinen Martin war Onkel Walter riesengroß und bärenstark, später – je größer er selbst wurde – schrumpfte er etwas, blieb aber laut und lustig wie immer. Martin mochte den Mann, auch weil er gemäß einer Absprache nach jedem verlorenen Spiel einen Witz erzählen musste (und er verlor offenbar gern, denn er spielte hochriskant und reizte selbst ein Gurkenblatt bis zum Äußersten aus).

Vor allem verging kein Besuch, ohne dass sich der Onkel mit Martin ausgiebig über die Schule unterhielt. Schnell stellten sie Einvernehmen her, denn niemand konnte so ungehemmt – und so unpädagogisch! – über Lehrer herziehen wie Onkel Walter. Sehr zum Verdruss der Eltern.

Waren Freunde Martins, also mehr Zuhörer zugegen, steigerte sich Walter oft zu großer Form. Einmal, als das Wort Oktoberrevolution gefallen war, verblüffte er die Jungs mit einem schier unglaublichen Bericht. In jenen denkwürdigen Tagen des Jahres 1917 sei er in der ersten Reihe vorangestürmt, als sie in Petrograd das Winterpalais eroberten, er und die anderen Bolschewiki, erzählte Onkel Walter. Er mit einem alten Gewehr in der Hand und Blasen an den Füßen, denn die Stiefel hätten ekelhaft gedrückt. Beim nächsten Besuch werde er den Orden mitbringen, der ihm dafür verliehen worden sei.

Ohne Hemmungen knöpfte er seine Hose auf und präsentierte eine vernarbte Wunde am Unterbauch, die die Jungen leicht angewidert, gleichwohl mit offenen Mäulern bestaunten. »Hier hat er mich erwischt, der Schurke von der Palastwache, mit dem Bajonett aufgeschlitzt. Aber er konnte uns nicht stoppen, wir haben sie überrannt. Und am nächsten Tag hat mich der Genosse Lenin im Krankenhaus besucht. Spassibo, Towarischtsch Walter Gustavowitsch, hat er gesagt. Frei übersetzt: Danke, Genosse, ich weiß nicht, ob wir die Revolution ohne dich geschafft hätten. – Ja, so war das.«

Ein Held, der Onkel Walter. Martins Bewunderung war grenzenlos – und seine Enttäuschung ebenfalls, als er später die wahre Ursache für Onkels Narbe erfuhr: nix Oktoberrevolution – Blinddarm-OP.

Wie gesagt, zu Onkel Walter wäre er gern abgehauen. Es blieb freilich ein Wunschtraum. Martin wusste nicht einmal, wo er wohnte. Irgendwo in Laubegast.

Nur um das klarzustellen: Du willst uns dein pubertäres Aufwallen doch nicht als ersten Fluchtversuch in ein selbstbestimmtes Leben verkaufen?
Es war ein Vorläufer vom Davonlaufen.
Dem nichts folgte.
Die späteren Ausbrüche hatten alle mit Isolde zu tun. Mich ärgerte, dass sie mir unentwegt Vorhaltungen wegen der läppischsten Dinge machte, manchmal mit Worten, die ich nicht wiedergeben möchte. Vor allem musste sie immer recht haben. Lehrerin halt.
So sind die Frauen.
Vielleicht bringt es sie zur Besinnung, wenn ich beim nächsten Krach abhaue, dachte ich. Einfach wortlos aus dem Haus verschwinde. So habe ich es dann gemacht, es sollte ihr einen Schreck einjagen.
Ein durchschlagender Erfolg, vermute ich.

Voller Ingrimm radelte Martin an der Elbe entlang. Welch lächerlicher Grund! Während sie Tom aufs Töpfchen gesetzt hatte, war die Milch übergekocht. Seine Schuld, klar, aber wie sie aus derart nichtigem Anlass eine Grundsatzdiskussion über väterliche Pflichten und die Verteilung der Arbeit im Haushalt vom Zaune brechen konnte, so unnachgiebig obendrein, das wäre dem Gutmütigsten über die Hutschnur gegangen. Mannhaft und – wie er fand – mutig war er dem Gebelfer entflohen.

Anders als sonst bog er nicht nach links ab, um über das »Blaue Wunder« zur Arbeit auf der Altstädter Seite zu gelangen, sondern strampelte rechts die steile Grundstraße hoch, mit jedem verbissenen Tritt den Ärger zerstampfend. Scheinbar ziellos rollte er aus der Stadt hinaus. Das Ziel war schon erreicht: Er war weg.

Auf den Wegen vor der Stadt kam er zur Ruhe, Lerchen stiegen trällernd in den Himmel, auf den Feldern ästen Rehe. Er tauchte in den Wald ein und fühlte sich beschützt. Eine unerwartete Leichtigkeit stellte sich ein, Fröhlichkeit gar. Geschafft! Nie wieder würde er zurückkehren. Die Welt war offen, das Leben wunderbar.

Er war achtundzwanzig, und es gab so unendlich viele Mädchen, hübsche und liebe und zärtliche. Frauen, die ihn verwöhnen würden statt dauernd an ihm herumzuzerren, die ihn nähmen, wie er war, mit allen Macken. Obwohl er keine zu nennen wüsste. Das Klettern war doch nur in den Augen Isoldes eine Macke.

Ausgebrochen aus einem Spießerleben war er, verschwunden für alle Zeiten! Er hatte sich an einem schönen Fleckchen in der Heide zum Träumen ins Moos gelegt. Bilder stellten sich ein: wie aufgescheucht sie alle nach ihm suchten! Isolde riefe zuerst in seinem Betrieb an. Er durfte also in den nächsten Tagen nicht ans Telefon gehen. »Stütze« kannte Isolde von Theaterbesuchen und anderen Brigadeveranstaltungen, er war sicher für ein Komplott zu gewinnen. »Ach, Isolde, gut, dass du anrufst«, würde er sagen und ihm zublinzeln. »Wir vermissen Martin, was ist denn los mit ihm? Ist er krank?«

Und seine Mutter! Wie sie auf Isolde losginge! Die Generalabrechnung mit der Schwiegertochter war überfällig. »Was hast du mit meinem Jungen gemacht?«, würde sie zetern. »Du hast ihn aus dem Haus getrieben, du ganz allein! – Wenn er sich nur nichts angetan hat, ogottogottogott!« Natürlich müsste Isolde schleunigst das Haus verlassen. Mit so einer Person zusammenzuleben, das konnte seiner Mutter niemand zumuten.

Beim Gedanken an Tom fühlte er freilich ein Reißen in der Brust. Der kleine Kerl würde nach Papa rufen, ihn überall suchen, im Keller mit seinen Händchen nach den schweren Hanteln grabschen, die er mit Vaters Hilfe gestemmt hatte. Herzzerreißend schluchzen würde der Knirps. Bis er ihn eines Tages vergessen hätte und einen neuen Papa vorgesetzt bekäme. Furchtbar.

Aber würden sie ihn nicht aufspüren? In diesem Staat konnte man doch nirgendwo wohnen, ohne polizeilich gemeldet zu sein. Und in der großen, weiten Welt untertauchen – keine Chance, die Grenzen waren undurchlässig.

Ja, sie würden ihn finden. Was hieße das? Scheidung, ganz klar, dreckige Wäsche, das Kind würde Isolde zugesprochen, ihm bliebe das Besuchsrecht, immer in Konkurrenz zu einem Fatzke, der sich als guter Vater aufspielte ...

Es war kühl geworden, ihn fröstelte. Er musste los, die Dämmerung brach herein. Aber wohin? Eine Bleibe hatte er nicht mehr. Oder?

Was war eigentlich der Anlass gewesen für seine Flucht?

Solange die Wege noch zu erkennen waren, fuhr er kreuz und quer durch die Dresdner Heide. Er kannte sich gut aus. Als er nach Hause kam, war es stockdunkel. Isolde vor der Tür, ruhelos nach ihm Ausschau haltend? Kein Gedanke! Unbemerkt schlich er ins Wohnzimmer, die Couch war nicht bequem, aber besser als das Ehebett.

Die Versöhnung fand am nächsten Morgen unter der Dusche statt. Isolde entschuldigte sich für den unsinnigen Streit, und das Schönste: Sie war in der Wiedergutmachung genauso furios wie am Vortag in ihrer Wut.

So endete Martins erster Ausbruch wieder im Käfig. Von außen betrachtet, mag das kläglich aussehen, aber das Vertraute, das Heimelige tat ihm gut. Er fühlte sich - alles in allem - wohl. Man richtet sich halt ein zwischen den Gitterstäben, kennt die Grenzen, und nur hin und wieder träumt man noch davon, sie zu überwinden.

Du aber hast es wieder getan.

Beim nächsten Mal war es eine passive Flucht.

Das heißt?

Isolde hatte mich rausgeschmissen.

Und du warst glücklich.

Ich ging mit zwiespältigen Gefühlen, wir hatten auch gute Zeiten miteinander. Im Grunde war Perry schuld. Ich muss weit ausholen, es ist eine lange Geschichte.

Sie saßen in Friebels Gasthaus in Postelwitz, Perry, Horst und Jodl, die komplette Seilschaft. Erschöpft ließen sie das Bier durch die Kehlen rinnen. Nach den Anstrengungen des Tages ein Genuss, auch für Jodl, der sonst lieber Wasser trank. Drei Gipfel lagen hinter ihnen.

Am frühen Morgen hatten sie den Lolaturm gemacht, über die Südwestwand. Perry begann den Tag immer mit der schwierigsten Tour. Ein extrem kniffliger Aufstieg, zwei Mal war Jodl nahe daran, aufzugeben. Aber nein! Ruhe, Ruhe, Ruhe, beschwor er sich, nicht der Felsen ist dein Feind, deine Angst ist es, suche, es gibt Wege, nicht hängenlassen, wäre ja noch schöner!

Auf dem Gipfel das große Aufatmen, das erhebende Gefühl, zu den wenigen Bezwingern zu gehören, in die Annalen eingegangen zu sein. Danach waren noch die Nordwand am Bösen Turm, eine leichte VII, und die Südrinne am Dritten Lehnsteigturm gefolgt. Beide ohne Schwierigkeiten, die Hochstimmung vom Lolaturm hatte sie die Wände emporgetragen. Lediglich Jodls rechte Hand hatte was abgekriegt, aber beim Bier war das vergessen, nur der Wirt äußerte mit Blick auf die schmutzig-gelben Abschürfungen so etwas wie Mitgefühl, Perry hatte sie mit Jodtinktur bestrichen.

Obwohl die Kletterwege genug Gesprächsstoff hergegeben hätten, blieb die Nachbearbeitung an diesem Abend aus. Vielmehr erzählte Perry von seiner Arbeit, nicht wichtigtuerisch, eher besorgt, weil er mit seiner Idee an Grenzen stieß. Im Moment suchte er einen Betrieb, der Tiefziehformen für seine Herzschrittmacher herstellen konnte, die brauchte er, um die Gehäuse produzieren zu können.

»Wie sieht es in deiner Bude aus, Jodl?«

In seinem Betrieb gab es eine solche Abteilung, aber von freien Kapazitäten war ihm nichts bekannt. Höchst unwahrscheinlich, meinte er.

»Aber nicht unmöglich.« Perry witterte eine Chance, gab bis zur letzten Minute keine Ruhe. Schon im Zug nach Berlin, kurbelte er das Fenster herunter und rief: »Guck mal, was sich machen lässt!« Martin blieb mit einem Problem zurück.

Er wollte ja helfen, bloß wie? Das Projekt fernab der üblichen Routinearbeit reizte ihn. Aber würde die Betriebsleitung mitziehen? Unwahrscheinlich, schon so klemmte es oft genug, geriet der Plan in Gefahr. Aussichtsreicher wäre es, Perrys Erfahrungen zu folgen und den direkten Weg zu den Kollegen in der Produktion zu suchen. Dieser Weg führte, und das gefiel ihm gut, über die Kollegin Riedel.

Bärbel Riedel, die Bereichsleiterin, kannte er aus dem Speisesaal. Eine aparte Erscheinung, dunkelhaarig, wohl ein bisschen älter als er. Setzte sie sich zu ihren Arbeitern an den Tisch, verstummte zwar das Gelächter, das dreckige Witze begleitete, nie aber das Gespräch. Es ging munter zu, das Klima schien zu stimmen. Sie sah, Martin konnte es nicht anders ausdrücken, lieb aus, liebenswert. Oft suchte er ihre Blicke, meist vergeblich.

Nun bot sich die Gelegenheit, sie auf ein dienstliches Problem anzusprechen. Perrys Projekt könnte sie interessieren, hoffte er. Bärbel Riedel aber reagierte verwundert, ja abweisend. Wirklich dienstlich sei das wohl nicht, wenn ein ehrgeiziger Herr aus Berlin Sonderwünsche hege, sagte sie. Immerhin erklärte sie sich bereit, nach Feierabend darüber zu reden, bei einem Kaffee in der Kantine.

Das Gespräch verlief anders als gedacht. Kaum hatte er ihr das Vorhaben des Herzdoktors erläutert, hörte er einen tiefen Seufzer: Ach ja, so einen Schrittmacher könnte sie auch gebrauchen! Ihr Mann hatte sie verlassen, stellte sich heraus, wegen einer Jüngeren natürlich. Sie nun allein mit ihrem Elfjährigen. Der das alles nicht verkraftet. In der Kaufhalle geklaut hat er. Gummibärchen ...

Mein Gott, warum immer ich?, fragte sich Martin. Frauen, die ihm ohne erkennbaren Anlass ihr Herz ausschütteten, das kannte er. Kollege »Stütze« würde frohlocken, erführe er von dem neuerlichen Fall. Er hatte das blöde Wort Frauenflüsterer erfunden. Weil der Martin so unendlich einfühlsam zuhören, so verständnisvoll salbadern könne ...

Was sollte er jetzt tun? Auf Perrys Problem zurückkommen? Unmöglich. Sie trösten mit hilflosen Sprüchen? Es gibt noch andere Männer auf der Welt, bla-bla-bla?

Sie schien ihm sturmreif. In die Arme nehmen müsste er sie. Aber nicht in der Betriebskantine!

War es Fügung, gar höhere Gewalt, dass sie beide mit dem Fahrrad nach Hause fuhren und ein gutes Stück gemeinsamen Weges hatten? Dass sie ihn, weil sie doch noch gar nicht über das Ansinnen des Berliner Doktors gesprochen hätten, auf einen Kaffee einlud?

Sie wohnte in einem Neubau, vierte Etage. Ihr Sohn begrüßte Martin mit einem misstrauischen Blick, wunderte sich wohl, dass seine Mutter einen fremden Mann anschleppte, beruhigte sich aber schnell: Es ging um betriebliche Dinge.

Bärbel entwickelte Ideen, wie sie in Perrys Angelegenheit vorgehen könnten, Martin nickte und warf nur ab und an ein paar zustimmende Worte ein. Zum guten Ende reichten sie sich die Hand, als müssten sie einen Kontrakt besiegeln.

Beim Abschied an der Tür umarmte sie ihn kurz, dankbar, wie ihm schien. Die Frau hatte Potenzial, in jeder Beziehung. Aufgekratzt radelte er nach Hause.

Isolde war es, die das Debakel einleitete oder – aus anderer Sicht – der Vorsehung auf die Sprünge half. Martin hatte ihr vom Kaffeetrinken mit Bärbel berichtet, ohne schlechtes Gewissen, mit zu warmen Worten wahrscheinlich. Isolde aber – was soll man sagen? – sie rastete aus, verlor vollkommen die Beherrschung, wütete, tobte, schimpfte ihn einen Bock, der jeder Hure hinterherrenne. Eiskalte Flüche zerschnitten den Raum zwischen ihnen. Die Hände an die Schläfen gepresst, als drohte ihr Schädel zu platzen, zischte sie: »Ich halte das nicht mehr aus! Hau ab! Lass dich hier nie wieder blicken!«

Martin wusste nicht, wie ihm geschah. Ihr Ausbruch – völlig irrational! Nichts war passiert, gar nichts! Aber mit Vernunft konnte er ihr nicht kommen, es hätte nur neue Tobsuchtsanfälle ausgelöst. Mach, was sie sagt, dachte er, vielleicht beruhigt sie sich.

Er nahm eine Reisetasche und seinen größten Rucksack und stopfte die wichtigsten Sachen für zwei, drei Tage hinein. Länger würde es nicht dauern. Insgeheim hoffte er, dass sie sich heulend aufs Bett werfen und alles zurücknehmen würde, aber nichts geschah. Scheinbar teilnahmslos sah die Salzsäule zu, wie er davonfuhr.

Auch später hat er nie zu fragen gewagt, was sie bewogen hatte, dieses Theater aufzuführen. Dass die Hysterie gespielt war, stand für ihn fest. Wollte sie ihm einen Schuss vor den Bug setzen? Oder gab es im Hintergrund einen Kerl? Meistens riskieren Frauen den Bruch erst, wenn sie sicher sind, von jemandem aufgefangen zu werden. Ihn des Hauses zu verweisen, das seiner Mutter gehörte, war dennoch irrwitzig. Für eine überlegte Aktion sprach es nicht.

Plötzlich war er frei. Und wusste, wohin er gehen konnte.

Bärbel nahm ihn auf. Zögernd, aber was sollte sie machen? Komische Flucht, das Ganze kam ihr reichlich seltsam vor.

In den nächsten Tagen führten sie lange Gespräche: über das Leben und die Liebe, Erwartungen, Enttäuschungen, Kompromisse. Bärbel spürte, wie stark die Fäden noch waren, die Martin mit seiner Familie verbanden. So behutsam wie witzig brachte sie ihn zurück in die Spur: Er möge sich vorstellen, sagte sie, Isolde wäre nicht seine Frau, sondern eine Kollegin, die ihm beim Kaffee von ihrem ehelichen Kummer erzählte, von ihrem Mann, der jedes Wochenende klettern ging und seine Familie allein ließ. Würde er, Martin, der empathische gute Mensch, sie verstehen? Klar. Sie trösten? Sicher. Umarmen? Gewiss doch. – War das krank?

Bärbel wusste, was zu tun war. Hinter seinem Rücken suchte sie Kontakt zu Isolde, leitete seine Rückkehr ein.

Zu Hause kamen Gefühle hoch, die Martin fast vergessen hatte. Er entdeckte ihre Grübchen wieder, nahm sie in den Arm für ihren Kleckselkuchen, betrachtete sogar das Aufhängen der Wäsche mit liebevollen Augen. Früher hatte er sich lustig gemacht darüber, wie akribisch sie im Garten die Stücke auf die Leine reihte, geordnet nach Größe und Farbe, selbst die Klammern wurden auf Laken, Hemden, Socken farblich abgestimmt. BH und Unterhosen kamen zum Trocknen grundsätzlich in den Keller, das ging keinen was an.

Isolde wertete seine Aufmerksamkeit als Ausdruck schlechten Gewissens, dennoch hatten sie eine gute Zeit, ehe schleichend wieder der Alltag einzog und Martins gutem Willen das Wasser abgrub.

Die Tage bei Bärbel hatten noch ein Gutes: Sie haben die Weichen für Perrys Herzschrittmacher gestellt. Das Vorhaben war in den normalen betrieblichen Ablauf nicht zu integrieren, deshalb wollte Bärbel mit Meister Schmidt und der Brigade »Nikolai Ostrowski« über Sonderschichten nach Feierabend reden. Sie hatte einen guten Draht zu ihren Leuten.

Der Termin mit der Brigade fand an einem Montag statt; Perry war nach dem Klettersonntag gleich in Dresden geblieben. Bärbel und Martin holten ihn am Werktor ab und brachten ihn zur Brigade, nicht ohne ihn darauf vorzubereiten, dass die Kollegen das Wort Sonderschicht kaum noch hören konnten. Allzu oft musste Bärbel für Einsätze am Wochenende werben, um Planrückstände aufzuholen, und stieß dabei zunehmend auf Unwillen.

Zu Beginn der Zusammenkunft, am langen Tisch in der Pausenecke, stellte Martin den Herzdoktor von der Charité in Berlin vor. Dessen Titel und Funktionen beeindruckten offenbar kaum, einige Männer waren stehen geblieben, ein klares Signal: Ihre Bereitschaft, Sprüche über sich ergehen zu lassen, war begrenzt.

Perry hatte ein Sensorium für Stimmungen. »Kollegen, ihr habt Feierabend, ich will es kurz machen«, sagte er. Martin staunte, wie wenig Sätze er brauchte, um den Leuten die Leiden von Herzpatienten nahezubringen. Sachlich, aber in aller Deutlickeit schilderte er die tödlichen Gefahren und was dagegen getan werden kann. Die Kollegen, sah man, hörten zu.

»Solche Schrittmacher«, sagte Perry, »müssen wir im Westen kaufen, gegen harte Devisen. Ich habe mir deshalb in den Kopf gesetzt, solche Geräte hier, in der DDR, zu entwickeln und auch herzustellen. Aber ihr kennt unsere Bürokratie, die übliche Tippeltappeltour würde Jahre dauern: die Planposition durchsetzen, mit x Ministerien verhandeln, Forscherkollektiv beauftragen, Material bereitstellen, Produktionsbetrieb finden ... So lange will ich nicht warten. Eine Rhythmusstörung des Herzens kann jeden treffen, auch jeden von euch, jeden Tag. Ich habe schon etliche Mitstreiter in anderen Betrieben gewonnen, jetzt fehlt nur noch jemand, der die Formen für die Gehäuse herstellt. Wäre klasse, wenn ihr mich unterstützen könntet.«

Nun war der Meister am Zuge, von ihm hing viel ab. »Ich denke, das klang ziemlich vernünftig«, sagte Meister Schmidt. »Und wenn ich mich nicht täusche, sieht es Bärbel genauso: Wir sollten dem Genossen Doktor helfen. Wer wäre dazu bereit?« Fast alle Arme gingen in die Höhe.

Martin war stolz auf Meister Schmidt und seine Kollegen, stolz auf Bärbel, stolz, einen Mann wie Perry zum Freund zu haben. Ein Abglanz des Lichtes, das der Arzt verstrahlte, fiel auch auf ihn. An Bärbel konnte er es ablesen. »Ein starker Typ, dein Kletterkumpel«, sagte sie. »Der brennt noch für seine Sache.« Das war nicht zu bestreiten.

Kurze Zeit nach seinem Besuch im Betrieb rief Perry an: »Sag mal, Martin, bis nach Pirna ist es doch für dich nicht weit. Dort haben sie Grubenlampen hergestellt. Jetzt, wo der Bergbau ausläuft, müssten da Kapazitäten frei werden. Es soll dort einen ehemaligen Chemielehrer geben, einen kreativen Kopf. Fühl doch mal vor, ich denke an Lithium-Ionen-Batterien, gibt es bei uns noch nicht ...«

Martin freute sich. Irgendwie gehörte er jetzt dazu.

Fassen wir zusammen: Deine Fluchten endeten immer brav bei Mutti.
Du wirfst mir vor, dass ich meine Ehe aufrechterhalten habe?
Die Fassade aufrechterhalten, ja, im Innern hast du sie ausgehöhlt. Wie ein Sterbehelfer hast du deiner Ehe den giftigen Cocktail eingeflößt, statt die Fesseln abzuwerfen wie ein Mann.
Man kann auch flüchten, ohne den Ort zu verlassen.
Sicher. Selbstmord wäre eine Möglichkeit.
Zum Beispiel.
Soweit ich sehe, hat es damit aber nicht geklappt.

Unterwegs 18

Das monotone Motorbrummen auf der Autobahn soll einschläfernd wirken. Martin kann das nicht bestätigen, er hält die Augen geschlossen, wird aber nicht müde. Im Gegenteil, je mehr er sich einzureden versucht, die Lider würden schwer und auch die Glieder, desto wacher wird er. Sein Körper lässt sich nicht überrumpeln, das hat ihn schon früher gefuchst, beim autogenen Training: Weder war der linke, linke Arm schwer noch das verdammte Sonnengeflecht warm geworden.

Die Krone der Schöpfung ist nicht einmal Herr über sich selbst. Der Körper macht, was er will, ärgert dich mit Schmerzen, fängt sich Keime ein, schickt Botenstoffe aus, die keiner braucht, spielt mal hier, mal da verrückt. Und der Kopf, das scheinbare Oberhaupt, ist nicht in der Lage, lenkend einzugreifen. Gesundbeten ist keine Heilmethode. Die oft beschworene Kraft der Gedanken erweist sich als schwächlich, versagt vor dem Bösen; sie kann vielleicht Menschen schweben lassen und Löffel verbiegen, jedenfalls bei Zauberkünstlern. Viren zu vernichten oder Immunzellen in Marsch zu setzen schafft sie nicht. Nicht mal den Schlaf herbeisuggerieren kann sie.

Mit dem Kopf vermag Martin nur eins: aus einer miesen Stimmung eine noch miesere zu machen. Eine Erfahrung der letzten Monate. Befiel ihn jene traurige Trägheit des Gemüts, war kein Halten: Die Lethargie übernahm das Zepter, fuhr ihm in alle Glieder, erstickte jedes Aufbegehren des Körpers gegen die Unlust, zwang ihn ins Bett. Nur der Kopf, der fatale Strom der Gedanken blieb gedämpft in Bewegung, erfasste das Elend und drückte ihn noch tiefer in die Kissen.

Das Elend, ja. Damit war sein Dasein auf den Begriff gebracht. Ein Leidensweg, unübersehbar. Er hatte das Kreuz zu tragen. Wogen des Selbstmitleids schlugen über ihm zusammen in seiner Gruft.

Ein hartnäckig wiederkehrender Traum beschäftigte ihn: Er wurde Augenzeuge seiner eigenen Beerdigung. Beim Herablassen des Sarges brachen die Hinterbliebenen am Rand der Grube zusammen, der Schmerz zwang Isolde und die Kinder in die Knie. Und Karin. Und Bärbel. Und Doris und Helga, die sich etwas abseits hielten. Sie klagten herzzerreißend: Welch wunderbarer Mensch! So jung noch. Wie ungerecht das Leben ist!

Ach, ihr Guten!, weinte Martin. Seitdem er nicht mehr im Ehebett schlief, konnte er sich gehen lassen.

Wie er herausgekommen ist aus dem finsteren Strudel, wüsste er nicht zu erklären. Vielleicht hat es mit Fragen begonnen: Zur Eiger-Nordwand –

wollte sie ihn umbringen? Dorthin, wo schon Eske & Co. geblieben sind, die Kletterkönige aus der Sächsischen Schweiz? Andererseits: Wie alt, wie jung war er? Mit fünfzig schon am Ende? In die Wand einsteigen – im Moment kein Thema. Aber wer weiß ...

Anfangs war der Kopf seinem Körper voraus. Auf, auf!, spornte er ihn an. Frisch in die Welt gezogen, juppheidi! Aber ach, er kam so schnell nicht hoch, selbst das Juppheidi – es hörte sich kläglich an.

Heute sind die schwarzen Tage nur noch Erinnerung. Unterwegs zu Eiger und Jungfraujoch hat er seine Juppheidi-Laune wiedergefunden. Zeigt es aber nicht.

Isolde stört ihn auf: »Woran denkst du? Erzähl mir was, es ist so langweilig.«

»Ich hab nichts zu erzählen«, sagt Martin, und das ist die Wahrheit. »Schalt das Radio wieder ein. Oder wir können es ja mal umdrehen: Du fängst an!«

»Mir fällt nichts ein.«

»Ich helfe dir auf die Sprünge.« Er wagt eine Provokation, lässt heraus, was seit Jahren in ihm rumort: »Jonas ist jetzt achtzehn, wäre es nicht an der Zeit, dass du mir etwas über den Vater meines Sohnes erzählst?«

Isolde hat einen verächtlichen Zug um den Mund. So dumm ist er ihr lange nicht gekommen.

Enttäuschungen

Ich stelle mir vor, nicht du, sondern Max Menne, dein Vater, wäre auf die Idee gekommen, eine Autobiografie zu schreiben. Was hätte er in den Vordergrund gerückt?
Mich.
Dich?
Ja. Den ersten in der Familie, der studiert hat. Damit hätte er auch sich und seine Genossen gewürdigt, die diese Möglichkeit erkämpft haben.
Fällt dir was auf?
Was soll mir auffallen?
Dass in deiner Geschichte die nachfolgende Generation kaum eine Rolle spielt. Von Stolz und Liebe will ich gar nicht reden.
Jeder Vater liebt seine Kinder. Bedingungslos, wenn sie auf die Welt kommen, das Laufen lernen, formbar sind. Je größer sie werden, desto flacher können die Gefühle werden, von beiden Seiten. Kinder entwickeln ihren eigenen Kopf, missraten womöglich. Es kann sehr bitter sein.

Er glaubte sich verhört zu haben. Schon die Frage Isoldes war ungewöhnlich. Sie saßen zu viert beim Abendbrot, als sie – was sie noch nie getan hatte – den Jungs eine Alternative für das Wochenende anbot: entweder mit ihr zur Großmutter nach Wilthen zu fahren oder mit Papa in die Sächsische Schweiz.

Die Vermutung lag nahe, dass sie ihren Mann vorführen wollte; die Antwort der Kinder würde ihm zeigen, welches Ansehen seine Kletterei in der Familie genoss.

Jonas war sofort für Wilthen, Tom zögerte einen Moment. Dann entschied er sich für Papa. Unglaublich! Isolde hob den Blick, auch sie schien überrascht, ihre Gabel verharrte kurz über dem Teller. Dann sagte sie scheinbar gleichmütig »okay« und widmete sich wieder ihrem Salat. Martin dagegen freute sich riesig, nickte Tom zu und versprach, eine schöne Tour auszusuchen.

Bis ins Bett verfolgte ihn die glückliche Wendung. Was war passiert? Es schien unwahrscheinlich, aber nicht undenkbar: Tom wollte einen neuen Anlauf nehmen! Sich mit dem Klettersport anfreunden! Er suchte die Nähe zum Vater, weil ihn die dominante Mutter nervte. In der Pubertät ist ein solcher Schwenk nicht ungewöhnlich, man versucht sich aus Bindungen zu befreien, die allzu straff gezurrt sind.

Martin hatte keine Verabredung an diesem Wochenende. Perry war ausgefallen. Seine Frau hatte angerufen: Schöne Grüße, aber mit der Steilen Rippe am Torstein werde es leider nichts, ihr Mann habe einen kleinen Unfall gehabt, nichts Ernsthaftes, nächste Woche sei er wieder dabei.

Es war in der Tat nichts Ernsthaftes. Eher zum Lachen. Nur dass er beinahe ein Ohr eingebüßt hätte.

Perry wohnte in einem Neubau am Ostbahnhof, vierter Stock. Als Sportsmann nahm er nie den Fahrstuhl, immer die Treppe, zwei oder drei Stufen auf einmal. Auf dem kurzen Stück zwischen Haustür und den ersten Stufen befand sich noch eine Zwischentür, dickes Glas in schwerem Metallrahmen. Die Scheibe fehlte allerdings seit Jahren, sie war kaputt gegangen und nie ersetzt worden. Keiner der Mieter machte sich die Mühe, die schwere Tür aufzudrücken, alle stiegen durch den Rahmen. Auch Perry.

Am bewussten Tage stürmte er mit Schwung die Treppe hinunter und sprang wie immer durch die Tür. Die plötzlich eine Scheibe hatte! Gehabt hatte.

Gebrochen das Glas, zerschnitten das Gesicht, Ohr und Nase schwer lädiert – die Reise ging ins Krankenhaus, nicht in die Sächsische Schweiz.

Martin kam es gelegen. Für die Tour mit seinem Sohn suchte er einen attraktiven und trotzdem relativ leicht zu besteigenden Fels, mit dem Tom bei seinen Kameraden Eindruck schinden konnte. Er schwankte zwischen der Barbarine am Pfaffenstein, dem Mönch und der Lokomotive im Rathener Hinterland. Waren dort Bergsteiger unterwegs, wurden sie von vielen Touristenaugen verfolgt. Nostalgisch gestimmt, entschied sich Martin für den Mönch. Er wusste um die Magie der ersten Erfolge und wünschte, auch Tom möge diesem Zauber erliegen. Er war doch sein Sohn. Die Luft, die Berge, die Freiheit – er würde es spüren! Anders als beim letzten Familienausflug ins Gebirge.

Er lag einige Jahre zurück. Martin hatte sich mit Perry an der Großen Hunskirche verabredet. Der Gerade Weg führte über eine senkrecht aufragende Wand nach oben. Ein faszinierender Aufstieg, der jedem normalen Beobachter den Atem verschlug. Aber seine Herren Söhne sahen das anders. Schon gleich nach Perrys Einstieg in den Fels wandten sie sich ab und beschäftigten sich mit einem Ameisenhaufen. Isolde hatte es verstanden, sie mit ihren Märchengeschichten von der Ameisenkönigin zu fesseln, hatte ein paar Puppen freigekratzt, Fantastisches vom Fleiß der Arbeiterinnen und von der Ordnung im Staate erzählt, von der Suche nach Futter, der Abwehr von Feinden.

Das demonstrative Desinteresse seiner Frau war Martin peinlich, besonders vor Perry. Sie verschwand mit den Kindern im Wald und hielt sie an, irgendwelche Kräuter und Sträucher zu bestimmen, während ihr Vater an einer dünnen Leine zwischen Himmel und Erde schwebte. Man konnte auch sagen: zwischen Leben und Tod. Wäre er abgestürzt, es wäre die Strafe für ihre Ignoranz gewesen. Sie hatte ihn zum Außenseiter der Familie gemacht.

Vergessen die Zeit, als Knirps Tom versuchte, dem Vater alles nachzumachen. Er hing an der Sprossenwand, quälte sich klimmziehend am Reck nach oben, legte sich sogar unter die Hantel, die er natürlich keinen Zentimeter anzuheben vermochte. Er wollte Muskeln bekommen wie Papa.

Jahre später nahm Martin ihn mit zum Joggen. Tom rannte los wie verrückt, ließ seinen Vater hinter sich, gab aber nach wenigen Minuten auf. Hatte keine Lust mehr. Von Ehrgeiz keine Spur, er war keiner, der von Rudolf Harbigs Weltrekord träumte. Dass man sich für den Erfolg quälen müsse, hielt er für eine schrullige Ansicht seines Vaters. Er begriff es noch nicht, aber mit seiner luschigen Haltung stellte er seinen Erzeuger in Frage, dessen Trainingseifer, seine Ambitionen als Bergsteiger.

Tom und Jonas gerieten zunehmend unter den Einfluss Isoldes, die praktischen Verrichtungen des Tages, besonders die Hausaufgaben, banden sie stärker an die Mutter. Wann immer es ging, schickte sie die Jungs ins Kindertheater, in den Zirkus oder den Pionierpalast. Ein bisschen Kultur könne nicht schaden, sagte sie oft; diesen Seitenhieb auf ihren Mann wollte sie sich nicht verkneifen.

Mutterkinder waren sie geworden, Stubenhocker, denen jeglicher Sport herzlich egal war, unter ihren Mitschülern sicherlich die einzigen, die das Schicksal der Oberliga-Fußballer von Dynamo Dresden kalt ließ; sie regten sich nicht einmal auf, wenn der Erzfeind, der Stasi-Klub aus Berlin, von einem Stasi-Schiedsrichter zum Sieg gepfiffen wurde.

Einzig die Leidenschaft für Literatur verband den Vater noch mit den Söhnen. Beide verschlangen unentwegt Bücher, die Isolde ihnen ans Herz legte. Ein paar Mal hatte Martin versucht, ihre Neugier auf Autoren zu lenken, die richtige Kerle waren, auf Jack London zum Beispiel, Mark Twain und Hemingway, im Hinterkopf die schwache Hoffnung, deren Abenteuer könnten ansteckend wirken. Das Ergebnis: null.

Umso überraschender nun die Kletterfahrt mit seinem Sohn. Der Traum vom Kumpel Tom lebte wieder auf. Vater und Sohn, unterwegs in rauer Natur, zwei Männer, die zusammenhalten. Die Wetterfrösche hatten ein kühles und nasses Wochenende angekündigt.

Während der Zugfahrt nach Rathen war Tom keinerlei Vorfreude anzumerken. Maulfaul wie üblich schaute er aus dem Fenster. Auch für die Geschichte von Perrys verrücktem Sprung durch die Tür hatte er lediglich ein Schulterzucken übrig. Martin musste sich eingestehen: Sie sprachen nicht mehr die gleiche Sprache, lebten in unterschiedlichen Sphären. Das mag normal sein bei 25 Jahren Altersunterschied, versuchte er sich zu beruhigen. Aber bei Vater und Sohn?

Tom blieb verschlossen, und Martin fehlte der Schlüssel zu dessen Welt. Was wusste er von ihm? Krampfhaft überlegte er, was er ihn fragen könnte, ohne mit einsilbigen Antworten abgespeist zu werden. Ihm fielen nicht einmal die Namen der ein, zwei Freunde ein, die hin und wieder bei ihnen in Wachwitz auftauchten.

In seiner Not begann er irgendwas zu reden, erzählte ihm schließlich von Perrys Herzschrittmacher. Ein interessantes Thema, dachte er und glaubte, es würde auch seinen Sohn zu ein paar Worten ermuntern. Tom fragte zwar nach dem Auswechseln der Geräte und nach der Haltbarkeit der Batterien, dann aber verebbte das Gespräch schon wieder.

Sollte sich Martin nach Zensuren erkundigen, wollte er etwas über Lehrer wissen? Er war wie ausgebrannt. Der Junge war so weit weg.

Am Mönch angekommen, hob Martin das Seil in die Höhe und sah Tom mit fragendem Blick an. Der Junge schüttelte den Kopf, nicht heftig, eher müde. Sollte wohl heißen: Lass mich, der Scheiß interessiert mich nicht! So drastisch hatte er sich ein paar Jahre zuvor ausgedrückt. Jetzt dasselbe ohne Worte.

Martin ließ das Seil fallen und setzte sich neben Tom.

»Warum bist du mitgefahren?«

»Keine Ahnung.«

Der Vater musste seinen Ärger niederkämpfen, er reichte ihm ein Leberwurstbrötchen aus dem Rucksack, selber konnte er nichts essen.

»Du hältst nicht viel vom Bergsteigen?«

»Wer es braucht – bitte schön!«

Tom legte es darauf an, seinen Vater zu reizen. Er setzte noch einen drauf: »Felsen hoch, Felsen runter – ziemlicher Schwachsinn.«

Nicht einmal Isolde hätte es gewagt, derart verächtlich über seinen Sport herzuziehen. So etwas hatte er erst einmal erlebt, ganz am Anfang, als ihm sein Vater dieses »blödsinnige Hobby« ausreden wollte, sicherlich aus Angst. Jede Saison hörte man von Unfällen, auch von tödlichen Abstürzen.

Martin bekämpfte die aufsteigende Wut, indem er aufstand, die Sachen zusammenpackte und losmarschierte. Tom trottete drei Schritte hinter ihm her. An diesem Tag haben sie kein Wort mehr gewechselt.

Auf der Rückfahrt beschäftigte den Vater die Frage, warum der Mensch so närrisch danach strebt, sich fortzupflanzen. Wozu sich vermehren, wenn du die Gene, die du in die nächste Generation einschleusen möchtest, am Ende nicht wiedererkennst? Wenn das Beste von dir auf dem Erbweg vor die Hunde geht? Es fällt schwer, Mutanten ins Herz zu schließen.

Nun gut, er war kein Nobelpreisträger, auch nicht mit dem Nationalpreis behängt, war kein berühmter Arzt, Wissenschaftler oder Künstler. Enttäuscht deren Nachwuchs, und das tut er in der Regel, muss die Bitternis noch viel größer sein. Aber auch ihm, dem kleinen Ingenieur und mäßig begabten Bergsteiger, tat es weh zu sehen, wie sich die Blagen entwickelten, immer weiter weg von ihm. Tom und Jonas waren jedenfalls kein Beleg dafür, dass die Menschheit von Generation zu Generation vorankommt.

Eine niederschmetternde Bilanz.

Es bedrückt mich, ja. Manchmal denke ich: Das Wertvollste, was der Mensch besitzt, soll die Familie sein; sie ist ihm gegeben, er kann es nicht ändern, und erleben wird er sie so, dass er sterbend sagen muss: Mein ganzes Leben, meine ganze Kraft hat sie mir aus den Knochen gesaugt.

Ich würde dagegensetzen: Das Schlimmste, was der Mensch Martin besitzt, ist das Denken; er denkt immer so, dass er auch sterbend noch sagen wird: Hab ich mir doch gedacht.

Unterwegs 19

Nie hätte sie sich darauf einlassen dürfen! Blödsinn, diese ganze Tour!, denkt Isolde. Da hat sich Wolfgang was Feines ausgedacht! Ein Experiment sollte es sein, die verrückte Versuchsanordnung eines halbverrückten Psychiaters. Das konnte kein gutes Ende nehmen. In die morbide Ruine ist das Leben zurückgekehrt, und kaum hebt die Mumie den Kopf, wird sie frech! Kommt ihr dumm! Fragt nach der Vaterschaft.

Soll sie mal seine Affären auf den Tisch packen?

Wo hatte sie nur Wolfgangs Pülverchen hingekramt? Mitgenommen für den Fall der Fälle. War der nicht längst eingetreten?

Sie fühlt sich wie beim Klettern in einem finsteren Kamin. Eingeklemmt zwischen zwei Felswänden, unter sich die tiefe Kluft. Bloß nicht abstürzen! Im Rücken der kalte Fels Martin, gegenüber die kaum strukturierte graue Wand Wolfgang, der Widerpart, der ihr Halt gibt, gegen den sie sich stemmt, an den sie sich drückt. Sie muss sich nach oben schieben, dem Dunkel entkommen. Was sie erwartet, wenn sie ans Licht gelangt, ist ungewiss.

Isolde malt sich ein Märchen: Sie setzt Martin in den Bergen aus. Wie Hänsel und Gretel im Wald. Als Spur hinterließe sie nur eine stinkende Abgasfahne, vom Winde schnell verweht. Vielleicht käme eine Hexe des Wegs und finge den Verirrten ein.

Wäre es schön, allein nach Hause zu fahren? Befreit von der Bürde, der Zukunft entgegen? Märchenhaft wäre es wohl nicht. Denn wo, bitte, geht es zur Zukunft?

Und wo ist die Hexe? Wer mag so einen Hansel?

Sicherlich gibt es Frauen, die enorme Beschützerinstinkte entwickeln können, wenn ihnen ein armer, unbeholfener Kerl über den Weg läuft. Die komische Bärbel kommt ihr in den Sinn. Deren Brief damals, »unbekannterweise« an die »liebe Genossin Isolde« gerichtet, triefte geradezu von mütterlicher Fürsorge. »Der Martin ist dir gut geraten«, hatte sie geschrieben. In Klammern mit schwesterlichem Augenzwinkern: »Man weiß ja, dass Männer zu neunzig Prozent das Werk ihrer Frauen sind.« Klammer zu. Eine dubiose Anbiederung, die sie besser unterlassen hätte.

Unangemessen auch die Formulierung, das durch widrige Umstände fehlgeleitete Paket Martin sei an der falschen Adresse angekommen, nämlich bei einer Frau, für die ein verheirateter Mann niemals in Frage käme. Die Sendung gehe also »unversehrt zurück«, und die »rechtmäßige Besitzerin« möge die Retoure, bitte schön, liebevoll in Empfang nehmen, zumal sich

Martin – »was bei Männern bekanntlich selten vorkommt« – überaus sensibel und zurückhaltend verhalten habe.

»Nicht ein einziges Mal hat er versucht, ich sag es mal so: die Grenzen der sozialistischen Moral zu überschreiten. Er hätte damit bei mir auch nicht landen können. Glaub mir, liebe Genossin Menne, ich habe zu viel durch, um mich auf Abenteuer einzulassen, die aussichtslos sind und lediglich anderen Schmerzen zufügen. Auch wenn Ihr mitunter Stress habt und sein Hobby nicht sehr familienfreundlich ist (das weiß er selber), lass ihn machen! Ein zufriedener Mann im Gebirge ist besser als ein knurriger in Wachwitz. Euch verbinden nicht nur die Kinder. Und alles in allem ist er doch ein liebenswerter Kerl.«

Sie hatte »das Paket« zurückgenommen. Ihr war schon bald nach dem Rausschmiss unwohl gewesen, der Ausbruch kaum mehr zu erklären. Aber er war gegangen, ohne sich zu wehren. Als ginge er gern. Stieg einfach aufs Fahrrad, den vollgepackten Rucksack auf dem Rücken. Ohne einen Blick ins Kinderzimmer, ohne Abschied radelte er davon.

War es ihr schlechtes Gewissen, das ihm wieder die Tür geöffnet hat? Mit Sicherheit lag es nicht an dem scheinheiligen Wisch, in dem die »Genossin Bärbel« ihrem »sozialistischen Gruß« noch ein Postskriptum angefügt hatte: Der Martin hänge an ihr, das habe sie deutlich gespürt, liebe sie noch immer stark und inniglich. Inniglich! Welch dämliches Wort!

Und wer fragte nach ihrer Liebe?

Das »Innigliche« hat sich längst davongestohlen. Bei ihm ist das Beziehungshormon Oxytocin abgewandert von der Ehefrau auf die Hauskatze; wenn die ihm um die Beine streicht, führt er eine Zärtlichkeit vor, die Isolde innerlich aufbringt.

Martin, der Provokateur, hockt wortlos auf dem Beifahrersitz. Hat er seine Unverschämtheit vergessen? Er tut so, als sei alles normal. Normal ist für ihn, Nachrichten zu hören:

Die Benzinpreise, die infolge der Golfkrise um sechs Pfennige gestiegen sind, klettern weiter. Am Montag hat die DEA die Preise für Benzin um vier Pfennige und für Diesel um drei Pfennige erhöht. Esso will am Dienstag folgen.

Seit Juni sind über 5100 DDR-Bürger auf einen 23-jährigen Bonner hereingefallen, der in Zeitungsannoncen »Riesensparpakete mit Erotiksortimenten« zu Schleuderpreisen angeboten hatte. Die Pornolieb-

haber schickten das verlangte Geld postlagernd, ohne jemals die versprochenen »heißen Bücher, scharfen Fotos, Zutaten für ein erfülltes Liebesleben« zu erhalten.

Bayerns Ministerpräsident Streibl hat gefordert, die Bonner Zahlungen an die DDR vorläufig auszusetzen. Der Illustrierten »Bunte« sagte der CSU-Politiker: »Bis der Beitritt endlich wirksam wird und die Hobbyminister drüben wieder ihren erlernten Berufen nachgehen, darf Ostberlin keine müde Mark mehr aus dem Bonner Steuersäckel bekommen.«

Lothar Matthäus, der 29-jährige Kapitän der Fußball-Weltmeistermannschaft, wurde am Montag im Hotel-Restaurant »Müggelseeperle« im Ostteil Berlins als »Fußballer des Jahres« geehrt.

Die Bundesregierung muss nach Auffassung von DGB-Vorstandsmitglied Ursula Engelen-Kefer auf die geplante Senkung der Unternehmenssteuern verzichten. Das Geld werde dringend zur Bekämpfung der Arbeitslosigkeit in der DDR gebraucht.

»Sie meint wahrscheinlich: zur Bekämpfung der Arbeitslosen«, mault er.

Typisch Martin, denkt Isolde, ewig redet er kein Wort, und wenn, dann nur Unsinn.

Ein Philosoph

Hättest du hin und wieder in eine Bestsellerliste geguckt, wäre dir aufgefallen, dass du einen kardinalen Fehler gemacht hast.
Nämlich welchen?
Du schreibst über eine Durchschnittsfamilie in Dresden. Sichere Anwärter auf vordere Listenplätze sind aber Promis. Du hättest dir eine Spitzenfamilie vornehmen sollen, natürlich aus Berlin, Hauptstadt der DDR.
Am besten gleich die Honeckers.
Warum nicht? – Wollen wir die Story nicht umstricken? Aus Martin machen wir Erich, der wie ein Besessener klettert, nicht im Gebirge, sondern auf der Karriereleiter, und Isolde wird zu Margot. Der hängen wir jede Menge Affären an! Bestseller, sag ich dir.
Hanni, du spinnst.
Das ist die Wahrheit, Mann! Margot war ein Luder, wissen doch alle. Was glaubst du, warum Staatsgäste so gerne nach Berlin kamen? Wegen Erich, dem alten Stiesel? Margot und Fidel Castro, da steppte der Bär, und mit Corvalan, dem Chilenen ...
Verstehe, daher die Vorliebe für Chile, die sich sogar auf ihre Tochter vererbt hat.
Richtig, ich sehe, du lernst. Die Tochter, die sie Erich untergejubelt hat, stammt allerdings nicht vom alten Luis. Sie ist ein reines DDR-Produkt.
Du wirst mir den Erzeuger sicher gleich nennen.
Kann ich nicht. Margot war für viele offen, besonders für Künstler und Kulturschaffende, wie es hieß. Gerüchten zufolge spricht manches für einen bekannten Fernsehmoderator. Er soll sie Mar-Göttchen genannt haben, weil sie meist über ihm thronte, es war ihre Lieblingsstellung.
Nun ist's aber gut! Hast du dich abreagiert? Jetzt geht's zurück zur Hausmannskost.
Wie ich mich freue! Bestimmt wieder klettern.
Warum nicht?

Sie waren in Hochstimmung. Hatten einen Weg in der Tasche, den man getrost Meisterweg nennen konnte, die Violette Verschneidung auf der Talseite am Höllenhund, eine VIII a, vor siebzehn Jahren erstmals begangen von Bernd Arnold, jenem Phantom, von dem es hieß, er sei mit Haftballen am Fels unterwegs. Die Violette Verschneidung, das waren fünfundsiebzig Meter glatter Fels, eine Wabenwand von spektakulärer Schönheit. Sie hatten sie geschafft, das unvergessliche Datum ins Gipfelbuch eingetragen: 29. April 1984. Toms neunzehnter Geburtstag.

Perry war vorgestiegen. Sie verstanden sich blind, es brauchte keine Worte, unter keinen Umständen wollte Jodl seinen Kletterfreund ablenken, hineinlabern in sein hochkonzentriertes Vorgehen. Manchmal war zu hören, wie Perry leise auf die Wand einredete, Einvernehmen suchte, mit ihr den nächsten Schritt abstimmte. Jodl beobachtete jeden seiner Tritte und Griffe, und mit größter Sorgfalt sicherte er den Mann, von dem er selbst so viel Sicherheit empfing.

Mindestens eine Stunde waren sie oben geblieben. Wortlos. Hatten sich angelächelt und im Gesicht des anderen das Glück gesehen. Jodl ging durch den Kopf, was er sich kaum einzugestehen wagte: Nicht mit seiner Frau, nicht mit seinen Kindern, schon gar nicht im Beruf – mit Perry teilte er die großartigsten Stunden seines Lebens. Der Händedruck auf dem Gipfel: Er hätte die Welt umarmen können, gab sich aber mit Perry zufrieden.

Noch 21 Jahre, dann die Alpen!, dachte er. Das Niveau halten! Mehr war nicht nötig. Höhere Schwierigkeiten erwarteten ihn dort nicht, klettertechnisch war er gewappnet.

Aber die Kraft, die Ausdauer! Um die kämpfte er. Bisher war es noch immer aufwärts gegangen, vor wenigen Tagen erst wieder ein neuer Rekord im Sportkeller: drei Kreuzhänge an den Ringen und vierunddreißig Klimmzüge mit dem 25-Kilo-Rucksack auf dem Rücken. Nur nicht nachlassen! Noch 21 Jahre. Er würde es schaffen. Er war vierundvierzig, das verdiente erwähnt zu werden. Männer seiner Altersklasse stießen selten in solche Regionen vor. Die Talseite am Höllenhund. Respekt, Alter!

Perry war es, der das erhabene Schweigen brach. Er erhob sich, ordnete das Seil für den Abstieg, fragte: »Hast du nicht auch Durst?«

»Vor allem Hunger!«

Auf dem Rückweg, sie waren schon eine Viertelstunde stramm marschiert, drehte sich Jodl noch einmal um. Den Höllenhund im verklärten Blick, klopfte er Perry auf die Schulter und stieß die Faust triumphierend in den Himmel. Sie grinsten.

Auf dem Bahnhof in Dresden trennten sich ihre Wege. »Na dann, Jodl: in vierzehn Tagen. Wir telefonieren. Denk mal über die Schmidt-Verschneidung am Schrammtor nach«, sagte Perry. Er fuhr zurück nach Berlin. Am nächsten Wochenende hatte er Dienst auf der Station.

Auf Martin wartete eine Kaffeerunde. Er hatte Isolde versprochen, um fünf zu Hause zu sein. Kleine Feier zu Toms Geburtstag, bevor der Junge wieder die Uniform, die ihn so seltsam verfremdete, anziehen und in die Kaserne zurückkehren musste.

Pünktlich stand Martin vor dem Haus seiner Eltern, das nun sein Haus war. Von der Straße war das dunkle, mit Brettern verkleidete Gebäude kaum zu sehen, die Liguster-Hecke, einige Eiben, Rhododendren und andere wuchernde Büsche schirmten es vor den Blicken der Passanten ab. Ehrpusselige Leute wie Isolde mochten das Grundstück ungepflegt nennen, er hingegen genoss den Wildwuchs. Seine Abneigung gegen rasierten Rasen und gezirkeltes Grün hatte nichts mit Faulheit zu tun, viel mehr mit seiner Überzeugung, dass der Mensch genug Schindluder mit dem Planeten trieb, da wollte er nicht mittun, nicht eingreifen in das Wachsen und Gedeihen. Die Natur holt sich sowieso irgendwann alles zurück, soll sie mal bei ihm schon üben!

Nur ein einziges Mal hatte er in den letzten Jahren zur Säge gegriffen und die Kastanie am Giebel gestutzt, zwei Äste mussten dran glauben, ihre Zweige kratzten bei Sturm die Holzverkleidung des Hauses blank, das störte ihn.

Isolde hatte sich abgewöhnt, ihren komischen Kauz wegen seiner ökologisch verbrämten Faulheit zu attackieren, sie erledigte im Garten, was sie konnte, bebaute mit Hingabe die Gemüsebeete, die Martins Mutter hinterm Haus angelegt hatte. Von ihrem Mann durfte sie nicht erwarten, dass er den Rücken beugt und ein Hälmchen zupft, im Gegenteil, er freute sich diebisch über jedes Unkraut, das Isolde übersehen hatte. Was sie unverzüglich wieder ins Beet trieb – diesen Triumph gönnte sie ihm nicht!

Als Martin die Wohnstube betrat, saßen Isolde und Tom bereits am Couchtisch. Warten als stiller Vorwurf. Er war aber nicht zu spät. Trotzdem, das spürte er, lag Spannung über der Szene. Der heilige Ernst auf ihren Gesichtern verhieß alles, nur keine fröhliche Kaffeerunde. Offensichtlich traf er auf eine gut gerüstete Zweierkoalition, musste also auf der Hut sein.

Sie hatten Kerzen angezündet. Der dampfende Kaffee und diverse Kuchenstücke, hübsch drapiert, täuschten Gemütlichkeit vor. An dem Platz, den sie für ihn eingedeckt hatten, stand eine Schale mit seinem Lieblingsgebäck, den unvergleichlichen Florentinern vom Konditor. Auf so eine Idee kam Isolde nur, wenn sie etwas von ihm wollte.

Martin umarmte seinen Sohn flüchtig, brabbelte ihm gute Wünsche ins Ohr und rutschte in seinen Sessel, der ihm wie der Stuhl eines Angeklagten vorkam. Er hatte das Gefühl, etwas sagen, die Atmosphäre auflockern zu müssen. »Wir haben heute die Violette Verschneidung am Höllenhund gemacht« schien ihm als Muntermacher wenig geeignet, und die simple Möglichkeit, spontan das Glas auf seinen Sohn zu erheben, scheiterte daran, dass Alkoholisches nicht auf dem Tisch stand, natürlich nicht. Also hielt er die Kaffeetasse in die Höhe, zum Anstoßen, aber niemand tat es ihm gleich. »Auf unseren Neunzehnjährigen!«, sagte er.

Seine Frau nippte kurz an ihrem Kaffee, um gleich darauf den Ballon platzen zu lassen: »Unser Neunzehnjähriger hat sich entschlossen, nach dem Dienst in der Nationalen Volksarmee ein Studium aufzunehmen.«

Eine Sensation war das nicht. »Na wunderbar!«, freute er sich trotzdem. »Und welches Fach soll es sein?« Erwartungsvoll blickte er seinen Sohn an.

Die Antwort übernahm seine Mutter: »Tom wird Philosophie studieren.«

»Für was Technisches fehlt mir die Begabung«, warf der Junge hastig ein, im Glauben, sein Vater, der Techniker, würde ihn lieber als Ingenieur sehen.

So war es aber nicht. Philosophie allerdings ...

Beide wussten, dass der Vater mit diesem Studienwunsch Probleme haben würde und waren auf Widerspruch gefasst. Nicht zu Unrecht. Mir kommt kein Philosoph ins Haus!, hätte Martin im ersten Moment losdonnern wollen. Aber er hatte sich im Griff. Nicht laut werden, ermahnte er sich, die Aufwallung unter Kontrolle halten!

Dass Tom niemals einen praktischen Beruf ergreifen würde, hat er frühzeitig akzeptieren müssen. Selten war es ihm gelungen, den Jungen in seine Hobby-Werkstatt zu locken, und wenn, dann mit ernüchterndem Ergebnis: Er bewies ein erstaunliches Ungeschick, hatte keinen Nerv für Technik. Ihm ein Getriebe oder eine Kardanwelle erklären zu wollen, war sinnlos, es interessierte ihn nicht.

Martin erinnerte sich an einen warmen Vorfrühlingstag. Tom wollte sein Fahrrad reinigen, ölen und schmieren. Er hatte es zu diesem Zwecke zerlegt, bekam es aber nicht wieder zusammen. Unfassbar! Der Fünfzehnjährige stümperte herum, es war zum Gotterbarmen. Ein bisschen Logik hätte genügt, um die Felge zu zentrieren und die Gangschaltung zu montieren. Das grimmige Wort »Blindgänger!« schoss dem Vater durch den Kopf, er behielt es für sich.

Nein, ein Ingenieurstudium verbot sich von selbst. Martin hatte auf Sprachen gehofft. Oder auf Chemie oder Geologie, was Naturwissenschaftliches.

»Geisteswissenschaften also, nun ja«, sagte er. »Du hast ja schon immer gerne gelesen.« (Und deine Mutter hatte schon immer einen Tick, setzte er stumm hinzu.)

Wenigstens erkennen lassen wollte er, was er von Philosophen hielt. Eher murmelnd, als redete er mit sich selbst, fragte er, ob das nicht Stubengelehrte seien, Spinner im Elfenbeinturm. Blasse Einwände, gemessen an dem, was er wirklich dachte: Philosophen? Durchweg Dummschwätzer, Wichtigtuer, Demagogen. Was man von ihnen hörte, war nichts anderes als hochgestochener sozialistischer Quark.

Nach dem Studium würde Tom gern wissenschaftlich arbeiten, ließ sich seine Mutter vernehmen. Heilige Einfalt, dachte Martin, wissenschaftlich arbeiten – dass ich nicht lache! Ob sie sich jemals gefragt hat, wie marxistische Philosophen in der DDR nach dem Sinn und der Weisheit des Lebens suchen wollten, wo doch alle Weisheiten schon in Stein gemeißelt waren?

Martin, der berühmte Allesversteher, hatte nicht das geringste Verständnis, ließ sich aber nichts anmerken. Kein Streit vor den Kindern, diese Regel Isoldes war Gesetz, selbst jetzt noch. Die Jungs sollten durch politische Differenzen nicht verunsichert werden. Allerdings wunderte er sich: Hatte Tom keinen eigenen Kopf? Schluckte er alles, was ihm die Schule vorsetzte?

Als kleiner Junge hat er sich noch widersetzt, er konnte nervtötend hartnäckig sein. Wer hat ihm das ausgetrieben?

Unvergesslich ist Martin eine Mai-Demonstration, da muss er neun gewesen sein. Zu dritt liefen sie im Zug mit, Jonas war zu Hause bei Oma geblieben. Es regnete nicht, doch anders als ungemütlich konnte man das Wetter nicht nennen.

»Nein, Tom, es gibt kein Eis«, beschied Isolde ihren Sohn. »Es ist zu kalt. Papa trinkt heute auch kein Bier.«

Martin nahm den Befehl hin, tröstete aber den Kleinen: »Dafür bekommst du abends dein Lieblingsessen, Rührei mit Zwiebeln.«

»Ohne Zwiebeln«, korrigierte Isolde. »Im Konsum hatten sie mal wieder keine.«

Sie waren kurz vor der Tribüne, auf der die führenden Köpfe des Bezirks huldvoll den Jubel entgegennahmen. Vom Tonband schmetterte ein gewaltiger Chor:

Vorwärts, Freie Deutsche Jugend ...

»Papa, warum gibt's keine Zwiebeln?«

... der Partei unser Vertrau'n ...

»Frag Mama!«

... an der Seite der Genossen ...

»Mama, warum gibt's keine Zwiebeln?«

... woll'n wir heut' das Morgen bau'n ...

»Frag den da auf der Tribüne, der weiß es.«

Isoldes Hinweis auf den 1. Sekretär sollte ein Scherz sein, der Verlegenheit entsprungen. Sie hatte nicht damit gerechnet, dass der Knirps wirklich losrennen würde. Ehe Martin ihn erreichen konnte, hob ein Ordner den Jungen hoch zur Tribüne, und der Parteichef strich ihm gütig über das Haar.

Aus dem Blick, den Martin einfing, musste er schließen, dass Tom den Ersten tatsächlich mit seiner Zwiebel-Frage belästigt hatte – eine Provokation. Im Auftrag der Eltern natürlich, eine andere Erklärung war kaum denkbar.

»Der weiß es auch nicht«, sagte ein enttäuschter Tom über den Mann, dem die Leute zuwinkten. Obwohl es keine Zwiebeln gab.

Damals war Martin stolz auf den furchtlosen kleinen Kerl. Und nun wollte dieser selbe Tom Philosoph werden, eine Stütze des Systems, Prediger des Heils. Er musste doch bemerkt haben, wie reserviert sein Vater die staatliche Propaganda beäugte. Zum ersten Mal bereute er, dass er sich von Isolde das Wort hatte verbieten lassen und den Deutschlandfunk, die Stimme des Gegners, wie sie ihn nannte, nur in der Werkstatt hörte, wenn er allein war.

Warum hatte er kein Machtwort gesprochen?

Weil er es nicht konnte, musste er sich eingestehen. Die Niederlage war absehbar. So wie jetzt: Er hatte keine Chance. Tom konnte sehr stur sein. Und lange Debatten hätten nichts geändert.

»Mach, was du für richtig hältst. Es ist dein Leben«, sagte der Vater. Mechanisch ging seine Hand nach den Florentinern, doch der Teller war leer. Alle weggeputzt, staunte er. Er hätte nicht einmal sagen können, wie sie geschmeckt haben.

Unterwegs 20

Die Schaffung zusätzlicher Lehrstellen in der DDR soll mit einer Ausbildungskampagne unterstützt werden, die die Handwerkskammer der Bundesrepublik sowie der Deutsche Industrie- und Handelskammertag begonnen haben. Der Start in die soziale Marktwirtschaft, heißt es zur Begründung, dürfe nicht durch Arbeitslosigkeit zum Fehlstart werden.

Hört sich nicht gerade optimistisch an, denkt Martin und dreht sich umständlich nach links, in eine Sitzposition, die kein Mensch bequem nennen würde, ihm aber Entlastung bringt. Statt nach vorn schaut er jetzt zur Seite, hat Isoldes angestrengtes Gesicht vor der Nase und kann die Autos vorbeizischen sehen, irrsinnig schnell manche, Rennwagen überholen Seifenkisten. Todesengel auf dem Weg ins Paradies, Zwischenstation Schrottplatz.

»Was guckst du mich so an?«, fragt sie. Sie fühlt seinen prüfenden Blick von der Seite.

»Ich kann nicht anders«, sagt er. So schräg, wie er im Polster hängt, bleibt ihm kaum eine andere Möglichkeit, er müsste sich den Hals verdrehen.

Isolde schüttelt den Kopf. Nicht im Traum fiele ihr ein, ihm mit einem stürmischen Kuss zu antworten wie damals, als er denselben Satz zum ersten Mal gesagt hatte.

Martin erinnert die Szene: Sie saßen auf einer Bank an der Elbe, er hatte ihr, die Sonne stand schon tief, seine Jacke um die bloßen Schultern gelegt, und sie wechselten exakt die gleichen Sätze wie heute! Am anderen Ufer protzte die Altstadt mit ihrer Silhouette im Abendlicht, ihn aber interessierte der berühmte Canaletto-Blick wenig, er hatte nur Augen für sie. Auf ihre zweifellos rhetorische Frage nach dem Grund seines Glotzens reagierte er so wie heute, wahrscheinlich aber mit mehr Schmelz in der Stimme: »Ich kann nicht anders.« Außerdem hängte er damals einen Satz an, der ihm heute nicht über die Lippen kommt: »Du bist so schön, ich muss dich immerfort anschauen.«

Er gibt sich Mühe, ihr Bild hochzuholen aus dem Archiv der Erinnerungen: das schmale Gesicht, die Stupsnase. Ihrem sanften Schwung waren seine Finger gern gefolgt bis zu den vollen, vielversprechenden Lippen, ach ja, ihre langen blonden, zum Pferdeschwanz gebundenen Haare – und diese irrsinnige Figur! Scharf, einfach scharf, war das einzige, was ihm dazu einfiel. Wortmächtig war er nie.

Es ist unfair, sie an diesem Bild zu messen, denkt er, tut es aber doch. Erbaulich fällt der Vergleich nicht aus. Das Gesicht ist fleischig geworden, der Pferdeschwanz einer praktischen Kurzhaarfrisur gewichen. Passt, wie sie meint, besser zu einer Respektsperson. Typisch Lehrerin. Ihre Figur zu erfassen, erfordert heute den Rubens-Blick: nicht fett, aber überall ein bisschen zu viel, die Konturen verschwimmen. Von Sport und Bewegung hat sie nie viel gehalten, nun muss sie mit den Konsequenzen leben. Und er auch.

Was hat er gesagt? Er könne nicht anders? – O doch, er könnte schon.

»Musst du auch an Tommy denken?«, fragt er.

»Wie kommst du auf Tom?«

»Hast du die Meldung nicht gehört? Von der Ausbildungskampagne? Ich denke, er sollte sich eine Lehrstelle suchen und einen ordentlichen Beruf lernen. Die einzige Chance in seiner beschissenen Lage.«

»Ich bitte dich, er hat gerade sein Studium abgeschlossen!«

»Na Glückwunsch! Was will denn der Herr Diplomphilosoph jetzt mit seinem großartigen Wissen anfangen? Den Leuten im Westen den Marxismus beibringen? Ihnen verklickern, dass ihr Kapitalismus am Ende ist und gesetzmäßig vom Sozialismus abgelöst wird? Ich kann den Philosophen der Welt nur den Rat geben: Packt ein, gebt auf! Jetzt kommen die Diplomphilosophen aus dem Osten!«

Schon immer hatte ihn der akademische Titel erheitert, der einen Dipl.-Phil. Müllerschulzemeier über jeden simplen Philosophen erhob. Gelegentlich kitzelte ihn der Gedanke, was wohl Platon, Kant oder Schopenhauer eingefallen wäre, hätte man sie mit einem Diplom geadelt. Wie schon der Diplomphilosoph Friedrich Nietzsche schrieb ... Wunderbar!

Isolde spürt sehr wohl, dass der aggressive Ton ihr gilt. Sie hat Tom das Studium eingeredet, das nimmt er ihr übel, heute mehr als damals. Die Geschichte hat mir recht gegeben, tönt er neuerdings. Ein toller Prophet, du meine Güte! Vor fünf Jahren hat keiner ahnen können, dass es so kommen würde, und er schon gar nicht.

Sie will weg von diesem Thema, weg vom Sorgenkind. »Ich kann nur hoffen, dass Anke in ihrem Beruf nicht auch Schiffbruch erleidet.«

»Ach was, da ist keine Gefahr«, sagt er. »Sie fängt ja gerade an, hat sich noch nicht versündigt. Gott und die Revolution haben verhindert, dass sie sich an der sozialistischen Presse die Finger schmutzig macht. Anke ist unbelastet. Nach solchen jungen Journalisten suchen die Zeitungen händeringend.«

Um Toms Freundin sorgt er sich nicht. Sie hat immer leicht gelernt, sie wird auch schnell umlernen.

Was für ein kurioses Wort: umlernen! Ihn amüsiert der Gedanke, Techniker könnten umlernen, den rechten Winkel ein wenig verbiegen oder die Hebelgesetze aushebeln. Man denke, Naturwissenschaftler würden die Physik ummodeln, zum Beispiel die Schwerkraft reduzieren, dann kämen selbst Fettsäcke unter fünfzig Kilo.

Den Geisteswissenschaftlern – und deshalb schätzte er sie auch gering – fällt das Umlernen leicht. Anke hat ihm vor einigen Monaten, da war sie noch Journalistik-Studentin an der Leipziger Uni, anvertraut, dass sie aus der Partei ausgetreten sei. Nicht mit Getöse, nicht wie jene, die sich zu Idioten machten, indem sie herumposaunten, sie seien von ihrer Partei betrogen worden und hätten nichts gewusst von den Privilegien der Bonzen, vom Luxus im Politbüro-Getto Wandlitz.

Anke hat sich still verabschiedet, einfach keine Beiträge mehr gezahlt, damit ist ihre Mitgliedschaft erloschen. Als Journalistin, die unabhängig und neutral sein wolle, dürfe man sich nicht an eine Partei binden, hat sie ihrem künftigen Schwiegervater anvertraut. Und Martin ahnte, dass dies mit der herrschenden Lehrmeinung in Leipzig nicht mehr viel zu tun hatte.

Anke wird ihren Weg gehen, denkt er. Aber Tom ...

Die Schüttlern

Im Gegensatz zu dir hat deine Frau zu mir Vertrauen gefasst.
Du hast ihr geschmeichelt, stimmt's? Auf solche Typen fällt sie rein.
Sie hat in letzter Zeit nachts oft wach gelegen und über ihr Leben nachgedacht, über ihre Söhne, auch über dich, und ob der Psychiater der richtige Mann ist, dem man sein Geheimstes anvertrauen sollte.
Auf keinen Fall!
Deshalb hat sie mir den Vorzug gegeben.
Auch nicht besser.
Sie lässt mich teilhaben. Ich bin ungeheuer interessiert an ihren Geschichten, das hat sie gemerkt, und ich kann gut zuhören.
Das kann ich auch.
Aber in jeder Ehe gibt es Geheimnisse, die man seinem Partner besser nicht erzählt.
Und die ich jetzt über diesen Umweg erfahre?
Und wenn du mich tausend Mal mit derselben Frage nervst – ich kann schweigen wie ein Psychiater.

Wolfgang Liesegang sitzt in der hintersten Ecke des Cafés. Er hat seinen hellen, leicht knittrigen Sommeranzug aus dem Schrank geholt, der etwas eng geworden ist und ihn zu einer geraden Haltung zwingt, damit der Bauch nicht allzu auffällig ins Freie drängt. Als Isolde, von einem schwingenden roten Kleid umweht, munteren Schrittes auf ihn zukommt, erhebt er sich und begrüßt sie mit einem Handkuss. Alte Schule, ein bisschen aus der Zeit gefallen. Was sie bei Reisen nach Ungarn und Polen als charmante Tradition erlebt und genossen hat, wirkt in Dresden eher befremdlich. Ist er so altmodisch?, denkt sie und lächelt.

»Danke für die Einladung. Nett hier.« Sie sorgt sich nicht, von Bekannten mit Wolfgang gesehen zu werden. Und ihr Mann stellt keine Fragen, er nimmt kaum Notiz davon, wenn sie später als gewöhnlich nach Hause kommt.

Der Arzt serviert – durchaus unpassend – zu Kaffee und Erdbeertorte die Fragen, die sie schon kennt: wie es ihrem Mann geht, ob die Medikamente anschlagen. Isolde, die Martin noch nie Tabletten gereicht hat, fantasiert von minimalen Fortschritten, leichten Aufhellungen und dann doch wieder stumpfer Teilnahmslosigkeit. Die Dosis erhöhen oder eine völlig neue Medikation, sinniert der Arzt.

Manchmal wundert sie sich, dass Wolfgang so engagiert ist, bei einem Patienten, den er noch nie gesehen hat. Warum er sich so begierig auch nach Dingen erkundigt, die mit Martins Erkrankung nichts zu tun haben. Alle Termine bisher liefen darauf hinaus, ihrer Beziehung zu Martin nachzuspüren. Anfangs dachte sie, es ginge um sie, er suche den Spalt in ihrer Ehe, in den er sich hineinzwängen könnte. Jetzt ist sie sich dessen nicht mehr sicher.

»Heute ist der Todestag meiner Frau«, sagt er.

»Warum erzählst du mir das?«

»Ich muss daran denken, wie schnell das Leben vergeht. Und die Liebe.«

»Hast du deinen sentimentalen Tag? Weiß doch jeder, dass die Schmetterlinge im Bauch irgendwann zu Raupen werden. Sie verpuppen sich zwar, es schlüpfen aber keine Schmetterlinge mehr. Wenn du Glück hast, endet die Metamorphose mit blassen harmlosen Faltern, im schlimmeren Fall sind es Motten, die allmählich das Beziehungsgewebe zerfressen.«

»Und plötzlich kommt ein schöner bunter Vogel geflogen, setzt sich auf dein Knie und pickt die lästigen Insekten weg.«

»Du redest jetzt aber nicht von dir, Wolfgang?«

Er lacht. »Das kommt schon vom Gewicht nicht hin. Außerdem ist auf deinen Knien kein Platz frei.«

Isolde versteht nicht, will auch nicht darüber nachdenken. Sie ist der Metaphern überdrüssig. »Wie schnell die Gefühle an Auszehrung leiden! Ist das nicht seltsam? Plötzlich macht sich Routine breit, Gleichgültigkeit, wenn nicht Schlimmeres.«

»Alles andere wäre ein Wunder.«

»Nein, Wolfgang! Ich glaube noch immer, dass die Liebe im Alltag nicht untergehen muss.«

»Dann sprich: Was ist schiefgelaufen bei euch?«

Ist sie hergekommen, um ihre Ehe analysieren zu lassen? Sie hat keine Lust, aus dem Nähkästchen zu plaudern. Martin ist ein Sonderfall. Zu kompliziert, die vielen Facetten.

Wolfgang Liesegang spürt: Eine Antwort auf seine Frage ist nicht zu erwarten. Wie abwesend schaut Isolde aus dem Fenster, nippt an ihrem Kaffee.

»Sicher war die Kletterei an vielem schuld«, sagt er. »Fanatiker nehmen wenig Rücksicht. Und er hat trainiert wie ein Kaputter, hast du mal erzählt.«

Sie nickt. »Eisern, jeden Morgen Punkt fünf im Keller.«

»Spricht für einen starken Charakter.«

»Selbst am Tag, als seine Mutter starb, und am Tag ihrer Beerdigung auch.«

»Gut, das mag einen gewissen Krankheitswert haben.«

»Aberwitzig war das! Einmal habe ich ihm vor Augen führen wollen, wie irre das ist, für die Rente zu trainieren, für Bergtouren in den Alpen nach dem Jahr 2005. Sich tagtäglich zu schinden für eine Zeit, von der er nicht einmal weiß, ob er sie erleben wird. Das Leben findet vor 65 statt, nicht im Rentnerzirkel, habe ich ihm vorgehalten, ziemlich laut, glaube ich. – Weißt du, was er mir geantwortet hat? Das verstehst du nicht. Ganz ruhig hat er das gesagt. Es ging um unser Leben, und das war das einzige, was er zu entgegnen wusste: Das verstehst du nicht.«

»Hatte er nicht recht?«

»Ja, klar, ich verstand ihn nicht. Kein normaler Mensch kann so was verstehen. Zwei Tage später kam er mit einem großen Strauß Rosen nach Hause. Als Liebesbeweis wenig überzeugend, eher ein Trostpflaster, denn es passierte an einem Freitag, kurz bevor er zum Klettern aufbrach.«

Wolfgang Liesegang neigt sich zu ihr hinüber, legt die Hand auf ihren Schenkel und blickt ihr fest in die Augen: »Ich werde jetzt bezahlen«, sagt er. Für Isolde sehr unvermittelt. »Es war schön, dich zu sehen. Und mit dir zu reden, ist immer spannend.«

Hatte sie etwas falsch gemacht?

Auf dem Weg nach Hause hadert sie mit sich. Wieder zu viel gejammert und geklagt! Immer fühlt sie sich bei ihm wie in einer Therapiesitzung. Braucht sie seinen starken Arm? Will sie ihn? Ist er überhaupt stark?

Zum Glück hat sie ihm nicht auch noch erzählt, wie sie Martins straff organisierten Alltag zu sabotieren, ihn hormonell aus dem Konzept zu bringen versucht hat. Eines Tages war sie, nackt wie er, frühmorgens im Trainingsraum erschienen. Er stutzte kurz, es animierte ihn aber zu nichts, nur zu der Bemerkung, er finde es gut, dass sie die vernachlässigte Muskulatur wieder ein bisschen in Schwung bringen möchte, er lasse ihr an allen Geräten den Vortritt.

Dass frivole Gedanken sie in den Keller getrieben hatten, lag außerhalb seines Vorstellungsvermögens. Sie hängte sich an die Sprossenwand. Von dort konnte sie das Spiel seiner Muskeln am besten verfolgen. Er ließ sich durch sie nicht stören, zog sein Programm durch, Station für Station, da konnte sie an den Sprossen herumhampeln, wie sie wollte, die Beine heben und spreizen – auf die Idee, sie ans Kreuz zu nageln, kam er nicht.

Eine Chance ergab sich bei den Liegestützen. Sie durfte ihm als Rucksack auf den Rücken krabbeln. Während er vermutlich still zählte, wie oft er sie nach oben wuchtete, fasste sie ihm zwischen die Beine, aber es tat sich nichts, was dem Namen »Gemächt« Ehre gemacht hätte. Platt und erschöpft lag er schließlich auf der Matte, er konnte nicht mehr, so dass er leicht zu überreden war, es einmal umgekehrt zu probieren.

Bereitwillig glitschte er auf ihre Rückseite, er roch sehr männlich, der Schweißfilm, der sie trennte, kühlte kaum. Endlich begann er, sich erinnernd, auf ihr herumzurutschen. Ihr war noch kein einziger Liegestütz gelungen, da fing sie schon an zu japsen unter der Last. Sie konnte ihn nicht stemmen, zumal ihr eine Hand nicht zur Verfügung stand, sie brauchte sie zwischen den Schenkeln, erst zwischen seinen, dann zwischen ihren. Instinktiv entlastete er sie im Lendenbereich, gab ihr Bewegungsfreiheit, und als er, wie man es von Gewichthebern kennt, den entscheidenden Stoß mit einem tierischen Schrei begleitete, hielt es auch sie nicht mehr.

Eine schöne Übung, verstörend nur, dass ihr bald andere folgten. Martin brauchte keine zehn Minuten, um wieder in seine Quälwelt einzutauchen. Er verabschiedete sich mit einem Küsschen, immerhin, trotzdem wurde sie das Gefühl nicht los, nur eine Nummer in seinem Programm gewesen zu sein.

Eine halbe Stunde später – er hatte einen neuen Hausrekord bei den einarmigen Klimmzügen aufgestellt – trafen sie sich unter der Dusche, die er in einer Ecke des Sportraums installiert hatte. Durch den – nüchtern betrachtet – doch sehr routinierten Ablauf war ihre Lust stark gesunken. Aber er roch so gut, war so kernig und fest und kraftvoll ... In solchen Momenten konnte sie sich nicht vorstellen, ihn zu verlassen.

Nimm dir Zeit, sagt Isolde zu sich selbst, ein Viertelstündchen nur. Sie fühlt sich noch zu aufgewühlt, um der Realität zu Hause beherrscht entgegenzutreten. Eine Bank an der Elbe ist der ideale Platz, sich zu sammeln. Das still fließende Wasser bringt das Gemüt zur Ruhe.

Wäre da nicht ein breit grinsendes Gesicht, das sie undeutlich aus dem Strom auftauchen sieht. Kein Zweifel, es ist die Visage der Kollegin Schüttler. So schnell es gekommen ist, verschwindet das Trugbild wieder in den Fluten.

Die Erinnerung strudelt nicht so leicht weg. So unangenehm sie ist, sie härtet den Panzer, den sie für den Heimweg braucht.

Von der Schüttlern, Deutsch und Geschichte, hat sie anfangs kaum Notiz genommen. Sonderlich aufregend schien sie nicht zu sein. Bis sie eines Tages an der Kaffeemaschine im Lehrerzimmer beieinanderstanden und die Neue ihr zuraunte: »Ich muss dir gratulieren: Du hast einen tollen Mann!«

Isolde muss ziemlich entgeistert geguckt haben. Was war das?, dachte sie. Sind wir Betschwestern, die ein süßes Geheimnis teilen, oder was? Muss sie jetzt ein Revier verteidigen, das sie selber als öde empfindet? Hätte eine gewisse Komik. Und überhaupt – woher kannte die Schüttler ihren Martin?

Die Frage war nicht schwer zu beantworten. Er muss ihr beim Kampf um den Ehrentitel begegnet sein. Sie wird ihn begafft haben, als die Lehrer wieder mal mit Ehepartnern auf Kultur gemacht haben, korrekt ausgedrückt: als ihr »Kollektiv der sozialistischen Arbeit« gemäß Kultur- und Bildungsplan im Theater oder Konzert, im Kabarett oder in einer Ausstellung war. Aufgefallen war Isolde nichts, vor allem konnte sie sich nicht erinnern, dass Martin jemals ein Wort mit dieser Frau gewechselt hätte.

Nun schaute sie genauer hin. Die Schüttler, einige Jahre jünger, ja gut, dafür angefettet, ein farbloses Gesicht, Glubschaugen, die Nase zu lang, die Hüften zu breit – das war nun wirklich nicht der Typ, auf den Martin abfuhr. Aber wer weiß, vielleicht waren sie sich, wie es so schön heißt, geistig nahegekommen. Ein tickender Sprengsatz. Das Körperliche folgt meistens ganz schnell, sie kannte die Männer, dann übersehen sie den dicken Arsch. Oder bejubeln ihn sogar.

Wann und wo sollte was passiert sein zwischen den beiden? Sie hatte keine Lust, die Schüttlern nach den Gründen ihrer Begeisterung zu fragen. Sie würde was Belangloses daherfaseln, für sein Aussehen vielleicht Wörter wie brillant oder hinreißend bemühen. Äußerlichkeiten halt. Ihn als charmanten Plauderer zu rühmen, fiele ihr gewiss nicht ein, und weitergehende Erkenntnisse dürfte die Kollegin nicht gewonnen haben. Dass sie Isolde so naiv auf ihn ansprach, zeugte eher von Harmlosigkeit. Wahrscheinlich war sie über feuchte Träume nicht hinausgekommen.

Doch irgendwas war da. Sie merkte es, als sie zum ersten Mal seit Langem wieder einen Schlag aus der Schule erzählte. Martin mochte es nicht, wenn sie ihm mit pädagogischen Problemen kam. Ihr Knatsch mit Schülern und Kollegen langweile ihn, hatte er ihr bedeutet. Daher gab es kaum noch Austausch, jeder lebte für sich in seiner Arbeitswelt. Auch Martin lud betrieblichen Ärger, den er gewiss hatte, nicht zu Hause ab.

An jenem Tag aber reagierte Martin anders. Es war nicht zu übersehen, dass er beim Namen Schüttler die Ohren hochstellte. Kaum hatte Isolde berichtet, die Dame wolle neue Moden einführen und für ihren Unterricht die Schulbänke im Karree aufstellen, nahm Martin Partei – für die falsche Seite.

»Die möchte nicht vor der Klasse stehen, sondern mitten unter den Schülern sitzen und Geschichte wie eine Märchentante vermitteln, mal plaudernd, mal streitend, sogar kleine Rollenspiele will sie sich ausdenken.«

»Kann ich mir amüsant vorstellen.«

»Wie soll das gehen? Auf der einen Seite sitzen die Feudalherren, auf der anderen die unter Frondiensten ächzenden Bauern, sie gibt den Thomas Müntzer, und dann spielen sie Bauernkrieg?«

»Hätte mir als Schüler wahrscheinlich Spaß gemacht: Friede den Hütten, Krieg den Palästen!«

»Tut mir leid, das war dreihundert Jahre später, mein Lieber.«

»Na dann eben: Als Adam grub und Eva spann – wo war denn da der Edelmann?!«

»Ich denke, als Lehrerin verlierst du bei solchen Spielchen Autorität. Übrigens ist die Sache auch gar nicht auf Schüttlers Mist gewachsen. Soll ich dir sagen, woher sie die Methode hat? – Aus dem Westen!«

»Ist sie deshalb schlecht?«

»Die Lehrer drüben sollen glauben, sie sind fortschrittlich, wenn sie den Frontalunterricht aufgeben. Nichts als formaler Quatsch. Es soll sie davon abhalten, über andere Inhalte zu diskutieren. Das wäre wichtiger.«

»Und euer hundertfünfzigprozentiger Direktor, der bei jedem politischen Witz gleich eine Parteiversammlung einberuft, lässt Westmoden durchgehen?«

»Der hat überhaupt nicht begriffen, was dahintersteckt. Kein Gepolter beim Umräumen und keinen Dreck, bitte, das war das einzige, was ihm dazu einfiel. Und hinterher die alte Ordnung wiederherstellen!«

»Klar, die alte Ordnung. Bloß keine Perestroika.«

Sie war vorsichtshalber verstummt. Martin wusste, wie er sie ärgern konnte. Das Thema Gorbatschow gehörte dazu. Ursprünglich waren sie – ungewöhnlich genug – beide vom neuen Mann in Moskau angetan gewesen. Inzwischen jedoch war es wieder vorbei mit dem Einvernehmen, sie rieben sich an Gorbatschow. Beide schauten, ob seine Ideen auch für die DDR passten.

»Die Perestroika mag was für die Sowjetunion sein«, fand sie, »wir brauchen das nicht, diese Reformen haben wir längst hinter uns.«

Martin hatte sie groß angeschaut, dann war er aus dem Zimmer gegangen. Er hatte es oft erfahren: Widerworte waren Zeitverschwendung.

In der Rückschau glaubt sie, dass die Politik ihrer Ehe zugesetzt hat. So lächerlich es klingt: bis ins Bett hinein! Seine Sticheleien während der »Aktuellen Kamera«, gesteigert durch seine Ignoranz gegenüber jedem Argument, erstickten die Libido, selbst wenn er anschließend nackt neben ihr in den Kissen lag.

Es war nur eine hypothetische Überlegung, aber manchmal musste sie denken: Der Schüttlern wäre die Lust nicht abhandengekommen, nicht wegen politischer Differenzen, im Gegenteil. Wenn die beiden eine gemeinsame Basis hatten, dann war es ihre Nörgelei, ihre Anfälligkeit für Freiheit und Demokratie nach westlicher Lesart. Die würden sich suhlen in ihrer Meckerei.

So richtig klar ist ihr das geworden, als sie die X. Kunstausstellung der DDR besuchten.

Martins Ankündigung, er würde lieber mit ihrem Lehrerkollegium ins Albertinum gehen als mit seiner Brigade, hatte Isolde noch nicht aufmerken lassen. Dass er bei dem ungemütlichen Wetter Ende November den Museumsbesuch einer Klettertour vorzog, war nicht verdächtig.

Sie trafen sich auf der Brühlschen Terrasse. Die Schüttlern erschien als eine der Letzten; in ihrem dunklen Übergangsmantel wirkte sie noch rundlicher als sonst, was sie durch einen forschen, sportlich wirkenden Schritt zu überspielen versuchte. Sie war allein gekommen, ohne ihre 15-jährige Tochter und ohne ihren Lebensgefährten, ein Phantom, das noch niemand von den Kollegen je gesehen hatte.

Als sie Martin die Hand gab, konnte Isolde keinerlei Vertraulichkeit entdecken, umso mehr dann während des Rundgangs durch die Ausstellung. Wie ein Schatten hielt sich die Schüttlern an seiner Seite. Martin schien ihre Aufdringlichkeit nicht zu stören, vor manchen Bildern steckten sie die Köpfe zusammen und flüsterten sich etwas zu, das Isolde nicht verstehen konnte, wohl auch nicht hören sollte. Ihre Gesichter spiegelten ein Einverständnis, das sie empörte. Vor manchen Gemälden setzten sie ein abfälliges Grinsen auf, es war peinlich.

Natürlich hatte sich herumgesprochen, dass Erich Honecker beim Rundgang nicht durchweg entzückt war von den ausgestellten Werken. Isolde wusste nicht, ob daraufhin Bilder umgehängt oder entfernt worden waren – auf jeden Fall verlor die Kunststudentin, die sie führte, kein Wort über Arbeiten, die das Missfallen der Parteiführung erregt hatten.

Für die Schüttlern schien es ein Kitzel zu sein, das arme Mädchen in Verlegenheit zu bringen. Martin traute sich nicht, aber in ihren kleinen, sich unschuldig gebenden Provokationen erkannte Isolde ihren Mann wieder. Sie sah ihm an, dass er sich von der blöden Kuh gut vertreten fühlte. Bevor sie sich zu Wort meldete, tuschelten sie miteinander; sicherlich gab er die Richtung vor.

Hakte sie sich bei ihm ein? Nein, sie fasste nach seinem Arm und zeigte auf ein Bild, auf dem nichts zu sehen war als in Folie eingeschweißte Flaschen.

»Ich verstehe ja, dass wir nicht über jedes Gemälde diskutieren können«, sagte sie zur Führerin, »aber schauen Sie, dieses Bild hier: Was haben verpackte Flaschen in unserer Kunstausstellung zu suchen? Ich begreife nicht, was uns der Künstler damit sagen will. Wo ist denn da das Vorwärtsweisende?«

Die beiden hatten sich auf Ironie verlegt, doch niemand bemerkte es.

Die Studentin natürlich auch nicht: »Ich kann dazu nur sagen: Die Auswahlkommission hat entschieden, dass die Zehnte die gesamte Breite des künstlerischen Schaffens in der DDR widerspiegeln soll.«

Martin nickte zustimmend: »Und Flaschen gehören nun mal zu unserem Leben.«

Die Schüttlern feixte perfide.

Martin und sein Sprachrohr gefielen sich darin, den sozialistischen Kunstwart zu geben, es war widerwärtig. Das Mädchen, das sie führte, musste die Schüttlern für eine bornierte Parteizicke halten.

Wie könne es sein, wollte die Oberzensorin wissen, dass einer eine verfallene Mauer male und »no future« drunterschreibe, das genaue Gegenteil von dem, was die Bürger unserer Republik empfinden? Und überhaupt – wieso hier so viele deprimierende Bilder hingen, die uns alte, noch nicht rekonstruierte Häuser vorführten? Natürlich gebe es die noch, aber es sei doch die Aufgabe der Kunst, das Neue aufzuspüren, Optimismus zu vermitteln. In der ganzen Ausstellung sei kein einziges Bild zu entdecken, das die großartigen Neubauten unseres Wohnungsbauprogramms zeige, nörgelte die Dicke, das sei doch wohl ein Armutszeugnis.

Zu der Komödie, die sie aufführten, gehörten natürlich auch haarsträubende Interpretationen. Viele Kunstwerke verstand man wirklich nicht, aber was die Schüttlern daraus machte, war abenteuerlich.

»Was soll denn das sein?«, fragte sie, als sie vor dem Gemälde »Auf dem Wege« standen. »Eine Erste-Mai-Demonstration? Ohne Transparente und ohne Selbstverpflichtungen? Ein Zug von jämmerlichen Gestalten ist das, die mögen auf dem Wege sein, wie der Künstler behauptet, aber auf dem Weg in die Zukunft sind sie nicht. Ich jedenfalls erkenne mich in diesen Trauerklößen nicht wieder. Und hier, das ist ja nicht zu glauben: Die Parade wird abgenommen von einem Oberindianer und einem Flöte spielenden Naturgott! Wo gibt's denn so was?! Das einzig Fröhliche auf dem Bild ist die splitternackte junge Frau, die den Zug anführt, mit dem als Clown verkleideten Kind – völlig unrealistisch!«

Niemand von den Kolleginnen und Kollegen sagte ein Wort. Manche schauten sich vielsagend an. Isolde war sich nicht sicher, ob sie das Spiel durchschauten.

Zu allem Überfluss fühlte sich die Dame auch noch bemüßigt, ein Schlusswort zu halten. Nachdem sich der Direktor der Schule bei der Studentin für die »informativen und aufschlussreichen Erläuterungen zu den Kunstwerken« bedankt hatte, hielt es die Superexpertin, die Oberlehrerin Frau Professor Doktor Doktor Schüttler, für geboten, auch noch ihr Resümee zu verkünden:

»Ich weiß nicht, wie es euch geht, Kollegen, aber ich bin ziemlich enttäuscht. Viele Bilder wirkten auf mich bedrückend, schon wegen der düsteren Farben, die so gar nicht unserem Lebensgefühl entsprechen. Mein Eindruck ist: Es fehlt der Optimismus, der unsere Menschen auszeichnet, die Tatkraft, die Lebensfreude. Erinnert euch an den Baggerfahrer oder den LPG-Vorsitzenden. Wenn das unsere Menschen sein sollen – na danke! Das sind freudlose Gestalten, keine stolzen Erbauer des Sozialismus. Oder die Brigadebilder! Zum Beispiel das von der Erdgastrasse – die Mitglieder des Jugendkollektivs spiegeln keine Zukunftsgewissheit, sie wirken wie KZ-Häftlinge auf dem Todesmarsch. Was hat das mit unserem Land und unseren Menschen zu tun?«

Jetzt hat sie deutlich überzogen, dachte Isolde. Doch keiner regte sich. Nur der Direktor, der Doofkopp, nickte. Bei dem hatte sie gepunktet, Isolde konnte es kaum fassen.

Nun ja, jetzt ist sie Gott sei Dank weg, denkt Isolde, als sie aufbricht und zu ihrem Haus hochgeht. Hat selber gekündigt. Sie hätte auch keine Chance gehabt, so unbeliebt, wie sie war.

Unterwegs 21

Sie haben das Kreuz Feuchtwangen/Crailsheim hinter sich gelassen. Isolde schweigt beharrlich. Martin muss die Stimmung aufhellen. Ellwangen – jetzt kommt es darauf an. Die nächste Abfahrt müssen sie nehmen. Bis zu Karins neuer Heimat sind es nur noch wenige Kilometer. Wie mag sie zurechtkommen, hier in der Provinz?

Martin hat sich ein paar Argumente zurechtgelegt, um Isolde für den kleinen Abstecher zu gewinnen. Wie es einem ordentlichen Beifahrer und Navigator zukommt, nimmt er den Autoatlas zur Hand, brummelt »Kreuz Feuchtwangen« vor sich hin, als überzeuge er sich, dass die Karte mit dem wirklichen Streckenverlauf übereinstimmt, und hat plötzlich eine Idee:

»Ich schlage vor, wir fahren in Aalen von der Autobahn runter und suchen uns ein nettes Restaurant. Ich hab Hunger.«

»Hast du nicht gesagt, wir müssten zügig durchfahren?«

»Das hat sich erledigt, wir haben zu viel Zeit verloren. Bis Grindelwald schaffen wir es heute nicht mehr.«

»Warum sollen wir die Autobahn verlassen? Sicher kommt bald eine Raststätte.«

»Ich habe keine Lust auf Massenspeisung. Bis Aalen sind es nur vier, fünf Kilometer. Ich stelle mir ein hübsches kleines Lokal vor, wo die Wirtin noch selber kocht, mit Liebe natürlich. Und billiger als an der Autobahn ist es außerdem.«

»Dein Geiz immer.«

Martin merkt, dass er gewonnen hat. Mit gutem Essen kann man Isolde ködern. Als sie sich der Abfahrt nähern, muss er nichts mehr sagen. Schon fünfhundert Meter vorher hat sie angefangen zu blinken.

Noch bevor sie die Stadt erreichen, entdeckt Martin eine Tankstelle.

»Fahr mal ran«, sagt er, »hier ist das Benzin vier Pfennige billiger.« Er ist ein vorausschauender Mensch. Tanken müssten sie sowieso bald.

Wieder die übliche Prozedur: Motorhaube auf, Peilstab in den Tank, Öl einfüllen, Benzin drauf, fertig. Martin lächelt einem Mann an der Nachbarsäule zu, der den Vorgang staunend verfolgt hat, ungläubig, als beobachte er Steinzeitmenschen bei ihrem befremdlichen Tun. Verwirrt von Martins herausforderndem Grinsen wendet er sich ab, steigt kopfschüttelnd in seine Karosse aus gutem Hause und rauscht davon.

Isolde hat von dem stummen Techtelmechtel ihres Mannes nichts bemerkt, sie vertritt sich die Beine. Als Martin die Motorhaube schließt, kommt sie schnellen Schrittes zum Auto zurück. Sie will rasch weiter. Gefragt, ob sie noch die Toilette aufsuchen möchte, verweist sie auf das Restaurant, das sie hoffentlich bald finden werden.

Schade, denkt Martin. Er hatte einen Film im Kopf: Isolde kommt von der Toilette, steigt ins Auto – und Martin ist weg. Nirgendwo zu sehen. Sie trommelt mit den Fingern aufs Lenkrad, wartet, wird zusehends ungeduldiger, möchte laut hupen, traut sich nicht, steigt aus, will ihren Mann aus dem Verkaufsraum holen, dort ist er nicht, der Kassierer am Tresen sagt, er habe niemanden gesehen und an der Säule drei seien noch neunzehn Mark siebenundneunzig offen. Nicht mal bezahlt hat er!

Isolde stürmt nach draußen. Hat er sich was angetan? Man kommt auf die seltsamsten Gedanken. Sie will das Gelände absuchen, nein, zuerst den Kofferraum, das kennt sie aus Krimis, und tatsächlich: da fehlt noch mehr, sein Koffer und sein Rucksack sind verschwunden. Ein schlechter Scherz? Ist er zu Fuß unterwegs? Mit jemandem mitgefahren? Was soll sie machen? Ihn suchen? Hinterherfahren? Die Polizei alarmieren?

Wirklich schade, denkt Martin, hat nicht geklappt. An der Kasse legt er eine Mark extra in die Zahlschale und fragt, ob er mal telefonieren darf, nur ein Ortsgespräch. Der Tankwart stellt ihm wortlos das Telefon auf den Tresen, es hat keine Wählscheibe, sondern Tasten.

Schon nach dem ersten Rufzeichen meldet sich Karin – und macht ihm Vorwürfe: »Du weißt doch, dass du mich während der Arbeitszeit nicht anrufen sollst!«

»Rate mal, wo ich bin! – An der Aal in Aalen!«

»Nein! Das glaube ich nicht! Martin, der ewig Unentschlossene. Ganz ehrlich, mit dir hab ich nicht mehr gerechnet. Hör zu: Vor Feierabend komme ich hier nicht weg ...«

»Moment, warte mal ...«

»Setz dich inzwischen in das Café am Marktbrunnen, gegen fünf hole ich dich dort ab. – Du schläfst doch bei mir?«

»Ja. Das heißt nein. Ich bin mit Isolde hier. Auf der Durchreise.«

Auf der anderen Seite Schweigen.

»Karin?«, fragt er. »Karin!«

Ein gleichmäßiges Tuten antwortet ihm.

Mauern

Wie fühlt man sich, wenn man den Sozialismus hinter sich, den Kapitalismus vor sich und schon gleich die Arbeit verloren hat? Angst?
Jetzt nicht mehr. Bin wieder gesund. Wer arbeiten will, findet Arbeit.
Du bist fünfzig. Könnte es sein, dass – um mit Marx zu sprechen – deine Produktivkraft nicht mehr gebraucht wird, dass du im Rationalisierungsstrudel untergehst?
Eher geht der Kapitalismus unter.
Ich bitte dich, er hat gerade weltweit gesiegt. Ist auf dem Höhepunkt!
Vom Höhepunkt aus gibt es nur eine Richtung: bergab. Der Sozialismus hatte auch dauernd gesiegt …
Aber dieses System ist stark. Gnadenlos erfolgreich, weil ohne Gnade.
Mich kriegt es nicht kaputt. Meine Bedürfnisse sind gering, ich brauche nicht immer mehr, mehr, mehr.
Wären alle so, brächte es den Wirtschaftsmotor ins Stottern.
Irgendwann werden die Menschen merken, dass immer mehr Besitz nicht glücklicher macht. Den Neandertaler, der nur ein paar Werkzeuge und Waffen hatte, stelle ich mir als glücklichen Menschen vor.
Von dem, scheint mir, hast du ein paar Gene zu viel geerbt.

Martin wollte es nicht wahrhaben. Zuerst glaubte er an eine Zerrung, an die Entzündung einer Sehne, in jedem Fall an kurzzeitige Beschwerden. Der dumpfe Schmerz wich aber nicht. Er ignorierte ihn. Wer denkt schon an Verfall – mit achtundvierzig? Über kaputte Hüftgelenke machte man höchstens Witze: ein finales Leiden, die Krankheit der Alten, akzeptabel bestenfalls in der Schlussphase des Lebens.

Gerade hatte er neue Bestmarken erreicht, die Muskulatur war super wie eh und je. Auch das Jogging-Programm hatte er verschärft: Statt zwei langweiligen Stunden am Elbufer war er auf Treppenlauf umgestiegen, die 186 Stufen am Weinberg hoch und runter, hoch und runter, bis zum Umfallen, in beiden Händen einen Ziegelstein, Muskeln und Sehnen in Fingern und Armen sollten nicht zu kurz kommen. Das Treppensteigen entsprach auch mehr den Belastungen am Fels. Er war in Bestform.

Als der Verdacht übermächtig wurde, seine Hüftgelenke könnten lädiert sein, verstärkte er das Training. Es tat weh, aber er hatte gelesen, dass kräftige Muskeln in der Lage waren, die Abnutzung an Wirbeln und Gelenken auszugleichen. Seinen Kletterfreunden erzählte er nichts.

Auch vor Karin hatte er es verbergen wollen, doch eines Morgens – er war auf »Dienstreise« bei ihr untergekommen – bemerkte sie, dass er nicht rund lief. Wenn er aus dem Bett stieg, waren die Schmerzen am schlimmsten. Karin bedrängte ihn, bis er mit der Wahrheit herausrückte. Sie verlangte vor allem eins: Schonung. Keine erhöhte Belastung, das sei verrückt, vorerst auch keine Klettertouren mehr. Ihr gefiele das, gab sie ehrlich zu, so könnte er sich jedes Wochenende bei ihr ausruhen.

Mit Karin war er wahnsinnig gern zusammen, aber die Vorstellung, als Pflegefall zu ihr zu kommen, schreckte ihn nicht weniger als der Gedanke, von der Kletterei Abschied nehmen zu müssen. Ein Mann, der das Alter besiegen wollte und dabei fünfundzwanzig Jahre erfolgreich war, der nur noch siebzehn Jahre durchhalten musste, bis er das Matterhorn, den Montblanc, den Nanga Parbat oder gar den Tschomolungma erobern würde – wie könnte der sich bremsen lassen von einer müden Hüfte?

Man wird nicht immer verstanden, selbst wenn man sich gut versteht, dachte er. Karin sah nicht, wie dramatisch seine Situation war. Es gab ihm einen Stich. In Liebe vereint – wie wunderbar sich das anhört! Aber du wirst nicht eins, körperliche Nähe hebt die Distanz nicht auf, zu einigen Revieren deines Herzens findet selbst der liebende Partner den Schlüssel nicht, dort bist du allein. War kein Satz fürs Poesiealbum, aber es stimmte wohl: Es gibt keine Zweisamkeit ohne Einsamkeit.

In diesen schlimmen Tagen kam das Weinen zurück. Martin konnte sich nicht erinnern, wann er das letzte Mal Tränen vergossen hatte. Irgendwann in frühen Kindertagen. Nicht beim qualvollen Tod seines Vaters, auch nicht, als seine Mutter gestorben ist. Traurig war er gewesen, aber beherrscht, ein Mann. Nun aber brach sich der Schmerz über die verlorene Zukunft Bahn, riss die Dämme der Scham nieder, hemmungslos schluchzte er in die Kissen. Es tat gut. Das salzige Wasser grub Furchen, in denen Leid ablaufen konnte, langsam, sehr langsam.

Er hatte geglaubt, seinen Körper im Griff zu haben, ihn dienstbar halten zu können für ehrgeizige Ziele. Nicht zu fassen: Ein einziges lächerliches Gelenk stellte ihm eine Hürde in den Weg, die schwerer zu überwinden war als die staatlichen Barrieren an der Westgrenze. Martin war nicht mehr Herr über sein Leben, in dunklen Stunden, die sich häuften, schien es ihm sinnlos geworden.

An besseren Tagen wehrte er sich, fuhr weiter in die Berge, ließ sich nichts anmerken. Das Verhängnis ereilte ihn am Höllenhund-Vorturm im Raaber Grund. Es war der 8. Mai 1988, ein angenehmer Frühlingstag. Sie wollten über den Talweg zum Gipfel. Perry hing am ersten Ring, Jodl musste einen kleinen Überhang überwinden. Er mochte es nicht, wenn die Füße den Kontakt zum Fels verloren, Überhänge konnten ihn moralisch fertigmachen, er versuchte sie schnell hinter sich zu bringen. Als er mit einem weiten Spreizschritt Halt suchte, passierte es. Der Schmerz war irrsinnig! Für einen Moment fielen alle Systeme aus. Halb bewusstlos kippte er aus der Wand.

Der starke Ast einer Kiefer bremste den Sturz, ein Glück, dadurch kam er glimpflich davon. Der Aufschlag war dennoch hart, aber er stand gleich wieder auf, ein Urreflex. Er spürte keinen Schmerz! Am Rücken, fühlte er, lief ein bisschen Blut, die Hüfte dagegen meldete sich nicht.

Perry war sofort abgestiegen. Jodl kam nicht umhin, eine Beichte abzulegen. Sein Freund dachte keine Sekunde daran, ihm Vorwürfe zu machen. Ruhig versorgte er die Wunde am Rücken, fragte nach anderen Schmerzen, wie ein Doktor es eben tut. Wäre es nötig gewesen, hätte er ihn auch huckepack zurück in die Zivilisation geschleppt.

Weshalb Jodl seine Krankheit nicht akzeptieren wollte, verstand Perry. Dennoch war er unnachgiebig: Keine Klettertour mehr, solange er nicht einen Orthopäden konsultiert habe.

Seit der Einstellungsuntersuchung durch den Betriebsarzt hatte Martin keinen Weißkittel aufgesucht. Mit einer Erkältung, einer Zerrung, selbst der Grippe allein fertigzuwerden war für ihn Ehrensache gewesen. Das Hüftgelenk jedoch reagierte weder auf Schonung noch auf vietnamesischen Tigerbalsam, auch mit Autosuggestion war der Schmerz nicht wegzumogeln.

Der Befund fiel aus, wie er es befürchtet hatte. Der Doktor führte ihm ein Röntgenbild vor, auf dem man angeblich »besonders schön sehen« konnte, wie kaputt das Gelenk war. Martin erkannte nichts, die Begeisterung des Arztes kam ihm zynisch vor: eine glasklare Diagnose, das Krankheitsbild wunderschön wie aus dem Lehrbuch. Die Therapie ebenso eindeutig und ohne Alternative: Ein künstliches Hüftgelenk musste her. Die Prothese sei heutzutage hoch leistungsfähig, die OP ohne Risiko, die Haltbarkeit inzwischen auf fünfzehn bis zwanzig Jahre angewachsen. Er schwärmte von dem Ersatzteil, als hätte er es selbst erfunden.

Martin begann ihn zu hassen. Ihm war auch anderes zu Ohren gekommen: Prothesen, die nach kurzer Zeit gebrochen, Operationen, die misslungen waren und wiederholt werden mussten. Vor allem aber konnte er rechnen. Das Gelenk müsste genau dann ausgetauscht werden, wenn er Rentner würde und die Alpen erobern wollte. Sein Entschluss stand fest: Wenn überhaupt eine Prothese, dann so spät wie möglich, keinesfalls vor 1995, besser 2000. Bis dahin würde er schon klarkommen.

Es wurde leider schlimmer. Den Berg hoch zu seinem Haus schaffte er noch ganz gut, jedenfalls fiel keinem der Nachbarn etwas auf. Aber runter! Die zweihundert Meter bis zur Elbe wurden zur Tortur. Er hatte sich einen derben Stock geschnitzt, ohne diese Stütze wäre der Schmerz schwer zu ertragen gewesen.

In der ersten Verzweiflung hatte er das Krafttraining aufgegeben, war aber nach einigen Tagen in den Keller zurückgekehrt. Die Muskulatur in den Armen und im Oberkörper musste in Form gehalten werden, auch wenn es mit dem Klettern erst einmal vorbei war. Nur Isolde dachte noch, er fahre jedes Wochenende in die Schweiz; von Karin ahnte sie nichts.

Am schlimmsten war der Abend des 9. November 1989. Das ganze Land war außer sich, jubelte und feierte, lag sich in den Armen. Ungläubig verfolgte die Welt, wie in Berlin ein eherner Wall durchlöchert wurde. Martin hing in seinem Sessel und weinte. Nicht vor Freude. Die Ostberliner strömten beglückt in den Westen, er aber fühlte, wie eine Lähmung in ihm hochkroch. Alles schien abzusterben. Er sah durch die flimmernden Fernsehbilder hindurch, sah die drei Zinnen im späten Licht des Tages, das Matterhorn, und konnte keine Hand rühren, nicht mal das Gesicht abtrocknen.

»Ach Gottchen, hat dich die Rührung übermannt«, sagte Isolde, noch im Mantel, nur die Schuhe hatte sie im Flur abgestreift. Spät war sie nach Hause gekommen. Für Begrüßungsrituale blieb keine Zeit, sie warf sich aufs Sofa und starrte auf den Bildschirm. »Unfassbar, was?! – Guck mal, mit unserem Trabi! – Ob die alle wiederkommen? – Wahnsinn, die Westberliner schmeißen mit Bananen! – Die kriegen sie nicht wieder zu, die Mauer, unmöglich!« Und nach einem Blick zu ihm: »Tja, Martin, jetzt kannst du in den Westen, viel früher, als du gedacht hast. Da freust du dich, was?«

Sie begriff wieder einmal nichts. Er fragte nicht, woher sie kam, konnte nicht sprechen. Es war seltsam genug: Während vor seinen Augen Weltgeschichte ablief, registrierte er Nebensächliches: Isolde trug unter dem Mantel ihr elegantes rotes Wollkostüm, das teuerste, das sie je im »Exquisit« erworben hatte.

Plötzlich sprang sie auf und fuhr ihm mit dem Taschentuch ziemlich grob über das feuchte Gesicht. »Gib jetzt nicht den Jammerlappen! Ich hol Jonas aus dem Bett, das muss er sehen!«

Der Junge ließ sich von der Bildschirmbegeisterung anstecken. Nur einmal war zu erkennen, dass er über den Tag hinaus dachte.

»Ob jetzt noch mehr Leute abhauen?«, grübelte er.

»Warum sollten sie? Sie dürfen doch nun reisen.«

»Ich denke zum Beispiel an Ärzte.«

»Warum denn gerade an Ärzte?«.

»Na, wegen Geld! Igor hat mir erzählt, sein Vater könnte drüben dreimal so viel verdienen, mindestens. In West!«

»Ach was, Ärzte haben ein Berufsethos, die lassen ihre Patienten nicht im Stich.«

Die Bilder aus Berlin: unglaublich! Überströmende Gefühle, lachende und weinende Menschen. Grenzer versuchten das Chaos zu ordnen, freundliche Uniformierte. Isolde fand es toll, wie sie den Grenzübertritt organisierten.

»Wollen wir nicht am Sonnabend nach Berlin fahren?«, fragte Jonas tatendurstig in die Runde.

»Wir haben doch kein Westgeld.«

»Ist doch egal. Einfach mal den Ku'damm rauf und runter.« Jonas sah zu seinem Vater hinüber und besann sich: »Papa muss ja nicht mitkommen.«

Natürlich nicht, der lahme Alte störte nur.

Ein Anruf platzte in ihr Planspiel. »Tom«, flüsterte Isolde ihnen zu.

Anscheinend war der angehende Diplomphilosoph nicht ganz so hochgestimmt. »Ach was!«, sagte Isolde. Sie musste offenbar Zweifel zerstreuen, begann zu flüstern. »Nein, Tom, so weit wird es nie kommen.« – »Ja, da bin ich sicher. Weißt du übrigens, was wir beschlossen haben: Jonas und ich wollen übermorgen nach Berlin fahren! Wollt ihr nicht auch kommen? Treffpunkt Gedächtniskirche? Wäre doch toll.« – »Ach, du alter Schwarzseher!« – »Nein, schau, das neue Reisegesetz liegt praktisch fix und fertig in der Schublade ...« – »Ja, klar muss der Krenz noch nachbessern ...«

Martin empfand schmerzlich, wie das Leben an ihm vorbeilief.

Schmerz beiseite! Hast du dir mal ausgemalt, wie es wäre, wenn sich ein Verleger fände, der dein Manuskript tatsächlich druckt?

Jede Nacht male ich mir das aus.

Und wenn das Buch dann einen Preis bekäme?

Ich kann mir manches vorstellen – das nicht.

Wieso? Wird in Deutschland etwas publiziert, folgt die Auszeichnung fast automatisch.

Die holen doch keinen gebrechlichen Alten auf die Bühne! Oder soll eine Hostess ein leeres Sakko hereintragen, dem sie die Medaille anheften?

Hauptsache, es hat genug Taschen für das Preisgeld.

Preisgeld?

Es gibt immer was, vierstellig meistens. Und der Laureat muss dafür eine Rede reden.

Eine Rede? Was soll man da sagen? Danke! Mehr fiele mir nicht ein.
Dass dir nichts einfällt, überrascht mich nicht. Erwartet wird eine launige kleine Ansprache, möglichst eine Spur selbstironisch, das kommt immer an.
Liegt mir nicht.
Weiß ich. Ich hab dir für den Fall der Fälle was aufgeschrieben.
Warum? Soll ich etwa deinen Text aufsagen?
Keine Angst, niemand wird der Dankesrede anmerken, dass sie nicht von dir stammt. Sie werden dich als tollen Hecht feiern und nicht auf die Idee kommen, dass hinter dir ein origineller Kopf steckt, schon gar nicht, dass die Auszeichnung eigentlich dem Ghostwriter zusteht, also mir. – Hier ist die Rede, du kannst schon mal üben, sie vorzutragen, mit Betonung, bitte.

Liebe Genossinnen und Genossen!

Oh, Entschuldigung, ein dummer Lapsus, ich komme aus anderen Verhältnissen, wie Sie vielleicht wissen. Ich verbessere mich – hoffentlich in jeder Beziehung – wie folgt:

Meine sehr verehrten Damen ...

Nein, nicht »meine« ... Ich darf nicht Besitz anzeigen, wenn ich dem Finanzamt seit Jahren versichere, über keinerlei Besitz zu verfügen. Noch mal von vorn:

Sehr verehrte Damen, geehrte Herren!

Gleich zu Beginn muss ich Sie um Nachsicht bitten. Auch ein sogenannter freier Schriftsteller ist nicht unbedingt zur freien Rede begabt. In meinem Falle heißt das: Frank und frei kann ich nur sprechen, wenn ich ein Blatt vor dem Mund hab. *(Wedelt mit dem Manuskript.)*

Hier steht: Ich bin gerührt! Mit Ausrufezeichen. Kommt mir übertrieben vor. Aber weiter im Text: Dieser Preis, nein, kaum zu glauben! Ich bin gerührt. Auch wenn Sie es mir nicht ansehen. Im Alter versiegt ja vieles, die Älteren unter Ihnen wissen Bescheid. Unter anderem versiegt die Produktion der Tränendrüsen. Glauben Sie mir: Wenn ich könnte, würde ich weinen, so gerührt bin ich.

Es ist ein bitter-süßes Glück, das mich mit dieser Ehrung streift. Es erreicht mich spät, sehr spät. Denke ich nur, wie mir früher, in der Maienblüte meiner Jugend, die Herzen zugeflogen wären! Wie stolz der umschwärmte Dichter sein blondgelocktes Haupt getragen hätte! Heute indes, meine Damen, verheißt es nur mäßiges Entzücken, mich zur Brust zu nehmen. So sehr Sie auch drückten, es käme wenig Ersprießliches heraus, Tränen leider gar nicht. Es ist mir nicht mehr gegeben, Ihr liebreizendes Antlitz, Ihren schwellenden Busen mit heißen Zähren zu netzen, wie ich es früher, in der goldenen Sonne meines Lenzes, voller Hingebung getan hätte. Ach!

Steht hier: Ach! Ein gehobener Text war gewünscht. Ach!, so stöhnt die Hochliteratur, wenn schmerzliche Entsagung den Sturm der Gefühle ins Innere bannt. Kennen Sie vermutlich aus Ihrer Bettlektüre: Ach!

Ich bin Ihnen, glaube ich, eine Erklärung schuldig. Eigentlich wollte ich anonym bleiben, hinter meinem Werk austreten. Wegtreten. Zurücktreten. Aber dieser Preis hier warf den guten Vorsatz über den Haufen. Wie hätte ich anders reagieren können? Läuft eine solche Ehre auf mich zu und winkt auch noch mit Geld, bin ich unwiderstehlich. Ich meine, dann bricht das den Widerstand. Beziehungsweise: werde ich weich – ja, so ist es richtig.

Sie merken wahrscheinlich, die Wörter bereiten mir zunehmend Probleme. Deshalb bin ich Schriftsteller geworden. Nein, kleiner Scherz. Wahr ist, dass ich mich glücklich schätze, mein Werk gerade noch rechtzeitig vollendet zu haben. Die Phase zwischen unartikuliertem Babygebrabbel und prämortaler Wortfindungsstörung ist ja nicht lang. Sie vergeht wie im Fluge, besonders wenn man sein Opus magnum so lange vor sich her schiebt.

Nicht dass ich faul gewesen wäre! Ich faule auch heute noch nicht. Aber plötzlich drängte sich mir ein Gedanke auf, den ich in einen wundervollen Satz gegossen habe wie in Bronze, er lautet: Kinder, wie die Zeit vergeht! Niemand vor mir, glaube ich, hat die Vergänglichkeit jemals so suggestiv auf den Punkt gebracht. Kinder, wie die Zeit vergeht! Das wird bleiben. Ein verbales Denkmal meiner Kreativität.

Ja, die Zeit rast. Ich nicht. Ich raste nie. Denn wie heißt es? Wer rastet, der rostet. Ich möchte nicht Rost ansetzen, auch nicht Grünspan.

Oder Schimmel. Himmel!

Sie sehen, ich bin auch poetisch begabt. Das nur am Rande. Soll ich Ihnen mal mein schönstes Gedicht vortragen? Es hat nur zwei Zeilen:

Jeder endet
unvollendet.

Das hat was, was? Was da drinsteckt!

Um ehrlich zu sein: Ich habe schon gedacht, die haben mich vergessen, die tausend Literaturpreisjurys im Lande, die wissen nicht, wie alt ich bin und dass sie sich beeilen müssen mit der Verleihung. Heute endlich erfüllt sich für mich ein Kindheitswunsch. Ich habe nämlich sehr früh davon geträumt, diese Ehrung (oder eine noch besser dotierte) entgegennehmen zu dürfen. Lange fehlte nur das Buch zum Preis, sonst passte alles. Ich war der ideale Mann für die Auszeichnung, das fühlte ich ganz stark, musste bloß noch meinen Roman schreiben.

Die Sehnsucht danach wurde übermächtig. Ich ließ Kinder und Familie verkommen und setzte mich hin, mein Werk zu gebären und ihm den nötigen Schliff beizubringen. Jetzt liegt meine erste Arbeit vor, nach dreißig Jahren hartnäckigen Nachdenkens. Das unablässige Ringen mit den Wörtern, gepaart mit meiner überbordenden Fantasie, hat zum Ergebnis, dass schon mein Erstling den Geist der großen Geister der Geistesgeschichte atmet. Das Buch versprüht, wie der Laudator es so schön in Worte fasste, den Odem des Vollendeten, ein veritables Spätwerk, reif und abgestanden.

Dabei handelt es sich um eine hanebüchen simple Story. Es passiert nichts Aufregendes. Eine Ehegeschichte, die über die Niederungen des Alltags nicht hinauskommt. Die in Wortmüll verpackte Langeweile schont die Nerven, das ist das einzig Positive, was sich über das Buch sagen lässt. Kein attraktiver Blickwinkel, keine faszinierend neue Sicht auf Altbekanntes, nichts, was beflügeln und inspirieren könnte.

Denken Sie nicht, Damen und Herren, ich wollte durch übermäßiges Herabsetzen meiner künstlerischen Leistung Ihren Widerspruch hervorkitzeln und Komplimente heischen. Ich kenne Leute, die auf solche Weise hoffen, ein Bad vor der Menge nehmen zu können, die Dusche der Eitelkeiten voll aufzudrehen und sich mit Selbstgefallen zu balsamieren. Solches Tun ist mir fremd. Nein, es ist schlicht die Wahrheit, dass ich in meinem Buch nur banale Alltäglichkeiten verhandle. Keiner weiß besser als ich, dass ich nichts zu sagen habe.

Das Schöne ist nur: Der Leser vermutet hinter dem aufgepeppten Trödel einen Sinn. So ging es offenbar auch den Juroren. Sie haben sich bei der Analyse viel Mühe gegeben und tolle rezensorische Kapriolen geschlagen. Haben sogar meine einfache Sprache gelobt, ohne zu wissen, dass mir eine andere gar nicht zur Verfügung steht. Deshalb ist es mir ein Herzensbedürfnis, der Jury für ihr außerordentlich kenntnisreiches, durchdachtes, wissenschaftlich wohlbegründetes Urteil zu danken. Ihnen und allen, die mein Werk in ähnlicher Weise zu würdigen verstehen, fühle ich mich verbunden. Herzlichen Dank.

Und wo gibt's jetzt das Geld?

Niemals würde ich diesen Blödsinn vorlesen.
Es sei denn, dir fällt nichts Besseres ein. Und davon gehe ich aus.

Unterwegs 22

Aalen ist ein überschaubares Städtchen, ohne Mühe finden sie zum Zentrum, nur mit einem Parkplatz sieht es schlecht aus. Während Martin die gediegenen alten Bürgerhäuser bewundert und sich fragt, wie es sich hier leben ließe, kurvt Isolde nervös ums Karree.

»Komm, das muss nicht sein«, sagt Martin. »ich schlage vor, wir suchen uns vor der Stadt einen netten Landgasthof. Wenn wir die Landstraße nach Heidenheim nehmen, finden wir vielleicht eine gemütliche Pension für die Nacht.«

Er muss Isolde nicht überreden. Sie ist geschafft, so lange wie heute hat sie noch nie am Steuer gesessen, das absehbare Ende kommt ihr entgegen.

Bald entdecken sie einen Gasthof – mit Parkplätzen. Das Restaurant wirkt düster, die mit dunklem Holz getäfelte Decke, das ebenso dunkle Paneel und das dunkle Mobiliar schlucken das Licht. Nur zwei Tische sind besetzt, offenbar von Einheimischen, Handwerker beim Feierabendbier, sie mustern die Fremden mit unverhohlener Neugier.

Nachdem eine Serviererin professionell freundlich ihre Bestellung aufgenommen hat, geht Martin noch einmal zum Auto. Ja, das müsse sein, sagt er, er habe den Autoatlas vergessen. Nein, den brauche er nicht zum Essen. Was fragt sie so spitz, sie weiß doch, wie gern er Landkarten liest, stundenlang kann er sich mit ihnen beschäftigen.

»Ich will die Wartezeit nutzen und nachschauen, in welcher Gegend wir nach einem Quartier für die Nacht suchen sollten.«.

Entschlossen ist er aufgestanden, vor der Tür aber werden ihm die Knie weich. Er lehnt sich an die Wand, schließt die Augen, seine Lippen formen einen Notruf: Karin! Niemand hört ihn, keiner hilft. Soll er noch einmal telefonieren?

Auf dem Parkplatz sieht er sein Auto von Schulkindern umringt. Die Jungen, sie mögen um die vierzehn sein, kreisen um den Trabant, für einige wohl der erste, der ihnen zu Gesicht gekommen ist. Im fachmännischen, das heißt abschätzigen Begutachten spiegelt sich der Hochmut ihrer Väter. Einer klopft auf das Dach und konstatiert: »Pappe.«

»Das ist keine Pappe.« Martin fühlt sich gefordert. Er bekommt wieder Boden unter die Füße. »Das ist Leukoplast, ein völlig neuartiges Material, das leicht ist, natürlich nicht rostet und einen Riesenvorteil hat: Wenn ich irgendwo dagegen fahre, brauche ich nur ein bisschen Hitze und – plopp! – springt die Beule wieder raus.«

»Geht das auch mit einem Streichholz?«
»Besser wäre es, du hättest eine Kerze oder ein Feuerzeug.«
»Und wie viel fährt der?«
»Normal hundert. Aber er hat einen Zusatzgenerator, wenn ich den zuschalte, schafft er locker hundertachtzig.«
Martin überzeugt sich, dass der Schalthebel auf Leerlauf steht und die Handbremse angezogen ist, steckt den Zündschlüssel ins Schloss und bittet den Pappe-Tester, sich hinter das Lenkrad zu setzen und das Auto zu starten. Hüstelnd springt der Motor an.
In das trockene Tuckern hinein fragt Martin: »Spürst du die Kraft?«
Der Junge nickt. Seine Freunde beneiden ihn.
Zurück im Lokal, bemerkt Martin zwar den Vorwurf im Gesicht seiner Frau, muss sich aber nicht rechtfertigen. Gerade wird das Essen aufgetragen, zweimal Bauernfrühstück, unter den unverschämt teuren Gerichten des Hauses das billigste.
Den Straßenatlas hat er im Auto vergessen. Isolde fragt nicht danach.
Wieder auf der Landstraße, lautet der Auftrag: Ausschau halten nach einer günstigen Möglichkeit zum Übernachten. Häufiger als Pensionen begegnen ihnen Tankstellen. Martin wirft einen Blick auf die Preistafeln und ärgert sich: Das Benzin ist hier noch einmal zwei Pfennige günstiger.
Nach dem Essen überkommt Isolde die Müdigkeit. Sie braucht Unterhaltung. Von ihrem Mann kann sie nichts erwarten, er starrt Herbergen suchend nach vorne. Sie schaltet das Radio ein. Nachrichten, na prima. Sicher sind wieder ein paar Aufreger für ihn dabei.

Eine steigende Tendenz bei Kircheneintritten, Taufen, Trauungen und der Teilnahme an der Christenlehre verzeichnet die evangelisch-lutherische Kirche in Thüringen, teilte die Thüringische Landeskirche mit.

DDR-Abrüstungs- und Verteidigungsminister Rainer Eppelmann hat weitere 82 Generale und Admirale der Nationalen Volksarmee entlassen. Damit sind seit dem 1. November vergangenen Jahres 155 Generale aus der Armee ausgeschieden. Gegenwärtig versehen noch 35 Generale und Admirale ihren Dienst in der NVA.

Der in der Bundesrepublik gültige Paragraph 218, der Schwangerschaftsunterbrechung unter Strafe stellt, soll nach Auffassung der FDP im Sinne der in der DDR geltenden Fristenregelung mit vorheriger Be-

ratung reformiert werden. Dafür setzte sich das FDP-Präsidium in Bonn auf seiner ersten Sitzung nach dem Vereinigungsparteitag der Liberalen in Hannover ein.

Das Auswärtige Amt in Bonn hat Berichte zurückgewiesen, die auf dem Gebiet der DDR stationierten Soldaten der Sowjetarmee sollten bereits im kommenden Jahr vollständig abgezogen werden. Weiterhin gelte der von Bundeskanzler Kohl und Präsident Gorbatschow vereinbarte Zeitrahmen, nach dem der Abzug innerhalb der nächsten drei bis vier Jahre stattfinden soll, sagte Außenamtssprecher Chrobog in Bonn.

Martin reagiert nicht. Ungewöhnlich, findet Isolde. Nein, weggenickt ist er nicht, scheint nur mit seinen Gedanken woanders zu sein. Oder bahnt sich ein Rückfall an?

Die Schlinge

Ich habe das Gefühl, wir müssen das Niveau anheben, Hanni. Wir debattieren oft unter unseren Möglichkeiten.
Heiliger Martin! Willst du dich wieder in geistige Höhen schwindeln, wohin dir ohne philosophisches Staatsexamen keiner folgen kann?
Sei's drum. Wir sollten über den Sinn des Lebens reden.
Oh! Zu Anfang eine leichte Übung?
Für dich vielleicht.
Klar. Der Sinn des Lebens ist – zu leben. Seit Jahrtausenden das Gleiche: fressen, saufen, ficken.
Geht's auch weniger vulgär?
Selbstverständlich. Essen, trinken, beischlafen. Die Menschheit hat ewig gebraucht, um sich gewählter auszudrücken, bis hin zum Vornehm-Sprech: speisen, den Durst löschen, sich in Liebe vereinen.
Das soll alles sein? O Gott!
Der kommt noch dazu, im Bedarfsfalle auch mehrere Götter. Die braucht es, weil mit dem Gehirn auch die Hybris gewachsen ist. Der Homo sapiens will nicht mehr sterben. Oder wenigstens nach dem Tod weiterleben.
Kann man doch verstehen.
Es soll Verrückte geben, die glauben, unsterblich zu werden, wenn sie zum Beispiel ein Buch schreiben.
Und andere, die sich in ein Buch hineindrängeln, um zu überleben.
Blödsinn. Im Gegensatz zu dir weiß ich: Ich bin ein Nichts. Den Satz würdest du unterschreiben, stimmt's?
In deinem Falle ja.
Und wenn er auf dich gemünzt wäre?
Ein Nichts wiegt nicht achtzig Kilo und schreibt auch keine Bücher.
Dein beschränkter Horizont! Du musst in größeren Dimensionen denken. Was ist das einzelne Menschlein auf dem Erdball, im Sonnensystem, im Universum? Weniger als ein Staubkorn. Wir alle sind – nichts.
Die Nichtse dieser Erde haben aber Beachtliches geschafft. Das Feuer gehütet, den Boden gepflügt, das Licht in die Welt gebracht, jedenfalls das künstliche, sind zum Mond gefahren …
Ehrenwerte Leistungen, gewiss. Der Nutzen indes zeitlich begrenzt. Nimm die Erdgeschichte als 24-Stunden-Tag: Gerade mal vier

Sekunden vor Mitternacht sind die Menschen aufgetaucht, und spätestens vier Sekunden nach Mitternacht werden sie wieder verschwunden sein. Wir sind ja schon dabei, uns auszurotten. Außerdem: Keine sieben Milliarden Jahre, dann stirbt unsere Sonne. Vorher trocknet sie unsere Ozeane aus und bläst die Atmosphäre weg.
Kein Mensch will sich das vorstellen. Wir leben jetzt, und das so gut und lange wie möglich, kümmern uns um das Näherliegende.
Sag ich doch. Früher ging der Mensch zur Jagd, heute geht er auf Arbeit – immer aus demselben Grund: was ranschaffen, um zu fressen, zu saufen ...
Hör auf! Wenn man dich hört, möchte man sich aufhängen.

Der Tag, der mit einem Suizid enden sollte, versprach schön zu werden. Ein ungetrübt blauer Himmel wölbte sich über das Elbtal, linde Lüfte wehten den Hang herauf. Statt der Sonne, die Martins fensterlose Kemenate nicht erreichte, weckte der kräftige Gesang der Nachtigall seine Lebensgeister. Er war allein, Isolde und Jonas waren schon aus dem Haus.

Wahrscheinlich hatte die Nachtigall auch an den Tagen zuvor gesungen. Sein Ohr war nur nicht aufnahmebereit gewesen für die melodiösen Tonfolgen, für die Welt da draußen. Begannen nun Müdigkeit und Schwäche zu weichen? Ihm war so, als zöge sich die stumpfe Schlaffheit leise zurück. Kaum merkbar begann Energie zu fließen, sie trieb ihn an, aufzustehen. Nackt, wie seine Mutter ihn geschaffen hatte (oder wie Jesus am Kreuz, dachte er einen Moment lang), trat er vor die Tür, spürte den milden Luftzug und die wärmenden Strahlen der Sonne auf der Haut und wusste: Das wird sein Tag! Heute würde er die Kraft finden. Würde nicht nur apathisch daliegen und grübeln über Leben und Tod.

Hatte er Isoldes Frühstücksbrote zuletzt teilnahmslos heruntergemümmelt, warf er sie heute in den Müll, goss sich statt des Früchtetees aus der Thermoskanne eine heiße Schokolade auf und löffelte Bienenhonig zu aufgebackenen Brötchen. Wenn schon Henkersmahlzeit, dann sollte sie wenigstens schmecken.

Das Weitere lief ab wie programmiert, er hatte es in Gedanken oft durchgespielt. Wie in Trance rückte er einen Küchenstuhl unter die Treppe im Flur, erklomm ihn mühsam (die Hüfte!) und bestimmte die Säule im Geländer, an der er den Strick festbinden musste; es war die elfte, keine Glücks- oder Unglückszahl, auch nicht mit einem besonderen Datum, einem Geburtstag oder ähnlichem verbunden. Egal, nun musste er nur noch eine Seilschlinge aus der Kammer holen und sie um die Sprosse legen, ähnlich wie bei einer Sanduhr im Kletterfels, vorher allerdings die Schlinge so knüpfen, dass sie sich auch zuzog. Mit Knoten kannte er sich aus.

Bist du noch zu retten? Warum willst du dich umbringen?
Die Depression braucht keine Gründe.
Die Leute werden reden, seine Frau und die Arbeitslosigkeit,
das sei zu viel gewesen.
Mir egal.
Gerade jetzt! Kurz vor der deutschen Vereinigung.
Überall herrscht Aufbruchstimmung.
Bei mir nicht.
Überleg's dir! Denk an dein Buch! Was wäre denn das
für ein Ende?!

Martin trat zurück. Aus einigen Metern Abstand betrachtet, sah sehr professionell aus, was da von der Treppe baumelte, fast wie ein echter Galgen. Zufrieden begab er sich zur Toilette, den Darm zu entleeren. Unwillkürliche Ausscheidungen, wie sie im Moment des Todes auftreten sollen, wären ihm peinlich. Das stille Örtchen bot zudem Gelegenheit, über ein Outfit nachzudenken, das dem Anlass angemessen war.

Sollte er im schwarzen Anzug hängen oder lieber das lange, weiße Nachthemd anziehen, das die Spontanerektion – angeblich auch eine Begleiterscheinung der letzten Minute – besser zur Geltung brächte?

Er musste schmunzeln bei der Vorstellung. Das Sakrale des Abschieds entschwand, die Feierlichkeit des letzten Akts rutschte ins Lächerliche. Überdies gefährdete eine Überlegung sein Vorhaben: War sein lange verloren geglaubter Lebensmut erwacht, um gleich wieder abgewürgt zu werden? Durfte er ihm, im Sinne des Wortes, die Luft abdrehen?

Wer so fragte, war nicht mehr bei der Sache. Martin ging auf die Terrasse und knallte sich in die Sonne. Erbarmungslos brannte sie sich in die empfindlichen Zellen der Haut. Selbstmörder müssen weder Sonnenbrand noch Hautkrebs fürchten, dachte er, der Strang tilgt alle Schmerzen.

Aber warum, zum Teufel, sollte er sich richten? Weil er unglücklich war, unzufrieden mit sich selbst? Weil sie ihm übel mitgespielt hatten, seine Chefs, seine Frau, das Schicksal? War das ein Grund, sich aus der Welt schaffen? Es kam ihm plötzlich feige vor. Warum die Hand erheben gegen sich selbst und nicht gegen die anderen?

Einst hieß es: Macht kaputt, was euch kaputt macht! Studenten im Westen hatten den Spruch skandiert. Ihm hatte er gefallen, obgleich er nicht glaubte, dass solchem Ansinnen jemals Erfolg beschieden sein könnte. Und jetzt? Sollte er im Betrieb Amok laufen? Isolde meucheln? Sie wenigstens verprügeln und vom Hof jagen? Wenn er ehrlich war: Er würde es nicht fertigbringen. Ja, er würde es nicht einmal wollen. Sich selber ins Jenseits zu befördern wäre einfacher.

Unerträglich, die Sonne! Sie und ein zages Hungergefühl trieben ihn zurück ins Haus. Eine zweite Henkersmahlzeit wäre gut, zumal in der Kulisse kein Henker mehr wartete. Wenn er nur kochen könnte! Ein Blick in den Kühlschrank setzte seinen Gelüsten Grenzen. Von allem, was er jemals auf den Tisch gebracht hatte (es war nicht viel), blieb nur eine Möglichkeit: Eierkuchen mit Preiselbeeren.

Er schlug zwei Eier auf, verrührte sie mit Mehl und Milch, gab einen Schluck Buttermilch hinzu wegen der Lockerheit und brutzelte den Teig in der Pfanne zu goldgelben Plinsen. Ein Hochamt für den Gott Lukull war es nicht. Mehr als die Eierkuchen genoss er den Stolz, sie zuwege gebracht zu haben.

Die Schlinge am Treppengeländer – sie wurde nicht mehr gebraucht, jedenfalls heute nicht. Doch es widerstrebte ihm, sang- und klanglos einzupacken, als wäre nichts gewesen. In ihm reifte eine Idee. Er könnte Isolde die Instrumente zeigen, ein Schreckschuss. Vielleicht würde sie bereuen und Abbitte tun. Ihr Wehklagen ginge ihm runter wie Öl.

Martin knotete die Schlinge neu, ein Sackstich würde verhindern, dass sie sich zuzieht. Sicher ist sicher. Wer weiß, was passierte, wenn Isolde ihn gerade in jenem magischen Moment erwischte, in dem er sich den Strick um den Hals legt. Vielleicht würde sie den Kopf verlieren und den Stuhl unter ihm mit einem Tritt wegschleudern, in Panik wird man unberechenbar. Dann könnte er dank des neuen Knotens mit der Kraft seiner trainierten Arme den Schädel aus der Schlinge ziehen und – ja was? Ein klärendes Gespräch über die Zukunft ihrer Ehe verlangen?

Er überlegte, mit welchem Beiwerk er seinen Behelfsgalgen umgeben könnte. Ein wenig Chaos würde authentischer wirken. Er schleppte sein Kletterseil und weitere Schlingen mit Karabinerhaken heran, kippte den Karton mit Familienfotos aus; ein großes Hochzeitsbild mit seltsam erstarrt wirkenden Brautleuten klemmte er sich hinter den Hosenbund, zur Erinnerung an ihr Eheversprechen.

Noch damit beschäftigt, die Versuchsanordnung zu optimieren, sah er Isolde den Gartenweg heraufkommen. Eine Stunde früher als sonst! Ihm blieb gerade noch Zeit, auf den Stuhl zu steigen und seinen Kopf einzufädeln ...

Ein Schrei, eher ein schrilles Kreischen, das schnell erstarb, als sie sich die Hand vor den Mund hielt, war das einzige, was Isolde von sich gab. Es tat ihm dennoch gut. Er hatte sich oft vorzustellen versucht, was der Schmerz mit ihr machen würde.

Ein Trauerfall lag allerdings nicht vor, nur ein Fanal schaukelte am Treppengeländer. Isolde weinte nicht, umarmte ihn nicht. Auch ein filmreifes Wimmern (»Warum nur, warum?«) blieb aus. Sekundenlange Schockstarre. Dann brach es aus ihr heraus: Was um Himmels willen ihm einfalle, ob er verrückt geworden sei?! »Willst du mich ins Unglück stürzen? Lass schleunigst das Seil verschwinden! Wenn Jonas nach Hause kommt, will ich nichts mehr davon sehen. Und damit du mich richtig verstehst: Darüber kein Wort, niemals und zu niemandem!«

Martin tat, was ihm aufgetragen, band die Schlinge los, sammelte Fotos ein, räumte das Seil in die Boofe. Isolde ließ sich mit einem Stöhnen in den Fernsehsessel fallen. Möglich, dass der Vorfall sie ins Grübeln gebracht hat, dachte er, vielleicht aber beklagte sie auch, so früh nach Hause gekommen zu sein.

Das ungeheuerliche Drama verlangte danach, ihr vor die Füße zu sinken, ihre Beine zu umschlingen und – den Kopf in ihrem Schoß – bitterlich zu weinen. Er brachte es nicht fertig. Stumm hockte er im Sessel ihr gegenüber, die Augen auf dem Fußboden, und dachte – nichts.

Habe ich's nicht gesagt?
Du hast mir gar nichts zu sagen!
Aber ich hab's gesagt: Du bist nicht der Kerl, der sich selbst aus der Welt befördert.
Wär dir lieber gewesen, was?
Um Himmels willen, nein, ich hänge doch an dir.
Am Fels hätte ich es spielend geschafft.
Du meinst fliegend. Die Chance hast du verpasst.
Welche Chance?
Du hättest die DDR wachrütteln können. Vom Mönch stürzen und »Freiheit!« brüllen, dass der Amselgrund erzittert. Das hätte genügt. Dann würde vor mir jetzt kein Nobody mit Hüftschaden stehen, sondern ein Denkmal.
Denk mal an.

Im Hause wurde es noch stiller. Niemand erwartete von Martin einen Beitrag zum Küchengeplapper, er hatte Ruhe. Seine Familie: Schatten. Gespensterhaft bewegten sie sich hinter einer Nebelwand.

Seine Frau plagten Skrupel. Statt über das Leid des armen Teufels unter der baumelnden Schlinge nachzudenken, hatte sie ihn beschimpft. Erschütternd triviale Dinge waren ihr durch den Kopf gegangen: wen sie – wäre sie später nach Hause gekommen – hätte anrufen sollen, den Notarzt, die Polizei, den Bestatter? Ob sie den Körper, das Corpus Delicti, hätte hängen lassen müssen? Oder abschneiden? Ein dumpfer Knall, ein Haufen Mensch auf den Fliesen, ungeordnet die Gliedmaßen.

Furchtbar auch die Vorstellung, welches Gerede es gegeben, wie viele scheele Blicke sie auf sich gezogen hätte, die Witwe, die Schuldige, die Mörderin. Hätte sie seinen Tod nicht aufwerten, ihm wenigstens einen natürlichen Anstrich verleihen müssen, das Erbärmliche ins Tragische kehren? Ein Schlaganfall würde passen, plötzlich und unerwartet. Ein Schlag war es ja wirklich, ein Anfall auch, was sonst?

Manchmal denke ich: Wenn dem Martin tatsächlich etwas passierte und das Buch noch nicht fertig wäre ...
Das kenne ich. Ich sitze auf dem Fahrrad, und plötzlich fällt mir was Geniales ein. Jetzt aufpassen, bloß nicht verunglücken!, sage ich mir. Sonst ist dieser wunderbare Gedanke für alle Zeit verloren.
Ein Beispiel?
Im Moment hab ich keins parat.
Denk nach!
Vielleicht das Gleichnis von der Kartoffel und der Erdbeere.
Wie? Ein Gleichnis?
Na, die Erdbeere strahlt in der Sonne, wird rot, wird süß, hat aber wenig Inhaltsstoffe. Die Kartoffel dagegen wächst unter der Erde heran, im Dunkeln. Unbemerkt von allen erreicht sie ein Volumen, von dem die Erdbeere nur träumen kann, und sie hat vor allem viel Inhalt, Nährstoffe noch und noch.
Soll heißen: Nicht im gleißenden Licht der Öffentlichkeit, sondern quasi im Schatten, im Verborgenen reift das Wertvolle zu wahrer Größe. Ein fabelhaftes Gleichnis, fürwahr!
Schriebe ich es nicht auf, ginge es mit mir ins Grab.
Unwiederbringbar.
Wer weiß, ob jemals wieder ein Mensch auf so eine Idee käme.

Unwahrscheinlich.

Mitunter denke ich, wie viel Wissen, wie viele ungeschriebene Bücher auf den Friedhöfen dieser Welt begraben liegen.

Vielleicht ist die Wissenschaft eines Tages in der Lage, von den Knochen der Skelette alles Geistreiche, alles Geniale abzusaugen.

Das wäre phänomenal.

Dich würde man sofort ausbuddeln.

Meinst du?

Klar. Niemand würde glauben, dass ein so großer Mensch – fast einsneunzig, nicht wahr? – so gar nichts Großes hinterlassen hat.

Unterwegs 23

Es verdrießt Martin, nicht mehr Herr über die Zeit zu sein. Die Rechnung Entfernung durch Geschwindigkeit gleich Reisezeit konnte unter diesen katastrophalen Umständen nicht aufgehen. Mit dem Autoatlas auf den Knien sucht er, worüber keine Karte Auskunft gibt: einen schönen Platz zum Übernachten. Heidenheim klingt ganz hübsch, Herbrechtingen auch. Oder Giengen, die Welt von Steiffs Puppen? Die Landstraße zu nehmen scheint ihm aussichtsreicher, als über die Autobahn nach Ulm zu fahren.

Es ist schon kurz vor sieben, als sie in einem Dorf das erlösende Schild »Ferienwohnung« entdecken, unter dem ein Täfelchen »Frei« baumelt.

»Frag nach dem Preis!«, ruft Martin seiner Frau hinterher, die hinter Gartenpforte und prächtig blühenden Rosen verschwunden ist. Aber es läuft ab wie immer: Kaum ist die Vermieterin vor die Tür getreten, sind sich beide handelseinig. Das freundliche Einvernehmen hat für Isolde Vorrang, Feilschereien liegen ihr nicht.

Nach den beiden Frauen kommt auch der Hausherr an den Zaun, ein hochgewachsener Mann um die Fünfzig, die graue Strickjacke betont den Wohlstandsbauch. Mit rudernden Armen zeichnet er den Weg zum Stellplatz auf dem Hof, den Martin anzusteuern hat.

»Woher seid's?«, fragt er. »Kommt's erst mal rein.«

Zu viert steigen sie über eine Außentreppe ins Obergeschoss.

»So, aus Dresden«, sagt der Mann. »Ich war früher viel in der Ostzone, Dresden kenne ich nicht, aber Ostberlin. Ich hab an der FU studiert.«

»Eine hübsche, kleine Ferienwohnung, Wohn- und Schlafzimmer, Küche, Bad.« Die Gastgeberin preist das Domizil an. »Wir hatten vor ein paar Wochen schon mal Gäste aus Ostdeutschland, drei junge Männer. Aus Thüringen kamen die, nett, bloß beim Duschen – ich dachte, ich höre nicht richtig: Über eine halbe Stunde rauschte das Wasser! Ich weiß nicht, wie die das zu Hause halten – das kostet doch Geld!«

Der Hausherr nimmt Martin beiseite, das Gezeter seiner Frau ist ihm sichtlich unangenehm. »Als Westdeutsche durften wir ja in den Ostteil, anders als die Westberliner. Mit Transportfahrten haben wir uns ein paar Mark verdient, sind mit einem alten Opel rüber und haben Sachen geholt, die die Menschen bei ihrer Flucht zurückgelassen hatten, Uhren, Schmuck, Fotoalben. Wir armen Studenten fühlten uns dabei wie die Kings, für umgerechnet ein, zwei Mark konnten wir in den feinsten Restaurants tafeln, die Ostler waren scharf auf Westgeld.«

Isolde lässt sich in die Bad- und Küchentechnik einweisen, insbesondere zum Elektroherd hat sie eine Menge Fragen. Was soll das?, denkt Martin, Kochen oder Backen steht heute gewiss nicht mehr auf dem Programm.

»Wenn Sie zu Hause mit Gas kochen, müssen Sie sich umstellen«, erklärt die Wirtin. »Hier können Sie den Herd schon ein paar Minuten früher als gewohnt abschalten, die Platten bleiben eine Weile heiß und besorgen den Rest. Das spart Energie.«

Die Männer haben sich's in den Sesseln bequem gemacht. Der Gastgeber holt noch mehr Geschichten aus der Versenkung. »Die Grenze war dicht, die Stimmung in der Stadt aufgeheizt. Alle wollten den Ostberlinern helfen. Ohne Bezahlung habe ich nächtelang einen Fluchttunnel gegraben. Für mich langen Kerl eine Schinderei.«

Auf dem Rücken liegend, erzählt er, haben sie sich mit dem Spaten Meter für Meter vorgearbeitet, den Abraum mit einer Seilwinde rausbefördert und den Stollen mit Kanthölzern und Bohlen ausgekleidet. Ab der Grenze mussten sie besonders vorsichtig sein, keine lauten Geräusche beim Buddeln, über ihnen liefen ja die Vopos Patrouille.

Er werde nie vergessen, sagt er, als die erste Gruppe im Westen ankam. Eine junge Frau, die ihren Westberliner Verlobten in die Arme schloss, eine Familie mit Kleinkindern, sogar ein Rentnerpaar, alle überglücklich, dem kommunistischen Regime im letzten Moment entkommen zu sein.

Isolde, die der Heldenerzählung wenig begeistert gefolgt ist, erkennt im Gesicht ihres Mannes fortdauernde Wissbegier, die sie mit Hinweis auf ihre Müdigkeit zu unterbinden versucht. Bei den Gastgebern hat sie sofort Erfolg, worauf sich auch Martin erhebt und die Koffer aus dem Auto holt.

Als er wieder nach oben kommt, steht sie schon unter der Dusche, und sie bleibt dort lange, ungewöhnlich lange. Selbst als sie, in ein Badetuch gehüllt, ins Schlafzimmer geht, läuft das Wasser im Bad weiter. Wortlos dreht Martin den Hahn zu. Ihm ist klar, dass er nach dieser Verschwendung aufs Duschen verzichten muss.

Bei der Abfahrt am Morgen bemerkt er zwei heiße Herdplatten. Sie haben offenbar die ganze Nacht unter Strom gestanden.

Ankunft

»Na, Gott sei Dank, haben Sie es geschafft. Nun sind Sie erschöpft, nicht wahr? Ist ja auch eine lange Reise. Setzen Sie sich, ich bringe Ihnen erst mal einen Kaffee zur Begrüßung.«

Die Wirtin des Gasthofes, in dem Isolde ein Zimmer reserviert hatte, freut sich über die Maßen, mehr als die Ankömmlinge selbst. »Willkommen in Grindelwald, tausend Meter über dem Meeresspiegel! Ich hoffe, dass Sie sich bei uns wohlfühlen werden.«

Isoldes Entschuldigung für die verspätete Anreise wischt sie mit einer Handbewegung vom Tisch, sie kennt den Ärger: »Ist es nicht schrecklich? Der Verkehr ist unberechenbar geworden, gerade jetzt in der Ferienzeit. Ich war schon in Sorge, dass Ihnen etwas zugestoßen sein könnte. Hab aber Ihr Zimmer natürlich freigehalten.«

Sie schiebt Martin das Anmeldeformular zu, und während er mit dem Ausfüllen beschäftigt ist, legt sie ihre Hand auf den Arm seiner Frau, eine Geste der Vertrautheit, von der Isolde sich prompt vereinnahmen lässt. Weiber, denkt Martin. Er ist Luft für sie. Schon bald dreht sich ihr Gespräch um die Kinder (»Müssen die in der Schule Russisch sprechen?«) und um das Leben hinter dem Eisernen Vorhang.

Die bislang Eingemauerten sind ein Thema, das die Wirtin beschäftigt. Flüsternd, als wäre dies noch immer ein unzulässiges Geschäft, vertraut sie Isolde an: »Sie sind schon die dritten Gäste aus Ostdeutschland, die bei uns Quartier nehmen. Alles sehr liebe Menschen.«

Isolde genießt die Herzlichkeit. Dergleichen ist sie vom Gastgewerbe in der DDR nicht gewöhnt. Martin hingegen hört das Geschäftsmäßige heraus; ihm ist eine beiläufig eingestreute Bemerkung der Vermieterin nicht entgangen: Über den einen Tag Ausfall werde man sich gewiss einigen ...

Nach den langen Stunden im Auto hat Martin Probleme. Den vollgestopften Rucksack auf dem Rücken, die große Reisetasche in der Hand, humpelt er über die gewendelte Treppe ins Obergeschoss. Als er die hellblau lackierte Tür mit der Nummer 17 aufschließt, fällt sein Blick auf mächtige Balken, die die Decke tragen, sie dominieren das Zimmer, Eiche, glaubt er, vielleicht auch Tanne, er kennt sich bei Holz nicht aus, nicht glatt gehobelt oder geschliffen, eher roh von Hand bearbeitet und dunkel gebeizt, solides altes Handwerk.

Die Einrichtung ist karg, aber stimmig: Bauernschrank und Bauernbett, Kopf- wie Fußende naiv bemalt mit grün umrankten Blumen, nicht sehr bequem die Liegestatt (er mag es nicht, wenn seine Füße unten keine Freiheit haben), dazu ein derber Holztisch und drei Stühle, alles aus einer Hand, wie es aussieht, das Vermächtnis eines Schreiners, der wahrscheinlich schon vor Jahrzehnten den Hobel aus der Hand gelegt hat.

Schön, wenn einer etwas schafft, das ihn überdauert, denkt Martin. Es könnte auch ein Buch sein. Das Manuskript liegt unten im Koffer. Nur: sein Elan ist weg. Zweifel, die immer größer geworden sind, haben seinem Pegasus die Flügel gestutzt. Er hat sich die Seiten wieder und wieder durchgelesen, vorzugsweise mit den Augen seiner Söhne. Wie peinlich!, schoss es ihm durch den Kopf. Oder auch: wie langweilig! Klettern fanden die beiden nie spannend. Und wer möchte schon das Sexleben seiner Eltern vorgeführt bekommen?

Den Gedanken, gescheitert zu sein, will Martin dennoch nicht zulassen. Irgendwo im Innern glimmt noch ein Funke Hoffnung. Aber viele weitere Seiten Ehekrise – wird das nicht qualvoll?

Eine gute Frage! Darauf kommen wir zurück.
Ich weiß nicht, wie ich weitermachen soll.
Wunderbar! Wir reden gleich.

Martin kann sich seinen Gedanken nicht hingeben – Isolde beordert ihn zum Auto, das restliche Gepäck holen. So hat es angefangen, erinnert er sich, mit ihrem Koffer, seinerzeit beschwingt in die Alaunstraße bugsiert. Jetzt greift er mürrisch nach den Gepäckstücken. Es kommt ihm verrückt vor: Ihr Koffer ist deutlich größer und wesentlich schwerer als seiner. Sie haben doch nur sechs Nächte gebucht. Immer schleppt sie einen Haufen Unsinn mit.

Isolde verteilt ihr Equipment zum Malen und Tuschen, Cremen, Sprühen und Bürsten im Bad, im Nu sind alle Ablagen voll. Der Raum hat es ihr angetan, so viel Großzügigkeit hatte sie in dem alten Haus nicht vermutet. Überall Chrom und Keramik, alles glänzt, wirkt elegant, nicht zu vergleichen mit dem engen heimischen Badezimmer, das mit dem DDR-Begriff Nasszelle treffend beschrieben ist.

Martin hat den umlaufenden Balkon entdeckt. Da stehen sie: Mönch, Eiger und Jungfrau. Ein in den Himmel ragendes Grabkreuz für Fritz Eske und seine Kameraden, die letzte Station für die Alpinistik-Nationalmannschaft der DDR und für manchen anderen Bergsteiger auch. Mit dem Fernglas sucht er die berühmte Nordwand des Eiger ab. Niemand zu entdecken.

Martin kennt alle Wege nach oben, kaum eine Veröffentlichung über spektakuläre Aufstiege ist ihm entgangen. Ohne Mühe findet er den Hinterstoisserquergang, dort sind Fritz Eske, »Sputnik« Warmuth, »Kutte« Richter und »Kalki« Kalkbrenner zum letzten Mal gesehen worden, exzellente Könner, selbst Perry könnte ihnen kaum das Wasser reichen. Der 21. Juli 1967 war ihr Schicksalstag. Vielleicht war es ein Steinschlag. Nebel sei aufgekommen, berichteten Augenzeugen. Graue Fetzen huschten über die Wand, und als sie sich verzogen, hatten sie vier Leben weggewischt.

Nebel – eine Metapher. Am Ende verschluckt er uns. Zurück bleiben ein paar Relikte, ein Bauernschrank, ein Buch vielleicht. Unbedeutendes Treibgut, das irgendwann im Mahlstrom der Zeit untergeht.

Feine Kerle seien sie gewesen, erzählten sich Bergkameraden in der Sächsischen Schweiz. Feine Kerle – höchste Form der Reverenz in Kletterkreisen, der Gegenentwurf zu feinen Leuten.

Es dämmert. Martin holt sich ein Glas Wasser. Isolde huscht im Nachthemd durchs Zimmer, geblümte Baumwolle, knöchellang. O Gott, das Bett ist schmal.

Als die Nacht die Schatten der Berge schluckt, schlüpft er unter die Decke. Sie schläft schon oder tut so. Seine Hand ...

Halt! Stopp! Seine Hand, das ist es! Seine Hand, drei Pünktchen und Schluss.

Was redest du?

Seine Hand, ja! Damit bleibt alles offen. Seine Hand tastet nach ihren Schenkeln. Hängt schlaff aus dem Bett. Liegt schützend auf seinem Gemächt. Versucht seine pochenden Schläfen zu beruhigen. Seine Hand sucht ihre Gurgel. – Es gibt viele Möglichkeiten für den letzten Satz.

Den letzten Satz?

Überraschende Wendungen eingeschlossen: Seine Hand auf der Hüfte – war da was? Nein!! Sensationelle Regeneration des Knorpels an Hüftkopf und Pfanne! Fantastische Selbstheilungskräfte vollbringen ein medizinisches Wunder!

Bist du noch bei Trost? Dir sind wohl alle Sicherungen durchgebrannt?

Wie viele Seiten willst du denn noch vollpinseln? Fast in jedem Buch, Krimis ausgenommen, sind die letzten fünfzig Seiten entbehrlich, wenn nicht ärgerlich. Das sage ich nicht so daher: Hat man wissenschaftlich festgestellt.

Meine Story ist ein Krimi.

Was denn noch?
Am Ende hängt eine Schlinge vom Deckenbalken.
Donnerwetter.
Oder Isolde verunglückt auf der Fahrt zum Coop-Laden in Grindelwald. Unerklärliches Bremsversagen.
In Wahrheit die Notbremse des Autors.
Oder der dubiose Psychiater kommt.
Du siehst selbst, es gibt viele Versionen für das Finale. Wozu den Text auf ein halbwegs glaubwürdiges Ende hinquälen? Wie immer du dich entscheidest, ob für ein Happy End, einen offenen oder einen tragischen Ausgang, immer verprellst du den Teil der Leser, der sich ein anderes Ende vorgestellt hat.
Das ist unvermeidlich.
Ist es nicht. Mach die Leser zu Herren des Geschehens, lass sie die Geschichte selber zu Ende denken.
Die kennen mich doch nicht, ich meine: den Martin.
Ich glaube, sie kennen Martin besser als du.
Alle Fragen sind offen ...
Gibt es etwas Schöneres?!
Einfach Schluss? Geht das?
Nimm's als Erlösung. Die Quälerei hat ein Ende. Wir sind beide nicht mehr die Jüngsten.
Wenigstens noch ein letztes Wort. Einen Satz, der die Menschen lange beschäftigt. Ich dachte an etwas Erbauliches, etwa so: Das Wertvollste, was der Mensch besitzt, ist die Liebe; sie wird ihm nur selten im Leben geschenkt, und benutzen soll er sie so …
Benutzen?
…und lieben soll er so, dass er sterbend sagen kann: Das Wertvollste, was der Mensch besitzt, ist – die Liebe!
Puh, der reine Kitsch. Hör auf, Martin Menne, es reicht.

Außerdem von
Jürgen Nowak im Enno Verlag:

Im Neuland, 287 Seiten, Hardcover,
ISBN 978-3-9819104-1-4

Sie können einander nicht ausstehen, die höchst ungleichen Brüder Karl Peter und Wolf. Der Große, ein Studierter, ist Redakteur einer Tageszeitung, der Kleine, gelernter Koch, nennt sich selbstständiger Rasenmäher, er trimmt »freischaffend« Grünflächen.

Die friedliche Revolution im Herbst 1989 wirbelt die Familie durcheinander. Den einen Bruder spült es an die Spitze seiner Zeitung, der andere versucht sich erfolgreich als Autoschieber, danach stapft er mit Kühltaschen voller Speiseeis und diffusen Plänen im Kopf über den Ostseestrand.

Über zwanzig Jahre verfolgt der Autor die teils kuriosen Wendungen ostdeutscher Lebenswege, berichtet mit Wärme und Humor von Auf- und Abstiegen, vom Schwanken zwischen Kleinmut und trotziger Selbstbehauptung. Und es geschieht Wundersames: Das schwarze Schaf zeigt dem Leithammel die Hacken ...